nowledge.

知識工場

Knowledge is everything！

知識工場
Knowledge is everything！

Knowledge is everything !

知識工場
Knowledge is everything！

高勝率 填空術

新多益

900 金證攻略

高分革命再啟！單字強勢進化
答題實力檢測＋掃碼速聽 MP3

在這波新多益熱潮中突破 900 分，空降金色證書！

用題目抓弱點 ＋ 刺激腦力

張翔／著

Aim for 900! NEW TOEIC
Vocabulary in Cloze Test

NEW TOEIC

使用說明

高分革命再啟！
單字強勢進化

1 囊括金證 900分單字

全書以金色證書為目標，囊括 NEW TOEIC 高分單字。跟著學習，就能讓自己的英語實力更上一層，進而考取新多益最高目標：金色證書！

2 字母排序 一目了然

每個單元以「字母順」排序，不僅幫助讀者篩選單字，複習時也更加方便。

3 用填空題 激發最強記憶

全書填空題以「中文意思 → 英文例句」的順序呈現，先從中文聯想，再依英語上下文填寫，藉此將腦力激發到最大值，對單字印象深刻。

4 秒速確認答案最方便

題目頁底下提供正確解答，填寫完畢就能立刻確認，省下前後翻頁對照的時間，複習起來更有效率。

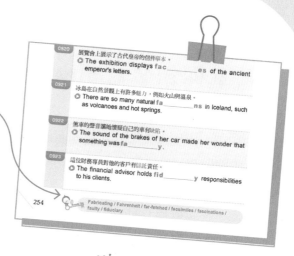

0820 展覽會上展示了古代皇帝的信件摹本。
- The exhibition displays fac_____es of the ancient emperor's letters.

0821 冰島在自然景觀上有許多魅力，例如火山與溫泉。
- There are so many natural fa_____ns in Iceland, such as volcanoes and hot springs.

0822 煞車的聲音讓她懷疑自己的車有缺陷。
- The sound of the brakes of her car made her wonder that something was fa_____y.

0823 這位財務專員對他的客戶有信託責任。
- The financial advisor holds fid_____y responsibilities to his clients.

254　Fabricating / Fahrenheit / far-fetched / facsimiles / fascinations / faulty / fiduciary

5 單字QR Code隨掃帶著聽

每個單元收錄一個 MP3，包括「英文單字」與「中文字義」，無論身處何地，手機在手，就能隨掃隨聽，學習不受限。

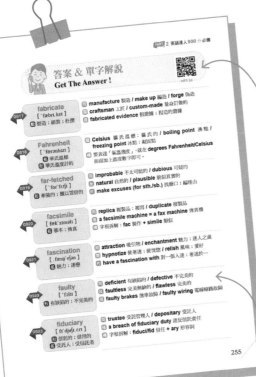

精選單字 2 英語達人 900 分必備

答案 & 單字解說
Get The Answer !

MP3 26

fabricate [ˈfæbrɪˌket] 製造；組裝；杜撰 0817
- manufacture 製造 / make up 編造 / forge 偽造
- craftsman 工匠 / custom-made 量身訂做的
- fabricated evidence 假證據 / 捏造的證據

Fahrenheit [ˈfærənˌhaɪt] 華氏溫標 華氏溫度計的 0818
- Celsius 攝氏溫標；攝氏的 / boiling point 沸點 / freezing point 冰點；凝固點
- 要表達「氣溫幾度」，就在 degrees Fahrenheit/Celsius 前面加上溫度數字即可。

far-fetched [ˈfɑrˈfɛtʃt] 牽強的；難以置信的 0819
- improbable 不太可能的 / dubious 可疑的
- natural 自然的 / plausible 貌似真實的
- make excuses (for sth./sb.) 找藉口；編理由

facsimile [fækˈsɪmḷɪ] 摹本；傳真 0820
- replica 複製品；複寫 / duplicate 複製的
- a facsimile machine = a fax machine 傳真機
- 字根拆解：fac 製作 + simile 類似

fascination [ˌfæsəˈneʃən] 魅力；迷戀 0821
- attraction 受引物 / enchantment 魅力；迷人之處
- hypnotize 使著迷；使恍惚 / relish 風味；愛好
- have a fascination with 對…很入迷；著迷於…

faulty [ˈfɔltɪ] 有缺陷的；不完美的 0822
- deficient 有缺陷的 / defective 不完美的
- faultless 完美無缺的 / flawless 完美的
- faulty brakes 煞車故障 / faulty wiring 電線線路故障

fiduciary [fɪˈdjuʃɪˌɛrɪ] 信託的；借用的 受託人；受信託者 0823
- trustee 受託管理人 / depositary 受託人
- a breach of fiduciary duty 違反信託責任
- 字根拆解：fiduci/fid 信任 + ary 形容詞

255

6 單字 / 片語力大幅度增強

主單字視情況補充「同義／反義、相關詞、片語、搭配詞、考試重點提示、補充說明」，同步掌握單字的質與量。

Aim for 900! NEW TOEIC
Vocabulary in Cloze Test.

掌握新多益趨勢，牢牢掌握單字！

　　新多益自出現以來，經過幾次題型上的修改，每一次調整之後，就會有不少學生詢問改制後的重點。雖然每次都不太相同，但若仔細分析現行制度，我們還是能看出新多益整體的趨勢。

　　首先，在面對聽力題的「三人對話」與「圖表」時，除了必須辨別出說話者之外，還得鍛鍊邊聽邊看圖表的能力，不能只專注聽，而必須同時對照題目，一心多用。此外，考題也愈來愈要求考生「聽懂」完整對話，不能僅靠關鍵字作答。比方說，若出現 When will the speaker…? 的疑問句，雖然出現 when 這個疑問詞，但答案可能根本沒有與時間有關的單字。

　　同時，因為重視口語英文，對話中也會出現生活慣用語；口音也不再只是單純的英、美兩種，少見的口音也可能出現。整體而言，聽力題變得愈來愈靈活、多元，也更重視生活口語的應用。

　　至於閱讀題，則分為四大部分：

　　▶ 一、句子填空（共 30 題）　　▶ 三、單篇閱讀（共 29 題）
　　▶ 二、段落填空（共 16 題）　　▶ 四、多篇閱讀（共 25 題）

　　從題型觀察，由於「多篇閱讀」的關係，考生的時間分配更顯重要。在此建議大家，盡量縮短前兩部分「填空」的答題時間，讓「單篇」&「多篇」閱讀的時間能更充裕一些。

　　如果要達到這個目的，縮短填空的答題時間，那對單字 & 文法的反應就得加快，這也是我撰寫本書的初衷。雖然以單字列表的方式，仍然能幫助學生背誦，但我想以更貼近新多益的題型，提升學生的詞彙能力，由此而產生本書「填空題」的特色，這樣編寫有三大目的。

　　第一個目的是「激發思考力」。大部分的學生從小就有接觸英文，但很多人一上考場，就想不起自己背過的單字。所以這次，我捨棄了單字列表，

以填空題來激發學生。測試下來後發現，其實不少學生的單字量比他自己想的多，只是因為缺少題目的刺激，才無法在考場上發揮。

第二個目的是「自我測驗」。不管單字背了多少，終究還是要用得上才行。如果平時埋頭苦背，在考場卻想不起來，就跟沒背過一樣。相反地，若從題目下手，就能立即測出弱點，加強背誦，確實擴充單字量。

第三個目的是「模擬考試」。以貼近新多益考題的「填空」來呈現，藉此鍛鍊大家從上下文推測的能力。不管你背了多少單字，上了考場，還是會發現有些單字你沒見過。因此，不能只是一味地糾結在單字量上，還必須培養推理能力，才能在遇到陌生單字時，推測出正確答案。

以下用圖表整理 2018 年之前 & 之後的題數變化，提供讀者參考：

題型		2018 年之前	2018 年之後
聽力測驗 Listening Comprehension：45 分鐘			
Part 1	照片描述	10	6
Part 2	應答問題	30	25
Part 3	簡短對話	30	39
Part 4	簡短獨白	30	30
閱讀測驗 Reading Comprehension：75 分鐘			
Part 5	單句填空	40	30
Part 6	短文填空	12	16
Part 7	閱讀測驗	單篇閱讀 28 雙篇閱讀 20	單篇閱讀 29 多篇閱讀 25

新多益的題型 & 考試重點將來或許還會改變，但無論怎麼變，單字依然是基礎，無論學習多少考用技巧，也請千萬不要疏忽基本功。在此預祝各位考生備考順利、考取理想分數。

張翔

 目 錄

PART 1 超越自我 730 分必備

Contents

PART 2　英語達人900分必備

Part

1

超越自我 730 分必備

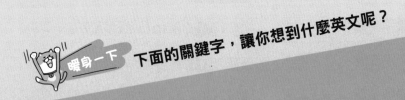

暖身一下　**下面的關鍵字，讓你想到什麼英文呢？**

💡 南北韓的雙邊會議新聞總是備受矚目。→ P.023

💡 買成藥回來一定要記得注意劑量的服用說明。→ P.059

💡 客戶來訪時，要記得向對方說明茶水間的位置。→ P.121

💡 前往觀光勝地，可要多加留意，別被敲竹槓。→ P.153

💡 由於紫外線對皮膚的傷害，所以必須擦防曬乳。→ P.183

跟著填空題邊猜邊背，看一次就記得！

★ 本章目標 ★

累積中／高階單字實力，
在職場上更應對無礙！

本章將帶你攻略新多益中／高階單字群，
讓你成為求職、升職的熱門人選。

在校重學業、職場求表現，
想要讓新多益成為工作上的加分利器，
就不能讓實力原地踏步，而要向前推進。

本章所列的，是考場 & 職場的高頻率單字，
建議加強學習，踏實地掌握高分關鍵。

從本章開始挑戰自我、往進階實力邁進，
入手關鍵單字，跨越 730 分的門檻吧！

UNIT 01 A 字頭填空題

Test Yourself !

請參考中文翻譯，再填寫空格內的英文單字。

0001

支持種族歧視的律法正逐漸被廢止。

The laws supporting racial discrimination have been gradually a_____.

0002

因為檢查出胎兒的腦部有缺陷，所以他們去墮胎。

The baby was a_____ due to a diagnosis of brain abnormalities.

0003

對方對我們新產品的規格提出建議，但太荒謬，因此被經理回絕。

The a_____ advice on the specifications of our new product was turned down by the manager.

0004

宴會上的酒類供應很充足。

An a_____ of wines was served during the party.

0005

只有具備機密文件完整存取權限的人在接受調查。

Only those who have complete a_____ to the secret files are under investigation.

》提示《 具備完整權限 = 能「進入」檔案的存取。

0006

只要創立一個帳戶並簽名登記，就能得到這份合約。

The contract will be ac_____ once you set up an account and sign in.

》提示《 這份合約對你而言是「可接近的、可取得的」。

0007

請敘述最令你感到驕傲的成就。

Tell me about the acc_____ you are most proud of.

Answer key

abolished / aborted / absurd / abundance / access / accessible / accomplishment

答案 & 單字解說
Get The Answer !

MP3 01

0001
abolish
[ə`balɪʃ]
動 廢除;廢止

同 **terminate** 終止 / **cancel** 取消 / **prohibit** 禁止
反 **establish** 建立 / **found** 建立 / **launch** 開始
考 這個單字常用於廢止某個「法令」或「規定」。

0002
abort
[ə`bɔrt]
動 墮胎;失敗

關 **miscarry** 流產 / **pregnancy** 懷孕
搭 **have an abortion** 墮胎
補 字根拆解:**ab** 有誤的 **+ ort** 出現

0003
absurd
[əb`zɝd]
形 荒謬的;不合理的

同 **ridiculous** 荒謬的 / **ludicrous** 荒唐可笑的
補 字根拆解:**ab** 離開 **+ surd** 聾的（聯想:若覺得某事很荒謬,就不會聽。）

0004
abundance
[ə`bʌndəns]
名 充足;豐富

同 **plenty** 充足 / **profusion** 大量;豐富
反 **poverty** 貧乏 / **deficiency** 缺乏;不足
片 **an abundance of sth.** 某物很豐富 / **in abundance** 豐富地;充足地

0005
access
[`æksɛs]
名 權限;進入
動 接近;存取資料

同 **entry** 進入;進入權 / **approach** 接近
片 **gain access to** 【電腦】存取;進入 / **be difficult of access** 難以靠近的

0006
accessible
[æk`sɛsəbḷ]
形 可得到的;可接近的

同 **available** 可得到的 / **reachable** 可達到的
反 **inaccessible** 難接近的 / **unavailable** 得不到的
搭 **be accessible to the public** 開放給大眾的

0007
accomplishment
[ə`kɑmplɪʃmənt]
名 成就;功績

同 **achievement** 成就;達成 / **feat** 功績;英勇事蹟
補 同樣都是成就,**achievement** 強調「達成的結果」;而 **accomplishment** 則包含從開始到結束的「過程」。

0008

這條項鍊是我最近在一間骨董店買的。

▶ This necklace is my recent **ac**_____**n** from an antique store.

》提示《 花錢買的東西就是你「得到的」物品。

0009

隨著科技進步，天氣預報也變得更準確了。

▶ Weather forecasts become more **a**_____ as technology improves.

0010

她花了一個月去適應新的工作環境。

▶ It took her a month to **a**_____**m** herself to the new working environment.

0011

每一代的 iPhone 手機我表哥都有，他無疑是個蘋果迷。

▶ My cousin owns every version of the iPhone series. He is without doubt an **a**_____**t** of Apple products.

》提示《 成為某物的迷就是「對…上癮」。

0012

我保證你會被這一小杯濃縮咖啡裡的添加物含量嚇到。

▶ I bet you will be scared by the amount of **ad**_____ in this small cup of espresso.

0013

我們必須先確保表面已清潔，這樣才會有更好的附著力。

▶ We need to ensure the cleanness of the surface first in order to get higher **a**_____**n**.

0014

他終於如願進入心目中的理想大學就讀。

▶ He finally got an **a**_____**n** letter from his dream university.

》提示《 在學校「准許」你入學之後，就能成為該校的學生了。

0015

他致力於擁護人權。

▶ He has devoted himself to the **a**_____**y** of human rights.

Answer key

acquisition / accurate / accustom / addict / additives / adhesion / admission / advocacy

acquisition
[ˌækwəˈzɪʃən]
名 獲得物；取得

- 同 **gain** 獲得物；得到 / **purchase** 購買；所購之物
- 搭 **acquisition cost** 獲取成本 / **land acquisition** 徵購土地 / **language acquisition** 語言習得
- 補 字根拆解：**ac** 前往 + **quisi** 獲取 + **tion** 名詞

accurate
[ˈækjərɪt]
形 準確的；精確的

- 同 **precise** 準確的 / **correct** 正確的 / **exact** 確切的
- 考 **accurate** 指通過「謹慎的努力」取得與事實相符的結果。
- 補 字根拆解：**ac** 前往 + **cur** 留意 + **ate** 形容詞

accustom
[əˈkʌstəm]
動 使習慣（於）

- 同 **familiarize** 使熟悉 / **get used to** 漸漸習慣於
- 片 **accustom oneself to sth.** 使自己適應某事或某物
- 補 字根拆解：**ac** 前往 + **custom** 習慣

addict
[ˈædɪkt] / [əˈdɪkt]
名 上癮者
動 使成癮；使沉溺

- 片 **be addicted to** 沉迷於某事
- 考 **sth. + addict** = 有…癮的人；…迷，如 **a smartphone addict**（低頭族）、**a rock music addict**（搖滾樂迷）。
- 補 **kick the habit** 【口】戒除惡習；改掉舊習慣

additive
[ˈædətɪv]
名 添加物
形 附加的

- 同 **supplement** 補充物；增補物
- 關 **preservative** 防腐劑 / **emulsifier** 乳化劑
- 搭 **food additives** 食品添加劑（通常用複數形）

adhesion
[ədˈhiʒən]
名 附著力；黏著

- 關 **cling** 緊貼 / **residue** 殘膠 / **duct tape** 布膠帶
- 搭 **adhesive tape** 膠帶
- 補 字根拆解：**ad** 前往 + **he** 黏貼 + **sion** 名詞

admission
[ədˈmɪʃən]
名 准許進入；門票

- 同 **admittance** 入場許可 / **acceptance** 接受
- 搭 **admission fee** 入場費 / **admission note** 入院病歷
- 補 字根拆解：**ad** 前往 + **miss** 讓…走 + **ion** 名詞

advocacy
[ˈædvəkəsɪ]
名 擁護；提倡

- 反 **stoppage** 停止；阻礙 / **discouragement** 阻止
- 搭 **the advocacy of sth.** 擁護某事
- 補 字根拆解：**ad** 朝向 + **voc** 喊叫 + **acy** 名詞（行動）

0016

他提倡吃素，以保護環境。

▶ He **ad**_____ being a vegetarian to protect the environment.

0017

你不可能錯過瓊斯家的房子，它就位於布朗家旁邊。

▶ You won't miss the Jones' house. It is **a**_____**t** to the Brown's.

0018

她一週做三次有氧運動來保持身材。

▶ She does **a**_____**s** three times a week to keep fit.

0019

這位市長候選人公開聲明了她對環境保護的承諾。

▶ The candidate for mayor had **a**_____**med** her commitment to environmental protection.

》提示《 也就是候選人對大衆「確認、證實」了自己的承諾。

0020

老闆給了她一個肯定的點頭，表示同意。

▶ Her boss gave her an **a**_____**e** nod, signaling approval.

0021

他從小就住在富裕的街區。

▶ He has been living in an **af**_____**t** neighborhood since he was little.

0022

德國和日本於第二次世界大戰時組成了軍事同盟。

▶ Germany and Japan formed a military **a**_____**e** during World War II.

0023

艾咪很滿意公司提供的優渥旅行零用金。

▶ Amy is satisfied with the generous travel **a**_____**e** offered by her company.

Answer key

advocates / adjacent / aerobics / affirmed / affirmative / affluent / alliance / allowance

0016

advocate
[`ædvə‚ket]
動 提倡；主張

片 **be in favor of** 贊成；支持；有利於
考 本單字的名詞用法為「支持者」，發音為 [`ædvəkɪt]。
補 字根拆解：**ad** 朝向 + **voc** 喊叫 + **ate** 動詞

 0017

adjacent
[ə`dʒesənt]
形 毗連的；鄰接的

同 **neighboring** 鄰近的 / **next to** 在…旁邊
搭 **be adjacent to** 靠近；與…毗鄰
補 字根拆解：**ad** 前往 + **jac** 放 + **ent** 形容詞

 0018

aerobics
[‚eə`robɪks]
名 有氧運動

關 **barbell** 槓鈴 / **yoga** 瑜伽 / **dumbbell** 啞鈴
補 字根拆解：**aero** 空氣 + **bi(o)** 生命 + **(i)cs** 名詞

 0019

affirm
[ə`fɝm]
動 公開聲明；證實

同 **declare** 宣稱 / **confirm** 證實 / **assert** 主張
反 **deny** 否認 / **negate** 否定；使無效
補 字根拆解：**af** 前往 + **firm** 鞏固

 0020

affirmative
[ə`fɝmətɪv]
形 肯定的

同 **positive** 正面的 / **assertive** 斷言的；肯定的
片 **give an affirmative nod** 點頭表示同意
搭 **affirmative action** （政府等機構所採取的）平權措施

 0021

affluent
[`æfluənt]
形 富裕的；豐富的

同 **wealthy** 富裕的 / **abundant** 豐富的
反 **destitute** 窮困的 / **impoverished** 窮困的
補 字根拆解：**af** 朝向 + **flu** 流動 + **ent** 形容詞

 0022

alliance
[ə`laɪəns]
名 同盟；聯盟

關 **affiliation** 聯合 / **confederation** 邦聯；同盟
片 **be in alliance with** 與…同盟 / **break off an alliance with** 中斷與…的聯盟
搭 **form an alliance** 組成聯盟

 0023

allowance
[ə`lauəns]
名 零用錢；限額

關 **allotment** 分配；分派 / **mobility** 流動性
搭 **baggage allowance = luggage allowance** 行李限額 / **personal allowance** 個人免稅額

0024

我們別無選擇，只能改變行程。

▶ We had no choice but to al_____ our schedule.

0025

我們的家用電是以交流電的形式供應。

▶ Our domestic electricity is provided in the form of a_____g current (AC).

》提示《 交流電能夠讓電壓「交替、輪流」，便於改變電壓。

0026

用鋁箔紙包裹要烤的雞肉。

▶ Use a_____m foil to wrap up the chicken for the barbecue.

0027

澳洲為維護同性戀者的權益而修訂憲法。

▶ Australia has am_____ its constitution to uphold the rights of homosexual people.

0028

他們搬到空間寬敞的新房子，準備迎接他們的寶寶。

▶ They moved to a new house with am_____ space, ready to welcome their babies.

0029

無人機就如同迷你的商業飛機一般。

▶ The unpiloted plane is a miniature a_____g of a commercial airplane.

》提示《 如…一般就是在做兩樣東西的「類比」。

0030

對我來說，真正的朋友就像能穩定船隻的錨，遇到困境時尤其如此。

▶ True friends are like an a_____ to me, especially in difficult times.

0031

這些條例並不適用於無公民身分的人。

▶ The rules are not ap_____e to those who do not have citizenship.

》提示《 不適用表示條例無法「應用」在這群人身上。

alter / alternating / aluminum / amended / ample / analog / anchor / applicable

0024 alter
[`ɔltɚ]
動 改變；修改

圓 **change** 使改變；更改 / **modify** 更改
片 **change one's mind** 某人改變主意
補 字義演變：**alter** 其他的 → 改變

0025 alternate
[`ɔltɚ.net]
動 交替；輪流

片 **alternate between A and B** （AB 兩者）輪流
搭 **an alternate route** 替代方案
考 本單字還有形容詞（交替的）與名詞（替代物）的用法，此時重音在第一音節，音標為 [`ɔltɚnɪt]。

0026 aluminum
[ə`lumɪnəm]
名 鋁

關 **iron** 鐵 / **silver** 銀 / **copper** 銅
搭 **aluminum foil** 鋁箔紙；錫箔紙
補 字根拆解：**alumin/alum** 礬土：氧化鋁 + **um** 金屬

0027 amend
[ə`mɛnd]
動 修訂；修正；改進

片 **make amendments to sth.** 針對…做修改
搭 **amend the Civil Code** 修正民法
補 字根拆解：**a** 向外 + **mend** 錯誤（聯想：把錯誤排除）

0028 ample
[`æmpl]
形 寬敞的；充足的

圓 **spacious** 寬敞的 / **plentiful** 多的；充足的
反 **meager** 貧乏的 / **scarce** 缺乏的 / **scanty** 不足的
補 字根拆解：**ampl** 大的；充足的 + **e** 字尾

0029 analog(ue)
[`ænələg]
名 類似物；類比

關 **similarity** 相似點 / **likeness** 相似
片 **by analogy with sth.** 用某物來比擬
搭 **analog watch** 指針型的手錶 / **digital watch** 電子錶

0030 anchor
[`æŋkɚ]
名 錨；賴以支撐之物

關 **mainstay** 支柱 / **comfort** 安慰；慰問
搭 **anchor chain** 錨鏈 / **drop anchor** 拋船錨以停泊
補 字根拆解：**anch** 彎曲 + **or** 物（聯想：錨彎曲的形狀）

0031 applicable
[ə`plɪkəbl]
形 適用的；可應用的

圓 **suitable** 適當的 / **pertinent** 恰當的 / **proper** 適合的
關 **limitation** 限制 / **compatibility** 【電腦】相容性
補 字根拆解：**ap** 前往 + **plic** 摺；疊 + **able** 形容詞

0032

史帝夫終於拿到房地產鑑定師的執照了。

▶ Steve finally got a license to be real estate ap_____.

》提示《 鑑定師也就是能對房地產「估價、評價」的人。

0033

麥克是這間汽車工廠今年唯一的學徒。

▶ Mike was the only a_____e in the car factory this year.

0034

要精通這份工作的技術，平均要當學徒五年的時間。

▶ The average a_____p of this job takes about five years for people to master the skills.

》提示《 這五年都會具備學徒的「身分」。

0035

關於原料一個月的使用量，我需要一個大略估計值。

▶ I need a rough a_____n of the amount of materials used per month.

0036

他從住在森林的一位老人那裡收到了許多老舊電影。

▶ He received ar_____s of vintage films from an old man living in a forested area.

》提示《 累積的電影成堆，像「檔案、文件」那麼多。

0037

發生火災或地震時，大樓外的公園就是我們該集合的地方。

▶ The park outside the building is where we should a_____e when a fire or earthquake occurs.

0038

我們需要評估這家公司的走向。

▶ We need to as_____s which direction this company is going toward.

0039

智慧與勤奮是她最棒的資產。

▶ Her intelligence and diligence are her best a_____ts.

Answer key

appraiser / apprentice / apprenticeship / approximation / archives / assemble / assess / assets

appraiser
[əˋprezə]
名 鑑定師；評價人

圊 **assessor** 財產估價人 / **valuer** 估價人
搭 **appraisal fee** 估價的費用
補 字根拆解：**ap** 前往 + **prais** 價格 + **er** 名詞（人）

apprentice
[əˋprɛntɪs]
名 學徒；徒弟
動 當學徒

圊 **learner** 初學者 / **novice** 新手
片 **A be apprenticed to B** A 做 B 的學徒
補 字根拆解：**ap** 前往 + **prentice/prehend** 抓取（聯想：當學徒＝抓住某項工作的技藝）

apprenticeship
[əˋprɛntɪsʃɪp]
名 學徒身分；學徒期

關 **artisan** 工匠 / **manual** 手工的 / **handicrafts** 手工藝
考 **-ship** 為表示「狀態、關係」的字尾，如 **partnership**（合夥關係）、**dictatorship**（專政）等。

approximation
[əˏprɑksəˋmeʃən]
名 近似值；估計

關 **calculation** 計算 / **equation** 方程式
搭 **bear no approximation to** 與…毫無相似之處
補 字根拆解：**ap** 前往 + **proxim** 靠近 + **ation** 名詞

archive
[ˋɑrkaɪv]
名 檔案；文件；檔案室

關 **collection** 收集 / **chronicle** 記事；歷史
搭 **archive file** 歸檔的文件
補 雖然中文與 **file** 同樣是「檔案」，但 **archive** 特別指「歸檔了的文件」，而非隨機一份檔案（**file**）。

assemble
[əˋsɛmbl̩]
動 集合；裝配

圊 **congregate** 聚集 / **gather** 召集
反 **dismiss** 遣散 / **disperse** 解散；傳播
關 **assembly line** 生產線

assess
[əˋsɛs]
動 評定；對…估價

關 **objectively** 客觀地 / **auditor** 稽核員
搭 **self-assessment** 自我評估
補 字根拆解：**as** 前往 + **sess** 坐

asset
[ˋæsɛt]
名 資產；優點

圊 **property** 財產 / **wealth** 財富；財產
關 **attachment**【律】扣押 / **bankruptcy** 破產
片 **be an asset to** 對…有助益
補 **sth. be sealed up by the court** 某物被法院查封

0040

你可以從這間飯店的中庭看到天空。

▶ You can see the sky from the a_____m of this hotel.

》提示《 這個單字指的是辦公大樓或商場內的「大型中庭、天井」。

0041

她在尋找適合與重要客戶正式會面的服裝。

▶ She was looking for appropriate at_____e for the formal meeting with some important clients.

0042

那間餐廳以正宗的希臘菜餚聞名。

▶ The restaurant features a_____c Greek cuisine.

》提示《 要吃「真正的」希臘菜，就要去那間餐廳。

0043

他曾申請旁聽大學的物理課。

▶ He had applied to au_____t the physics classes at the university.

0044

我們工廠今年的目標是要達到百分之百的自動化。

▶ The goal of our factory this year is to reach a hundred percent a_____n.

0045

每間工廠都應該要有備用電力，以防突然停電。

▶ Every factory should have its own a_____y power system in case of a sudden blackout.

》提示《 備用電力就是主電力之外的「輔助」裝置。

Answer key atrium / attire / authentic / audit / automation / auxiliary

0040

atrium
[`etrɪəm]
名 （辦公大樓等的）中庭；天井

- **關** chandelier 枝形吊燈 / semicircular 半圓的
- **考** -ium 為表示「…的地方」的名詞字尾。
- **補** 字根拆解：**atr** 火爐 + **ium** 場所（聯想：光線經由天井透進來，就像火爐帶來照明一樣。）

0041

attire
[ə`taɪr]
名 服裝；衣著

- **同** dress 服裝 / apparel 服裝；衣著
- **片** in formal attire 著正裝
- **補** 字根拆解：**at** 前往 + **tire** 順序

0042

authentic
[ɔ`θɛntɪk]
形 真正的；真實的

- **同** genuine 真的 / actual 實際的
- **反** spurious 偽造的 / fictitious 虛構的
- **補** 字根拆解：**aut** 自己 + **hent** 製造者 + **ic** 形容詞

0043

audit
[`ɔdɪt]
動 旁聽；查帳

- **關** review 檢閱 / examination 檢查 / accounting 會計學
- **補** **audit** 指「通過註冊的旁聽」；另外一個單字 **sit in** 則為非正式的旁聽（通常不會讓你 **sit in** 一整個學期的課）。

0044

automation
[ˌɔtə`meʃən]
名 自動化

- **關** computerization 電腦化 / robotic 機器人的；自動的 / artificial intelligence 人工智慧
- **補** 字根拆解：**auto** 自己 + **mat** 思考 + **(t)ion** 名詞

0045

auxiliary
[ɔg`zɪljərɪ]
形 輔助的；從屬的
名 輔助物；助手

- **同** accessory 輔助的 / adjuvant 輔助的
- **搭** auxiliary verb 助動詞 / medical auxiliary 醫療輔助人員 / auxiliary generator 備用發電機
- **補** 字根拆解：**auxili/aux** 增加 + **ary** 形容詞

UNIT 02 B 字頭填空題

Test Yourself !

請參考中文翻譯，再填寫空格內的英文單字。

0046

在古代，人們若犯了罪，有可能會被國家放逐。

▶ In ancient times, people could be **ba**_____**d** from his/her country due to the crimes they committed.

0047

在路邊攤消費之前，最好先將大鈔換成小鈔。

▶ It's better to break big **b**_____**s** into smaller ones before giving money to street vendors.

0048

這對夫妻盛裝打扮，參加一位重要顧客舉辦的宴會。

▶ The couple dressed up for the **b**_____**t** held by an important customer.

0049

你能在這個小市集找到各式各樣的香料。

▶ You can find all kinds of spices in this small **b**_____**r**.

0050

將溶液倒入燒杯，然後輕輕地攪拌十分鐘。

▶ Pour the solution into a **b**_____**r** and then gently stir it for ten minutes.

0051

他們出價兩百萬，買下這名球員。

▶ They made a **b**_____ of two million for the player.

》提示《 這裡的出價就是「投標」競爭的行為。

0052

美國與北韓去年五月進行了幾次雙邊會談。

▶ **B**_____**l** US-North Korea talks were held in May last year.

Answer key

banished / banknotes / banquet / bazaar / beaker / bid / Bilateral

答案 & 單字解說
Get The Answer !

MP3 02

banish
[`bænɪʃ]
動 放逐；排除

- 同 **deport** 放逐；驅逐出境 / **exile** 流放；流亡
- 關 **punishment** 刑罰 / **decree** 法令；政令
- 片 **banish...from (place)** 禁止…進入（某地）

banknote
[`bæŋknot]
名 鈔票

- 關 **bankbook** 存摺 / **emission** 發行 / **inflation** 通貨膨脹 / **deflation** 通貨緊縮
- 補 **note** 有「紙幣」的意思，加上 **bank** 表示中央銀行發行的紙幣，也就是「錢幣」。

banquet
[`bæŋkwɪt]
名 正式的宴會；酒席

- 關 **feast** 宴會；盛宴 / **festivity** 歡慶；歡樂
- 搭 **a farewell banquet** 告別宴會 / **banquet hall** 宴會廳
- 補 字根拆解：**banqu** 長椅 + **et** 小（起源：主人在正餐外招待的小點心）

bazaar
[bə`zɑr]
名 市集；義賣

- 關 **marketplace** 市集 / **charity fair** 義賣會
- 搭 **a Christmas bazaar** 耶誕市集
- 補 傳統上，**bazaar** 指的是受到波斯文化影響的中東市集，會有棚頂遮蓋，與國內常見的傳統市場不同。

beaker
[`bikɚ]
名 （實驗用）燒杯

- 關 **laboratory** 實驗室；研究室 / **test tube** 試管 / **fluid** 液體 / **dilute** 稀釋 / **distillation** 蒸餾
- 補 字根拆解：**beak** 嘴；尖端 + **er** 物（聯想：燒杯都會有一個尖嘴倒溶液）

bid
[bɪd]
名 出價；喊價
動 出價；投標

- 關 **overbid** 出價過高 / **underbid** 投標價格過低
- 片 **win a bid** 得標 / **make a bid for** 出價競買…
- 考 當動詞時，其三態變化為 **bid**、**bade**、**bidden**。

bilateral
[baɪ`lætərəl]
形 雙邊的；雙方的

- 關 **multilateral** 多邊的；多方的
- 搭 **bilateral agreement** 雙邊協議
- 補 字根拆解：**bi** 二 + **later** 側面 + **al** 形容詞

0053

這個社區的娛樂設施包括我最愛的撞球。

▶ The entertainment options in this community include b_____ds, which is my favorite.

0054

她在雙語的環境下長大，所以能說一口流利的英文和法文。

▶ As growing up in a b_____l community, she speaks English and French fluently.

0055

他們在叢林裡發現了一些奇異的動植物。

▶ They found some b_____e animals and plants in the jungle.

0056

他以為她威脅要離開他只是在虛張聲勢而已。

▶ He thought it was only a b_____f when she threatened to leave him.

0057

董事會會議將於明日召開。

▶ The b_____m meeting will be held tomorrow.

》提示《 也就是會在「董事使用的會議室」裡開會。

0058

我哥哥的投資主要都是公司債券。

▶ My brother's main investment was in company b_____.

0059

假如摩擦力不存在，一顆球能夠不停地來回彈跳。

▶ If friction did not exist, a ball could b_____e back and forth forever.

0060

他們吹噓自己贏得年度大賽中的所有項目。

▶ They br_____ that they won all the games in the annual competition.

 Answer key

billiards / bilingual / bizarre / bluff / boardroom / bonds / bounce / bragged

---

0053

billiards
[`bɪljədz]
名 撞球

- 關 **cue ball** 母球 / **rack** 固定球的三角框 / **pocket** 球袋
- 考 指「撞球」時字尾加 **s**，為不可數名詞，**BE** 動詞搭配 **is**；**billiard** 則為形容詞，表示「撞球的」。
- 補 字根拆解：**bill(ia)** 木桿 **+ iards** 字尾

0054

bilingual
[baɪ`lɪŋgwəl]
形 雙語的

- 關 **linguist** 語言學家 / **multilingual** 能使用多種語言的 / **fluent** 流利的 / **bicultural** 混合兩種不同文化的
- 搭 **bilingual education** 雙語教育
- 補 字根拆解：**bi** 二 **+ lingu** 舌頭 **+ al** 形容詞

0055

bizarre
[bɪ`zɑr]
形 奇異的；古怪的

- 同 **queer** 奇怪的 / **freakish** 怪異的
- 搭 **bizarre clothes** 奇裝異服
- 考 這個單字和 **bazaar**（市集）很像，要特別注意。

0056

bluff
[blʌf]
名 虛張聲勢
動 愚弄；嚇唬

- 同 **deceive** 欺騙 / **delude** 哄騙；欺騙
- 片 **bluff one's way out of sth.** 某人蒙混過關 / **call one's bluff** 揭穿或挑戰某人的虛張聲勢

0057

boardroom
[`bord͵rum]
名（董事會）會議室

- 關 **board** 董事會 / **council** 議會；理事會 / **chairperson** 主席 / **conference room** 會議室
- 補 字根拆解：**board** 董事會 **+ room** 房間

0058

bond
[bɑnd]
名 債券；聯結
動 黏合；結合

- 同 **connection** 連接 / **nexus** 連結；連鎖
- 關 **bondholder** 債券持有人 / **issue** 發行
- 搭 **bond fund** 債券型基金 / **bond market** 債券市場

0059

bounce
[baʊns]
動 反彈；彈回

- 同 **rebound** 彈回；跳回 / **recoil** 彈回
- 片 **bounce in**（某人）蹦蹦跳跳地進來 / **bounce back**【口】回升；重新振作
- 搭 **bounce the ball** 拍球（讓球上下彈跳）

0060

brag
[bræg]
動 自誇；吹噓

- 同 **boast** 吹噓 / **vaunt** 誇張；吹噓
- 片 **brag about** 誇耀（某人或某事）
- 補 **talk big** 說大話；自吹自擂（貶意）

0061

黃銅是由銅和鋅製成的金屬合金。
▶ B_____s is a metallic alloy made of copper and zinc.

0062

我們希望明天的協商能有所突破。
▶ We are expecting a b_____h in tomorrow's negotiations.

0063

山頂上的景致美到讓人屏息。
▶ The view on top of the mountain is absolutely b_____g.

0064

這間公司提供員工許多金融服務，例如股票經紀。
▶ The company provides financial services such as stock b_____e to the employees.

0065

坐在汽車後座的乘客也應該扣緊安全帶。
▶ Passengers in the backseat of a car should also have their seat belts b_____d up.

0066

我要求技術人員替我解決緩衝區溢位的問題。
▶ I asked the technician to solve the b_____r overflow problem for me.

0067

我們的保全系統主要是防範竊賊闖空門。
▶ Our security system aims to prevent b_____rs from breaking into houses.

0068

白脫牛奶是製造奶油時最主要的副產品。
▶ Buttermilk is a significant b_____-p_____ of butter.

Answer key

Brass / breakthrough / breathtaking / brokerage / buckled / buffer / burglars / by-product

---

0061

brass
[bræs]
名 黃銅
形 黃銅製的

關 **copper** 銅；紅銅色 / **bronze** 青銅
片 **a brass hat** 高階軍官；高級官員
搭 **the brass section** （交響樂團中的）銅管樂器組

0062

breakthrough
[`brek.θru]
名 突破；重大進展

片 **make a breakthrough** 取得進展
搭 **a breakthrough in sth.** 在…方面取得進展
補 **turning point** 轉捩點；轉機

0063

breathtaking
[`brεθ.tekɪŋ]
形 令人屏息的

同 **astonishing** 驚人的 / **stunning** 驚人的；極漂亮的
片 **dive in/into sth.** 投入到某事或某物之中 / **take one's breath away** 令某人驚嘆

0064

brokerage
[`brokərɪdʒ]
名 經紀業

關 **commission** 佣金 / **stockbroker** 股票經紀人
考 **-age** 為表示「地點」的名詞字尾。
補 字根拆解：**broker** 小商人 **+ age** 地點

0065

buckle
[`bʌkḷ]
動 扣住；扣緊
名 釦子

同 **fasten** 扣緊 / **clasp** 扣住
片 **buckle up** 繫緊安全帶
搭 **shoe buckle** 鞋釦

0066

buffer
[`bʌfə]
名 緩衝器；緩衝物

關 **cushion** 坐墊；緩衝器 / **shock absorber** 避震器
搭 **buffer state** 緩衝國（因兩國家對立而形成的中立國）/ **buffer zone** 緩衝區；中立地帶

0067

burglar
[`bɜglə]
名 闖空門的竊賊
動 進行盜竊

搭 **burglar alarm** 防盜警報鈴
考 本單字特指闖空門的竊賊；**thief**（小偷）的範圍更大，只要有偷竊行為都可以稱為 **thief**。
補 字根拆解：**burgl/burg** 闖入 **+ ar** 名詞（人）

0068

by-product
[`baɪ.prɑdəkt]
名 副產品

同 **spinoff** 副產品 / **derived product** 衍生產品
考 複合字前面的 **by-** 表示「附帶」之意，類似的單字還有 **by-election**（英國議員的補選）。

0069

現今的手機普遍都有十億位元組（GB）的儲存量。

▶ Large **gigab**_____ storage in cell phones is common these days.

》提示《 此處空格只著重在「位元組」的英文。

UNIT 03 C 字頭填空題

Test Yourself !

請參考中文翻譯，再填寫空格內的英文單字。

0070

畢竟，咖啡因是刺激物，因此控制攝取量是必須的。

▶ After all, **c**_____**e** is a stimulant, so control of the intake is a must.

0071

她的論文主題寫的是癌症細胞的檢測。

▶ Her thesis is on the detection of **c**_____ cells.

0072

在討論議題的時候，他一直都很坦誠，分享了他的觀點與知識。

▶ He was **c**_____**d** during the discussion on the issue, sharing with us his opinions and knowledge.

0073

妮娜被選為新地區的經理候選人。

▶ Nina has been selected as a **c**_____**e** for the new regional manager position.

0074

他用一大塊帆布蓋住他的新車。

▶ He covered his new car with a large piece of **c**_____.

 Answer key

byte / caffeine / cancer / candid / candidate / canvas

0069 **byte** [baɪt] 名【電腦】位元組	關 **bit** 位元（電腦的最小單位）/ **kilobyte (KB)** 千位元組 / **megabyte (MB)** 百萬位元組 / **gigabyte (GB)** 十億位元組 / **terabyte (TB)** 萬億位元組

答案 & 單字解說
Get The Answer !

MP3 03

0070 **caffeine** [kæ`fiɪn] 名 咖啡因	關 **Americano** 美式咖啡 / **latte** 拿鐵 / **cappuccino** 卡布奇諾 / **mocha** 摩卡 / **espresso** 濃縮咖啡 搭 **caffeine-free** 不含咖啡因的 補 字根拆解：**caffe** 咖啡 **+ ine** 化學物質
0071 **cancer** [`kænsɚ] 名 癌症	關 **chemotherapy** 化學療法 / **tumor; tumour** 腫瘤；腫塊 / **malignancy** （腫瘤）惡性 搭 **die of cancer** 死於癌症 / **lung cancer** 肺癌 / **colorectal cancer** 大腸癌 / **cancer-causing** 致癌的
0072 **candid** [`kændɪd] 形 坦誠的；直率的	同 **outspoken** 坦率的 / **straightforward** 坦率的 反 **devious** 不坦率的 / **biased** 有偏見的 片 **be candid with sb.** 對某人開誠布公
0073 **candidate** [`kændɪdet] 名 候選人；應試者	關 **applicant** 申請人 / **nominee** 被提名者 搭 **a candidate for sth.** 某事的候選人 補 字根拆解：**cand** 白色 **+ id** 形容詞 **+ ate** 名詞（起源：古羅馬的公職競選人都穿白長袍）
0074 **canvas** [`kænvəs] 名 帆布；油畫布 形 帆布製的	片 **under canvas = in a tent** 在帳篷裡 搭 **canvas bag** 帆布袋 補 字根拆解：**canv** 大麻纖維 **+ as** 字尾（聯想：油畫布是用麻類製成的）

0075

這間學校致力於發掘孩子們隱藏的潛力。

▶ The school aims to discover children's hidden **ca**_____.

》提示《 孩子的潛力就是他們尚未展現出來的「能力」。

0076

公司裡的每個人都收到了這份聲明的副本。

▶ Everyone in the company received a **c**_____**n**
c_____**y** of the announcement.

0077

大部分孩童的蛀牙都是因為沒有注意牙齒的清潔。

▶ Most of the dental **c**_____**s** of children are due to careless tooth cleaning.

》提示《 cavity 的另外一種說法。

0078

他們提供了乘坐馬車的短程體驗。

▶ They provided a short experience of sitting in a horse-drawn **c**_____**e**.

0079

新手機的面板使用了一種防刮的鑄鐵玻璃材質。

▶ The glass cover of the new cell phone was a type of **c**_____**-i**_____ glass which was scratch-resistant.

0080

我朋友是很厲害的廚師，她也是承辦我婚宴的主廚。

▶ My friend is a great cook, and she is also the one who **c**_____**d** our wedding party.

0081

紅色墨水匣沒有墨水了，我們必須換新的上去。

▶ The red ink **c**_____**e** is used up. We need to replace it with a new one.

0082

關於那部人氣電影系列的最新作，看得出影評都寫得很謹慎。

▶ I can see that the criticism about the latest series of the popular movie is quite **ca**_____**s**.

 Answer key

capabilities / carbon copy / caries / carriage / cast-iron / catered / cartridge / cautious

---

0075
capability
[ˌkepə`bɪlətɪ]
名 能力；潛力

同 **competence** 能力 / **potential** 潛力；潛能
片 **within one's capabilities** 在某人的能力範圍之內 / **beyond one's capabilities** 超出某人的能力
補 字根拆解：**cap** 抓取 + **abil** 形容詞（能夠）+ **ity** 名詞

0076
carbon copy
片 副本；抄本

關 **carbon** 碳；副本
搭 **carbon paper** 複寫紙

0077
caries
[`keərɪz]
名 蛀牙

同 **dental decay** 蛀牙
關 **cavity** 蛀洞 / **decay** 使蛀壞
補 字根拆解：**car** 傷害；分裂 + **ies** 字尾

0078
carriage
[`kærɪdʒ]
名 四輪馬車；運費

關 **wagon** 運貨馬車 / **jaunting** 輕便馬車（乘客背靠背坐馬車兩側）/ **cabriolet** 雙輪帶篷馬車
補 字根拆解：**carri** 運送 + **age** 名詞（動作）

0079
cast-iron
[`kæst`aɪən]
形 鑄鐵的；堅硬的

反 **fragile** 脆弱的；易碎的 / **delicate** 易碎的
搭 **a cast-iron guarantee** 強力保證 / **a cast-iron will** 如鋼鐵般的意志
補 本單字若寫成 **cast iron**，則為名詞（生鐵）。

0080
cater
[`ketə]
動 承辦；提供飲食

片 **cater for** 為…承辦伙食 / **cater to** 滿足需求
搭 **catering business** 承辦酒席的餐飲業
考 **-er** 在此表示「反覆動作」的字尾。

0081
cartridge
[`kɑrtrɪdʒ]
名 墨水匣；彈藥筒

搭 **cartridge paper** 繪圖厚紙（一種高品質的高磅數紙張）
考 **cartridge** 用來指「匣」類物品，所以表示墨水匣時，須搭配 **ink** 使用。
補 字根拆解：**cart** 車子 + **ridge** 容器

0082
cautious
[`kɔʃəs]
形 謹慎的

同 **prudent** 審慎的 / **discreet** （言行）謹慎的
反 **careless** 草率的；隨便的 / **rash** 輕率的
補 字根拆解：**cauti** 警惕 + **ous** 形容詞

0083

已出版的書籍都被嚴格審查，以排除不同的政治觀點。

▶ The books published were seriously ce_____d to exclude any different political standpoints.

0084

他們在郵輪上舉辦結婚典禮。

▶ They held their wedding c_____y on a cruise ship.

0085

經過兩週的訓練課程後，吉米取得了架設網站的證照。

▶ Jimmy got a c_____e in website building through a two-week training course.

0086

他們使用的基因改造玉米是經過認證確定可供人類食用的。

▶ The genetically modified corn they used was ce_____d to be safe for human consumption.

0087

因為我實在太累了，就在我的房間小睡了一下。

▶ I felt really tired, so I took a nap in my c_____r.

0088

我們租用了幾輛巴士從機場接送我們的來賓。

▶ We c_____d several buses to transfer our guests to and from the airport.

0089

那名警員追捕著一位搶女士錢包的小偷。

▶ The police officer c_____d a thief who had snatched the lady's purse.

0090

接受化療的人常變得虛弱，因為化療會不分好壞地將細胞全數殺死。

▶ People get weak when receiving c_____y because it kills both good and bad cells in our body.

》提示《 不妨從「化療」＝「化學的治療」這個概念去聯想。

Answer key censored / ceremony / certificate / certified / chamber / chartered / chased / chemotherapy

censor
0083
[`sɛnsə]
動 審查；檢查
名 審查員

同 **scrutinize** 詳細檢查 / **examine** 檢查；細查
關 **repress** 壓制 / **forbid** 禁止 / **censorship** 審查制度
補 字根拆解：**cens** 評估 + **or** 字尾

ceremony
0084
[`sɛrə,monɪ]
名 典禮；儀式

片 **without ceremony** 不拘禮節地
搭 **graduation ceremony** 畢業典禮 / **ribbon cutting ceremony** 剪綵儀式
補 字根拆解：**cere** 神聖 + **mony** 行動

certificate
0085
[sə`tɪfəkɪt]
名 證書；憑證

搭 **birth certificate** 出生證明 / **gift certificate** 禮券
考 **degree**、**diploma**、**certificate** 並不完全相同。**degree** 指大學學位；**diploma** 表示專科文憑；**certificate** 則為某項專業證照。

certify
0086
[`sɜtə,faɪ]
動 證實；證明

同 **confirm** 證實 / **attest** 證明
關 **witness** 目擊 / **evidence** 證據
補 字根拆解：**cert** 確定的 + **ify** 動詞

chamber
0087
[`tʃembə]
名 室；房間；寢室

關 **compartment** 隔間 / **cubicle** 小臥室；小隔間
搭 **chamber music** 室內樂 / **gas chamber** 毒氣室
補 字根演變：**chamb** 房間 → **chamber**

charter
0088
[`tʃɑrtə]
動 租；給予特權
名 憑證；許可證

關 **lease** 租約；租賃 / **pact** 契約
搭 **a charter flight** 包機的航班 / **a charter member** （公司或社團的）創始成員

chase
0089
[tʃes]
動 追捕；追趕

同 **run after** 追逐 / **pursue** 追捕；追捕
關 **tracks** 行蹤（常用複數形） / **runaway** 逃跑；逃亡
片 **chase down** 找出 / **chase away** 驅逐

chemotherapy
0090
[,kimo`θɛrəpɪ]
名 化學療法

關 **medication** 藥物治療 / **physiotherapy** 物理療法
搭 **be used in treating cancer** 用於治療癌症
補 字根拆解：**chemo** 化學的 + **therapy** 治療

0091

血液在我們的身體內循環，帶給細胞氧氣，並帶走代謝產生的廢物。

▶ Blood c_____ in our body, brings the cells oxygen, and takes away the metabolic waste.

0092

全世界大約有一千萬的假美鈔在流通。

▶ There are about ten million fake U.S. dollar notes in c_____n around the world.

0093

星期六早上是我做家務事的時間。

▶ Saturday mornings are the time when I do my c_____.

0094

身為一位退休演員，有時候她真的很想念那拍板的聲音。

▶ As a retired movie actress, sometimes she really missed the sound of the c_____d.

》提示《 拍攝現場的場記板，會隨著導演的開始口令產生拍板聲。

0095

瑪莉面試了一份政府機關的文書工作。

▶ Mary had an interview for a c_____l job with the government.

》提示《 強調的是「書記類的」的工作。

0096

在機長座艙內，你可以看到所有精密的高科技系統。

▶ You can see all the fancy and high-tech systems in the aircraft c_____t.

0097

優衣庫推出了一系列和迪士尼合作的短袖襯衫。

▶ UNIQLO launched a series of T-shirts in col_____ with Disney.

0098

在每一件專案中，我和同事們都維持密切的合作。

▶ I work closely with my c_____ on every project.

Answer key

circulates / circulation / chores / clapperboard / clerical / cockpit / collaboration / colleagues

 0091
circulate
[`sɜkjəˌlet]
動 循環；流通

片 **pass sth. around** 分發某物（如紙張、酒杯等）
搭 **circulating decimal** 循環小數
補 字根拆解：**circul** 環 **+ ate** 動詞

 0092
circulation
[ˌsɜkjə`leʃən]
名 循環；流通

同 **distribution** 散布 / **dissemination** 散播
片 **out of circulation** 不再流通的
搭 **circulation department** 流通部門（圖書館內負責借書事務、流通書籍的部門）

 0093
chore
[tʃor]
名 家務事；雜務

同 **housework** 家事 / **task** 任務；苦差事
片 **sweep the floor** 掃地 / **do the laundry** 洗衣服 / **do the dishes** 洗碗
搭 **household chores** 家事（通常用複數形）

 0094
clapperboard
[`klæpəˌbord]
名 拍板；場記板

關 **post-credits scene** 片尾花絮 / **cameo role** 友情客串 / **blooper**（電影等的）NG 畫面
補 字根拆解：**clapper** 拍手者 **+ board** 板子

 0095
clerical
[`klɛrɪkl]
形 書記的；神職的
名 神職人員

關 **churchman** 牧師 / **pious** 虔誠的 / **secretarial** 書記的
搭 **clerical assistant** 文書助理 / **clerical work** 文書工作
補 字根拆解：**cleric** 神職人員 **+ al** 形容詞

 0096
cockpit
[`kɑkˌpɪt]
名 駕駛座艙

關 **aviator** 飛機駕駛員 / **autopilot** 自動駕駛
補 字根拆解：**cock** 公雞 **+ pit** 水坑（字義演變：鬥雞場 → 戰場 → 駕駛艙）

 0097
collaboration
[kəˌlæbə`reʃən]
名 合作；共同研究

片 **in collaboration with** 與⋯合作
搭 **a collaboration between** ⋯之間的合作
補 字根拆解：**col** 一起 **+ labor** 工作 **+ ation** 名詞

 0098
colleague
[`kɑlig]
名 同事；同僚

同 **coworker** 同事 / **fellow worker** 同事
關 **teamwork** 團隊合作 / **intimate** 親密的
補 字根拆解：**col** 一起 **+ leag** 挑選 **+ ue** 名詞

0099

大型粒子加速器加速兩個粒子，並使它們產生碰撞。

► Large-scale particle accelerators speed up two particles and make them c_____e.

0100

昨晚在十字路口，有一輛卡車跟計程車發生碰撞。

► A c_____n between a truck and a taxi occurred last night at the crossroads.

0101

這位主廚以對餐點品質的要求著稱。

► The chef is best known for his c_____t to quality.

》提示《 本題的要求指的是主廚對品質的「承諾」。

0102

新成立的財務委員會將負責學校的預算。

► The newly established financial c_____e will be in charge of the school's budget.

0103

民生必需品的價格出現不正常的上漲。

► There was an unusual hike in the prices of essential co_____.

》提示《 民生必需品指那些幾乎每天都會用到的「用品」。

0104

每天從臺北到新竹這樣往返通勤，有時候真的很累人。

► C_____g from Taipei to Hsinchu every day is sometimes exhausting to me.

0105

有些軟體能壓縮檔案，不僅省下更多儲存空間，也便於資料傳輸。

► Some software can help c_____t files for more data storage and a smoother transmission.

0106

舊版軟體已無法與現在使用的作業系統相容。

► The old version of the software is no longer c_____e with the current operating system.

collide / collision / commitment / committee / commodities / Commuting / compact / compatible

0099 **collide**
[kə`laɪd]
動 碰撞；牴觸

同 **bump** 碰撞 / **clash** 牴觸
片 **collide with sth.** 與…相撞
補 字根拆解：**col** 共同 **+ lide** 打；擊

0100 **collision**
[kə`lɪʒən]
名 碰撞；牴觸

關 **concussion** 腦震盪 / **fender bender** 小車禍 / **reckless driving** 橫衝直撞
搭 **rear-end collision** 追撞 / **a collision of opinions** 意見相互牴觸

0101 **commitment**
[kə`mɪtmənt]
名 承諾；託付

同 **pledge** 保證 / **assurance** 保證
片 **make a commitment** 做出承諾
補 字根拆解：**com** 共同 **+ mit** 傳送 **+ ment** 名詞

0102 **committee**
[kə`mɪti]
名 委員會

同 **board** 委員會；理事會 / **council** 委員會
搭 **standing committee** 常務委員會
補 字根拆解：**committ** 聯合 **+ ee** 受…的人

0103 **commodity**
[kə`mɑdətɪ]
名 商品；日用品

同 **goods** 商品 / **product** 商品
搭 **commodity futures** 期貨商品
補 字根拆解：**commod** 方便的 **+ ity** 名詞（性質）

0104 **commute**
[kə`mjut]
動 通勤；交換

關 **suburb** 近郊住宅區 / **detour** 繞道
片 **commute between (A and B)** 往返兩地通勤
補 字根拆解：**com** 共同 **+ mute/mut** 移動

0105 **compact**
[kəm`pækt]
動 壓縮；壓緊
形 小巧的；緊密的

同 **compress** 壓緊 / **condensed** 壓縮的
關 **solid** 無空隙的 / **consolidate** 鞏固
搭 **compact disk** 光碟（**CD**）

0106 **compatible**
[kəm`pætəbļ]
形 相容的；兼容的

反 **incompatible** 不相容的 / **unfitting** 不合適的
片 **be compatible with** 與…相容
補 字根拆解：**com** 共同 **+ pati** 感覺 **+ (a)ble** 形容詞

0107

銷售額下降的事實迫使行銷策略的改變。

▶ The drop in sales had c_____ p_____ a change in the marketing strategy.

0108

為了補償開幕演說花掉的時間，他加快了問答環節的進行速度。

▶ He speeded up the Q&A section to c_____ e for the time delayed by the opening speech.

0109

蘇珊藉由銷售數字來證明自己是極有能力的管理者。

▶ Susan has proved herself to be a highly c_____ t manager with the sales records.

0110

現今的電腦程式提供了編譯功能，這點相當實用。

▶ Nowadays, programming provides a c_____ p_____ g function that is quite useful.

0111

請將我的讚揚轉達給主廚知道，這是一份美味至極的餐點。

▶ Please send my c_____ ts to the chef for this excellent meal.

0112

觀眾們對今晚的表演讚不絕口。

▶ The audience was c_____ y about the performance tonight.

0113

人體主要由水組成。

▶ The human body is mainly c_____ ed of water.

0114

機器計算得比人還快，而且更精確。

▶ Machines c_____ p_____ faster and more accurate than humans.

compelled / compensate / competent / compiling / compliments / complimentary / composed / compute

0107
compel
[kəm`pɛl]
動 迫使；強迫

同 **force** 強迫；迫使 / **oblige** 迫使；使不得不
搭 **a thought-compelling book** 發人深省的書
補 字根拆解：**com** 共同 + **pel** 推

0108
compensate
[`kampən, set]
動 補償；賠償

同 **make up for** 彌補
片 **compensate fo sth.** 賠償某物
補 字根拆解：**com** 共同 + **pens** 衡量 + **ate** 動詞

0109
competent
[`kampətənt]
形 有能力的；稱職的

片 **be competent in sth.** 能勝任某事
考 相關名詞有兩個：**competence** 指做某事的能力，如 **linguistic competence**（語言能力）；**competency** 則強調工作的技能。

0110
compile
[kəm`paɪl]
動【電腦】編譯程式；匯編；編輯

考 雖然都能表示「編輯」，**compile** 指經蒐集資料後加以編寫；**edit** 則指編輯他人的作品內容。
補 字根拆解：**com** 共同 + **pile** 歸納

0111
compliment
[`kampləmənt]
名 讚揚；恭維

同 **praise** 讚揚；稱讚 / **flatter** 奉承
片 **take sth. as a compliment** 把…看作讚美
補 字根拆解：**com** 共同 + **pli** 充滿 + **ment** 名詞

0112
complimentary
[, kamplə`mɛntərɪ]
形 讚美的；恭維的

反 **unmannerly** 無禮的；粗魯的 / **insulting** 侮辱的
片 **be complimentary about sth.** 讚賞某事物
搭 **a complimentary review** 好評 / **complimentary close**（書信的）結尾問候語

0113
compose
[kəm`poz]
動 組成；使平靜

同 **consist of** 組成（只能用主動語態）
片 **be composed of sth.** 由某物組成
考 本單字表示「組成」時，只有被動語態的用法。
補 字根拆解：**com** 共同 + **pose** 放置

0114
compute
[kəm`pjut]
動 計算；估算

同 **calculate** 計算 / **count** 計算
關 **figure** 數字 / **approximate** 大約的
補 字根拆解：**com** 共同 + **pute** 思考

0115

在意識到無法贏得比賽後，他承認了自己的失敗。

▶ He c_____ed his defeat, realizing that there was no way for him to win the game.

》提示《 彷彿做了某種「讓步」般，不情願地承認了失敗。

0116

他以向與會者深深一鞠躬作結。

▶ He c_____d the meeting with a 90-degree bow to all the attendees.

0117

他的祕書握有他不當使用公款的決定性證據。

▶ His secretary held the c_____e evidence of his improper use of corporate money.

》提示《 決定性的證據能影響「最終的」處置。

0118

貧困常與不良的健康狀態與生活環境同時發生。

▶ Poverty is often c_____t with bad health and a poor living environment.

0119

政府因其不佳的能源政策而遭受譴責。

▶ The government was co_____ for its poor energy policies.

0120

這區的土壤條件適合種植西瓜。

▶ The soil c_____ns in this region are suitable for growing watermelons.

0121

租這間房是有條件的，即「不能吸菸和養寵物」。

▶ The rental of the room was c_____l on not smoking and not keeping pets.

0122

關於新系統，公司內部仍存在許多衝突。

▶ There were still lots of c_____f_____ in the company over the new system.

Answer key
conceded / concluded / conclusive / concurrent / condemned / conditions / conditional / conflicts

concede
[kənˋsid]
動 承認；讓步
0115
- **同** acknowledge 承認 / give in 讓步
- **片** concede defeat 認輸；承認失敗
- **考** 本單字指的是「不情願、勉強為之的承認」。
- **補** 字根拆解：con 共同 + cede 讓步

conclude
[kənˋklud]
動 結束；總結
0116
- **反** begin 開始 / commence 開始；著手
- **搭** To conclude, ... 作為結尾，……
- **補** 字根拆解：con 共同 + clude 關閉

conclusive
[kənˋklusɪv]
形 決定性的；最終的
0117
- **同** final 最終的；最後的 / decisive 決定性的
- **反** inconclusive 非決定性的 / ambiguous 模稜兩可的
- **搭** conclusive evidence 決定性的證據

concurrent
[kənˋkɜrənt]
形 同時發生的
0118
- **同** simultaneous 同時發生的
- **片** in the meantime 在…期間之內；同時
- **補** 字根拆解：con 共同 + curr 跑 + ent 形容詞

condemn
[kənˋdɛm]
動 譴責；責難
0119
- **同** blame 指責；責備 / censure 譴責
- **片** condemn sb. for sth. 為某事譴責某人
- **補** 字根拆解：con 共同 + demn 傷害

condition
[kənˋdɪʃən]
名 條件；狀態
0120
- **同** prerequisite 前提；必要條件 / situation 情況
- **片** out of condition 健康狀況不好 / on condition that... 假如；以…為條件
- **補** 字根拆解：con 共同 + dit 說 + ion 名詞

conditional
[kənˋdɪʃənḷ]
形 有條件的
0121
- **反** unconditional 絕對的；無條件的
- **關** restrictive 限制的 / requirement 要求
- **片** be conditional on sth. 以某物為條件或前提

conflict
[ˋkɑnflɪkt]
名 衝突；分歧
0122
- **同** discord 爭吵 / disagreement 意見不合
- **片** bring...into conflict with sb. 使…與某人產生衝突
- **補** 字根拆解：con 共同 + flict 攻擊

0123

每天早上，前往她公司的路上都會塞車。

There is c_____n every morning in the direction towards her office.

0124

關於稅收的那件新提案最近已被國會駁回。

C_____s recently rejected the new tax proposal.

0125

征服這個區域花了超過一年的時間。

The c_____t of this region took more than a year.

0126

接受那個提議是否恰當關乎良心，而非錢的問題。

Whether taking that offer is appropriate or not is a question of c_____e, not money.

0127

他希望今晚的晚餐能鞏固他們的商業合作關係。

He was hoping that the dinner tonight could c_____e their business relationship.

0128

工廠排放的廢水汙染了河川。

Wastewater from the factories c_____d the river.

0129

他鄙視那些不當又粗俗的網路評論。

He treats the improper and rude online criticisms with c_____t.

》提示《 單字的詞性要從英文句判斷，別被中文影響了。

0130

得知考試的成績後，安迪露出一臉滿足的表情。

C_____t flows from Andy's face after knowing his result of exam.

Answer key: congestion / Congress / conquest / conscience / consolidate / contaminated / contempt / Contentment

congestion
[kən`dʒɛstʃən]
名 擁塞；塞車

關 **blockage** 封鎖 / **traffic jam** 塞車
搭 **nasal congestion** 鼻塞
補 字根拆解：**con** 共同 + **gest** 運送 + **ion** 名詞

 congress
[`kɑŋgrəs]
名 立法機關；大會

同 **legislature** 立法機關 / **parliament** 國會
搭 **Congressman** 美國國會議員
補 字根拆解：**con** 共同 + **gress** 走

 conquest
[`kɑŋkwɛst]
名 征服；占領

關 **domination** 支配；控制 / **downfall** 垮臺；覆滅 / **triumph** 勝利 / **victory** 勝利 / **defeat** 戰勝
補 字根拆解：**con** 表強調 + **quest** 尋找

 conscience
[`kɑnʃəns]
名 良心；良知

同 **moral sense** 良心；道德感
片 **have a clear conscience** 問心無愧
補 字根拆解：**con** 共同 + **sci** 知道 + **ence** 名詞

 consolidate
[kən`sɑlə‚det]
動 鞏固；合併

同 **strengthen** 強化；鞏固 / **unify** 統一；聯合
反 **segregate** 分開 / **decentralize** 分散；分權
補 字根拆解：**con** 共同 + **solid** 單獨 + **ate** 動詞

 contaminate
[kən`tæmə‚net]
動 汙染；弄髒

同 **pollute** 汙染 / **taint** 使感染；汙染
片 **contaminate A with B** 以 B 汙染 A
補 字根拆解：**con** 共同 + **tamin** 接觸 + **ate** 動詞

 contempt
[kən`tɛmpt]
名 鄙視；輕蔑

同 **disdain** 輕蔑 / **disrespect** 不敬；輕蔑
片 **beneath contempt** 令人不齒的 / **with contempt** 輕蔑地 / **hold...in contempt** 輕視、蔑視…
補 字根拆解：**con** 共同 + **tempt** 輕視

 contentment
[kən`tɛntmənt]
名 滿意；滿足

反 **discontentment** 不滿足 / **dissatisfaction** 不滿
關 **auspicious** 吉兆的 / **cheerful** 興高采烈的
補 字根拆解：**con** 共同 + **tent** 保持 + **ment** 名詞

0123
0124
0125
0126
0127
0128
0129
0130

0131

丹的貢獻讓他贏得公司的總裁職位。

▶ Dan's c_____ earned him the position of CEO in the company.

》提示《 想要升到總裁的職位，所做的貢獻當然不只一件。

0132

她如果獲頒這個獎項，會備受爭議。

▶ It would be c_____l for her to receive the award.

0133

那個隊伍賄賂評審而贏得勝利這件事引起了許多爭議。

▶ The team's victory by bribing the referees aroused many c_____.

0134

日本的車輛都靠左行駛，這點和臺灣的習慣完全相反。

▶ In Japan, people drive on the left side, which is the c_____e to what applies here in Taiwan.

0135

要如何轉換攝氏溫度到華氏，或甚至其他的溫度單位呢？

▶ How do you c_____t Celsius into Fahrenheit, or other temperature units?

0136

可以麻煩您代我傳達訊息給狄克森先生嗎？

▶ Could you please c_____y a message to Mr. Dickson for me?

0137

雖然他在審判時宣稱自己無辜，但還是被判犯了謀殺罪。

▶ He was c_____d of murder, though he pleaded not guilty in the trial.

0138

這支軍隊由一支艦隊護送，以維護人員安全。

▶ The army was c_____ed by a fleet for safety of personnel.

contributions / controversial / controversies / converse / convert / convey / convicted / convoyed

---

0131

contribution
[ˌkɑntrə`bjuʃən]
名 貢獻；捐助

同 **donation** 捐獻；捐款
搭 **make a contribution** 做出貢獻
補 字根拆解：**con** 共同 **+ tribut** 贈與 **+ ion** 名詞

0132

controversial
[ˌkɑntrə`vɜʃəl]
形 備受爭議的

同 **at issue** 爭議中的 / **disputed** 爭議的
關 **immigration** 移民 / **euthanasia** 安樂死
補 字根拆解：**contro** 反對 **+ vers** 轉移 **+ ial** 形容詞

0133

controversy
[`kɑntrəˌvɜsɪ]
名 爭議；爭論

同 **dissension** 意見不合 / **discord** 不一致
片 **beyond controversy** 無可爭論的
補 字根拆解：**contro** 反對 **+ vers** 轉移 **+ y** 名詞

0134

converse
[`kɑnvɜs]
名 相反之物
形 相反的

搭 **a converse effect** 相反的效果
考 本單字當動詞時表示「談話」，音標為 [kən`vɜs]。
補 字根拆解：**con** 共同 **+ verse** 轉向

0135

convert
[kən`vɜt]
動 轉換；轉變

關 **form** 外型 / **character** 特性
片 **convert A into B** 將 **A** 轉變為 **B**
補 字根拆解：**con** 共同 **+ vert** 轉移

0136

convey
[kən`ve]
動 傳達；輸送

關 **condolence** 哀悼 / **impression** 印象
片 **leave a message** 留言
補 字根拆解：**con** 共同 **+ vey** 道路

0137

convict
[kən`vɪkt]
動 判…有罪；判決

反 **acquit** 宣告無罪 / **absolve** 使免受罰
片 **be convicted of** 被判…刑
補 字根拆解：**con** 共同 **+ vict** 征服

0138

convoy
[kən`vɔɪ]
[`kɑnvɔɪ]
動 護送 名 護衛隊

關 **companion** 陪伴 / **escort** 護送
片 **in convoy** 結伴而行
補 字根拆解：**con** 共同 **+ voy** 道路

0139

你將負責與業務團隊協調，並監督新產品的製造。

▶ You will be in charge of coo_____ with the sales team and supervising the manufacture of the new products.

0140

音樂、影片、與書籍都受到十年以上的版權保護。

▶ Music, films, and books are under c_____t protection for over ten years.

0141

冠狀動脈疾病是心臟病中常見的一種類型。

▶ C_____y artery disease (CAD) is a common type of heart disease.

0142

他們在創業初期就建立好公司的管理準則。

▶ They set up the standards of c_____te governance when they first went into business.

》提示《 本單字強調公司「法人的」身分。

0143

微軟肯定是世界上最成功的公司之一。

▶ Microsoft is certainly one of the most successful c_____ in the world.

0144

他們正在尋找符合經濟效益的解決方法。

▶ They are seeking a c_____-e_____e method to solve the problem.

》提示《 有經濟效益表示「花費的成本」會有「效果」。

0145

這個提案在市議會被否決了。

▶ The proposal was rejected in the City C_____l meeting.

0146

南北韓領導人的會晤受到全球媒體的廣泛報導。

▶ The meeting between the leaders of North and South Korea received extensive c_____e from the media worldwide.

Answer key coordinating / copyright / Coronary / corporate / corporation / cost-effective / Council / coverage

0139 coordinate
[ko`ɔrdnet]
動 協調；使調和

片 coordinate with 與…合作
搭 coordinate conjunction 對等連接詞
考 本單字可作為形容詞（同等的）使用，音標為 [ko`ɔrdnɪt]。
補 字根拆解：co 共同 + ordin 秩序 + ate 動詞

0140 copyright
[`kɑpɪˌraɪt]
名 版權；著作權
動 取得版權

關 intellectual property rights 智慧財產權
搭 copyright infringement 侵犯版權；盜版
補 字根拆解：copy 影印 + right 權利

0141 coronary
[`kɔrəˌnɛrɪ]
形 冠狀的

關 cardiac 心臟的；心臟病的 / heart attack 心臟病發作
搭 coronary arteries 冠狀動脈
補 字根拆解：coron 王冠 + ary 形容詞

0142 corporate
[`kɔrpərɪt]
形 公司的；法人的

關 enterprise 企業 / institution 機構
搭 corporate culture 企業文化
補 字根拆解：corpor 身體 + ate 形容詞

0143 corporation
[ˌkɔrpə`reʃən]
名 公司；法人

關 multinational 跨國公司的 / monopoly 壟斷
搭 corporation tax 公司所得稅
補 字根拆解：corpor 使具體化 + ation 名詞（動作）

0144 cost-effective
[ˌkɑstə`fɛktɪv]
形 有成本效益的

關 outlay 費用（額）/ maximize 達到最大值
片 lower the cost = keep the cost down 降低成本
搭 in a cost-effective manner 以符合成本效益的方式

0145 council
[`kaʊnsl]
名 地方議會；會議

同 Assembly 議會 / conference 正式會議
搭 the United Nations Security Council 聯合國安全理事會 / city council 市議會
補 字根拆解：coun 共同 + cil 叫喚

0146 coverage
[`kʌvərɪdʒ]
名 新聞報導；覆蓋

同 reporting 報導
搭 insurance coverage 承保範圍
補 字根拆解：cover 覆蓋 + age 名詞（狀態）

0147

消費者渴望有系統性的檢驗機制，以確保國內的食品安全。

▶ Consumers were cr_____ for a systematic check to ensure food safety in the country.

0148

中國一直以來都有在培養與非洲國家的關係。

▶ China has long been c_____g relationships with African countries.

提示 培養關係就像「栽培作物」一樣，需要時間。

0149

亞當酒後開車，被拘留了一晚。

▶ Adam was drunk driving and held in c_____y for the night.

UNIT 04 D 字頭填空題

Test Yourself！

請參考中文翻譯，再填寫空格內的英文單字。

0150

她大學時初次涉獵分子生物學，並深受其吸引。

▶ She first da_____ in molecular biology in college and was fascinated by it.

0151

每一臺機器都需要進行每日檢測。

▶ Each machine has to be checked d_____y.

0152

他們漫步在甲板上，享受著海風的吹拂。

▶ They walked on the d_____k, enjoying the wind from the sea.

Answer key　craving / cultivating / custody / dabbled / daily / deck

crave
[krev]
動 渴望獲得
0147

同 **covet** 渴望；貪圖 / **die for** 渴望
關 **scarcity** 缺乏；匱乏 / **deprivation** 剝奪
片 **crave for sth.** 渴望獲得某物

cultivate
[`kʌltə,vet]
動 培養；栽培；建立
0148

同 **develop** 使成長 / **nurture** 培育
關 **harvest** 收成；產量 / **nourish** 施肥於
補 字根拆解：**cultiv** 耕種 + **ate** 動詞

custody
[`kʌstədɪ]
名 拘留；監禁
0149

同 **detention** 拘留 / **confinement** 監禁
關 **guardianship** 監護；保護 / **prison** 監獄
片 **in custody** 被拘留 / **take sb. into custody** 拘捕某人

答案 & 單字解說
Get The Answer !

MP3 04

dabble
[`dæbḷ]
動 涉獵；浸入水中
0150

關 **splash** 濺起水花 / **splatter** 飛濺 / **paddle** 槳狀物
片 **dabble in sth.** 涉獵、涉足某事
補 **dip into** 浸入 / **stick one's nose into** 探聽

daily
[`delɪ]
副 每日
形 每日的；日常的
0151

同 **every day** 每天；天天 / **day-to-day** 每天的
搭 **daily expenses** 日常開支
補 字根拆解：**dai** 每日 + **ly** 副詞；形容詞

deck
[dɛk]
名（船的）甲板；
（汽車等的）底板
0152

片 **stack the deck** 暗中布局、動手腳
搭 **main deck** 主甲板 / **deck shoes** 帆船鞋 / **observation deck** 觀景瞭望臺

0153

每當做了好事，我的感覺都特別好。

▶ I feel great every time when doing good d_____s.

0154

你可以教我怎麼把電腦還原成原廠的預設值嗎？

▶ Can you show me how to reset my computer to factory d_____t?

0155

運用超音波技術是為了能早日發現嬰兒先天性的缺陷。

▶ Ultrasound technology is used in the hope of detecting birth d_____ts.

0156

隨著有缺陷的基因在 DNA 上的位置不同，引發的疾病也不一樣。

▶ The location of d_____e genes in one's DNA results in different diseases.

0157

我們應該把討論延後，移到明天嗎？

▶ Should we d_____r the discussion till tomorrow?

0158

他對抗規章，卻因為沒有人站在他這邊而白費功夫。

▶ His de_____e against the regulations was in vain because no one was on his side.

0159

那位總統指稱，美國長期以來一直存在對中國的貿易逆差。

▶ The president said that the United States had long been in trade d_____t with China.

》提示《 貿易逆差表示進出口一直存在貿易「赤字」。

0160

鋼筋因地震而變形。

▶ The reinforcing steel de_____d due to the earthquake.

》提示《 請從「形狀」崩壞去聯想。

Answer key : deeds / default / defects / defective / defer / defiance / deficit / deformed

0153

deed
[did]
名 行為；契約

- **同** **action** 行為 / **contract** 契約
- **片** **do a good deed** 做好事
- **搭** **a deed to a house** 房契

0154

default
[dɪˋfɔlt]
名 【電腦】預設值

- **關** **standard** 標準的 / **regular** 規則的；有規律的
- **搭** **default setting** 預設值 / **default printer** 預設印表機
- **補** 字根拆解：**de** 遠離 + **fault** 出錯

0155

defect
[ˋdifɛkt]
名 缺陷；瑕疵

- **同** **flaw** 缺點；瑕疵 / **weakness** 弱點
- **搭** **a character defect** 性格上的缺陷
- **補** 字根拆解：**de** 分離 + **fect** 製造

0156

defective
[dɪˋfɛktɪv]
形 有缺陷的；不完美的

- **同** **damaged** 受損的 / **abnormal** 不正常的
- **反** **perfect** 完美的 / **sound** 健全的
- **補** 字根拆解：**de** 分離 + **fect** 製造 + **ive** 形容詞

0157

defer
[dɪˋfɝ]
動 延期；推遲

- **同** **put off** 延期 / **postpone** 使延期
- **搭** **deferred payment** 延期付款
- **補** 字根拆解：**de** 遠離 + **fer** 運送

0158

defiance
[dɪˋfaɪəns]
名 對抗；違反

- **同** **opposition** 對抗 / **rebellion** 反抗
- **片** **in defiance of** 違抗；無視
- **補** 字根拆解：**de** 遠離 + **fiance** 忠誠

0159

deficit
[ˋdɛfɪsɪt]
名 赤字；虧損額

- **片** **in deficit** 赤字的 / **cut the deficit** 削減赤字
- **搭** **democratic deficit** 民主赤字（人民參與感降低，導致決策無法反映民意）
- **補** 貿易逆差指進口比出口金額多，為貿易上的虧損額。

0160

deform
[dɪˋfɔrm]
動 變形；變畸形

- **同** **distort** 使變形 / **disfigure** 毀損…的外形
- **搭** **limb deformity** 肢體畸形
- **補** 字根拆解：**de** 遠離 + **form** 形狀

0161

二十個成員國的代表參加了 G20 年度高峰會。
▶ D_____s from 20 member countries attended the annual G20 summit.

0162

就那名惡霸把他打傷的方式來看，分明就是故意的。
▶ The way the bully knocked him hurt was obviously de_____e.

0163

他們看得出來，我們將面臨嚴重的經濟蕭條。
▶ They could sense that there was going to be a severe d_____on in the economy.

0164

他被指定為公司總裁的繼任者。
▶ He was d_____ted to be the successor to the company's CEO.

0165

他發著呆，彷彿靈魂出竅一般。
▶ He stared into space as if his spirit were d_____hed from his body.

》提示《 靈魂出竅就是靈魂與身體「分離」的狀態。

0166

經理們決定了這個新產品的目標客群。
▶ The managers d_____ned the target customers for this new product.

0167

美國故意讓美元貶值以利出口。
▶ The United States d_____ued the dollar on purpose to boost exports.

0168

消化系統中的第一個器官是口腔。
▶ The first organ in the d_____e system is the mouth.

Answer key

Delegates / deliberate / depression / designated / detached / determined / devalued / digestive

delegate
0161
[`dɛləgɪt]
名 （會議）代表

同 representative 代表 / deputy 代理人
關 authority 職權 / ambassador 大使
考 delegate 當動詞表示「委派」，音標為 [`dɛlə,get]。

---

deliberate
0162
[dɪ`lɪbərɪt]
形 故意的；慎重的

同 intentional 故意的 / prudent 審慎的
反 accidental 意外的 / heedless 不留心的
補 字根拆解：de 完全的 + liber 釋放 + ate 形容詞

---

depression
0163
[dɪ`prɛʃən]
名 蕭條；沮喪

同 recession 衰退期 / slump 衰落
反 encouragement 鼓勵；促進
搭 suffer from depression 患有憂鬱症
補 字根拆解：de 向下 + press 壓 + ion 名詞

---

designate
0164
[`dɛzɪg,net]
動 指定；表明

同 appoint 指派 / assign 指定
搭 designated driver 代駕
補 字根拆解：de 分離 + sign 記號 + ate 動詞

---

detach
0165
[dɪ`tætʃ]
動 使分離；拆卸

同 isolate 隔離 / dissociate 將…分開
片 be detached from 從…脫離
補 字根拆解：de 分開 + tach 貼上

---

determine
0166
[dɪ`tɜmɪn]
動 決定；下決心

同 decide 決定 / resolve 決意；決定
反 hesitate 猶豫 / unsettle 使動搖
片 be determined to 有做…的決心
補 字根拆解：de 分離 + termine 限制

---

devalue
0167
[di`vælju]
動 貶值；輕視

同 devaluate 使貶值 / depreciate 貶值
關 exchange rate 匯率 / adjustment 調整
補 字根拆解：de 往下 + value 價值

---

digestive
0168
[daɪ`dʒɛstɪv]
形 消化的

關 chew 咀嚼 / swallow 吞嚥 / absorption 吸收
搭 digestive system 消化系統
補 字根拆解：di 分離 + gest 運送 + ive 形容詞

0169

時間被稱為宇宙的第四象限。

▶ Time is said to be the fourth d_____n in the universe.

0170

想找電話號碼時，我們以前都必須從厚厚的電話簿裡查。

▶ We used to have to look up numbers from a thick telephone d_____y.

0171

被人類丟棄的塑膠製品已對環境造成嚴重的影響。

▶ Plastics di_____ by humans have caused a serious impact on the environment.

0172

對我來說，要從資料中分辨出所有模式是很困難的。

▶ It is hard for me to d_____n every pattern from the data.

0173

軍隊的紀律強調服從。

▶ Military d_____e emphasizes compliance and obedience.

0174

他一直都很謹慎、仔細，絕不可能犯下那個大錯。

▶ He is always d_____t and thorough, so it's impossible that he made that big mistake.

0175

我們預計將於早上九點下郵輪。

▶ We are scheduled to di_____k the cruise ship at nine o'clock in the morning.

0176

那位學生打架鬧事，損害學校的聲譽，因而被停學。

▶ The student was suspended for getting into serious fights and bringing d_____e to the school.

》提示《 損壞校譽的行為會使「不名譽」的名聲外傳。

Answer key

dimension / directory / discarded / discern / discipline / discreet / disembark / disgrace

0169 dimension
[daɪˋmɛnʃən]
名【數】維；尺寸

關 **spatial** 空間的 / **concept** 概念 / **solid** 固體
片 **take the dimensions of sth.** 丈量某物的尺寸
補 字根拆解：**di** 分離 + **mens** 測量 + **ion** 名詞

0170 directory
[dəˋrɛktərɪ]
名 姓名住址簿
形 諮詢的；指導的

搭 **a telephone directory** 電話簿 / **business directory** 工商名錄 / **directory assistance** 查號服務臺
補 字根拆解：**di** 分開 + **rect** 指引 + **ory** 名詞

0171 discard
[dɪˋskɑrd]
動 拋棄；丟棄

反 **retain** 保留 / **preserve** 保存；保藏
片 **throw away** 丟棄 / **get rid of** 擺脫；扔掉
補 字根拆解：**dis** 分離 + **card** 紙張

0172 discern
[dɪˋzɜn]
動 分辨出；識別

同 **recognize** 認出 / **differentiate** 區分
片 **tell A from B** 從 B 中分辨出 A
補 字根拆解：**dis** 分開 + **cern** 辨別

0173 discipline
[ˋdɪsəplɪn]
名 紀律；訓練
動 使有紀律

關 **punish** 懲罰 / **doctrine** 信條
搭 **self-disciplined** 自律的
補 字根拆解：**disci** 教導 + **pl** 充滿 + **ine** 名詞

0174 discreet
[dɪˋskrit]
形 謹慎的

反 **indiscreet** 不慎重的 / **rash** 輕率的
搭 **keep a discreet distance** 保持安全的距離
補 字根拆解：**dis** 分離 + **creet** 區別

0175 disembark
[ˏdɪsɪmˋbɑrk]
動 登陸；下車

同 **land** 登陸；使下車 / **alight**（從車輛等）下來
關 **passenger** 乘客 / **journey** 旅程
補 字根拆解：**dis** 離開 + **em** 在裡面 + **bark** 船

0176 disgrace
[dɪsˋgres]
名 恥辱；丟臉
動 使丟臉

同 **dishonor** 不名譽 / **discredit** 敗壞⋯的名聲
片 **in disgrace** 可恥地 / **be a disgrace to** 是⋯的恥辱
搭 **an utter disgrace** 十足的恥辱
補 字根拆解：**dis** 否定 + **grace** 增光

0177

只要感覺有掠食者出現，那隻昆蟲就會偽裝成一片樹葉。

▶ The insect di_____ itself as a leaf whenever it feels a predator in present.

0178

如果你無法控制變數，就打消這個念頭吧。

▶ Just d_____s the idea if you are unable to control the variables.

》提示《 打消念頭就好像「解散」了凝聚的想法。

0179

她的小孩七歲，被診斷患有注意力缺失症。

▶ Her seven-year-old child was diagnosed with ADD (Attention Deficit D_____r).

0180

產品依據顧客的要求配送到商店。

▶ The products were d_____hed to the shops according to customers' requests.

0181

政府正在宣導大眾減少免洗餐具（如筷子等）的使用量。

▶ The government is promoting reduction in the use of d_____e tableware such as chopsticks.

》提示《 免洗餐具就是「使用一次就丟棄的餐具」。

0182

廢水處理是我們必須認真面對的問題。

▶ Wastewater d_____l is a problem we need to tackle seriously.

0183

那對父母為了孩子要上的學校爭論不休。

▶ The father and the mother had been di_____ over which school their child should be going to.

》提示《 強調「爭論」，而非單純的討論。

0184

這起嚴重的車禍中斷了進入城鎮的交通。

▶ The serious car accident d_____ted the traffic into the town.

Answer key disguises / dismiss / Disorder / dispatched / disposable / disposal / disputing / disrupted

0177

disguise
[dɪsˋgaɪz]
動 假扮；掩飾
名 偽裝；假裝

關 deceive 欺騙 / appearance 外觀
片 in disguise 偽裝的 / disguise oneself as 假扮成…
搭 a blessing in disguise 是福不是禍
補 字根拆解：**dis** 分離 + **guise** 外表

0178

dismiss
[dɪsˋmɪs]
動（從腦中）去除；
解散

搭 dismiss the class （教授宣布）下課 / dismiss a case
（法官）駁回訴訟不受理
補 本題所指的是「從腦中抹去某種想法」的拋棄。

0179

disorder
[dɪsˋɔrdɚ]
名 機能失調；混亂
動 使失調；擾亂

同 illness 疾病 / disarray 使混亂
搭 mental disorder 精神疾病
補 字根拆解：**dis** 分離 + **order** 秩序

0180

dispatch
[dɪˋspætʃ]
動 發送；派遣
名 發送；急件

反 delay 延誤 / procrastinate 延遲
關 consignment 交付 / swiftness 迅速
搭 dispatch a parcel 配送包裹

0181

disposable
[dɪˋspozəbḷ]
形 拋棄式的；一次性的

同 throwaway 一次性使用的
關 eco-friendly 不損害環境的；環保的 / recyclable 可回
收的 / carbon emission 碳排放 / extinction 滅絕
搭 a disposable diaper 一次性尿布

0182

disposal
[dɪˋspozḷ]
名 處理；處置

片 at one's disposal 可供某人使用的
搭 garbage disposal （廚房的）垃圾處理器
補 字根拆解：**dis** 分離 + **pos** 放置 + **al** 名詞

0183

dispute
[dɪˋspjut]
動 爭執；爭論
名 爭端；糾紛

片 beyond dispute 無疑地；無可爭辯的 / in dispute 爭
議中的 / dispute over sth. 爭論某事
搭 labor dispute 勞資糾紛 / territorial dispute 領土糾紛
補 字根拆解：**dis** 分離 + **pute** 思考

0184

disrupt
[dɪsˋrʌpt]
動 使中斷；使分裂

同 interrupt 打斷 / obstruct 妨礙；阻塞
關 inconvenience 不便 / be in one's way 擋住；妨礙
補 字根拆解：**dis** 分離 + **rupt** 打破

0185

這間博物館的外觀與眾不同，因此很引人注目。

▶ The museum has a d_____e appearance, and thus draws a lot of attention.

0186

我們對您海軍時期的卓越經歷印象深刻。

▶ We are impressed by your d_____d career in the navy.

》提示《 卓越的經歷會提升人的「辨識」度。

0187

多的便當會分配給那些還沒有吃午餐的人。

▶ Those extra lunchboxes will be d_____ted to those who haven't had lunch yet.

0188

你應該聯絡當地的經銷商，以取得必要的技術支援。

▶ You should consult the local d_____r for necessary technical support.

0189

建造那間教堂的紀錄片之前有在博物館播放。

▶ The d_____y on the construction of that church was played in the museum.

0190

這個藥丸的劑量為每次一粒，一天要服用四次。

▶ The d_____e is one pill, four times a day.

0191

專家們提醒大眾，未來這一年將會面臨經濟衰退。

▶ Experts are warning people of an economic d_____rn in the coming year.

0192

為了防止進一步的汙染而採取了激烈的手段。

▶ D_____c measures are taken to prevent further contamination.

 Answer key distinctive / distinguished / distributed / distributor / documentary / dosage / downturn / Drastic

distinctive
0185
[dɪˋstɪŋktɪv]
形 與眾不同的；獨特的；特別的

關 **eye-catching** 引人注目的 / **odd** 奇特的；古怪的
搭 **get a distinctive voice** 擁有獨特的嗓音
補 字根拆解：**di** 分離 + **stinct** 刺 + **ive** 形容詞（具…性質）

distinguished
0186
[dɪˋstɪŋgwɪʃt]
形 卓越的；著名的

同 **outstanding** 傑出的 / **celebrated** 著名的
反 **infamous** 聲名狼藉的 / **unknown** 默默無聞的
片 **make a distinction** 做出區別
搭 **distinguished guest** 貴賓；上賓

distribute
0187
[dɪˋstrɪbjut]
動 分配；分發

同 **dispense** 分配；分發 / **allot** 分配給
片 **distribute sth. to sb.** 將某物分發給某人
補 字根拆解：**dis** 分別地 + **tribute** 給予

distributor
0188
[dɪˋstrɪbjətɚ]
名 經銷商；批發商

關 **distribution right** 經銷權
搭 **a film distributor** 電影發行公司
補 字根拆解：**dis** 分別地 + **tribut** 給予 + **or** 名詞（人）

documentary
0189
[ˌdɑkjəˋmɛntərɪ]
名 紀錄片
形 文件的；紀實的

關 **historical** 基於史實的 / **indie film** 獨立電影（主流市場之外的小成本電影）
搭 **documentary evidence** 書面證據
補 字根拆解：**docu** 教導 + **ment** 名詞 + **ary** 物

dosage
0190
[ˋdosɪdʒ]
名 （藥的）劑量；服法

關 **potion** 一服；一劑 / **optimum** 最理想的；最佳的
考 **dose** 是單次服藥的劑量；**dosage** 則是一段時間內的具體服藥指示。
補 字根拆解：**dos** 分配藥 + **age** 名詞（動作）

downturn
0191
[ˋdaʊntɝn]
名 （經濟）衰退；降低

反 **upturn** 好轉；回升 / **ascent** 上升；登高
片 **a downturn in sth.** 在某事物上出現衰退跡象
搭 **a sharp downturn** 急遽下滑

drastic
0192
[ˋdræstɪk]
形 激烈的；嚴厲的

同 **severe** 嚴厲的 / **intense** 劇烈的 / **fierce** 猛烈的
搭 **a drastic change** 劇烈的變化
補 字根拆解：**drast** 行動 + **ic** 形容詞

0193

天氣驟變，突然從大晴天變成雨天。

▶ The weather changed **d**_____**y** from sunshine to rain in a second.

》提示《 指「劇烈、大幅度」的改變，注意單字形容的是動詞 change。

0194

這裡的剪髮費用很高，但服務糟透了。

▶ The price for the haircut here was high, but the service was **d**_____**l**.

0195

導演訓練那名年輕演員，教他如何講臺詞。

▶ The director **dr**_____**d** the young actor in how to say his lines.

0196

在這場雨之前，這個地區歷經了一個月以上的乾旱。

▶ Before the rain, this region had been in a **d**_____**t** for over a month.

0197

複製別人的工作成果只是在浪費時間而已。

▶ **D**_____**g** others' work is just a waste of time.

0198

產品的創新是一個不斷變化發展的過程。

▶ Doing product innovation is a **d**_____**c** process.

》提示《 不斷變化是一個「動態」的發展過程。

Answer key　drastically / dreadful / drilled / drought / Duplicating / dynamic

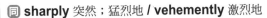

drastically
[`dræstɪkḷɪ]
副 大幅地；激烈地

0193

同 **sharply** 突然；猛烈地 / **vehemently** 激烈地
反 **mildly** 溫和地 / **moderately** 不過度地
關 **fundamental** 根本的 / **revolution** 革命

---

dreadful
[`drɛdfəl]
形 糟透的；可怕的

0194

同 **horrible** 糟透的；可怕的 / **appalling** 駭人的
搭 **a dreadful movie** 糟透的電影
補 字根拆解：**dread** 懼怕 + **ful** 形容詞（充滿⋯的）

---

drill
[drɪl]
動 訓練；鑽出
名 訓練；鑽頭

0195

同 **practice** 練習 / **exercise** 操練
搭 **fire drill** 消防演習 / **military drill** 軍事演習 / **power drill** 電鑽 / **drilling platform** 鑽井臺

---

drought
[draʊt]
名 乾旱；旱災

0196

關 **dryness** 乾燥 / **prolonged** 延續很久的 / **scanty rainfall** 降雨量稀少 / **monsoon** 季風；雨季
補 字根拆解：**dry** 乾的 + **th** 字尾 → **drought**

---

duplicate
[`djuplə͵ket]
動 複製；拷貝

0197

同 **replicate** 複製 / **reproduce** 複製
片 **in duplicate**（文件）一式兩份的（地）
考 本單字當名詞與形容詞時念 [`djupləkɪt]。
補 字根拆解：**du** 二 + **plic** 摺疊 + **ate** 動詞

---

dynamic
[daɪ`næmɪk]
形 動態的；有活力的

0198

同 **energetic** 精力旺盛的 / **spirited** 活潑的
搭 **dynamic analysis** 動態分析
補 字根拆解：**dynam** 力量 + **ic** 形容詞

UNIT 05 E 字頭填空題

〔 Test Yourself! 〕

請參考中文翻譯，再填寫空格內的英文單字。

0199

她對學習新事物總是充滿了渴望。

▶ She is always e_____r to learn new things.

0200

他是同儕中最認真的人，總是願意去學習新事物。

▶ He is the most e_____t person among his peers, always willing to learn new things.

》提示《 認真的人內心都抱持著「誠摯的」態度。

0201

他們追求工作的效率與品質。

▶ They are in pursuit of e_____y and quality in the work they do.

0202

針對這場關鍵的協商，他們終於做好縝密的計畫。

▶ They finally came up with an e_____e plan for the crucial negotiation.

0203

隨著年齡增長，我們皮膚的彈性也會跟著變差。

▶ The e_____y of our skin will gradually decrease as we grow older.

0204

夏天是電器產品的銷售高峰期。

▶ Summer is the peak season for e_____l goods.

》提示《 家電用品都是需要「用電的」產品。

0205

她是一位優雅的女士，從她的服裝及舉止可見一斑。

▶ You can see from her clothes and behavior that she is an e_____t woman.

 Answer key

eager / earnest / efficiency / elaborate / elasticity / electrical / elegant

答案 & 單字解說
Get The Answer !

MP3 05

eager
[`igə]
形 熱切的；渴望的
0199

- 同 **enthusiastic** 熱烈的 / **keen** 渴望的
- 反 **indifferent** 冷淡的 / **uninterested** 不感興趣的
- 片 **be eager to** 渴望做某事
- 補 字義演變：**eager** 尖銳 → 熱切的

earnest
[`ɝnɪst]
形 認真的；誠摯的
0200

- 同 **sincere** 真誠的 / **ardent** 熱切的；熱心的
- 片 **sth. begin in earnest** 某事正式開始 / **sb. be in earnest**（說的話）是認真的
- 搭 **earnest money**（特指購屋的）保證金

efficiency
[ɪ`fɪʃənsɪ]
名 效率；效能
0201

- 反 **inefficiency** 無效率 / **idleness** 無益；白費
- 搭 **improve one's work efficiency** 提高某人的工作效率
- 補 字根拆解：**effici** 完成 + **ency** 名詞（性質）

elaborate
[ɪ`læbərɪt]
[ɪ`læbə‚ret]
形 詳盡的 動 詳述
0202

- 同 **detailed** 詳細的 / **amplify** 詳述
- 片 **elaborate on sth.** 詳細說明某事
- 補 字根拆解：**e** 向外 + **labor** 勞動 + **ate** 形容詞；動詞

elasticity
[‚læs`tɪsətɪ]
名 彈性；靈活性
0203

- 同 **flexibility** 彈性；靈活性 / **resilience** 彈性
- 關 **rubber band** 橡皮筋 / **stretchy** 伸長的
- 搭 **price elasticity of demand** 需求的價格彈性
- 補 字根拆解：**elast** 可延展 + **ic** 形容詞 + **ity** 名詞

electrical
[ɪ`lɛktrɪkl]
形 電的；用電的
0204

- 關 **circuit** 電路 / **power supply** 電源供應器
- 搭 **electrical appliance** 電器用品
- 補 字根拆解：**electr** 電的 + **ical** 形容詞

elegant
[`ɛləgənt]
形 優雅的；精緻的
0205

- 同 **graceful** 優雅的 / **refined** 精緻的；有教養的
- 反 **inelegant** 粗野的 / **undignified** 不莊重的
- 補 字根拆解：**e** 向外 + **leg** 選擇 + **ant** 形容詞

0206

免費軟體通常都會內嵌很多廣告。

▶ Free software usually has a lot of e_____d advertisements.

0207

他先在急診室接受了初步治療，然後等待住院。

▶ He received preliminary treatment in the e_____y room and then waited for full admission into the hospital.

0208

請將兩張背面寫有您名字的照片，連同申請表一起隨信附上。

▶ Please e_____se two photos with your name on the backside with your application.

》提示《 這個單字表示把照片「封入」同一個信封。

0209

這場展覽幾乎涵蓋了所有形式的藝術，包含音樂、電影以及文學。

▶ The exhibition e_____sed nearly all forms of art such as music, cinema, and literature.

0210

百科全書的內容應該要囊括人類至今所獲取的所有知識。

▶ An e_____a should contain all the knowledge human beings have obtained to date.

0211

當她在執行任務中遇到困難時，我們都盡全力支持她。

▶ We en_____d to support her to get through problems she encountered while performing the tasks.

0212

主席贊成劉先生在會議上所提的建議。

▶ The chairperson e_____d the recommendations Mr. Liu gave during the meeting.

》提示《 贊成表示主席願意替劉先生的建議「背書」。

0213

他們的目標是在明天的會期上贏得立法委員們的背書支持。

▶ They aim to win the e_____t from the legislators in tomorrow's session.

Answer key : embedded / emergency / enclose / encompassed / encyclopedia / endeavored / endorsed / endorsement

embed
[ɪm`bɛd]
動 嵌入；埋置

關 hammer sth. into sb. 反覆向某人灌輸…
片 be embedded in 被嵌在…中
補 字根拆解：em 進入 **+** bed 床

---

emergency
[ɪ`mɜdʒənsɪ]
名 緊急情況

片 in case of emergency 在緊急情況下；以防萬一
搭 an emergency exit 緊急出口
補 字根拆解：e 向外 **+** merg 浸泡 **+** ency 名詞

---

enclose
[ɪn`kloz]
動 封入；圍住

同 encircle 包圍 / surround 圈住
片 be enclosed by sth. 被…圈住、圍住
補 字根拆解：en 使 **+** close 關閉

---

encompass
[ɪn`kʌmpəs]
動 包含；圍繞

同 embrace 包含 / include 包括
反 exclude 不包括 / banish 排除
片 keep sth. out 把某物排除在外
補 字根拆解：en 使 **+** com 共同 **+** pass 腳步

---

encyclopedia
[ɪn͵saɪklə`pidɪə]
名 百科全書

關 reference book 參考書 / thesaurus 彙編
搭 a walking/living encyclopedia 活字典；學識淵博者
補 字根拆解：en 在裡面 **+** cyclo 環 **+** pedia 教育

---

endeavor
[ɪn`dɛvə]
動 努力；試圖
名 努力；盡力

同 aim 致力於 / attempt 企圖；試圖
片 endeavor to **+** V 盡全力做某事
補 字根拆解：en 使 **+** deavor 責任

---

endorse
[ɪn`dɔrs]
動 背書；簽署

同 approve 贊成 / support 支持 / ratify 認可
關 signature 簽名 / back up 支持
補 字根拆解：en 在…之上 **+** dorse 背面

---

endorsement
[ɪn`dɔrsmənt]
名 背書；支持；贊同

反 disapproval 不贊成 / opposition 反對
關 pledge 保證；抵押 / reciprocal 相互的
搭 celebrity endorsement 名人代言

0214

童書的內容必須兼具啟發性與娛樂性。

▶ Books for children should be able to e_____n and entertain.

》提示《 啟發就像是給人「帶來光明」一般。

0215

她為了幫助各地區的災民，而選擇從軍。

▶ She chose to e_____t in helping regions stricken by disasters.

》提示《 從軍之後，名字就會被「放入」軍隊「名單」中。

0216

我們期待企業能擔負起社會與保護環境的責任。

▶ We expect e_____s to have social and environmental responsibility.

0217

她今晚會待在家裡，等她最愛的影集播放最新的一集。

▶ She will stay home tonight and wait for the latest e_____ of her favorite TV series to come on.

0218

一美元相當於新臺幣三十元左右。

▶ One U.S. dollar is e_____t to about thirty NT dollars.

0219

他演講的精髓在於要珍惜生活中的變化，並去適應它。

▶ The e_____e of his speech is to value and adapt to the changes in life.

0220

我的首要任務是替我們的產品建立新的應用方式。

▶ The es_____t of the new application of our products is my priority.

0221

教授提醒我們隨時將醫療道德放在心上。

▶ The professor reminded us to keep medical e_____s in mind.

enlighten / enlist / enterprises / episode / equivalent / essence / establishment / ethics

enlighten
[ɪnˋlaɪtn]
動 啟發；開導

- 同 **civilize** 教化 / **educate** 教育 / **edify** 教化
- 關 **shed light on sth.** 闡明某事（使人了解）
- 補 字根拆解：**en** 使 + **light** 光亮 + **en** 動詞

 enlist
[ɪnˋlɪst]
動 從軍；參加

- 片 **join the army** 從軍
- 考 **enlist in** 表示從軍時，後面可以放軍種（如 **the army**、**the navy** 等）。
- 補 字根拆解：**en** 放進 + **list** 名單

0216 **enterprise**
[ˋɛntɚ͵praɪz]
名 企業；事業

- 同 **corporation** 股份有限公司 / **business** 商業
- 搭 **profit-seeking enterprise** 營利事業 / **state-owned enterprise** 國營事業
- 補 字根拆解：**enter** 在…之間 + **prise** 抓取

0217 **episode**
[ˋɛpə͵sod]
名 一集；插曲

- 同 **event** 事件 / **incident** 插曲
- 關 **sitcom** 情境喜劇 / **miniseries** 迷你劇集
- 搭 **the final episode** 完結篇；大結局
- 補 字根拆解：**epi** 在…之上 + **sode** 進來

0218 **equivalent**
[ɪˋkwɪvələnt]
形 等值的；相等的
名 相等物；等價物

- 關 **counterpart** 極相像的人或物
- 片 **be equivalent to** 相當於
- 補 字根拆解：**equi** 相等的 + **val** 價值 + **ent** 形容詞

 essence
[ˋɛsəns]
名 精髓；本質

- 同 **core** 核心；精髓 / **nature** 本質
- 片 **in essence** 本質上 / **be of the essence** 極重要的
- 補 字根拆解：**ess** 存在 + **ence** 名詞

 establishment
[ɪˋstæblɪʃmənt]
名 建立；機構

- 同 **formation** 構成 / **institution** 機構
- 關 **set up** 建立；開創 / **co-founder** 共同創辦人
- 搭 **an educational establishment** 教育機構
- 補 字根拆解：**e** 向外 + **stabl** 穩固 + **ish** 動詞 + **ment** 名詞

 ethics
[ˋɛθɪks]
名 道德規範；倫理觀

- 同 **morality** 倫理；道德
- 關 **a code of conduct** 行為準則
- 搭 **business ethics** 企業倫理
- 補 字根拆解：**eth** 社會習俗 + **ics** 學

0222

因為有可能發生恐怖攻擊，所以大樓內的人全都被撤離了。

People were e_____d from the building due to a potential terrorist attack.

0223

巨大的壓力導致她吃下過量的甜食。

She felt stressful, and thus consumed e_____e sweets.

0224

那間媒體獨家專訪了一位知名的棒球選手。

The press had an e_____e interview with a famous baseball player.

0225

由電腦輔助的模擬精準地按照時間表執行。

The whole computer-aided simulation was e_____d following a precise schedule.

0226

她被聘為業務部門的主管。

She was hired as an e_____e of the sales department.

0227

她覺得整天回答客戶的問題令人筋疲力竭。

She feels that answering questions from customers all day is e_____g.

0228

大廳有舉辦車展，那裡的時尚跑車吸引了很多人的注意。

There was a car e_____n in the hall, where cool sports cars attracted many people's attention.

0229

那個地區在地震後，以超出我們預期的驚人速度重建。

The fast recovery in the region from the earthquake was beyond our e_____y.

evacuated / excessive / exclusive / executed / executive / exhausting / exhibition / expectancy

0222
evacuate
[ɪˋvækjʊˌet]
動 撤離；疏散

同 **withdraw** 撤退；離開 / **empty** 使成為空的
關 **prepare for the worst** 為最壞的情況做準備
片 **be evacuated from** 從…被撤離
補 字根拆解：**e** 向外 **+ vacu** 空的 **+ ate** 動詞

0223
excessive
[ɪkˋsɛsɪv]
形 過度的；過分的

同 **extravagant** 過度的 / **immoderate** 無節制的
關 **limitation** 限制 / **consumption** 消耗量
補 字根拆解：**ex** 向外 **+ cess** 前去 **+ ive** 形容詞

0224
exclusive
[ɪkˋsklusɪv]
形 獨占的；排外的

片 **be exclusive to sb.** 為某人所獨享
搭 **exclusive report** 獨家報導 / **exclusive distributor** 總經銷商；獨家代理商
補 字根拆解：**exclus** 排除在外 **+ ive** 形容詞（具…性質）

0225
execute
[ˋɛksɪˌkjut]
動 執行；處決

同 **carry out** 執行 / **complete** 完成
搭 **execute a will** 執行遺囑
補 字根拆解：**ex** 完全地 **+ ecu/secu** 跟隨 **+ (a)te** 動詞

0226
executive
[ɪgˋzɛkjɪtɪv]
名 行政主管；經理
形 執行的；行政的

關 **administrative** 管理的 / **supervisory** 監督的
搭 **chief executive officer (CEO)** 執行長
補 字根拆解：**execut** 貫徹；執行 **+ ive** 人

0227
exhausting
[ɪgˋzɔstɪŋ]
形 使人筋疲力竭的

同 **tiring** 累人的 / **wearisome** 使人疲倦的
關 **arduous** 費力的；艱鉅的 / **deplete** 用盡
補 字根拆解：**ex** 向外 **+ haust** 汲取 **+ ing** 形容詞

0228
exhibition
[ˌɛksəˋbɪʃən]
名 展覽；表現

關 **display** 陳列；展出 / **audio tour** 語音導覽
片 **be on exhibition** 展出中；在展覽 / **make an exhibition of oneself** 出洋相；出醜
補 字根拆解：**exhib** 展示 **+ ition** 名詞（動作）

0229
expectancy
[ɪkˋspɛktənsɪ]
名 期望；預期

同 **anticipation** 預期；期望 / **assumption** 設想
搭 **life expectancy** （人的）預期壽命；平均壽命
補 字根拆解：**ex** 完全地 **+ pect** 觀看 **+ ancy** 名詞

0230

她很驚訝地發現自己已懷孕，即將成為母親。

▶ She was amazed to find out that she was already an e_____t mother.

》提示《 本句的懷孕表示「預期」將為成為母親。

0231

在交了男朋友之後，蒂娜花在衣服上的支出增加了。

▶ Tina's e_____re on clothes increased after she had a boyfriend.

》提示《 此處指抽象的「消費額」，為不可數名詞。

0232

請檢查一下牛奶盒後面所寫的保存期限。

▶ Check the e_____n date on the back of the milk carton, please.

0233

過了這個禮拜五，這瓶牛奶就過期了。

▶ The bottle of milk is going to e_____ this Friday.

0234

這位歌手的私生活被狗仔隊曝光了。

▶ The private life of the singer was e_____ to the public by the paparazzi.

0235

原稿已不存在了。

▶ The original manuscript is no longer e_____t.

0236

在美國找到工作之前，我得申請簽證延期。

▶ I needed to apply for my visa e_____n before I found a job in the United States.

》提示《 簽證延期表示「延長」在某國的停留時間。

0237

石油的開採促進了中東各國的經濟成長。

▶ Oil e_____n boosted the local economy in countries in the Middle East.

》提示《 開採石油表示要從地底把石油「汲取」出來。

expectant / expenditure / expiration / expire / exposed / extant / extension / extraction

expectant
[ɪkˋspɛktənt]
形 懷孕的;盼望著的

同 **pregnant** 懷孕的 / **expected** 預期要發生的
關 **give birth to** 分娩 / **forthcoming** 即將到來的
片 **look forward to** 期望;盼望

expenditure
[ɪkˋspɛndɪtʃə]
名 消費;支出;經費

同 **disbursement** 支出 / **spending** 開銷
搭 **advertising expenditure** 廣告支出
補 字根拆解:**ex** 向外 + **pendit** 伸長 + **ure** 名詞

expiration
[ˏɛkspəˋreʃən]
名 終結;期滿

同 **expiry** 終結;滿期 / **termination** 終止
搭 **the expiration of sth.** 某事物到期
補 字根拆解:**expir** 屆滿;呼氣 + **ation** 名詞(動作)

expire
[ɪkˋspaɪr]
動 屆期;呼氣

關 **be no longer valid** 不再有效的
搭 **one's visa expires** 某人的簽證過期
補 字根拆解:**ex** 向外 + **(s)pire** 呼吸

expose
[ɪkˋspoz]
動 使暴露於;揭露

同 **uncover** 揭露 / **reveal** 揭露
反 **conceal** 隱瞞 / **cover** 遮蓋 / **hide** 隱藏
片 **expose sb./sth. to** 讓某人或某事暴露於…之下
補 字根拆解:**ex** 向外 + **pose** 放置

extant
[ˋɛkstənt]
形 現存的;尚存的

反 **extinct** 滅絕的 / **dead** 死的;已廢的
考 **extant** 指舊事物到現在仍然存在;**existent**(存在的)則只強調現存,有可能是新事物。
補 字根拆解:**ex** 向外 + **tant** 站立

extension
[ɪkˋstɛnʃən]
名 延期;電話分機

同 **lengthening** 延長 / **prolongation** 延期
搭 **extension cord** 延長線 / **hair extension** 接髮
補 字根拆解:**ex** 向外 + **ten** 伸展 + **sion** 名詞

extraction
[ɪkˋstrækʃən]
名 汲取;摘錄

片 **extract from** 從…取得、摘錄
搭 **a dental extraction** 拔牙
補 字根拆解:**ex** 向外 + **tract** 拉 + **ion** 名詞

0238

他在工作上取得了特別大的進展。

▶ He has made an e_____y amount of progress at work.

》提示《 進展大到令人驚奇,也就是取得「非凡的」成果。

UNIT 06 F 字頭填空題 〔Test Yourself!〕

請參考中文翻譯,再填寫空格內的英文單字。

0239

他以富麗堂皇的教堂正面為景,拍了一張照片。

▶ He took a photo with the gorgeous f_____e of the church.

0240

為了明天的辯論,他們仔細檢查論點的各個面向。

▶ They carefully examined every f_____t of the argument for tomorrow's debate.

0241

微米級裝置的使用讓癌細胞的早期偵測變得更容易。

▶ The application of the micro device f_____s early detection of cancer cells.

》提示《 這類裝置能「促進」癌細胞的治療。

0242

這一區的便利性(例如公共設施)讓附近的房價跟著上漲。

▶ Convenience in this neighborhood like public f_____s also elevated the prices of houses nearby.

0243

我姊姊在流行服裝上花了很多錢。

▶ My sister spent a lot of money on f_____e clothes.

Answer key

extraordinary / façade / facet / facilitates / facilities / fashionable

extraordinary
[ɪk`strɔdṇ͵ɛrɪ]
名 特別的；非凡的

同 exceptional 卓越的 / remarkable 非凡的
搭 extraordinary general meeting 臨時股東會
補 字根拆解：**extra** 外面 + **ordin** 秩序 + **ary** 形容詞

答案 & 單字解說
Get The Answer !

MP3 06

facade
[fə`sɑd]
名 正面；外觀

關 exterior 外部的 / archway 拱門
搭 maintain a facade of wealth 假裝很有錢
補 字根拆解：**fac** 臉；表面 + **ade** 字尾

facet
[`fæsɪt]
名 面；方面

同 side 面 / aspect 方面 / phase 方面
關 point of view 觀點 / lateral 側面的
補 字根拆解：**fac** 臉；表面 + **et** 字尾

facilitate
[fə`sɪlə͵tet]
動 使容易；促進

同 further 促進；助長 / assist 幫助；促進
搭 facilitate a trend 助長某種風潮
補 字根拆解：**fac** 做 + **ilit** 容易 + **ate** 動詞

facility
[fə`sɪlətɪ]
名 設施；技能；熟練

同 amenity 便利設施 / adeptness 熟練
考 facility 指的是有「特定用途」的設施或建築。
補 字根拆解：**facil** 容易做 + **ity** 名詞

fashionable
[`fæʃənəbḷ]
形 流行的；時髦的

反 old-fashioned 過時的 / outdated 過時的
搭 be fashionable in style 打扮時髦
補 字根拆解：**fashion** 時尚 + **able** 形容詞（能夠）

0244

副作用包括會感到焦慮、憂鬱和疲倦。

▶ The side effects include anxiety, depression and f_____.

0245

能在這麼競爭的市場中找出最佳價格,她這項業績令人印象深刻。

▶ She performed a remarkable f_____t of finding the optimal price in such a competitive market.

0246

到了晚上,村莊就只剩下幾盞微弱的燈光。

▶ At night, only several fe_____e lights can be seen in the village.

0247

他犯了謀殺的罪行,因此被判重罪。

▶ He committed a murder and was convicted of a f_____y.

0248

那位先生向妻子保證會忠貞不二。

▶ The husband promised his fi_____y to his wife.

0249

經過一連串激烈的比賽,他們贏得了金牌。

▶ They won the gold medal after a series of f_____e competitions.

0250

請完成會議的議程,並於明天早上之前放到我的桌上。

▶ Please f_____e the meeting agenda and put it on my desk by tomorrow morning.

》提示《 這句表示將會完成議程的「最終」版本。

0251

每年的財務報表通常都會在三月公布。

▶ The annual f_____l st_____t is usually published in March every year.

Answer key

fatigue / feat / feeble / felony / fidelity / fierce / finalize / financial statement

fatigue
0244
[fə`tig]
名 疲勞;勞累

同 **tiredness** 疲勞 / **weariness** 疲倦
反 **liveliness** 充滿活力 / **vigor** 精力
搭 **driver fatigue** 疲勞駕駛（名詞片語）
補 字根拆解:**fati** 裂開 **+ gue** 字尾

feat
0245
[fit]
名 功績;業績

關 **milestone** 里程碑 / **inimitable** 無與倫比的
搭 **a feat of engineering** 了不起的工程
補 **feat** 通常指須用技術、勇氣等去克服,才能完成的事。

feeble
0246
[fibḷ]
形 微弱的;虛弱的

同 **flabby** 軟弱的 / **infirm** 薄弱的;衰弱的
搭 **feeble-minded** 弱智的;低能的
補 字根拆解:**fe** 悲嘆 **+ eble** 形容詞（能夠）

felony
0247
[`fɛlənɪ]
名【律】重罪

關 **misdemeanor** 輕罪 / **transgression** 違法
片 **be convicted of a felony** 被判重罪
搭 **a felony charge** 重罪指控
補 字根拆解:**felon** 罪惡 **+ y** 名詞

fidelity
0248
[fɪ`dɛlətɪ]
名 忠誠;忠貞

同 **loyalty** 忠誠 / **devotion** 忠誠;摯愛
關 **commitment** 承諾 / **steadfast** 不動搖的
補 字根拆解:**fidel/fides** 信任 **+ ity** 名詞

fierce
0249
[fɪrs]
形 激烈的;狂熱的

同 **violent** 激烈的 / **vehement** 強烈的;猛烈的
關 **defender** 守衛者 / **aggressive** 侵略的
搭 **a fierce storm** 猛烈的暴風雨

finalize
0250
[`faɪnḷˏaɪz]
動 完成;結束

反 **start from scratch** 從頭開始
片 **bring sth. to a conclusion** 把某事結束掉
補 字根拆解:**fin** 結束 **+ al** 形容詞 **+ ize** 動詞（使…化）

financial statement
0251
片 財務報表

關 **income statement** 損益表 / **liabilities** 負債
搭 **publish a financial statement** 公布財務報表
考 任何與財務相關的事都能用 **financial** 形容;相似字 **fiscal** 則特別指國家財政（國庫的）。

0252

他被公司僱用，擔任為期一年的約聘員工。

▶ He was hired as a f_____-t_____ contractor by the company for a year.

》提示《 表示該員工有一個「固定下來的僱用期間」。

0253

你在廣告傳單上看到的房屋設施並沒有含括在公寓的售價中。

▶ The f_____s you see on the DM are not included in the price of the apartment.

0254

那隻擁有大垂耳的狗是丹尼養的。

▶ The dog with big f_____y ears is Danny's.

》提示《 本單字指的是狗「垂下的」大耳朵。

0255

在飯後使用牙線能維持牙齒的健康與清潔，所以很重要。

▶ F_____g after meals is important because it keeps your teeth healthy and clean.

0256

佩姬喜愛手工藝品，所以在那家店買了好幾樣。

▶ Paige is f_____d of artifacts and bought several in that shop.

0257

我的會計師在報告底部加註了財務建議。

▶ My accountant had f_____d his financial advice at the bottom of the report.

》提示《 表示會計師「在頁面下方註明」了他的建議。

0258

為了保護這些畫作，使用閃光燈是被嚴格禁止的。

▶ Using a camera flash is strictly f_____n in order to protect the paintings.

0259

想要增加銷售量，我們應採取的首要措施是提升產品的品質。

▶ One and the fo_____t thing in boosting sales is to enhance the quality of our products.

》提示《 首要措施指的是「最前面、最先的」行動。

 Answer key

fixed-term / fixtures / floppy / Flossing / fond / footnoted / forbidden / foremost

fixed-term
[`fɪkstˌtɝm]
形 固定時期的

反 **non-scheduled** 不定期的
關 **period** 期間 / **time span** 一段時間
片 **on a regular basis** 定期地；經常

fixture
[`fɪkstʃ]
名 （房屋內的）固定
設施

關 **immovable** 固定的 / **upkeep** （房屋等的）維修
搭 **lighting fixture** 燈具 / **bathroom fixture** 衛浴設備
補 **fixture** 指的是固定式的傢俱（如浴缸等）。

floppy
[`flɑpɪ]
形 下垂的；懶散的

同 **droopy** 下垂的；疲乏的 / **loose** 鬆散的
搭 **floppy hair** 柔軟的頭髮 / **a floppy hat** 寬簷軟帽
補 字根拆解：**flopp** 拍打 **+ y** 形容詞

floss
[flɔs]
動 用牙線清潔
名 牙線；粗絲

關 **thread** 線 / **cotton** 棉花 / **embroidery** 刺繡
片 **brush one's teeth** 刷某人的牙
搭 **dental floss** 牙線 / **pork floss** 豬肉鬆

fond
[fɑnd]
形 喜愛的；愛好的

反 **aloof** 冷漠的；不關心的 / **averse** 嫌惡的
關 **affection** 鍾愛 / **indulgent** 縱容的；溺愛的
片 **be fond of = have a taste for** 喜愛

footnote
[`fʊtˌnot]
動 給…做腳註
名 腳註；補充說明

同 **annotation** 注解；注釋 / **explanation** 說明
反 **headnote** 眉批；批註
關 **commentary** 評論 / **afterthought** 事後的想法

forbidden
[fɚ`bɪdn̩]
形 被禁止的

同 **prohibited** 禁止的 / **disallowed** 不允許的
片 **against the law** 違法 / **rule out** 把…排除在外
補 字根拆解：**for** 逆；對著 **+ bidd** 命令 **+ en** 形容詞

foremost
[`forˌmost]
形 最重要的；最前的

同 **chief** 最重要的 / **primary** 首要的
搭 **first and foremost** 首要的是；首先
補 字根拆解：**fore** 前部 **+ most** 最

0260

她的父母從她六歲起，就開始培養她拉小提琴。

▶ Her parents have been f_____g violin skills in her since she was six years old.

0261

花瓶易碎，請小心搬運。

▶ The vase is f_____e, so be careful when you transport it.

0262

華森先生的花園裡充斥著芳香的草本植物。

▶ Mr. Watson's garden is full of f_____t herbs.

0263

由於近來網購風行，因而發生許多信用卡詐騙的案例。

▶ Credit card f_____d is happening a lot these days due to a rise in online shopping.

0264

網路上的免費軟體可能會夾帶病毒，所以下載時要小心。

▶ F_____e on the internet may contain viruses, so be careful when downloading it.

0265

當他無法解釋這詭異的實驗結果時，一股挫折感油然而生。

▶ His f_____n showed when he failed to explain the weird results of the experiment.

0266

上千名逃亡者跨過了美國與墨西哥之間的國界線。

▶ Thousands of f_____es crossed the border between the United States and Mexico.

0267

一千五百萬元新臺幣能在郊區買到一間傢俱配置完善的公寓。

▶ With fifteen million NT dollars, you can buy a fully fu_____ apartment in the suburbs.

Answer key: fostering / fragile / fragrant / fraud / Freeware / frustration / fugitives / furnished

foster
[`fɔstɚ]
動 培養；養育
形 收養的；代養的

- 搭 **a foster child** 代養子女 / **a foster family** 寄養家庭
- 補 **foster** 為合法的寄養，指在有限的一段時間內代為收養；**adopt** 則指透過法律程序、正式的收養。

---

fragile
[`frædʒəl]
形 易碎的；脆弱的

- 同 **delicate** 脆弱的 / **breakable** 會破的
- 反 **sturdy** 堅固的 / **solid** 結實的；穩固的
- 關 **fragment** 碎片 / **insecure** 不安全的
- 補 字根拆解：**frag** 毀壞 + **ile** 形容詞（易於…的）

---

fragrant
[`fregrənt]
形 香的；芳香的

- 同 **aromatic** 芳香的 / **perfumed** 芳香的
- 反 **stinking** 臭的 / **foul** 惡臭的
- 補 字根拆解：**fragr** 聞；嗅 + **ant** 形容詞

---

fraud
[frɔd]
名 詐騙；騙局；騙子

- 同 **deception** 欺詐 / **hoax** 騙局 / **swindler** 騙子
- 關 **counterfeit** 假冒的 / **dishonesty** 不誠實
- 搭 **fraud syndicate** 詐騙集團 / **age fraud** 謊報年齡

---

freeware
[`friwɛr]
名 【電腦】免費軟體

- 關 **shareware** 共享軟體（試用的概念）/ **register** 註冊 / **version** 版本 / **install** 安裝 / **update** 更新
- 補 **operating system** 作業系統

---

frustration
[ˌfrʌs`treʃən]
名 挫折；挫敗

- 關 **complaint** 抱怨 / **self-loathing** 厭惡自己的
- 搭 **considerable frustration** 相當大的挫折
- 補 字根拆解：**frustra** 使挫折 + **tion** 名詞（動作）

---

fugitive
[`fjudʒətɪv]
名 逃亡者；逃犯
形 逃跑的；逃亡的

- 關 **extradite** 引渡（逃犯等）/ **survive** 倖存
- 片 **be on the run** 逃跑中 / **flee from** 從…逃走
- 補 字根拆解：**fugit/fug** 逃離 + **ive** 形容詞；名詞

---

furnish
[`fɜnɪʃ]
動 配置；提供

- 同 **equip** 配置 / **supply** 提供 / **render** 提供
- 關 **proprietor** 業主；經營者 / **carpet** 地毯
- 補 字根拆解：**furn** 傢俱 + **ish** 動詞（做…動作）

0268

我們必須確保在一個月內將圖像使用介面的基本功能準備就緒。
▶ We need to ensure the readiness for basic f_____y of the GUI in one month.

0269

那位房仲打電話來，想要和你進一步討論房屋的出售事宜。
▶ The real estate agent called and wanted to talk to you f_____r about the house for sale.

UNIT 07 G 字頭填空題

Test Yourself !

請參考中文翻譯，再填寫空格內的英文單字。

0270

這個小巧的機械裝置可幫助分離大小不同的穀粒。
▶ The g_____t helps separate the large and small grains.

0271

她苦惱著要穿哪一件服裝參加今晚的派對。
▶ She was worried about which ga_____t to wear for tonight's party.

0272

他最喜歡的音樂類型是鄉村音樂。
▶ His favorite musical g_____e is country music.

0273

他超容易流汗，彷彿比別人的汗腺更多似的。
▶ He sweats so easily that it is as if he had more sweat g_____ds than anybody else.

》提示《 專門用來講人的「腺體」。

functionality / further / gadget / garment / genre / glands

Answer key

functionality
0268
[ˌfʌŋkʃəˋnælətɪ]
名 功能；機能

關 **program** 程式 / **aesthetic** 美感的
片 **serve a purpose** 有用處；有功能
補 字根拆解：**function** 功能 + **al** 形容詞 + **ity** 名詞

further
0269
[ˋfɜðə]
副 進一步地
形 更遠的；深一層的

關 **extent** 程度；範圍 / **comparative** 比較的；相對的
搭 **for further details** 欲知詳情 / **further education** 進修 / **further information** 進一步的資料

答案 & 單字解說
Get The Answer !

MP3 07

gadget
0270
[ˋgædʒɪt]
名 小巧的機械裝置

同 **apparatus** 裝置 / **device** 儀器
關 **novelty** 新穎 / **innovation** 創新
搭 **high-tech gadgets** 高科技設備

garment
0271
[ˋgɑrmənt]
名 （一件）衣服；服裝

同 **an item of clothing** 一件衣服
關 **accessory** 配件 / **outfit** 整體穿搭 / **attire**（正式）衣服
補 字根拆解：**gar** 遮蔽 + **ment** 名詞

genre
0272
[ˋʒɑnrə]
名 類型；種類

同 **category** 種類；類型 / **kind** 種類
關 **literary** 文學的 / **artistic** 藝術的 / **writing** 寫作
搭 **genre fiction** 類型小說 / **film genre** 電影類型
補 **genre** 特別用來描述「藝術方面」的風格與類型。

gland
0273
[glænd]
名 腺體

關 **endocrine** 內分泌；激素 / **anatomy** 解剖學；解剖
搭 **adrenal gland** 腎上腺 / **thyroid gland** 甲狀腺

0274

與那些有可能成為顧客的對象談話時，要注意你的遣詞用句。

▶ Mind your **g**_____**y** while you are talking to any potential customers.

》提示《 這個單字強調你所使用的「詞彙」。

0275

他遊歷各國，是個到各處尋找佳餚的美食家。

▶ He is a **g**_____**t** who has traveled many countries for delicious food.

0276

他去年的總收入超過一百萬美元，所以繳的稅也相當多。

▶ His **g**_____**s** income exceeded a million last year, so he had to pay a rather huge amount of tax.

0277

若你想要當財務顧問，就必須具備扎實的金融基礎。

▶ A solid **g**_____**g** in finance is necessary if you wish to be a financial consultant.

》提示《 扎實的基礎就像是打得穩固的「地基」一樣。

0278

這支手機有一年的保固，還附贈一副耳機。

▶ The cell phone includes a one-year **g**_____**e** and comes with a set of earphones.

0279

擔任貸款的保證人表示當事人無法還款時，你必須負責還清。

▶ Being a **g**_____**r** of a loan means that you have to be responsible for paying the debt when he/she is not able to.

0280

冰或酸性飲料會刺激敏感性牙齒和牙齦。

▶ Iced and sour drinks irritate sensitive teeth and **g**_____**s**.

Answer key glossary / gourmet / gross / grounding / guarantee / guarantor / gums

glossary
[`glɑsərɪ]
名 詞彙；用語

- 同 **vocabulary** 字彙 / **lexicon** 語彙
- 關 **dictionary** 字典 / **terminology** 術語
- 補 字根拆解：**gloss** 詞彙 + **ary** 名詞（物）

---

gourmet
[`gʊrme]
名 美食家

- 同 **connoisseur** 行家 / **epicure** 講究飲食的人
- 關 **cuisine** 菜餚 / **culinary** 烹飪的
- 搭 **gourmet powder** 味精；味素

---

gross
[gros]
形 總共的；全部的

- 同 **whole** 全部的 / **total** 總計的
- 搭 **gross domestic product (GDP)** 國內生產毛額 / **gross profit** 毛利 / **gross income** 總收入

---

grounding
[`graʊndɪŋ]
名 基礎；基礎訓練

- 同 **foundation** 基礎 / **base** 基礎
- 片 **be grounded in sth.** 以…為根據
- 搭 **a ground wire** 接地線

---

guarantee
[ˌgærən`ti]
名 保固；保證書
動 保證；擔保

- 片 **a guarantee of sth.** 某物的保證
- 搭 **deed of guarantee** 擔保契約 / **a money-back guarantee** 退款保證
- 補 字根拆解：**guarant** 擔保 + **ee** 受…的人或物

---

guarantor
[`gærəntɚ]
名 擔保人；保證人

- 關 **ensure** 保證；擔保 / **warranty** 保證書
- 搭 **joint guarantor** 連帶保證人
- 補 字根拆解：**guarant** 擔保 + **or** 名詞（人）

---

gum
[gʌm]
名 牙齦；口香糖
動 用膠水黏

- 關 **glue** 膠水 / **resin** 合成樹脂 / **adhesive** 有黏性的
- 搭 **chewing gum** 口香糖 / **sweet gum**【植】美國楓香

0274
0275
0276
0277
0278
0279
0280

UNIT 08 H 字頭填空題

(Test Yourself!)

請參考中文翻譯，再填寫空格內的英文單字。

0281

由於資源不足，她的創新構想受到了阻礙。

▶ Her innovative idea was h_____d by insufficient resources.

》提示《 資源不足讓她像「生理有缺陷」的人，有想法卻無法展現。

0282

為了申請那個職位，我必須增加多一點實地操作的經驗。

▶ To apply for the position, I need to gain more h_____ -o_____ experiences.

》提示《 實際操作某物，就需要「將手放在該物體上」。

0283

文化局正致力於保護文化遺產不至消失。

▶ Cultural Affairs Bureau is trying to protect the local h_____e from being lost.

0284

那所已廢棄的學校被用來當作難民們安全的避風港。

▶ The abandoned school served as a safe h_____n for refugees.

0285

昨天晚上，他接到一通獵頭人打來的電話，讓他感到很驚訝。

▶ He received a phone call from a h_____r last night, which really surprised him.

0286

他很幸運地贏得彩券，於是才有那部新車。

▶ He was so lucky to win the lottery, h_____e his new car.

0287

我特此向您展示我的研究成果。

▶ I h_____y present you with my research work.

Answer key : handicapped / hands-on / heritage / haven / headhunter / hence / hereby

答案 & 單字解說
Get The Answer !

MP3 08

---

handicap
[`hændɪˌkæp]
動 妨礙；使不利
名 障礙；不利條件

同 **hinder** 妨礙 / **impede** 阻止 / **encumber** 妨礙
關 **disability** 殘疾 / **incapacitate** 使無能力
搭 **a physical handicap** 身體殘疾人士

---

hands-on
[`hændz`ɑn]
形 實際動手做的

片 **sit on one's hands** （遇事時）什麼都不做
搭 **a hands-on manager** 事必躬親的經理 / **hands-on experience** 實務經驗

---

heritage
[`hɛrətɪdʒ]
名 遺產；繼承物

關 **ancestry** （總稱）祖先；血統 / **legacy** 遺產 / **culture** 文化 / **tradition** 傳統 / **possession** 所有物
搭 **archaeological heritage** 考古遺跡
補 字根拆解：**herit** 繼承 + **age** 名詞

---

haven
[`hevən]
名 避風港；避難所
動 提供避難處

同 **refuge** 避難所 / **harbor** 避風港；港灣
關 **sanctuary** 教堂；庇護 / **protection** 保護
補 **safe haven** 指「不受軍事或非軍事迫害的避難處」。

---

headhunter
[`hɛdˌhʌntɚ]
名 獵頭者

關 **qualified** 勝任的；具備必要條件的 / **social media** 社群媒體 / **communication skill** 溝通技巧
片 **follow up sth.** 跟進；採取後續行動
補 **headhunter** 在職場上指那些「替公司物色人才的人」。

---

hence
[hɛns]
副 因此；於是

同 **therefore** 因此 / **consequently** 結果；因此
搭 **henceforth** 今後；從今以後
考 **hence** 與 **therefore** 同義，但後面能接名詞片語。

---

hereby
[ˌhɪr`baɪ]
副【書】特此

搭 **I hereby pronounce (+ 子句)** 特此宣布…
補 這個單字是非常正式的用語，一般口語情境不會用到。使用不當時會讓交談對象感到很奇怪。

0288

她對於是否要告訴他事實感到猶豫。

▶ She was h_____t about whether to tell him the truth or not.

0289

一個謹慎的投資者會將手中的持股分散在不同的公司。

▶ A prudent investor should diversify his or her stock h_____gs.

》提示《 持股表示你「手中握有」的財產。

0290

和其他國家相比,國內去年的謀殺案發生率比較低。

▶ Last year, the national h_____e rate was rather low compared to that in other countries.

0291

醫院的搬運人員會幫忙推病床,往返病房與檢查中心。

▶ H_____ porters help with the moving of beds between the wards and the examination rooms.

0292

她去了一趟蒙古,當地人的好客讓她印象深刻。

▶ She made a visit to Mongolia and was impressed by the h_____y of the local people.

0293

他們造訪南部地區時,遭受到不友善的待遇。

▶ They experienced a h_____e reception when traveling to the southern region.

》提示《 對你懷有「敵意的」人,態度就會特別不友善。

0294

你必須將液壓幫浦加進系統裡面。

▶ You'll need a hy_____ic pump to put in the system.

0295

今天,孩子們在診所學到了口腔衛生的重要性。

▶ Children were taught the importance of dental h_____e at a clinic today.

hesitant / holdings / homicide / Hospital / hospitality / hostile / hydraulic / hygiene

hesitant
[`hɛzətənt]
形 猶豫的；躊躇的
0288

關 doubtful 懷疑的 / indecisive 優柔寡斷的
片 be hesitant about 對…感到猶豫
補 字根拆解：hes 黏附 + it 去 + ant 形容詞

holding
[`holdɪŋ]
名 股份；財產
0289

關 equity 股票（通常使用複數形）/ ownership 所有權 / possess 擁有；持有
搭 cross-holding 交叉持股（兩間公司擁有對方的股份）

homicide
[`hamə͵saɪd]
名 殺人；謀殺
0290

關 murder case 謀殺案 / manslaughter 過失殺人 / self-defense 正當防衛
補 字根拆解：homi 人 + cide 殺害

hospital
[`haspɪtl]
名 醫院
0291

關 clinic 診所 / pharmacy 藥局 / diagnosis 診斷
片 (be) in hospital 住院
搭 hospital discharge 出院；出院手續

hospitality
[͵haspɪ`tælətɪ]
名 好客；殷勤招待
0292

關 warmth 親切；熱情 / generous 大方的
搭 hospitality industry 餐旅業
補 字根拆解：hospit 主人 + al 形容詞 + ity 名詞（性質）

hostile
[`hastəl]
形 不友善的；敵意的
0293

同 unfriendly 不友好的 / antagonistic 敵對的
反 amiable 和藹可親的 / friendly 親切的
補 字根拆解：hosti 陌生人 + le 字尾

hydraulic
[haɪ`drɔlɪk]
形 水壓的；液壓的
0294

關 transmission 傳送 / mechanics 力學
搭 hydraulic pressure 水壓
著 字根 hydr(o)- 用來表示與「水」有關的單字。

hygiene
[`haɪdʒin]
名 衛生；保健法
0295

關 sanitation 下水道設施 / healthcare 醫療保健
搭 public hygiene 公共衛生 / dental hygiene 口腔衛生
補 單字源自希臘女神 Hygeia（掌管健康與衛生）的名字。

0296

她的心理治療是以催眠方式進行的。

▶ Her mental treatment was conducted under h_____s.

0297

她一聽到那則壞消息，就變得歇斯底里。

▶ She became h_____l with grief upon hearing the bad news.

UNIT 09 I 字頭填空題

Test Yourself !

請參考中文翻譯，再填寫空格內的英文單字。

0298

我們在夜店門口被要求出示身分證明。

▶ We were asked to show our i_____n at the doorway of the nightclub.

0299

川普總統的移民政策明顯與以往不同。

▶ The i_____n policy that President Trump proposed differed a lot from the previous policy.

0300

一些過氣的政治家被認為是阻礙國家民主發展的原因。

▶ Some old-fashioned politicians were said to be im_____g the democratic progress of the country.

0301

作為一個初階的工程師，他的工作是執行主管的要求。

▶ As a basic level engineer, his job is to i_____t what his supervisor wants.

Answer key

hypnosis / hysterical / identification / immigration / impeding / implement

0296 **hypnosis**
[hɪpˋnosɪs]
名 催眠狀態

同 **trance** 催眠狀態;恍惚
關 **hypnotist** 施催眠術的人 / **lethargy** 無精打采
補 字根拆解:**hypno** 睡覺 **+ (o)sis** 名詞(狀態)

0297 **hysterical**
[hɪsˋtɛrɪkḷ]
形 歇斯底里的

同 **frantic** 發狂似的 / **delirious** 語無倫次的
關 **discompose** 使煩惱 / **neurotic** 神經質的
補 字根拆解:**hyster** 腹部 **+ ical** 形容詞(聯想:內在產生問題)

答案 & 單字解說
Get The Answer !

MP3-09

0298 **identification**
[aɪˏdɛntəfəˋkeʃən]
名 身分證明;識別

關 **voice** 聲音 / **fingerprint** 指紋 / **signature** 簽名
搭 **identification card** 身分證 / **caller identification** 來電顯示
補 字根拆解:**ident** 相同的 **+ ific** 製造 **+ ation** 名詞

0299 **immigration**
[ˏɪməˋgreʃən]
名 移民;移入

反 **emigration** 移居;移民出境
關 **population** 人口 / **border patrol** 邊境巡邏
補 字根拆解:**im** 進入 **+ migr** 移動 **+ ation** 名詞

0300 **impede**
[ɪmˋpid]
動 妨礙;阻止

關 **disconnect** 分開 / **decelerate** 減速
片 **impede the progress of** 阻礙⋯的進行
補 字根拆解:**im** 進入 **+ pede** 腳

0301 **implement**
[ˋɪmpləˏmɛnt]
動 執行;實施

同 **carry out** 實行 / **enforce** 執行
搭 **implement a plan** 實施計畫
考 本單字還可以當名詞(器具),念作 [ˋɪmpləmənt]。
補 字根拆解:**imple** 執行 **+ ment** 名詞(工具)

0302

這份報告暗示了潛在的財務危機。

▶ The data in this report has an i_____n of potential financial crisis.

0303

美國總統宣布要針對進口車強加高關稅。

▶ The U.S. president has i_____d high taxes on imported cars.

0304

交通、住宿與餐點的費用全都包含在旅費中。

▶ The tour price covers all fees, i_____e of transportation, accommodations, and meals.

0305

露西和傑已經負債一年了，他們也為此吵了好幾次。

▶ Lucy and Jay have been i_____d for a year, and they had several fights about it, too.

0306

儀表板上有好幾個指針，顯示反應爐內部與外部的溫度。

▶ There are several i_____rs on the dashboard showing the temperatures inside and around the reactor.

0307

她的老闆總是以迂迴的方式來表達他的要求。

▶ Her boss always expresses what he wants in an i_____ way.

》提示《 迂迴的說話方式給人的感覺「很不直接」。

0308

他的女朋友常常勸誘他買奢侈品送她。

▶ His girlfriend often i_____s him to buy luxuries for her.

0309

她的爸爸以前是毛巾工廠的廠長。

▶ Her father was an in_____t who owned a towel factory.

》提示《 廠長就是「和工業有關的人」。

Answer key implication / imposed / inclusive / indebted / indicators / indirect / induces / industrialist

0302 implication
[͵ɪmplɪˋkeʃən]
名 暗示；言外之意

同 connotation 言外之意 / indication 暗示
關 inferential 推論的 / semantic 語意的
補 字根拆解：im 在裡面 + plic 摺疊 + ation 名詞（狀態）

0303 impose
[ɪmˋpoz]
動 將…強加於

片 impose sth. on sb. 將某事強加在某人身上
搭 impose a heavy tax 課重稅
補 字根拆解：im 在上面 + pose 放置

0304 inclusive
[ɪnˋklusɪv]
形 包括的；包含的

關 comprehensive 廣泛的 / embrace 包括
片 be inclusive of 包括
補 字根拆解：inclus 圍住 + ive 形容詞（具…性質）

0305 indebted
[ɪnˋdɛtɪd]
形 負債的；受惠的

關 installment 分期付款 / down payment（分期付款的）頭期款 / insolvent 無力償還的
片 be indebted to sb. for sth. 為了某事感謝某人
搭 be in debt 負債 / be flat broke 徹底破產

0306 indicator
[ˋɪndə͵ketə]
名 指針；指示物

關 gauge 測量儀器 / statistic 統計上的
搭 an economic indicator 經濟指標
補 字根拆解：in 進入 + dic 顯示 + ator 名詞

0307 indirect
[͵ɪndəˋrɛkt]
形 間接的；迂迴的

同 oblique 不直截了當的 / tortuous 繞圈子的
反 direct 直接的 / straightforward 坦率的
搭 indirect object 間接受詞 / indirect lighting 間接照明

0308 induce
[ɪnˋdjus]
動 引誘；導致

同 influence 影響 / persuade 勸服 / elicit 誘出
關 bewilder 使迷惑 / appealing 有魅力的
補 字根拆解：in 在裡面 + duce 引導

0309 industrialist
[ɪnˋdʌstrɪəlɪst]
名 工廠主；實業家

同 manufacturer 製造業者 / businessman 實業家
關 magnate 工商界巨頭 / commercial scale 商業規模
補 字根拆解：industr 勤奮 + ial 形容詞 + ist 人

0310

安娜喜歡夜市，因為那裡賣的衣服不貴。

▶ Anna likes night markets because clothes sold there are i_____e.

0311

我建議你去睡覺，工作到半夜不僅累人，又沒有效率。

▶ I suggest you go to bed now. Working till midnight is tiring and i_____t.

0312

這個牌子雖比較便宜，但品質可不差。

▶ The brand is cheaper but not of i_____r quality.

》提示《 品質差的商品就是我們口中的「次級」品。

0313

他在學校操場感到一陣暈眩，因此前往醫務室休息。

▶ He felt dizzy on the school playground and went to the in_____y to have a rest.

0314

用氫氣幫氣球充氣是很危險的舉動。

▶ I_____g balloons with hydrogen is dangerous.

0315

核子武器能夠造成大規模傷亡。

▶ Nuclear weapons have the capability of i_____f_____ massive casualties.

》提示《 核子武器會「使人遭受」巨大的傷害。

0316

她訂閱了一些資訊很豐富的雜誌。

▶ She subscribed to several i_____e magazines.

0317

戰爭很殘酷，不但會摧毀基礎建設，還會奪走人命。

▶ Wars are cruel, for they destroy i_____s and take away people's lives.

》提示《 既然是建設，當然會與「建築」有關。

Answer key inexpensive / inefficient / inferior / infirmary / Inflating / inflicting / informative / infrastructures

inexpensive
[ˌɪnɪk`spɛnsɪv]
形 不貴的；便宜的
0310

同 **reasonable** 價格公道的；不貴的
考 同樣表示便宜，**cheap** 帶有廉價感（品質不佳）。
補 字根拆解：**in** 否定 + **expens** 支出 + **ive** 形容詞

---

inefficient
[ɪnə`fɪʃənt]
形 效率差的
0311

反 **efficient** 效率高的 / **cost-effective** 划算的
關 **time-consuming** 耗時的 / **nullify** 使無效
補 字根拆解：**in** 否定 + **effici** 解決；完成 + **ent** 形容詞

---

inferior
[ɪn`fɪrɪə]
形 品質差的；次級的
0312

反 **superior** 上等的 / **exceptional** 傑出的
關 **comparison** 比較 / **quality** 品質
片 **be inferior to** 比…差；不如…

---

infirmary
[ɪn`fɝmərɪ]
名 醫務室
0313

關 **A&E = accident & emergency department** 醫院急診部 / **first-aid station** 救護站 / **casualty** 傷亡人員
補 字根拆解：**infirm** 虛弱的 + **ary** 名詞（場所）

---

inflate
[ɪn`flet]
動 充氣；膨脹；得意
0314

同 **bloat** 使膨脹 / **swell** 腫脹 / **enlarge** 擴大
反 **deflate** 洩氣；緊縮 / **shrink** 使收縮
片 **inflate sth. with** 以…充填某物
補 字根拆解：**in** 進入 + **flate** 吹氣

---

inflict
[ɪn`flɪkt]
動 使遭受；使承受
0315

關 **adversity** 災禍 / **prevention** 預防
片 **inflict sth. on sb.** 使某人遭受某事
搭 **self-inflicted injury** 自殘；自我傷害
補 字根拆解：**in** 在裡面 + **flict** 攻擊

---

informative
[ɪn`fɔrmətɪv]
形 提供資訊的
0316

關 **enlighten** 啟發 / **educative** 教育的 / **eye-opening** 令人大開眼界的
搭 **an informative speech** 資訊量充足的演講
補 字根拆解：**in** 進入 + **form** 形式 + **ative** 形容詞

---

infrastructure
[`ɪnfrəˌstrʌktʃə]
名 基礎設施
0317

關 **foundation** 基礎 / **framework** 架構 / **architecture** 建築物 / **transportation** 運輸 / **power supply** 供電
補 字根拆解：**infra** 在下方 + **structure** 建設

0318

對人的不信任並非與生俱來的特質，而是社會塑造出來的。

▶ Distrust in people is not an i_____t characteristic but shaped by the society.

》提示《 與生俱來就像是「遺傳繼承」，是一生下來就有的特質。

0319

小心不要初始化 USB 隨身碟，否則所有儲存的數據都會被刪除。

▶ Be careful not to i_____e your USB flash drive, or all the data stored in it will be deleted.

0320

南投是臺灣一個不靠海的內陸城市。

▶ Nantou is an i_____d city that isn't located beside the ocean in Taiwan.

0321

重複實驗之後，就能從誤差結果看出，那個差異根本微不足道。

▶ By repeating the experiment, we could see from their deviations that the difference is i_____t.

》提示《 因為微不足道，所以被認為是「不重要的」因子。

0322

這間醫院幾年前的制度改革讓它起死回生。

▶ An i_____l reform of the hospital a few years ago brought it back to life.

》提示《 每一個「組織、機構」都會有制度存在。

0323

我已經受失眠所苦好幾年了，晚上都睡不好。

▶ I have suffered from i_____a for years, and haven't been able to sleep well at night.

0324

教育機構的稽查人員將於下週來訪，所以老師們都很緊張。

▶ Educational i_____s will visit next week, so the teachers are all nervous.

》提示《 稽查人員就是負責「檢查、視察的人」。

0325

既然我們對安裝冷氣的方法一無所知，就交給專業人員處理吧。

▶ Since we have no idea how to set up an air conditioner, we should leave the i_____n to the experts.

Answer key

inherent / initialize / inland / insignificant / institutional / insomnia / inspectors / installation

0318
inherent
[ɪnˋhɪrənt]
形 與生俱來的；固有的

同 **inbuilt** 固有的 / **intrinsic** 固有的
搭 **inherent vice** 固有的惡習
補 字根拆解：**in** 在裡面 + **her** 黏著 + **ent** 形容詞

 0319
initialize
[ɪˋnɪʃəˌaɪz]
動 初始化

關 **boot**【電腦】開機 / **format**【電腦】格式化
搭 **initialize a disk** 初始化磁碟
補 字根拆解：**in** 進入 + **iti** 走去 + **al** 形容詞 + **ize** 動詞

 0320
inland
[ˋɪnlənd]
形 內陸的

反 **coastal** 沿海的 / **inshore** 近海岸的
搭 **inland transportation** 內陸運輸
補 字根拆解：**in** 在裡面 + **land** 土地

 0321
insignificant
[ˌɪnsɪgˋnɪfəkənt]
形 微不足道的；微小的

同 **trivial** 瑣細的 / **trifling** 微不足道的
反 **major** 主要的 / **significant** 重要的
補 字根拆解：**in** 否定 + **sign** 記號 + **ific** 製造 + **ant** 形容詞

 0322
institutional
[ˌɪnstəˋtjuʃənḷ]
形 制度的；機構的

同 **corporate** 法人的；公司的 / **organizational** 組織上的
關 **formation** 結構 / **code** 規範 / **existing** 現存的
補 字根拆解：**in** 在裡面 + **stitu** 建立 + **tion** 名詞 + **al** 形容詞（聯想：在組織裡面建立制度）

 0323
insomnia
[ɪnˋsɑmnɪə]
名 失眠症

同 **sleeplessness** 失眠 / **wakefulness** 失眠
片 **suffer from insomnia** 患有失眠症
補 字根拆解：**in** 否定 + **somnia** 睡覺

 0324
inspector
[ɪnˋspɛktə]
名 檢查員；稽查員

同 **examiner** 審查員 / **scrutineer** 檢查員
搭 **a fire inspector** 消防檢查員 / **a ticket inspector** 驗票員 / **a tax inspector** 稅務稽查員
補 字根拆解：**in** 進入 + **spect** 看 + **or** 名詞（人）

 0325
installation
[ˌɪnstəˋleʃən]
名 安裝；就職

同 **establishment** 設立 / **inauguration** 就職
搭 **installation art** 裝置藝術 / **installation instructions** 安裝說明
補 字根拆解：**in** 在裡面 + **stall** 站立 + **ation** 名詞（動作）

0326

對她來說，在海外工作最困難的是融入當地社會。

▶ When working abroad, the hardest thing for her was to i_____e into the local society.

》提示《 融入當地就像要把人「整合」進社會中。

0327

隨著實境秀接近尾聲，競爭也變得更加白熱化。

▶ The competition i_____d as the reality television show went on to the finals.

》提示《 變得白熱化表示競爭情況「加劇」。

0328

在動心臟手術之前，他與心臟科醫師安排了密集的診察時間。

▶ Prior to his heart surgery, he had i_____e consultations with a heart specialist.

0329

重症醫學適用於那些危及生命的情況。

▶ I_____e c_____e medicine is used for life-threatening conditions.

》提示《 重症患者都是需要「高度照護」的對象。

0330

公司故意晚一天才發給她薪水。

▶ It was i_____l that her salary was late for one day.

0331

蒐集資料時，你必須避免干擾到系統。

▶ You need to avoid i_____g with the system when collecting data.

0332

我們提供顧客更好用的介面，這個介面是內建在機器裡面的。

▶ We provide our customers with a more user-friendly i_____e that is built inside the machine.

0333

每位員工都是公司不可或缺的一部分。

▶ Every employee is an i_____l part of the company.

》提示《 員工就是構成公司「整體」的一部分，不可或缺。

Answer key

integrate / intensified / intensive / Intensive care / intentional / interfering / interface / integral

0326
integrate
[`ɪntə͵gret]
動 整合;結合

片 integrate A with B 結合 A 與 B
搭 a fully integrated society 和諧、平等的社會
補 字根拆解:**in** 否定 **+ tegr** 接觸 **+ ate** 動詞

0327
intensify
[ɪn`tɛnsə͵faɪ]
動 使變激烈;加強

同 escalate 升級 / boost 加強 / reinforce 加強
考 -ify 為表示「使⋯化」的字尾,例如:simplify(簡化)、beautify(美化)。
補 字根拆解:**in** 強調 **+ tens** 伸展 **+ ify** 動詞

0328
intensive
[ɪn`tɛnsɪv]
形 密集的;加強的

反 extensive 廣泛的 / superficial 粗略的;膚淺的
搭 capital intensive 資本密集型的 / labor intensive 勞力密集型的
考 另一個拼字相似的單字 intense 則表示「劇烈的」。

0329
intensive care
片 特別照護

關 general ward 普通病房 / isolation ward 隔離病房 / delivery room 產房 / newborn nursery 嬰兒室
搭 intensive care unit (ICU) 加護病房

0330
intentional
[ɪn`tɛnʃənl]
形 故意的;存心的

同 deliberate 故意的 / intended 蓄意的
反 unexpected 沒想到的 / accidental 意外的
片 on purpose 故意地 / by accident 偶然
補 字根拆解:**in** 朝向 **+ ten** 伸展 **+ tion** 名詞 **+ al** 形容詞

0331
interfere
[͵ɪntɚ`fɪr]
動 干擾;介入

同 intervene 干涉 / intrude 侵入
片 interfere with sth. 干擾某事;介入某事
補 字根拆解:**inter** 在⋯之間 **+ fere** 打擊

0332
interface
[`ɪntɚ͵fes]
名 介面

關 graphical display 圖形顯示
搭 user interface 使用者介面
補 字根拆解:**inter** 在⋯之間 **+ face** 面;表面

0333
integral
[`ɪntəgrəl]
形 不可缺的;整體的
名 整體;整數

同 intact 完整無缺的 / entire 整個的
關 mathematics 數學 / fractional 部分的
補 字根拆解:**in** 否定 **+ tegr** 接觸 **+ al** 形容詞(聯想:只能看作整體,不能一個一個去接觸)

0334

工廠的機器每隔一段時間就會關機，進行保養。

▶ Machines in the factory are shut down for maintenance at regular i_____s.

》提示《 表示進行保養的「間隔」很固定。

0335

在我們的腸道裡住著許多好菌。

▶ There are many kinds of good bacteria living in our i_____s.

0336

用上揚的語調表示疑問句、下壓的語調作為陳述句的結尾。

▶ Rising i_____n indicates a question, while falling i_____n signals the end of a statement.

0337

昨晚有人侵入那名參議員的住處。

▶ Somebody i_____d the senator's house last night.

0338

她從這次的失敗中學到了無價的一課。

▶ She learned an i_____e lesson from her failure this time.

0339

我早上確認了存貨清單，發現少了一件貨物。

▶ I checked the i_____y this morning and found that there was a shipment missing.

0340

為了突顯身體曲線，她的那件洋裝特別採用不規則的剪裁設計。

▶ The trim of her dress was designed to be i_____r in order to bring out the lines of the body.

0341

那個價格實在令人無法抗拒，所以我馬上就同意了。

▶ I agreed immediately because the price was an i_____e offer.

intervals / intestines / intonation / intruded / invaluable / inventory / irregular / irresistible

0334
interval
[`ɪntəvḷ]
名 間隔

片 **at an interval of (+** 時間 **)** 每隔多久時間
搭 **interval training** 高強度間歇式訓練
補 字根拆解：**inter** 在…之間 **+ val** 隔間；牆

0335
intestine
[ɪn`tɛstɪn]
名 腸

關 **insides** 內臟 **/ abdomen** 腹部 **/ appendix** 盲腸
搭 **small intestine** 小腸 **/ large intestine** 大腸
補 **alimentary canal** 消化道

0336
intonation
[ˌɪntoˋneʃən]
名 語調；聲調

關 **pitch** 音調 **/ monotonous** 聲音單調的
搭 **intonation practice** 語調練習
補 字根拆解：**in** 在裡面 **+ ton** 語調 **+ ation** 名詞

0337
intrude
[ɪn`trud]
動 闖入；侵入

同 **invade** 入侵 **/ infringe** 侵犯
反 **leave sb. alone** 不打擾某人
補 字根拆解：**in** 進入 **+ trude** 推

0338
invaluable
[ɪn`væljəbḷ]
形 無價的

同 **priceless** 無價的 **/ precious** 貴重的
搭 **invaluable experience** 寶貴的經驗
考 **valueless** 指「無價值的、無用的」，千萬別搞混。
補 字根拆解：**in** 否定 **+ valu(e)** 估價 **+ able** 能夠

0339
inventory
[`ɪnvənˌtorɪ]
名 存貨清單

關 **stock** 存貨 **/ itemize** 詳細列舉
搭 **inventory management** 庫存管理
補 字根拆解：**in** 在上面 **+ vent** 來 **+ ory** 名詞

0340
irregular
[ɪ`rɛgjələ]
形 不規則的；不對稱的

同 **uneven** 不規則的 **/ asymmetrical** 不對稱的
反 **regular** 規則的 **/ orderly** 整齊的 **/ even** 一致的
搭 **irregular periods** 經期失調
補 字根拆解：**ir** 否定 **+ regul** 統治 **+ ar** 形容詞

0341
irresistible
[ˌɪrɪ`zɪstəbḷ]
形 無法抗拒的

同 **compelling** 難以抗拒的 **/ alluring** 極吸引人的
關 **temptation** 誘惑 **/ overwhelm** 征服；壓倒
補 字根拆解：**ir** 否定 **+ re** 逆；對著 **+ sist** 站立 **+ ible** 形容詞（能夠的）

0342

你知道為什麼希爾先生在我拜訪過後這麼生氣嗎？

▶ Do you know why Mr. Hill was so i_____d after my visit?

》》提示《 生氣表示他「被激怒」。

UNIT 10 J to L 字頭填空題 〈 Test Yourself !〉

請參考中文翻譯，再填寫空格內的英文單字。

0343

已經過了交叉口二十公里了，我們是不是按原路返回比較好？

▶ It is about twenty kilometers from the j_____n. Should we return?

0344

蘿拉是這場會議的主講人。

▶ Laura is a k_____e speaker at the conference.

》》提示《 主講人講的內容，就是會議討論的「基調、主音」。

0345

火被點燃之後，燒烤派對就正式開始了。

▶ The fire was k_____d and the barbecue party began.

0346

在準備搭火車去上班前，他從報攤拿了一份報紙。

▶ He grabbed a newspaper from the k_____k before taking the train to work.

0347

父親把一張全家福相片拿去護貝，以免損壞。

▶ Dad la_____d a photo of our family to protect it from being damaged.

Answer key　irritated / junction / keynote / kindled / kiosk / laminated

irritated
0342
[`ɪrə,tetɪd]
形 被激怒的

同 **annoyed** 氣惱的 / **provoked** 被激怒的
搭 **irritable bowel syndrome** 腸躁症
補 字根拆解：**ir** 在裡面 + **rit** 攪動 + **ate** 動詞 + **(e)d** 形容詞

答案 & 單字解說
Get The Answer !

MP3 10

junction
0343
[`dʒʌŋkʃən]
名 交叉口；連接

同 **intersection** 交叉口 / **confluence**（河流的）匯合
搭 **electrical junction box** 接線盒 / **railway junction** 鐵軌交會點
補 字根拆解：**junct** 連結 + **ion** 名詞

keynote
0344
[`ki,not]
名 基調；主音

關 **reception** 報到處 / **agenda** 議程 / **minutes** 會議紀錄
搭 **keynote speech** 主題演講 / **keynote speaker** 主講人
補 字根拆解：**key** 音調 + **note** 音符

kindle
0345
[`kɪndl̩]
動 點燃；激起

同 **ignite** 點燃 / **arouse** 喚起；激動
反 **smother** 悶熄 / **extinguish** 使消失
搭 **kindling point** 自燃點；自燃溫度

kiosk
0346
[`kiɑsk]
名 報攤；電話亭

同 **booth** 攤販 / **stall** 攤販
搭 **information kiosk** 電子資訊站（提供人們資訊的電子屏幕）

laminate
0347
[`læmə,net]
動 將…護貝

搭 **laminating machine = laminator** 護貝機 / **laminating pouch** 護貝膜；護貝膠片
補 字根拆解：**lamin** 薄板 + **ate** 動詞

0348

這間公司將於本季結束前推出一款新型超薄筆電。

The company will l_____h a new model of Ultrabook by the end of this season.

》提示《 推出產品表示即將「發行」於市場上。

0349

山姆總是在蒐集硬幣，好在自助洗衣店內使用。

Sam is always collecting coins for use in the l_____t.

0350

他五年前剛成為賣車的業務時，根本是個外行人。

He was a l_____n when he became a car salesman five years ago.

0351

湯姆是最近公司因為經濟危機而解僱的其中一人。

Tom was included in the recent l_____ by his company due to the economic crisis.

0352

承包商在會議中提供了三種不同的辦公室規劃設計。

The contractor provided three different l_____ts of the office in the meeting.

0353

說到癌症研究，美國與歐洲國家還是處於領先地位。

When it comes to cancer research, the United States and European countries are still at the l_____ e_____.

0354

這份租約的期限到什麼時候呢？

What is the duration for the l_____e?

0355

在推行新法律的同時，部分輔助措施也會應運而生。

A few supporting measures will accompany the enforcement of the new l_____n.

Answer key: launch / laundromat / layman / layoffs / layouts / leading edge / lease / legislation

launch
[lɔntʃ]
動 發行；開始；發射

片 **launch one's career** 開啟某人的職涯 / **launch into sth.** 積極投入某事

搭 **a soft launch** 試營運階段 / **a hard launch** （新產品或服務的）正式發布

laundromat
[`lɔndrəmæt]
名 自助洗衣店

關 **dry cleaning** 乾洗

補 **a laundry list** 冗長的清單 / **a laundry room** 洗衣間 / **do the laundry** 洗衣服

layman
[`lemən]
名 外行人；門外漢

同 **amateur** 外行人 / **dabbler** 業餘的人

反 **professional** 專業人士 / **specialist** 專家

補 字根拆解：**lay** 放置 + **man** 人

layoff
[`le,ɔf]
名 解僱；停工期

片 **be laid off** 被開除 / **get fired** 【口】被開除

補 **layoff** 即資遣，可能是企業縮編造成的；**fire** 則通常表示員工因犯錯而導致的開除。

layout
[`le,aut]
名 規劃；設計；編排

關 **preliminary** 初步的 / **blueprint** 藍圖；設計圖

搭 **keyboard layout** 鍵盤配置 / **interior layout** 室內布局

補 字根拆解：**lay** 放置 + **out** 向外（聯想：把配置呈現出來）

leading edge
片 領先地位；尖端

關 **cutting-edge** 尖端的 / **technological** 技術的

片 **at the leading edge of** 在某方面領先 / **have a leading edge** 占領先地位

搭 **leading-edge technology** 領先的技術

lease
[lis]
名 租約；租賃
動 出租（土地等）

關 **lessor** 出租人 / **tenant** 房客 / **occupation** 居住

片 **lease sth. to sb.** 把某物租給某人

搭 **sign a lease** 簽訂租約 / **leasing contract** 租賃合約

legislation
[,lɛdʒɪs`leʃən]
名 法律；立法

同 **regulation** 條例 / **ordinance** 法令 / **lawmaking** 立法

搭 **environmental legislation** 環境法規

補 字根拆解：**legis** 法律 + **lat** 帶來 + **ion** 名詞

0356

只有對那些滿十八歲並擁有駕照的人來說,開車才是合法的。

▶ Driving is le_____e only for people over eighteen years old and have driver's licenses.

0357

凱莉認為她不需要為這場車禍負責。

▶ Kelly believed that she had no l_____y for the car accident.

》提示《 本單字強調在事故中需要負擔的「責任、義務」。

0358

我們這一區經常有閃電,所以我們的房子有裝避雷針。

▶ We have a lot l_____g happening around here, so our house is equipped with a l_____g rod.

0359

作為裝飾,大廳擺了一個已經退役、不再使用的火車頭。

▶ A retired l_____e is displayed in the lobby for decoration.

0360

潤滑劑的目的是減少兩表面接觸時所產生的摩擦。

▶ The purpose of l_____ts is to reduce friction between surfaces in mutual contact.

0361

我愛這間豪華飯店!裡面有米其林餐廳、健身房、和三溫暖。

▶ I love this l_____s hotel! It has Michelin starred restaurants, a gym, and sauna.

0356
legitimate
[lɪˋdʒɪtəmɪt]
形 合法的;正當的

同 **legal** 合法的 / **authentic** 依法有效的
片 **conform to** 符合 / **abide by** 遵從;遵守
補 字根拆解:**legitim/leg** 法律 + **ate** 形容詞

 0357
liability
[ˌlaɪəˋbɪlɪtɪ]
名 責任;義務

同 **responsibility** 責任 / **obligation** 義務
搭 **liability insurance supplement** 第三責任險
補 字根拆解:**li** 綑;綁 + **abil** 能夠的 + **ity** 名詞

 0358
lightning
[ˋlaɪtnɪŋ]
名 閃電;電光
形 閃電的

關 **thunder** 打雷 / **discharge** 釋放 / **electron**【物】電子
／ **thunderbolt** 雷電
搭 **lightning conductor** 避雷針;避雷裝置

 0359
locomotive
[ˌlokəˋmotɪv]
名 火車頭
形 運動的

關 **railroad** 軌道 / **propel** 推進;推動
搭 **steam locomotive** 蒸氣火車頭
補 字根拆解:**loco** 從某處 + **motive** 移動

 0360
lubricant
[ˋlubrɪkənt]
名 潤滑油;潤滑劑
形 潤滑的

關 **grease** 油脂 / **slippery** 滑的
搭 **lubricant eye drops** 人工淚液
補 字根拆解:**lubric** 滑的 + **ant** 形容詞;名詞

 0361
luxurious
[lʌgˋʒurɪəs]
形 豪華的;奢侈的

同 **deluxe** 豪華的;高級的 / **extravagant** 奢侈的
搭 **live a luxurious life** 過得很奢侈
補 字根拆解:**luxuri** 奢華 + **ous** 形容詞(具…性質)

UNIT 11 M 字頭填空題

Test Yourself!

請參考中文翻譯，再填寫空格內的英文單字。

0362

主機房的溫度已經超出標準範圍了。

▶ The temperature of the m_____e room has been out of range.

》提示《 這裡指的是放「大型主機」的房間。

0363

在進行手術前，病人都必須強制接受核磁共振檢查。

▶ It is m_____y for patients to have an MRI before surgery.

0364

雙手發麻的時候，很難操控東西。

▶ It's difficult to m_____e things when your hands are numb.

0365

他們用大理石建造地板，以營造優雅的氛圍。

▶ They used m_____ to construct the floors in order to have a sense of elegance.

0366

自從重新整頓了管理層後，公司的利潤便有所增長。

▶ Their m_____ns were improved by a reform in the company management.

0367

你要如何計算出這個系統的基礎矩陣呢？

▶ How do you calculate the fundamental m_____ of the system?

0368

那間店有販售某知名品牌旗下最新的孕婦裝系列。

▶ The store sells the latest m_____y clothing collections of a famous brand.

Answer key

mainframe / mandatory / manipulate / marbles / margins / matrix / maternity

答案 & 單字解說
Get The Answer !

MP3 11

---

mainframe
[`men,frem]
名 （大型）主機

- 關 terminal 【電腦】終端機 / central processing unit (CPU) 中央處理器 / processor 【電腦】處理器
- 搭 mainframe computer 大型電腦；大型主機

---

mandatory
[`mændə,torɪ]
形 強制的；命令的

- 同 compulsory 強制的 / obligatory 義務的
- 反 voluntary 自願的 / optional 非必須的
- 搭 mandatory field 必填欄位
- 補 字根拆解：man 手 + dat 給予 + ory 形容詞

---

manipulate
[mə`nɪpjə,let]
動 操作；操縱

- 同 operate 操作 / handle 操作；指揮
- 關 behind the scenes 在幕後；不公開地
- 補 字根拆解：mani 手 + pul 充滿 + ate 動詞

---

marble
[`marbl]
名 大理石
形 大理石的

- 關 granite 花崗岩 / sandstone 砂岩 / shale 頁岩
- 搭 marble texture 大理石紋路 / marble cake 大理石蛋糕

---

margin
[`mardʒɪn]
名 利潤；邊緣

- 同 surplus 盈餘 / edge 邊緣 / border 邊緣
- 片 by a wide margin 大幅度地（用法如 win by a wide margin 大勝）
- 搭 a narrow margin of profit 薄利

---

matrix
[`metrɪks]
名 矩陣；母體；基礎

- 關 template 模板 / origin 起源 / uterus 子宮
- 搭 square matrix 方陣 / symmetric matrix 對稱矩陣
- 補 字根演變：matr 子宮；發源地 → matrix

---

maternity
[mə`tɜnətɪ]
形 適用於孕婦的
名 母性；母愛

- 關 parenthood 父母身分 / paternity 父權
- 搭 maternity clothing 孕婦裝 / maternity leave 產假 / maternity ward 產科病房

0369

公司的目標就是將利益最大化。

▶ A company's goal is to m_____e profits.

0370

鑄造廠向設備供應商購買機器和機械零件。

▶ The foundry buys machines and m_____l parts from vendors.

0371

她的學業成績很平庸，但在課外活動方面很活躍。

▶ Her academic record was m_____e, but she was active in extracurricular activities.

0372

發展中國家的人民也希望能找到負擔得起、品質又好的商品。

▶ People in developing countries are also seeking good-quality m_____e at affordable prices.

0373

非洲南部的某些動物每年都會遷徙。

▶ Some animals in southern Africa m_____e annually.

0374

面試工作時，盡量把焦點放在你的強項，把弱點最小化。

▶ In the job interview, try to focus on your strengths and m_____e your weaknesses.

0375

在開始之前，先讓我們快速回顧上一次的會議紀錄。

▶ Before we begin, let's quickly review the m_____s from last meeting.

0376

我找不到那幾份文件，應該是被誤放到其他地方了。

▶ I can't find the documents; they must have been m_____d somewhere.

》提示《 因為「隨意擱置、亂放」而造成找不到文件的後果。

maximize / mechanical / mediocre / merchandise / migrate / minimize / minutes / misplaced

maximize
[`mæksə,maɪz]
動 最大化
0369

反 **minimize** 最小化 / **lessen** 變少；變小
片 **make the most of sth.** 做最有效的利用
補 字根拆解：**maxim** 最大的 + **ize** 動詞

mechanical
[mə`kænɪkl]
形 機械的
0370

關 **robot** 機器人 / **mechanism** 機械裝置
搭 **mechanical engineering** 機械工程
補 字根拆解：**mechanic** 機械的 + **al** 形容詞（關於）

mediocre
[,midɪ`okə]
形 平庸的；中等的
0371

同 **second-rate** 普普通通的 / **banal** 平庸的
反 **first-rate** 第一流的 / **superb** 上乘的
補 字根拆解：**medi** 中間 + **ocre** 尖山

merchandise
[`mɜtʃən,daɪz]
名 商品；貨物
動 買賣；經營
0372

同 **commodity** 商品 / **stock** 存貨
關 **deal in sth.** 買賣某物 / **be sold out** 賣光了
補 字根拆解：**merc** 貿易 + **hand** 手 + **ise** 動詞

migrate
[`maɪ,gret]
動 遷移；移居
0373

關 **emigrate** 移出 / **immigrate** 移入
片 **migrate from A to B** 從 A 地遷移到 B 地
補 字根拆解：**migr** 移動 + **ate** 動詞

minimize
[`mɪnə,maɪz]
動 最小化
0374

片 **at a/the minimum** 至少
搭 **minimize button** 視窗最小化的按鈕
補 字根拆解：**minim** 最小的 + **ize** 動詞

minute
[`mɪnɪt]
名 會議紀錄
0375

關 **summary** 摘要 / **document** 文件
片 **take the minutes** 做會議紀錄
考 **minute** 作為「會議紀錄」時，通常用複數形。

misplace
[mɪs`ples]
動 放錯地方；亂放
0376

關 **mislay** 把…放錯地方 / **temporarily** 暫時地
片 **misplace one's trust (in sb.)** 錯信（某人）
補 字根拆解：**mis** 錯誤的 + **place** 放置

0377

塑膠在其冷卻前可以被鑄造成任何形狀。

▶ The plastic could be m_____d into any shape before cooling down.

0378

開車時，保持適當的行車速度很重要。

▶ It's important to keep a mo_____e speed while driving.

0379

幾十年來，販賣香菸的生意都是被政府壟斷的。

▶ Selling tobacco has been under a government m_____y for decades.

0380

她終於同意接受治療，解決病態肥胖與嚴重糖尿病的問題。

▶ She finally agreed to receive treatment for her m_____d obesity and severe diabetes.

UNIT 12 N 字頭填空題

Test Yourself!

請參考中文翻譯，再填寫空格內的英文單字。

0381

公寓裡有具死屍，難怪味道那麼令人作嘔。

▶ There was a body in the apartment, and thus there was a n_____y smell.

0382

在一位當地人的幫助下，我們順利找到路，前往目的地。

▶ We n_____d our way to the destination under a local's help.

》提示《 他人的指路幫助我們「導航」到目的地。

molded / moderate / monopoly / morbid / nasty / navigated

0377
mold
[mold]
動 鑄造；塑造
名 模型；鑄模

同 form 塑造 / shape 塑造 / cast 鑄型
片 be cast in the same mold 像同一個模子刻出來的 / break the mold 打破常規
補 英式拼法為 mould，意思不變。

0378
moderate
[`mɑdərɪt]
形 適度的；溫和的

同 modest 適度的 / gentle 溫和的
反 harsh 嚴酷的 / violent 強烈的
補 字根拆解：mod 態度 + er 動作 + ate 形容詞

0379
monopoly
[mə`nɑpḷɪ]
名 壟斷；獨占；專賣

關 oligopoly 寡占 / perfect competition 完全競爭
片 have the monopoly on sth. 獨占某物
補 字根拆解：mono 單一 + poly 賣

0380
morbid
[`mɔrbɪd]
形 疾病的；病態的

反 wholesome 強健的 / sound 健康的
關 pathologic 病理學的 / anatomy 解剖學
搭 morbid obesity 病態肥胖

答案 & 單字解說
Get The Answer !

MP3 12

0381
nasty
[`næstɪ]
形 令人作嘔的

同 disgusting 噁心的 / odious 令人作嘔的
反 delightful 令人愉快的 / pleasant 討人喜歡的
補 字根拆解：nast 骯髒 + y 形容詞（充滿）

0382
navigate
[`nævə͵get]
動 駕駛；航行

同 steer 掌舵 / pilot 駕駛；領航 / sail 航行
片 navigate one's way to 向⋯航行
搭 navigation bar （手機或電腦介面）導覽列
補 字根拆解：nav 船 + ig 駕駛 + ate 動詞

0383

她在懷孕期間經常感到噁心、想吐。

▶ She experienced n_____a quite often when she was pregnant.

0384

協議中的詳細內容尚待磋商。

▶ The exact details of the agreement are still under n_____n.

0385

他被提名為本次市長選舉的候選人之一。

▶ He was n_____d to be one of the candidates in the mayoral election.

0386

她總是在逃避責任，但每次的理由根本都是胡說。

▶ She is always trying to get away with things, but her excuses are all n_____e.

0387

珍妮實在是太好管閒事了，所以同事們都盡量與她保持距離。

▶ Jenny is too n_____y; everyone in the office tries to stay away from her.

0388

這名公證人負責確保合約由雙方妥善簽署完成。

▶ The n_____y is responsible for ensuring that the agreement is properly signed by both parties.

0389

圖表上有一點值得注意，我們近幾年來的銷量有增加。

▶ As you can see in the chart, it is n_____y that our sales have risen during the last few years.

0390

這個故事是由一位不知名的年輕小說家所寫的。

▶ The story is written by a nameless young n_____.

Answer key

nausea / negotiation / nominated / nonsense / nosy / notary / noteworthy / novelist

nausea
[`nɔʃɪə]
名 噁心;作嘔

關 **vomit** 嘔吐 / **seasick** 暈船的 / **revulsion** 嫌惡
搭 **nausea and vomiting of pregnancy (NVP)** 孕吐
補 字根演變:**naus** 船隻 → **nausea**

negotiation
[nɪˌgoʃɪ`eʃən]
名 談判;協商

關 **coalition** 聯盟 / **deliberation** 商議
片 **under negotiation** 尚待磋商
考 **negotiation** 通常指國際間或商業上具目的之正式協商。
補 字根拆解:**neg** 否定 **+ oti** 容易 **+ ation** 名詞(動作)

nominate
[`nɑməˌnet]
動 提名;任命

同 **appoint** 指派 / **designate** 委任
片 **be nominated for** 獲得…提名
補 字根拆解:**nomin** 姓名 **+ ate** 動詞

nonsense
[`nɑnsɛns]
名 胡說;無意義之言

同 **rubbish** 廢話 / **absurdity** 荒謬;荒誕
片 **talk nonsense** 胡說八道 / **make (a) nonsense of sth.** 使…顯得荒謬
搭 **do not stand any nonsense** 不容許胡鬧

nosy
[`nozɪ]
形 好管閒事的

同 **inquisitive** 愛打聽的 / **meddlesome** 愛管閒事的
反 **indifferent** 冷漠的 / **uncaring** 不在乎的;冷漠的
補 **nosy** 為口語用法,而且是帶有負面含意的形容詞。

notary
[`notərɪ]
名 公證人

同 **notary public** 公證人
關 **city hall** 市政府;市政廳 / **validity** 有效性;效力
補 字根拆解:**notar** 書記;祕書 **+ y** 字尾

noteworthy
[`notˌwɜðɪ]
形 值得注意的;顯著的

反 **hidden** 隱藏的 / **inconspicuous** 不顯著的
關 **particularly** 特別 / **observation** 觀察
補 字根拆解:**note** 注意 **+ worthy** 有價值的

novelist
[`nɑvḷɪst]
名 小說家

同 **fictionist** 小說家 / **author** 作家
關 **ghostwriter** 代筆者;寫手 / **narrator**(故事的)講述者
補 字根拆解:**novel** 小說 **+ ist** 名詞(人)

0391

她很好心地幫助那位新手，而且不要求對方回報。

▶ She was kind enough to help the n_____ v_____ and ask for nothing in return.

0392

噴嘴在運送的過程中受到損害與刮傷。

▶ The n_____e has been damaged and scratched during the shipment.

0393

把問題的答案以數值呈現對量化結果是很有幫助的。

▶ Answering the questions on a n_____c scale would be helpful in quantifying the results.

》提示《 想想與「數字」有關的單字，再注意詞性變化。

UNIT 13 O 字頭填空題

Test Yourself !

請參考中文翻譯，再填寫空格內的英文單字。

0394

這一則新聞報導很偏頗，缺乏客觀性。

▶ The news report was biased and lacked o_____y.

0395

這條道路因為豪雨而被堵住了。

▶ The road was o_____d because of the heavy rain.

0396

只有幾張門票可供選擇，而且位子都離舞臺很遠。

▶ Only few tickets were o_____e, and those seats were far away from the stage.

》提示《 只有幾張可供選擇表示「能取得的」門票很有限。

novice / nozzle / numeric / objectivity / obstructed / obtainable

0391
novice
[`nɑvɪs]
名 新手；初學者

同 **newcomer** 新手 / **beginner** 初學者
反 **expert** 專家 / **veteran** 老手
關 **unskilled** 不熟練的 / **clumsy** 笨拙的
補 字根拆解：**nov** 新的 **+ ice** 名詞

0392
nozzle
[`nɑzḷ]
名 噴嘴；管嘴

關 **hose** 軟管；水管 / **spray gun** 噴槍 / **project** 發射；噴射 / **spout** 噴口 / **shower head** 蓮蓬頭
補 字根拆解：**nozz** 鼻子 **+ le** 小的

0393
numeric
[nju`mɛrɪk]
形 數字的；數值的

關 **quantitative** 量的 / **statistic** 統計上的 / **digital** 數字的 / **decimal** 小數的 / **estimation** 估計
補 字根拆解：**numer** 數字 **+ ic** 形容詞

答案 & 單字解說
Get The Answer !

MP3 13

0394
objectivity
[ˌɑbdʒɛk`tɪvətɪ]
名 客觀性；客觀

同 **neutrality** 中立 / **impartiality** 公正
反 **subjectivity** 主觀；主觀性
補 字根拆解：**ob** 對著 **+ ject** 丟擲 **+ ivity** 名詞

0395
obstruct
[əb`strʌkt]
動 堵塞；妨礙

關 **bottleneck** 瓶頸 / **blockage** 封鎖
搭 **obstructed labo(u)r** 難產
補 字根拆解：**ob** 在前面 **+ struct** 堆砌

0396
obtainable
[əb`tenəbḷ]
形 能得到的

同 **attainable** 可獲得的 / **at hand** 在手邊
反 **unavailable** 得不到的 / **unobtainable** 難獲得的
補 字根拆解：**ob** 強調 **+ tain** 保持 **+ able** 形容詞

0397

在我搬到另一個城市之前,我在那間公寓居住了兩年。

▶ My o_____y of the apartment lasted for two years before I moved to another city.

》提示《 居住表示「占據」那間公寓的時間。

0398

設立海外公司通常是為了避稅。

▶ The establishment of an o_____e company is usually to avoid paying taxes.

》提示《 「離開本國的海岸」就變成海外了。

0399

他的名字從宴會的邀請名單上被刪除,這讓他很不高興。

▶ He was o_____d from the banquet invitation, which upset him a lot.

0400

那是他第一次單獨代表公司出席。

▶ It was the first time that he had acted o_____ b_____ o_____ his company alone.

0401

艾倫很討厭開放式的問題,因為那會延長討論時間。

▶ Ellen hates o_____-e_____d questions because they always make the discussion longer.

》提示《 開放式就是「沒有確切結束」的意思。

0402

維持供水系統運作與保養的預算出現虧損。

▶ The budget for o_____n and maintenance of waterworks is in the red.

0403

她是一位接線生,負責把電話轉到正確的部門。

▶ She was a phone o_____r who transferred phone calls to the right division.

0404

那間公司以前擁有自己的管弦樂隊,並會定期進行演出。

▶ The company had an o_____a of its own that performed regularly.

Answer key
occupancy / offshore / omitted / on behalf of / open-ended / operation / operator / orchestra

---

0397

occupancy
[`ɑkjəpənsɪ]
名 居住；占據

圖 **residence** 居住 / **ownership** 所有權
搭 **occupancy rate** 出租率；入住率
補 字根拆解：**occup** 占據 **+ an(t)** 形容詞 **+ cy** 名詞

0398

offshore
[`ɔf ʃor]
形 海外的；離岸的

反 **onshore** 岸上的 / **domestic** 國內的
搭 **offshore trust** 海外信託
補 字根拆解：**off** 離開 **+ shore** 海岸

0399

omit
[o`mɪt]
動 刪除；遺漏

同 **eliminate** 刪除 / **overlook** 看漏
反 **add** 增加 / **include** 包括 / **contain** 包含
補 字根拆解：**o** 強調 **+ mit** 送出（聯想：傳送出去 → 刪去）

0400

on behalf of
片 代表

同 **in the name of** 以…的名義 / **represent** 代表
關 **individual** 個人；個體 / **monarch** 君主
片 **give witness on behalf of sb.** 為某人作證

0401

open-ended
[`opən͵ɛndɪd]
形 開放式的；無結論的

反 **closed-end** 閉鎖式的
關 **questionnaire** 問卷 / **unlimited** 無限制的
搭 **an open-ended contract** 不定期契約

0402

operation
[͵ɑpə`reʃən]
名 操作；營運

片 **(be) in operation** （法律等）生效
搭 **rescue operation** 救援行動
補 字根拆解：**oper** 工作 **+ ation** 名詞（動作）

0403

operator
[`ɑpə͵retə]
名 接線生；作業員

同 **manipulator** 操作者 / **telephonist** 電話接線員
搭 **a computer operator** 電腦操作員
補 字根拆解：**operat** 工作 **+ or** 名詞（做…的人）

0404

orchestra
[`ɔrkɪstrə]
名 管弦樂隊

關 **ensemble** 合奏 / **string quartet** 弦樂四重奏
搭 **symphony orchestra** 交響樂團 / **orchestra pit** （舞臺前的）樂隊席

0405

東方國家是這間國際性企業最重要的客戶群。

▶ The O_____t has been the most important client for this international company.

0406

我叔叔非常喜歡亞洲食物。

▶ My uncle likes o_____l food very much.

》提示《 對西方國家而言，亞洲國家都位處「東方」。

0407

無論別人的政治或性別傾向為何，我們都應該公平對待。

▶ People should be treated fairly, regardless of their political or sexual o_____n.

0408

在朋友告訴他之前，他沒有意識到自己被多收了錢。

▶ He didn't realize that he was o_____d until his friend told him.

》提示《 被多收錢表示對方「要價過高」。

0409

因為責任重疊，導致他們處理同一件事時會混淆。

▶ Their responsibilities o_____p, making them feel confused when handling the same matter.

0410

我認為你看漏了一項能影響這個問題的關鍵因素。

▶ I think you have o_____d a key factor in this problem.

Answer key

Orient / oriental / orientation / overcharged / overlap / overlooked

0405

orient
[`orɪənt]
名 東方；亞洲
形 東方的

關 eastward 向東的 / hemisphere （地球的）半球
考 大寫 Orient 指東方國家（the Orient）；the Occident 則表示西方（尤指歐美國家）。
補 字根拆解：**ori** 上升 + **ent** 名詞

0406

oriental
[ˌorɪ`ɛntl]
形 亞洲的；東方的

反 western 西方的 / occidental 西方的；歐美的
搭 oriental culture 東方文化
補 字根拆解：**ori** 上升 + **ent** 名詞 + **al** 形容詞

0407

orientation
[ˌorɪɛn`teʃən]
名 方向；傾向性

同 direction 方向 / inclination 傾向
搭 orientation training 職前訓練
補 帶大學新生認識校園環境，或職場上的新人訓練，都能用 **orientation** 表示。

0408

overcharge
[`ovɚ`tʃɑrdʒ]
動 超收；要價過高

反 undercharge 收費過低
關 additional cost 額外費用
補 字根拆解：**over** 在…之上 + **charge** 負擔

0409

overlap
[ˌovɚ`læp]
動 與…部分重疊

同 overlay 覆蓋 / coincide 重疊
片 overlap with 和…重疊
搭 overlapping sound (OS) 內心獨白
補 字根拆解：**over** 在…之上 + **lap** 層疊

0410

overlook
[ˌovɚ`luk]
動 看漏；忽略；眺望

同 neglect 疏忽；忽視 / pass over 忽視
關 unaware 未察覺到的 / observatory 瞭望臺
片 turn a blind eye to sth. 對某物視而不見
補 字根拆解：**over** 在…之上 + **look** 看

UNIT 14 P 字頭填空題

Test Yourself!

請參考中文翻譯，再填寫空格內的英文單字。

0411

經過多年精心的研究之後，才得出這些結果。

▶ The results took years of p_____g research.

》提示《 費盡心思去研究的過程中，總有必須承擔「痛苦」的時候。

0412

胰臟所產生的胰島素負責控制血糖濃度。

▶ The p_____s produces insulin, which controls the level of blood sugar.

0413

你可以從控制面板上看到還剩多少燃料。

▶ You can see from the control p_____l the amount of fuel left.

0414

我們公司的每層樓都設有茶水間。

▶ We had p_____y r_____ on each floor in the company.

0415

我們正在推廣無紙化會議，所以要記得將電子版的報告寄給大家。

▶ We are promoting p_____s meetings, so make sure you send out electronic copies of your presentation.

0416

這個範例無法清楚說明概念，你可以再多做一點解釋嗎？

▶ The p_____m cannot elucidate the idea. Can you elaborate more on this?

0417

今年夏天的實習，她申請了律師助理的空缺。

▶ She applied for a position as a p_____l for her summer internship.

》提示《 律師助理就是「在律師旁邊」協助的人。

  Answer key **painstaking / pancreas / panel / pantry rooms / paperless / paradigm / paralegal**

答案 & 單字解說
Get The Answer !

MP3 14

0411

painstaking
[`penz͵tekɪŋ]
形 費盡心思的；精心的

同 **assiduous** 勤勉的 / **strenuous** 費力的
搭 **painstaking effort** 心血；辛苦的努力
補 字根拆解：**pains** 痛苦 + **taking** 拿

0412

pancreas
[`pæŋkrɪəs]
名 胰臟

關 **insulin** 胰島素 / **diabetes** 糖尿病
搭 **pancreatic cancer** 胰臟癌
補 字根拆解：**pan** 全部；整個 + **creas** 肉

0413

panel
[`pænḷ]
名 面板；專業小組

關 **rectangular** 矩形的 / **advisory** 顧問的
搭 **a panel of judges** 評審小組
補 字根拆解：**pan** 一塊布料 + **el** 小的

0414

pantry room
片 茶水間

關 **water cooler** 飲水機 / **microwave oven** 微波爐 / **larder** 食物櫥櫃 / **electric water boiler** 電熱水瓶
補 **pantry** 食品儲藏室；食品儲藏櫃

0415

paperless
[`pepəlɪs]
名 無紙的

關 **e-commerce** 電子商務 / **electronic invoice (e-invoice)** 電子發票 / **hard copy** 紙本；列印稿
補 字根拆解：**paper** 紙張 + **less** 形容詞（沒有…的）

0416

paradigm
[`pærə͵daɪm]
名 範例

同 **exemplar** 範例；模範 / **pattern** 模式
關 **criteria** 標準（複數形） / **archetype** 原型
補 字根拆解：**para** 在旁邊 + **digm** 顯示

0417

paralegal
[͵pærə`ligəl]
名 律師助理
形 輔助律師的

關 **attorney** 律師 / **legal counsel** 法律顧問 / **assistant** 助理 / **do odd jobs** 做雜事
補 字根拆解：**para** 在旁邊 + **leg** 聚集 + **al** 形容詞（聯想：在律師旁邊聚集的就是助理）

0418

老師叫我畫兩條相互平行的直線出來。

▶ The teacher asked me to draw two lines that are p_____ to each other.

0419

中風有可能導致嚴重癱瘓，甚至是死亡。

▶ Strokes may cause serious p_____s or even death.

0420

她有妄想症，總覺得自己晚上會遇到搶劫。

▶ She has a p_____a that she will be robbed at night.

0421

老師將晦澀的文字以現代說法改述，以幫助學生理解內容。

▶ The teacher p_____ed the obscure words into modern usage to help her students understand the content.

0422

表面的微粒會影響薄膜的一致性。

▶ P_____ on the surface would affect the uniformity of the film.

0423

她在尋找特定的鍵盤款式，可以嵌入書桌的那種。

▶ She was looking for a p_____ type of keyboard that can be embedded into her desk.

0424

最近大家都在討論辦公室隔間是否真能增加生產力。

▶ Whether office p_____ increase productivity has been a subject of debate recently.

0425

他是一位目睹了整起搶劫案的路人。

▶ He was a p_____-b_____ who witnessed the whole robbery.

Answer key

parallel / paralysis / paranoia / paraphrased / Particles / particular / partitions / passer-by

parallel
[`pærə‚lɛl]
形 平行的
名 平行線

0418

關 **horizontal line** 水平線 / **vertical line** 垂直線
片 **in parallel with** 與…平行
補 字根拆解：**para** 在旁邊 + **llel** 另一個

paralysis
[pə`ræləsɪs]
名 癱瘓；麻痺

0419

關 **immobility** 靜止不動 / **feebleness** 虛弱
搭 **political paralysis** 政治癱瘓狀態
補 字根拆解：**para** 在旁邊 + **lysis** 鬆開（聯想：四肢鬆垮
無力 → 癱瘓）

paranoia
[‚pærə`nɔɪə]
名 妄想症；偏執狂

0420

反 **sanity** 精神健全 / **stability** 穩定；安定
關 **suspicion** 懷疑 / **irrational** 不理性的
片 **under the delusion that...** 有…的錯覺
補 字根拆解：**para** 超過 + **no** 心智 + **ia** 名詞

paraphrase
[`pærə‚frez]
動 改述；解釋

0421

同 **rephrase** 改述 / **reword** 重述；改寫
關 **clarification** 澄清 / **express** 表達；陳述
考 這個單字指「用更簡單、清楚的說法解釋某件事」。
補 字根拆解：**para** 在旁邊 + **phrase** 告訴

particle
[`partɪkl]
名 微粒；顆粒

0422

同 **fleck** 微粒 / **molecule** 微小顆粒
搭 **particle accelerator** 粒子加速器
補 字根拆解：**parti** 部分 + **cle** 小尺寸

particular
[pə`tɪkjələ]
形 特定的；獨特的

0423

同 **specific** 特定的 / **distinct** 獨特的
片 **in particular** 尤其；特別是
補 字根拆解：**parti** 部分 + **cul(e)** 小尺寸 + **ar** 形容詞

partition
[par`tɪʃən]
名 隔間；分割
動 （用隔板）隔開

0424

反 **union** 結合；合併 / **combine** 使結合
關 **separation** 分開 / **compartment** 劃分
補 字根拆解：**parti** 部分 + **tion** 名詞

passer-by
[`pæsə‚baɪ]
名 路過的人

0425

同 **pedestrian** 行人 / **onlooker** 旁觀者
關 **by chance** 偶然 / **ask for directions** 問路
考 注意本單字的複數形為 **passers-by**。

0426

作為下班後的消遣，他開始拉小提琴，每週一次。

▶ He started playing the violin once a week after work as a p_____e.

》提示《 消遣就是「度過時間」的方法。

0427

小偷趁保全人員去巡邏時破門而入。

▶ The thief broke into the building while the security guards were on p_____l.

0428

那位老先生是我們的餐廳的老顧客，人非常好。

▶ The old man has been such a good p_____n to our restaurant.

0429

劉先生是這張支票的收款人。

▶ Mr. Liu is the p_____e of this check.

0430

這間小公司的薪水帳冊上只有三名員工。

▶ There are only three employees on the p_____l of this small company.

0431

薪資條將會寄給你，上面會寫出你今年能領到的獎金有多少。

▶ A p_____ s_____ will be sent to you, showing the amount of bonus you will receive this year.

0432

她很有創意，常想出許多奇特的主意。

▶ She is innovative and can always come up with many pe_____r ideas.

0433

那輛貨車撞上行人，造成一死三傷。

▶ The truck ran over several pe_____, causing one death and three injuries.

Answer key　pastime / patrol / patron / payee / payroll / pay slip / peculiar / pedestrians

pastime
[`pæs͵taɪm]
名 消遣；娛樂

同 **recreation** 娛樂 / **hobby** 嗜好
片 **in one's spare time** 在某人的閒暇時間
補 字根拆解：**pas** 通過 + **time** 時間

---

patrol
[pə`trol]
名 巡邏；巡邏兵
動 巡邏；偵察

同 **guard** 守衛 / **inspect** 檢查
片 **on patrol** 在巡邏中的
搭 **patrol car** 警車 / **patrol vessel** 巡邏艦

---

patron
[`petrən]
名 老顧客；贊助人

同 **frequenter** 常客 / **sponsor** 贊助人
關 **support** 支持 / **patronage** 資助；光顧
補 字根拆解：**patr** 父親 + **on** 名詞

---

payee
[pe`i]
名 收款人

同 **beneficiary** 受益人 / **recipient** 接受者
關 **remittance** 匯款 / **disburse** 撥款
補 字根拆解：**pay** 支付 + **ee** 名詞（受…的人）

---

payroll
[`pe͵rol]
名 薪水帳冊；工資名單

關 **time work** 計時的工作 / **salaried-hours work** 固定上下班的工作 / **output work** 論件計酬的工作
補 字根拆解：**pay** 支付 + **roll** 名單

---

pay slip
片 薪資單

同 **pay stub** 薪資明細表
關 **pay day** 發薪日 / **paycheck** 薪水支票
補 **pay slip** 是非正式的單據，列出薪資明細。

---

peculiar
[pɪ`kjuljə]
形 獨特的；罕見的

同 **distinctive** 特殊的 / **characteristic** 獨特的
片 **be peculiar to** 是…特有的
補 **be out of the ordinary** 與眾不同的

---

pedestrian
[pə`dɛstrɪən]
名 行人；步行者
形 行人的；步行的

關 **sidewalk【美】= pavement【英】** 人行道
搭 **pedestrian crossing** 斑馬線
補 字根拆解：**pede** 腳 + **str** 用力 + **ian** 名詞

0434

那名足球選手因犯規而被罰了一張黃牌。

▶ That soccer player was **pe**_____**d** with a yellow card due to the foul.

0435

他擔心自己的退休金不足以負擔退休後的生活開銷。

▶ He is worried that his **p**_____**n** might be insufficient to support his life after his retirement.

0436

你的看法可能只是種錯覺，尤其當你心存偏見時。

▶ Your **pe**_____**n** can be deceptive especially when you are biased.

》提示《 你所「接收到、理解到」的資訊，會形成你的觀念。

0437

所有員工每年都會接受兩次的定期訓練。

▶ Every employee receives **pe**_____**l** training twice a year.

0438

若您的郵寄地址與戶籍地址不同的話，請將兩者都填上去。

▶ If your mailing address is different from your **p**_____**t** address, please fill in both on the form.

》提示《 戶籍地址是「永久不變的」地址。

0439

要在這一區開餐廳，必須先取得市議會的許可。

▶ For a restaurant to open in the community, an official **p**_____**n** from the city council is required.

0440

我很敬佩那位記者，因為他堅持報導真相。

▶ I admire that journalist because he **p**_____**d** in publishing the truth.

0441

她對自己研究題目的堅持態度很驚人。

▶ Her **p**_____**e** regarding her research topic was incredible.

Answer key: penalized / pension / perception / periodical / permanent / permission / persisted / persistence

0434

penalize
[`pinḷ,aɪz]
動 處罰（犯規者）；對…處刑

- 同 punish 處罰 / chastise 懲戒 / castigate 懲罰
- 片 penalize sb. for sth. 因某事懲罰某人
- 補 字根拆解：pen 懲罰 + al 形容詞 + ize 動詞

0435

pension
[`pɛnʃən]
名 退休金；養老金

- 同 annuity 年金 / stipend 養老金
- 關 welfare 福利 / in later life 後半生
- 補 字根拆解：pens 衡量 + ion 名詞

0436

perception
[pə`sɛpʃən]
名 看法；感知

- 同 understanding 理解力 / concept 觀念
- 關 rationality 合理性 / sixth sense 第六感
- 補 字根拆解：per 完全地 + cep 抓住 + tion 名詞（狀態）

0437

periodical
[ˌpɪrɪ`ɑdɪkḷ]
形 定期的；週期的
名 期刊

- 反 occasional 偶爾的；臨時的 / random 隨機的
- 關 quarterly 季刊 / monthly 月刊 / weekly 週刊
- 補 字根拆解：peri 周圍 + od 道路 + ical 形容詞

0438

permanent
[`pɝmənənt]
形 永久的；不變的

- 同 perpetual 永久的 / everlasting 永久的
- 搭 permanent address 戶籍地址
- 補 字根拆解：per 從頭到尾 + man 停留 + ent 形容詞

0439

permission
[pə`mɪʃən]
名 允許；許可

- 反 disapproval 不准許 / prohibition 禁止
- 片 give sb. permission to + V 給某人做某事的權限
- 補 字根拆解：permiss 允許 + ion 名詞（動作）

0440

persist
[pə`sɪst]
動 堅持；持續

- 同 endure 持續 / persevere 堅持不懈 / remain 保持
- 片 persist in 堅持 / persist to the end 堅持到底
- 補 字根拆解：per 徹底地 + sist 站立

0441

persistence
[pə`sɪstəns]
名 堅持；持續

- 同 perseverance 堅持不懈 / tenacity 堅韌；韌性
- 關 determination 決心 / continuous 不斷的
- 搭 persistence of vision 視覺暫留

0442

若要請假，必須告知人事部主管與你的上司。

▶ Before you take a day off, you should notify both the p_____l director and your supervisor.

0443

就我的觀點而言，這是加碼投資那間公司股票的最佳時機。

▶ From my pe_____e, this is the perfect time to invest more in that company's stocks.

0444

請帶一份身分證影本過來。

▶ Please bring a p_____y of your identification with you.

0445

他以繪圖的方式呈現工作成果，對經理們來說很新鮮。

▶ He presented his works in p_____l form, which was quite novel to the managers.

》提示《 也就是以一張一張的「圖片」呈現報告。

0446

這臺數位相機的畫素比新的那臺低很多。

▶ The number of p_____s of this digital camera is much lower than the new one.

0447

她是位有名的劇作家，為電影業貢獻良多。

▶ As a famous p_____t, she has contributed a lot to the theater industry.

0448

在逃家多年後，她懇求母親原諒她。

▶ She p_____d for her mother's forgiveness years after running away from home.

0449

這件新品重量輕、方便攜帶，適合天天帶著使用。

▶ The new product is light and p_____e, making it suitable for daily use.

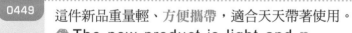

Answer key

personnel / perspective / photocopy / pictorial / pixels / playwright / pleaded / portable

personnel
[ˌpɝsnˋɛl]
名 人事部;全體人員

關 **interview** 面試 / **appoint** 指派
搭 **personnel management** 人事管理
補 **human resources** 人力資源

---

perspective
[pəˋspɛktɪv]
名 看法;觀點
形 透視的

同 **outlook** 觀點 / **viewpoint** 見解
片 **put sth. into perspective** 客觀地比較、審查 / **from one's perspective** 從某人的角度來看
補 字根拆解:**per** 穿透 + **spect** 看 + **ive** 形容詞

---

photocopy
[ˋfotəˌkɑpɪ]
名 影本
動 影印;複印

關 **photocopier** 影印機 / **original copy** 正本 / **replica** 複製品;仿製品 / **reproduce** 複製;翻拍
搭 **be out of print** (書)絕版的

---

pictorial
[pɪkˋtorɪəl]
形 畫的;用圖表示的

同 **photographic** 照相的 / **graphic** 圖的
關 **illustration** 插畫 / **depict** 描畫
搭 **a picture book** 圖畫書

---

pixel
[ˋpɪksəl]
名 像素;畫素

同 **picture element** 像素;畫素
關 **visual** 視覺的 / **computer screen** 電腦螢幕
搭 **megapixel** 百萬像素

---

playwright
[ˋpleˌraɪt]
名 劇作家

同 **dramatist** 劇作家 / **scriptwriter** 編劇
關 **adaption** 改編 / **screenplay** 電影劇本
補 字根拆解:**play** 戲劇 + **wright** 工作者

---

plead
[plid]
動 懇求;抗辯

同 **implore** 懇求 / **petition** 請願;請求
片 **plead for sth.** 請求某事、某物
搭 **plead guilty** 認罪 / **plead ignorance** 聲稱一無所知

---

portable
[ˋportəbḷ]
形 可攜帶的;輕便的

同 **mobile** 可動的 / **lightweight** 輕量的
反 **stationary** 不動的 / **ponderous** 沉重的
補 字根拆解:**port** 攜帶 + **able** 形容詞

0450

在小說中，所有的生物都經由一個入口被送到了仙境。

In the novel, every living creature was sent into a p_____l leading to a wonderland.

0451

在破產之後，珍妮絲失去了所有的財產。

Janice lost all of her p_____ns due to bankruptcy.

提示 財產就是那個人「擁有的物品」。

0452

為了接你，我需要你給我明確的位置。

To pick you up, I need your p_____e location.

0453

本書作者在序言中以文字寫下他所經歷的重重辛苦。

The author of the book put his tears of bitterness into words in the p_____f_____.

0454

初步的結果顯示，團隊目前的研究方向是正確的。

The p_____y research suggested that the team was on the right track.

0455

作為重要的政府官員，有些國家有總理的職位。

Some countries have pr_____ as important government officials.

0456

調查結果顯示，他的假設是錯誤的。

His p_____e was proven wrong after the investigation.

0457

你可以用九折的優惠購買火車的預付票。

You can buy p_____d train tickets with a ten percent discount.

portal / possessions / precise / preface / preliminary / premiers / premise / prepaid

portal
[`pɔrtḷ]
名 正門；入口

同 gate 大門 / entrance 入口；門口
關 side entrance 側門 / fire door 防火安全門
補 字根拆解：port/por 引導 + al 字尾

possession
[pəˋzɛʃən]
名 財產；擁有

同 belongings 財產 / domain 領土；領地
片 take possession of 獲得；占有 / in one's possession 被某人占有
補 字根拆解：possess 擁有 + ion 名詞（動作）

precise
[prɪˋsaɪs]
形 明確的；精確的

同 exact 確切的 / accurate 精確的
反 vague 曖昧不清的 / dubious 含糊的
片 in a precise way 以精確的方式
補 字根拆解：pre 之前 + cise 切割

preface
[ˋprɛfɪs]
名 序言；前言

同 prolog(ue) 序言 / introduction 引言
片 a preface to sth. 某事的序幕
補 字根拆解：pre 之前 + fa 說 + ce/ence 名詞

preliminary
[prɪˋlɪmə͵nɛrɪ]
形 初步的；開端的

同 introductory 準備的 / preparatory 預備的
反 concluding 最後的；結束的 / final 最終的
搭 preliminary round 預賽；初賽
補 字根拆解：pre 之前 + limin 門檻 + ary 形容詞

premier
[ˋprimɪə]
名 總理；首相
形 首要的；最先的

同 prime minister 首相；總理
關 president 總統 / chief of state 國家元首
補 字根拆解：prem 第一的 + ier 名詞

premise
[ˋprɛmɪs]
名 假設；前提

同 hypothesis 假說 / assumption 假定
片 draw a conclusion 做出結論
考 動詞用法為「提出前提」，此時念作 [prɪˋmaɪz]。
補 字根拆解：pre 之前 + mise 送出

prepaid
[priˋped]
形 預付的；已付的

搭 a prepaid card 預付卡 / a prepaid envelope 郵資已付的信封
片 pay in advance 預先支付；預先付款

0458

這項工作的前提是要喜歡與不同的人相處、溝通。

▶ Enjoying communicating with different kinds of people is a p_____te for the job.

》提示《 前提就是「必不可少的」條件。

0459

記者會上,那位知名 NBA 球員宣布他要退休的消息。

▶ In the p_____ c_____, the famous NBA player announced his retirement.

0460

想要預防癌症,就得吃得健康、規律運動。

▶ P_____n of cancer requires healthy eating habits and regular exercise.

0461

這張照片上的男人就是這件凶殺案的主要嫌疑人。

▶ The man in the photo is the p_____e suspect in this murder case.

0462

在前一份工作中,我學到要將工作的優先順序訂好。

▶ One of the things I learned from my former job was to pr_____e the work properly.

》提示《 訂順序就是要決定哪項工作「優先」。

0463

他沒有辦法走直線,大概是喝醉了。

▶ He is p_____y drunk, as he is not able to walk in a straight line.

0464

在短暫的休息時間過後,瑞克繼續進行簡報。

▶ Rick pr_____d with the presentation after the short break.

0465

他為了精通外語能力而參加了這堂課程。

▶ He attended this course in order to enhance his foreign language p_____y.

prerequisite / press conference / Prevention / prime / prioritize / probably / proceeded / proficiency

0458
prerequisite
[ˌpriˋrɛkwəzɪt]
名 前提；必要條件
形 不可缺的

同 **precondition** 先決條件 / **requisite** 必不可少的
片 **(be) prerequisite for sth.** 是某事的先決條件
補 字根拆解：**pre** 之前 **+ re** 重複 **+ quisite** 要求

0459
press conference
片 記者會

同 **news conference** 新聞發布會
關 **politician** 政治人物 / **celebrity** 名人

0460
prevention
[prɪˋvɛnʃən]
名 預防；防止

關 **avoidance** 避免；迴避 / **impediment** 阻礙
搭 **Prevention is better than cure.** 預防勝於治療。
補 字根拆解：**pre** 之前 **+ ven** 來 **+ tion** 名詞（動作）

0461
prime
[praɪm]
形 首要的；最好的

同 **chief** 首要的 / **leading** 領導的；主要的
片 **in one's prime** 在某人的全盛時期
搭 **prime minister** 首相 / **prime number** 質數 / **prime time** （電視、廣播等的）黃金時段

0462
prioritize
[praɪˋɔrəˌtaɪz]
動 確認優先順序

關 **precedence** 優先 / **rearrange** 重新整理
片 **put sth. in order** 把某物、事情整理好
補 字根拆解：**prior** 優先的 **+ it(y)** 狀態 **+ ize** 動詞

0463
probably
[ˋprɑbəblɪ]
副 大概；或許

同 **likely** 可能地 / **possibly** 可能地 / **perhaps** 大概
反 **improbably** 不太可能地 / **unlikely** 不可能
搭 **probability sampling** 隨機抽樣

0464
proceed
[prəˋsid]
動 繼續進行；著手

同 **continue** 繼續；持續 / **go on** 繼續下去
片 **proceed with** 繼續進行 / **proceed against sb.** 起訴某人；對某人提起訴訟
補 字根拆解：**pro** 向前地 **+ ceed** 前去

0465
proficiency
[prəˋfɪʃənsɪ]
名 精通；熟練

同 **mastery** 精通 / **adroitness** 熟練
搭 **proficiency test** 能力測試
補 字根拆解：**pro** 向前地 **+ fici** 製造 **+ ency** 名詞（過程）

0466

那間公司開始有盈利之後，已經過了一年的時間。

It has been a year since the company became a p_____e business.

0467

沒有許可證禁止進入本大樓。

Entering the building without a permit is p_____d.

0468

她是個多產的作家，每年都會出一本書。

She is a p_____c writer, publishing one book every year.

0469

你去過那家著名的義大利餐廳嗎？

Have you ever been to that pr_____t Italian restaurant?

0470

針對那個全額抵押貸款，銀行立即做了決定。

The bank came to a p_____t decision on the fully secured loan.

0471

學生會提出了一項提案，建議多派一輛校車。

The student council proposed a p_____n for an extra school bus.

0472

我替茱蒂感到高興，因為她得到一份很有前景的工作。

I am happy for Judy because she obtains a job which offers good p_____ts.

0473

本月份的最終目標為找出更多潛在客戶。

An ultimate goal of this month is to identify more p_____e customers.

Answer key

profitable / prohibited / prolific / prominent / prompt / proposition / prospects / prospective

profitable
[`prɑfɪtəbḷ]
形 有盈利的；有益的

- 同 **beneficial** 有益的 / **favorable** 有利的
- 反 **profitless** 無益的 / **futile** 無益的；無效的
- 補 字根拆解：**profit** 有利 + **able** 形容詞（能夠）

prohibit
[prə`hɪbɪt]
動 禁止；阻止

- 片 **prohibit sb. from + Ving** 禁止某人做某事
- 考 **prohibit** 指「用法令或規定禁止」的內容。
- 補 字根拆解：**pro** 向前地 + **hibit** 擁有（聯想：將擁有的東西繳交到前面 → 被禁止擁有）

prolific
[prə`lɪfɪk]
形 多產的；豐饒的

- 同 **productive** 多產的 / **rich** 豐饒的
- 片 **be prolific in sth.** 富於某物的
- 搭 **a prolific writer** 多產的作家
- 補 字根拆解：**pro** 向前地 + **li** 生長 + **fic** 形容詞

prominent
[`prɑmənənt]
形 著名的；顯眼的

- 同 **outstanding** 突出的 / **conspicuous** 顯著的
- 搭 **a prominent position** 顯眼的位置
- 補 字根拆解：**pro** 向前地 + **min** 突出 + **ent** 形容詞

prompt
[prɑmpt]
形 迅速的；及時的
動 引起；促使

- 同 **rapid** 迅速的 / **immediate** 立即的
- 反 **sluggish** 遲鈍的 / **tardy** 延遲的
- 片 **prompt sb. to + V** 促使某人做某事
- 補 字根拆解：**pro** 向前地 + **(e)mpt** 拿

proposition
[ˏprɑpə`zɪʃən]
名 提案；提議

- 同 **proposal** 提議 / **suggestion** 建議
- 關 **acceptance** 接受 / **rejection** 退回
- 片 **come up with** 想出 / **bring sth. forward** 提出某事

prospect
[`prɑspɛkt]
名 前景；預期
動 探勘；勘察

- 片 **in prospect of** 有…的希望 / **without prospects** 沒有前景或前途
- 考 當「前景、前途」解釋時，習慣用複數形。
- 補 字根拆解：**pro** 向前地 + **spect** 看

prospective
[prə`spɛktɪv]
形 潛在的；預期的

- 同 **potential** 潛在的 / **possible** 可能的
- 關 **future** 未來 / **opportunity** 機會
- 搭 **prospective parents** 即將為人父母者

0474

市民們期待蓬勃的發展，但市長並未做到，因此被彈劾下臺。

▶ The citizens expected p_____y, but the mayor failed them and thus was impeached.

0475

為了實現你的想法，你應該試著建立一個產品原型。

▶ To realize your idea, you should try to build a p_____e for your products.

0476

審判的不公被揭發，被公布於各大媒體上。

▶ The unfair result of the trial had been exposed and p_____zed throughout the media.

0477

我的太陽穴微微搏動，有頭痛的徵兆。

▶ My temples p_____d a little, threatening a headache.

》提示《 這裡的搏動就像「脈搏跳動」那樣的感覺。

0478

與他人碰面時，準時是最基本的禮貌。

▶ P_____y is basic manners when you are meeting someone.

0479

提姆因為晚交報告，而被教授處罰。

▶ Tim was p_____d by the professor for handing his paper in late.

0480

老師教導這群學生打鼓的方式，以及如何呈現整體的演出效果。

▶ The tutor teaches the p_____s how to play drums and perform as an ensemble.

》提示《 這裡的學生表示學習某項技藝的「學徒」。

0481

水淨化廠能將回收的廢水轉為可飲用水。

▶ A water p_____n plant can turn wastewater into drinkable fluid.

Answer key　prosperity / prototype / publicized / pulsed / Punctuality / punished / pupils / purification

0474
prosperity
[pras`pɛrətɪ]
名 繁榮；興隆

同 **success** 成功 / **affluence** 富裕
搭 **economic prosperity** 經濟繁榮
補 字根拆解：**pro** 向前地 **+ sper** 希望 **+ ity** 名詞（狀態）

0475
prototype
[`protə,taɪp]
名 原型；典型

同 **archetype** 原型 / **model** 模型；雛形
片 **a prototype of/for sth.** 某物的原型
補 字根拆解：**proto** 最初的 **+ type** 模型

0476
publicize
[`pʌblɪ,saɪz]
動 公布；宣傳

同 **advertise** 宣傳 / **promote** 宣傳；推銷
關 **visibility** 能見度 / **headline** 頭條
補 字根拆解：**public** 公眾的 **+ ize** 動詞（使…化）

0477
pulse
[pʌls]
動 搏動；跳動
名 脈搏

關 **heartbeat** 心跳 / **impulse** 衝動
片 **one's pulse is racing** 某人的脈搏狂跳
補 字根演變：**pel** 驅動 → **pulse**

0478
punctuality
[,pʌŋktʃʊ`ælətɪ]
名 準時；守時

反 **unpunctuality** 不守時
關 **discipline** 紀律 / **politeness** 有禮貌的行為
片 **show up on time** 準時出現

0479
punish
[`pʌnɪʃ]
動 懲罰；處罰

反 **absolve** 使免受罰 / **reward** 獎勵
關 **be grounded** 被禁足
片 **punish sb. for sth.** 因某事處罰某人

0480
pupil
[`pjupl]
名 學生；弟子；瞳孔

同 **learner** 學習者 / **prentice** 徒弟
關 **instructor** 指導者 / **optic nerve** 視神經
搭 **student-teacher ratio** 師生比

0481
purification
[,pjʊrəfə`keʃən]
名 洗淨；淨化

關 **water purifier** 淨水器 / **filtration** 過濾 / **sedimentation** 沉澱作用 / **distillation** 蒸餾
補 字根拆解：**pur** 純淨的 **+ ific** 形容詞 **+ ation** 名詞

0482

他堅持追求每天的生活要過得開心。

▶ He persisted in the p＿＿＿＿＿t of happiness in everyday life.

UNIT 15 Q to R 字頭填空題

Test Yourself !

請參考中文翻譯，再填寫空格內的英文單字。

0483

要勝任這項工作，勤奮與責任感是必備條件。

▶ Diligence and responsibility are necessary q＿＿＿＿＿ns for this job.

》提示《 表示要具備這兩項特質才有「資格」勝任。

0484

他在課堂上提出了對萬有引力定律的疑問。

▶ He raised his q＿＿＿＿＿ies about the Law of Universal Gravitation in class.

0485

還不確定他是否能獲得升遷。

▶ Whether he will get the promotion or not is still q＿＿＿＿＿e.

》提示《 表示升遷這件事還有「問題」待討論。

0486

拉比強納森・薩克斯是享譽國際的宗教領袖。

▶ R＿＿＿＿＿i Jonathan Sacks is an international religious leader.

》提示《 拉比是猶太教特有的稱謂，為智者的象徵。

0487

造勢晚會會在選舉的前一天舉辦。

▶ An election r＿＿＿＿＿y is to be held the night before the election.

》提示《 這個單字指的是「具政治性的大型集會」。

pursuit / qualifications / queries / questionable / Rabbi / rally

pursuit
[pə`sut]
名 追求；追蹤
0482

反 **retreat** 撤退 / **surrender** 放棄
片 **in pursuit of** 追求；追趕
補 字根拆解：**pur** 向前地 **+ su** 跟隨 **+ it** 行走

答案 & 單字解說
Get The Answer !

MP3 15

qualification
[ˌkwɑləfə`keʃən]
名 資格；限制
0483

關 **academic** 學術的 / **certificate** 執照
片 **be fully qualified for sth.** 具備做某事的能力
補 字根拆解：**qual** 某一種類的 **+ ific** 形容詞 **+ ation** 名詞

query
[`kwɪrɪ]
名 疑問；詢問
動 詢問；表示懷疑
0484

同 **question** 問題；對…表示疑問 / **inquire** 詢問
考 **query** 通常指因懷疑、不確定或異議而提出的問題。
補 字根演變：**quire** 尋找 → **query**

questionable
[`kwɛstʃənəbḷ]
形 不確定的；可疑的
0485

反 **certain** 確信的 / **incontrovertible** 無疑的
搭 **be highly questionable** 令人高度懷疑的
補 字根拆解：**quest** 尋找 **+ ion** 名詞 **+ able** 形容詞

rabbi
[`ræbaɪ]
名 拉比
0486

關 **rabbi** 的起源是希伯來文，為猶太教專用的稱謂，形容那些教授猶太律法的教師。
補 字根拆解：**rabb/rav** 偉大的人；教師 **+ i** 我的

rally
[`rælɪ]
名 （政治的）群眾集會
動 召集；重整
0487

關 **supporter** 支持者 / **dispersal** 分散；疏散
搭 **political rally** 政治集會 / **hold a rally** 舉行集會
補 字根拆解：**r(e)** 再一次 **+ al** 前往 **+ ly/lig** 綁

0488

對腳踏車新手來說，超過三十度的斜坡就很困難了。

▶ A r_____p over thirty degrees is difficult for beginning bike riders.

0489

我們在紐西蘭拜訪了一間綿羊畜牧場。

▶ We had a visit to a sheep r_____h in New Zealand.

0490

她在工作上的貢獻良多，所以升遷的速度非常快。

▶ She was dedicated to her career and thus r_____ climbed up the corporate ladder.

0491

這種物質被確認有毒，所以現在已經很少使用。

▶ The substance is r_____ used nowadays because it was proven to be toxic.

0492

在喝了那麼多杯酒後，沒有人還能保持理智和清醒。

▶ No one can stay r_____ and clear after drinking so many shots of alcohol.

0493

這本雜誌的讀者遍布全球，有一千萬人。

▶ The magazine has a r_____p of ten million worldwide.

0494

班在房地產仲介公司工作，總是帶著顧客去看房子。

▶ Ben works in a r_____ e_____ agency, and he is always taking his customers out to house-hunt.

0495

在當了五年的房地產經紀人之後，他自己也開始投資房地產。

▶ After being a r_____or for five years, he started to invest in real estate himself.

Answer key

ramp / ranch / rapidly / rarely / rational / readership / real estate / realtor

ramp
[ræmp]
名 斜坡；坡道

0488

關 **incline** 使傾斜 / **gradient** 坡度；傾斜度
搭 **ramp rate** 斜率 / **exit ramp** 交流道；匝道
補 字義演變：**ramp** 攀爬；登高 → 斜坡

---

ranch
[ræntʃ]
名 大型牧場

0489

關 **grazing** 放牧 / **dairy farm** 乳製品農場 / **livestock**（總稱）家畜 / **rear** 飼養；栽種
片 **work on a ranch** 在牧場工作
搭 **ranch house** 低矮的平房 / **horse ranch** 馬場

---

rapidly
[ˋræpɪdlɪ]
副 迅速地；很快地

0490

同 **quickly** 迅速地 / **swiftly** 迅速地
搭 **rapid transit system** 快速交通系統
補 字根拆解：**rap** 奪取 + **id** 形容詞 + **ly** 副詞

---

rarely
[ˋrɛrlɪ]
副 很少地；難得

0491

同 **barely** 幾乎沒有 / **hardly** 幾乎不
反 **frequently** 頻繁地 / **habitually** 慣常地
搭 **a rare disease** 罕見疾病

---

rational
[ˋræʃənḷ]
形 理智的；合理的

0492

同 **sensible** 明智的 / **reasonable** 合理的
反 **irrational** 無理性的 / **absurd** 荒謬的
搭 **rational number** 【數】有理數
補 字根拆解：**rat** 理由 + **ion** 名詞 + **al** 形容詞

---

readership
[ˋridəʃɪp]
名 讀者人數

0493

關 **newspaper** 報紙 / **subscribe** 訂閱
搭 **a readership of (+ 人數)** …名讀者
補 字根拆解：**reader** 讀者 + **ship** 名詞（具…特質）

---

real estate
片 房地產

0494

關 **immovable** 不可移動的 / **building** 建築
搭 **real estate broker = estate agent** 房地產仲介
補 **housing market** 房市 / **house flipping** 炒房地產

---

realtor
[ˋrɪəltə]
名 房地產經紀人

0495

關 **accredited** 鑑定合格的 / **property developer** 房地產開發商（除了買賣土地，還負責建案者，並非房仲。）
補 **realty = real estate** 房地產；不動產

0496

法蘭克傲慢的態度令面試官反感。

▶ Frank's arrogant attitude r_____ p_____ d the interviewers.

》提示《 表示面試官內心「排斥」法蘭克。

0497

他坐了十年的牢,現在要重建生活會很困難。

▶ After ten years of imprisonment, it would be hard for him to r_____ d his life.

0498

經濟衰退造成人們資產上的損失,甚至是房產。

▶ The economic r_____ has cost people their assets and even their homes.

0499

我很享受今晚的鋼琴演奏會,迴盪在廳內的音樂真是太美了。

▶ I really enjoyed the piano r_____ tonight. The sound in the music hall was beautiful.

0500

這個國家似乎正在尋求其他國家的外交認同。

▶ The country appears to be seeking diplomatic r_____ from other countries.

0501

我們將重新考慮您的建議,並盡快回電給您。

▶ We will r_____ r your suggestions and get back to you as soon as possible.

0502

我們將會邀請公司的招聘人員來校園,舉辦現場面試。

▶ We will invite corporate r_____ to come to campus for on-site interviews.

》提示《 既然要舉辦校內面試,就不可能只邀一位招聘人員。

0503

若這個問題重複發生,我們就必須更換機體內的部分零件。

▶ If the same problem r_____ d, we would have to replace some of the parts in the machine.

Answer key: repelled / rebuild / recession / recital / recognition / reconsider / recruiters / recurred

repel
[rɪˋpɛl]
動 排斥；擊退

片 **be repelled by sth.** 厭惡某物、某事
搭 **repel an attack** 擊退敵軍的攻擊
補 字根拆解：**re** 倒退 **+ pel** 打擊

rebuild
[riˋbɪld]
動 重建；改建

同 **reconstruct** 重建 / **renovate** 修復；整修
片 **do sth. all over again** 重新做某事
搭 **rebuild one's life** 重新某人的生活

recession
[rɪˋsɛʃən]
名 衰退；後退

同 **downturn** 衰退 / **slump** 不景氣 / **depression** 蕭條
關 **the Great Depression**（1930 年代的）經濟大蕭條
補 字根拆解：**re** 返回 **+ cess** 前去 **+ ion** 名詞

recital
[rɪˋsaɪtḷ]
名 獨奏會；朗誦

同 **concert** 演奏會 / **performance** 演出；演奏
關 **vocal** 歌唱的 / **instrumental** 用樂器演奏的
補 字根拆解：**re** 再一次 **+ cit** 召喚 **+ al** 名詞

recognition
[ˏrɛkəgˋnɪʃən]
名 認可；認出；識別

同 **identification** 認出 / **acknowledgement** 承認
搭 **facial recognition** 人臉辨識
補 字根拆解：**re** 再一次 **+ cogn** 知道 **+ ition** 名詞（動作）

reconsider
[ˏrikənˋsɪdə]
動 重新考慮

關 **motion**（會議上的）動議 / **circumstance** 形勢
片 **change one's mind** 改變主意 / **think sth. over** 考慮
補 字根拆解：**re** 再一次 **+ con** 共同 **+ sider** 群集

recruiter
[rɪˋkrutə]
名 招聘人員

關 **enlist** 招募；使入伍 / **armed forces** 軍隊
補 字根拆解：**re** 再一次 **+ cruit** 增加 **+ er** 名詞（人）

recur
[rɪˋkɝ]
動 再發生；復發

片 **sth. repeat itself** 某事不斷重複
搭 **after some lapse of time** 一段時間之後
補 字根拆解：**re** 再一次 **+ cur** 跑

0504

據說足球裁判一場比賽要跑超過十公里。

▶ A soccer r_____ is said to have to run over ten kilometers in one game.

0505

那只是個反射動作，不用擔心。

▶ That was no more than a r_____x response. Don't worry.

0506

茶點會在兩場演講之間的休息時間提供。

▶ R_____ts will be available during the break between the two speeches.

》提示《 吃了茶點之後，多少能「打起精神」。

0507

她拒絕聆聽他人意見，造成很多問題。

▶ Her r_____l to listen to others' opinions caused a lot of problems.

0508

這位國王被視為暴君，他讓全國陷入戰爭與飢荒。

▶ The king was r_____ as a tyrant, causing wars and starvation throughout the country.

0509

不管家人的反對，她還是踏上了環遊世界的旅程。

▶ R_____s of the objection from her family, she went on traveling around the world.

0510

為了讓表演者準備明天的表演，彩排將於今晚進行。

▶ The r_____ will be tonight so that the performers can prepare for the show tomorrow.

0511

地震之後，必須要強化建築物的地基。

▶ The foundations of the building had to be r_____d after the earthquake.

Answer key referee / reflex / Refreshments / refusal / regarded / Regardless / rehearsal / reinforced

0504
referee
[ˌrɛfəˋri]
名 裁判；仲裁者

同 **judge** 裁判員 / **umpire** 裁判 / **arbitrator** 仲裁者
考 同樣指運動場上的裁判，羽球、網球等不需跟著運動員移動的為 **umpire**；籃球、足球等需要跟著跑位的裁判則用 **referee** 表示。

0505
reflex
[ˋriflɛks]
形 反射作用的
名 反射；本能反應

同 **a reflex action** 反射動作
關 **instinct** 直覺 / **uncontrollable** 控制不住的
搭 **a reflex angle** 反射角（大於 **180** 度，小於 **360** 度的角）

0506
refreshment
[rɪˋfrɛʃmənt]
名 茶點；提神

關 **drink** 飲料 / **snack** 點心 / **soft drink** 汽水
考 當「茶點」解釋時，通常會用複數形。
補 字根拆解：**refresh** 重新打起精神 + **ment** 名詞

0507
refusal
[rɪˋfjuzl]
名 拒絕；回絕

關 **stubborn** 頑固的 / **inevitable** 不可避免的
搭 **a flat refusal** 斷然拒絕
補 字根拆解：**re** 返回 + **fus** 傾倒 + **al** 名詞

0508
regard
[rɪˋgard]
動 把…視為
名 考慮；尊敬

關 **attentive** 留意的 / **gaze** 凝視
片 **regard A as B** 把 **A** 視為 **B**
補 字根拆解：**re** 返回 + **gard** 照顧

0509
regardless
[rɪˋgardlɪs]
形 不理會的
副 不顧一切地

同 **irrespective** 不顧的 / **unmindful** 不在意的
片 **regardless of** 不管；不顧
補 字根拆解：**regard** 注意；關心 + **less** 沒有…的

0510
rehearsal
[rɪˋhɝsl]
名 排練；彩排

同 **a dry run** 排練；演習
關 **practice** 練習 / **get ready** 準備好
搭 **wedding rehearsal** 婚禮彩排
補 字根拆解：**re** 再一次 + **hears** 耙鬆 + **al** 名詞（動作）

0511
reinforce
[ˌriɪnˋfɔrs]
動 強化；增加

同 **strengthen** 強化 / **fortify** 加強 / **intensify** 增強
搭 **reinforced concrete** 鋼筋混凝土
補 字根拆解：**re** 再一次 + **in** 使 + **force** 力量

0512

德國車以其可靠性著稱。

▶ German cars are famous for their r_____y.

》提示《 具可靠性的東西是我們能「依賴」的。

0513

劉先生愈來愈清楚山姆是可靠的人。

▶ It is clear to Mr. Liu that Sam is a r_____ person.

0514

我們在上海有缺人，你願意接受轉調嗎？

▶ We need someone in Shanghai. Are you willing to r_____e?

》提示《 轉調就是「重新安置」那個人的職位。

0515

要成為這個專案計畫的一員，他感到很不情願。

▶ He was r_____ to get involved in the project.

0516

她在討論的最後提到，她非常感謝同事們的努力。

▶ She r_____d at the end of the discussion that she really appreciated her colleagues' efforts.

》提示《 針對同事的表現，她特別「下了評論」。

0517

她收到幾筆從可疑帳戶匯過來的款項，便報警處理。

▶ She received some r_____m_____ from a suspicious account and reported it to the police.

0518

他之前是很有聲望的牙醫，現在則是舉止有禮的政治家。

▶ He was a dentist of great r_____n_____, and is now a respectful politician.

0519

要事先練習，以免上臺時一直重複相同的觀點。

▶ Practice your presentation to prevent redundant r_____n of your points.

reliability
0512
[rɪˌlaɪəˋbɪlətɪ]
名 可靠；可信賴性

同 dependability 可靠性 / authenticity 可信賴性
片 improve the reliability of sth. 增加…的可靠性
補 字根拆解：reli 繫緊 + abil 能夠 + ity 名詞

reliable
0513
[rɪˋlaɪəbḷ]
形 可靠的；可信賴的

同 trustworthy 可靠的 / dependable 可靠的
反 unreliable 不可靠的 / fraudulent 欺騙的
搭 reliable source 可靠的消息來源

relocate
0514
[riˋloket]
動 轉調；重新安置

同 transfer 調動 / shift 移動；替換
搭 relocation allowance 搬遷補助費（員工因轉調而必須
　 搬遷時，公司所給予的搬遷補助）
補 字根拆解：re 再一次 + loc 地方 + ate 動詞

reluctant
0515
[rɪˋlʌktənt]
形 不情願的

同 unwilling 不情願的 / grudging 不情願的
片 be reluctant to + V 不情願做某事
補 字根拆解：re 再一次 + luct 掙扎 + ant 形容詞

remark
0516
[rɪˋmɑrk]
動 談到；評論
名 評論；備註

同 comment 評論 / mention 提到
片 remark on sth. 談論、評論某事
補 字根拆解：re 再一次 + mark 記號

remittance
0517
[rɪˋmɪtns]
名 匯款；匯款額

關 payment 支付 / remittee 收款人 / remitter 匯款人
片 pay by remittance 以匯款方式支付
考 表示「款項」時為可數名詞；指「匯付」時則為不可數。
補 字根拆解：re 返回 + mitt 寄送 + ance 名詞

renown
0518
[rɪˋnaun]
名 名聲；聲望

同 fame 名聲 / eminence 著名 / prestige 聲望
搭 of great renown 極有聲望的 / of wide renown 遠近
　 馳名的
補 字根拆解：re 重複地 + nown 提名

repetition
0519
[ˌrɛpɪˋtɪʃən]
名 重複；反覆

同 reiteration 重複；反覆 / recurrence 再發生
片 be awkward with 對…不熟練
補 字根拆解：re 再一次 + pet 要求 + ition 名詞（動作）

0520

艾倫辭職後，公司仍未找到替代人選。

◑ After Ellen quit, the company still couldn't find a r_____t.

0521

我代表我們公司來與您洽談合約。

◑ I'm re_____ the company to negotiate the contract with you.

0522

泰瑞莎將代表我們公司參加這場會議。

◑ Teresa will attend the meeting as the r_____e of our company.

0523

那名跟蹤狂的行徑太令人反感，因此，那位女孩申請了禁止令。

◑ The stalker's behavior was so r_____ve that the girl called for a restraining order.

》提示《 讓人反感的行為會「驅使對方遠離」。

0524

他獲得對下屬慷慨的好名聲。

◑ He has acquired a r_____on for being generous to subordinates.

0525

沒想到實驗要這麼久，耽擱了時間，會議也因此改期。

◑ The meeting was r_____ due to an accidental delay in the experiment.

0526

我們幾年前搬到美國，現在定居在舊金山。

◑ We moved to the United States a few years ago, and we now r_____e in San Francisco.

0527

正常來說，必須先取得永久居留的資格，才能申請公民。

◑ Usually, one will have to obtain permanent r_____y in a country before applying for citizenship.

replacement / representing / representative / repulsive / reputation / rescheduled / reside / residency

replacement
[rɪˋplesmənt]
名 代替者；取代
0520

關 **successor** 繼任者 / **urgent** 急迫的
片 **in replacement of** 代替…
搭 **replacement cost** 重置成本

---

represent
[ˏrɛprɪˋzɛnt]
動 代表；代理；表示
0521

同 **stand in for sb.** 代替、代表某人
片 **represent sb. in sth.** 在某事上代表某人 / **represent sth. to sb.** 向某人傳達某事
補 字根拆解：**re** 強調 **+ pre** 在…之前 **+ sent** 存在

---

representative
[ˏrɛprɪˋzɛntətɪv]
名 代表；代理人
形 代表性的
0522

同 **delegate** 代表 / **spokesperson** 發言人
片 **be a representative of** 是…的代表
補 字根拆解：**re** 強調 **+ presenta** 代表 **+ tive** 形容詞

---

repulsive
[rɪˋpʌlsɪv]
形 使人反感的
0523

同 **disgusting** 令人厭惡的 / **odious** 可憎的
反 **attractive** 吸引人的 / **irresistible** 無法抗拒的
關 **preliminary injunction** 預防性禁制令 / **restraining order** （法院發出的）限制令；禁止令

---

reputation
[ˏrɛpjəˋteʃən]
名 名聲；聲譽
0524

片 **live up to one's reputation** 不負盛名
搭 **great reputation** 盛名 / **bad reputation** 壞名聲；差評
補 字根拆解：**re** 重複 **+ put** 修剪 **+ ation** 名詞（動作）

---

reschedule
[riˋskɛdʒul]
動 改期；重新安排
0525

關 **hold off** 延期 / **postpone** 延遲；使延期
片 **take a rain check** 改天再做；改天再約
補 字根拆解：**re** 再一次 **+ sched** 碎片 **+ ule** 小（起源：夾在文件上的小紙條）

---

reside
[rɪˋzaɪd]
動 居住；歸屬於
0526

同 **dwell** 居住；生活在 / **inhabit** 居住於
片 **reside in** （性質等）存在於…；（權力等）歸屬於
補 字根拆解：**re** 返回 **+ side** 坐

---

residency
[ˋrɛzədənsɪ]
名 定居；居住
0527

關 **share house** 分租房 / **suite** 套房 / **dormitory** 宿舍
搭 **a residence permit** 居留許可；居留證
補 字根拆解：**re** 返回 **+ sid** 坐 **+ ency** 名詞

0528

確保大家在三天的旅程中，像在家一樣舒適是我的責任。

It's my r_____ to ensure everyone feels at home on this three-day trip.

0529

這個軟體的最新版有時候仍然會重現舊版的問題。

The new version of the software still r_____es the same problems sometimes.

》提示《 重現表示會「重新產出」相同的問題。

0530

肥沃的土壤不僅能保留水分，還富含讓植物生長的礦物質。

Fertile soil can r_____n moisture, and it contains more minerals for plants.

0531

她找回了珠寶，表示偵查告一段落，可以結案了。

The r_____l of her jewelry marked the end of the investigation.

》提示《 找回表示失主「復得、重新取得」自己的珠寶。

0532

他們從泡水的手機裡找回了大部分的資料。

They r_____ed most of the files from the cell phone that was thrown into the water.

0533

那間公司在幾年前的重建之後，就一直在持續成長。

The company has been growing since it was res_____ a few years ago.

0534

這項新政策的目標是要增加政府的稅收。

This new policy is aimed at increasing government r_____.

》提示《 稅收就是政府的「收益」。

0535

一旦做了決定，就不能反悔，所以你最好三思。

Once you have made the decision, it is not r_____e, so make sure you think twice before making it.

》提示《 能反悔就像走錯路還能「迴轉」的車子一樣。

Answer key responsibility / reproduces / retain / retrieval / retrieved / restructured / revenues / reversible

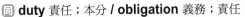

responsibility
[rɪˌspɑnsəˋbɪlətɪ]
名 責任；職責

同 **duty** 責任；本分 / **obligation** 義務；責任
片 **(do sth.) on one's own responsibility** 自作主張（結果不好的話會承擔責任）
補 字根拆解：**respons** 反應 + **ibil** 形容詞 + **ity** 情況

---

reproduce
[ˌriprəˋdjus]
動 使重現；繁殖

同 **duplicate** 複製 / **replicate** 複製 / **proliferate** 增殖
關 **blossom** 生長茂盛 / **offspring** 子孫；後代
片 **reproduce A from B** 用 B 來重製 A
補 字根拆解：**re** 再一次 + **pro** 向前地 + **duce** 引導

---

retain
[rɪˋten]
動 留住；保留；保持

同 **maintain** 維持 / **keep** 保留 / **preserve** 保存
關 **property** 特性 / **control** 控制 / **composure** 沉著
補 字根拆解：**re** 返回 + **tain** 保持

---

retrieval
[rɪˋtrivl̩]
名 取回；恢復

關 **computer science** 電腦科學 / **operation** 操作
搭 **information retrieval** （電腦上的）資訊檢索
補 字根拆解：**re** 再一次 + **triev** 尋找 + **al** 名詞

---

retrieve
[rɪˋtriv]
動 重新得到；找回

同 **recover** 恢復；重新獲得 / **get back** 取回
關 **fetch** 去拿來 / **recuperation** 恢復；挽回
片 **retrieve sth. from** 從…取回某物

---

restructure
[riˋstrʌktʃɚ]
動 重建；改組

同 **reconstruct** 重建；改組 / **rebuild** 重建
關 **integrate** 使合併 / **downsize** 裁減員工人數
補 字根拆解：**re** 再一次 + **struct** 堆積 + **ure** 字尾

---

revenue
[ˋrɛvəˌnju]
名 稅收；收入

同 **earnings** 收入 / **yield** 收益 / **gain** 收益；獲得物
搭 **public revenue** 公共收入 / **revenue stream** （公司、組織、政府等的）收入來源
補 字根拆解：**re** 返回 + **venue/ven** 來

---

reversible
[rɪˋvɝsəbl̩]
形 可逆的；可反轉的

反 **irreversible** 不能取消的 / **one-sided** 單邊的
搭 **a reversible jacket** 兩面都可穿的外套 / **a reversible decision** 可取消的決定
補 字根拆解：**re** 返回 + **vers** 轉 + **ible** 形容詞

0536

這段文章出自她的原稿,沒有做任何修訂。

▶ This paragraph comes from her original manuscript, without any r_____n.

0537

月亮繞著地球旋轉。

▶ The moon r_____ves around the earth.

》提示《 本單字強調月亮繞著某物,也就是「公轉」。

0538

可以請你倒帶至一分三十三秒、有個奇怪嗶聲的地方嗎?

▶ Can you r_____d the tape back to 1:33, when a weird beep happens?

0539

嚴格的研究態度使山姆教授在該領域獲得成功。

▶ R_____r in his research attitude has made Sam a successful professor in his field.

0540

那間公司嚴密管控他們的營業機密。

▶ The company has a ri_____s control over their trade secrets.

0541

你不會想要成為他的對手的,最好還是跟他結盟吧。

▶ You don't want to be his r_____ but his ally.

0542

觀光景點賣的食物根本就是在敲竹槓,實在是太貴了。

▶ Food sold at tourist attractions is always a r_____-o_____ because it is way too expensive.

 Answer key revision / revolves / rewind / Rigor / rigorous / rival / rip-off

revision
0536
[rɪ`vɪʒən]
名 修訂；校訂

關 addition 增加的人或物 / correction 訂正
搭 revision date 修訂日期 / revised version 修訂版
補 字根拆解：re 再一次 + vis 看 + ion 名詞

revolve
0537
[rɪ`valv]
動 沿軌道轉；旋轉

關 orbit 運行軌道 / planet 行星 / satellite 衛星
片 revolve around sth. 圍繞著某物；以…為中心
考 revolve 指星體繞著某物「公轉」；rotate 則為「自轉」。
補 字根拆解：re 返回 + volve 滾動

rewind
0538
[ri`waɪnd]
動 倒帶；倒回
名 倒轉；回轉

反 fast-forward 使快轉；快進
關 flashback （電影等的）倒敘
搭 the rewind button 倒帶鍵
補 字根拆解：re 返回 + wind 轉

rigor
0539
[`rɪgɚ]
名 嚴格；嚴厲

同 strictness 嚴格；嚴謹 / harshness 嚴厲
反 gentleness 溫和 / ease 舒適；悠閒
搭 rigor mortis 屍體的僵化現象

rigorous
0540
[`rɪgərəs]
形 嚴密的；嚴格的

同 severe 嚴厲的 / scrupulous 嚴謹的
反 gentle 溫和的 / lenient 溫和的；寬大的
關 disciplined 遵守紀律的 / thorough 徹底的

rival
0541
[`raɪvl]
名 競爭者；對手
動 與…競爭

同 adversary 敵手 / opponent 對手
反 ally 盟友；夥伴 / partner 夥伴
片 compete with sb. 與某人競爭

rip-off
0542
[`rɪp.ɔf]
名 敲竹槓；要價過高的物品

同 fraud 欺騙（行為）/ swindle 詐騙行為
關 counterfeit 冒牌貨 / trickster 騙子
片 rip off sb. 敲某人竹槓；剝削某人

UNIT 16 S 字頭填空題

請參考中文翻譯，再填寫空格內的英文單字。

0543

他因洩漏公司的機密而被解僱。

▶ He got s_____d by the company for leaking confidential information.

《提示》 這裡的解僱為口語用法，通常會與 get 合用。

0544

部隊維持敬禮的姿勢，直至總統通過之後才放下。

▶ The troops remained in s_____e until the president had passed by.

0545

聽到老闆對結果感到滿意後，小組成員都鬆了一口氣。

▶ The team was relieved to hear that the result was quite s_____y for their boss.

0546

新大樓的鷹架看起來像是一遇到強風就會倒塌似的。

▶ The s_____d of the new building looks like it would collapse in a strong wind.

0547

大多數人對別人的醜聞更感興趣，特別是名人的。

▶ Most people are more interested in s_____, especially those of celebrities.

0548

冬天的食物很稀少，所以有些動物會選擇冬眠。

▶ Food is s_____ in the wintertime, so some animals choose to hibernate.

0549

如果你反對這項計畫，最好清楚說明你的理由。

▶ You'd better clarify your reason if you oppose to the s_____e.

 sacked / salute / satisfactory / scaffold / scandals / scarce / scheme

答案 & 單字解說
Get The Answer !

MP3 16

sack
[sæk]
動【口】解僱
名 麻袋；袋

關 **pouch** 小袋 / **grain** 穀粒；穀物 / **barn** 穀倉
片 **give (sb.) the sack**【口】解僱某人 / **hit the sack**【俚】上床睡覺

salute
[sə`lut]
名 敬禮；致敬
動 向…行禮

關 **bow** 鞠躬 / **pay tribute to** 對…表示敬意
片 **salute to** 向…致敬
補 字根演變：**sal** 健全的 → **salute** 軍事相關的敬禮

satisfactory
[ˌsætɪs`fæktərɪ]
形 令人滿意的

關 **indemnification** 賠償 / **solution** 解決辦法
搭 **a satisfactory answer** 令人滿意的答案
補 字根拆解：**satis** 足夠 + **fact** 製作 + **ory** 形容詞

scaffold
[`skæfold]
名 鷹架；支架
動 搭鷹架

關 **temporary** 臨時的 / **sustain** 支撐 / **workman** 工人 / **crane** 起重機 / **elevate** 使上升；抬起
搭 **bone structure** 骨架

scandal
[`skændl]
名 醜聞；醜事

同 **disgrace** 丟臉的事 / **humiliation** 恥辱
關 **reproachful** 責備的 / **malicious** 惡意的
片 **be involved in a scandal** 牽涉進醜聞

scarce
[skɛrs]
形 稀有的；缺乏的

同 **scant** 貧乏的 / **insufficient** 不足的
反 **ample** 豐富的 / **sufficient** 足夠的
搭 **scarce resources** 稀有資源

scheme
[skim]
名 計畫；方案
動 設計；策劃

同 **devise** 策劃 / **plot** 祕密計畫；陰謀
關 **elaborate** 詳盡的 / **systematic** 有系統的
片 **scheme for sth.** 密謀做某事

0543
0544
0545
0546
0547
0548
0549

155

0550

那個問題超出了我的責任範圍。

▶ That problem was beyond the s_____e of my responsibilities.

0551

您想要炒蛋還是煎蛋呢？

▶ How would you like your eggs, s_____ or fried?

0552

他之前是一位熱門電視節目的編劇。

▶ He was a s_____ for a popular TV show.

》提示《 編劇就是創作「腳本」的「作家」。

0553

那名雕刻家花了好幾年的時間完成這座青銅像。

▶ The s_____r spent several years to make the bronze sculpture.

0554

他們順利將兩個部門整合在一起。

▶ They have achieved a s_____s integration of the two departments.

》提示《 順利整合的程度彷彿「無縫」接軌般地順暢運作。

0555

Google 是國際上最常被使用的搜尋引擎。

▶ Google is the most-used s_____ e_____ all over the world.

0556

從數據就能看出癌症比例上升的原因，無須多加說明。

▶ The reason for the rising cancer rate should be s_____-e_____ judging from the data.

》提示《 也就是數據「自己能解釋」的意思，無須他人說明。

0557

現在，很多加油站都設有自助加油區。

▶ S_____-s_____ petrol pumps can be seen in many gas stations now.

Answer key

scope / scrambled / scriptwriter / sculptor / seamless / search engine / self-explanatory / Self-service

| 0550 | **scope**
[`skop]
名 範圍；領域 | 同 **range** 幅度；範圍 / **extent** 範圍；程度
關 **on a large scale** 大規模的
片 **beyond the scope of** 超出…的範圍 |

| 0551 | **scramble**
[`skræmbḷ]
動 炒（蛋）；打亂；
爭搶 | 關 **stir** 攪動；攪拌 / **yolk** 蛋黃 / **white** 蛋白
搭 **scramble the eggs** 炒蛋（強調動作） |

| 0552 | **scriptwriter**
[`skrɪpt͵raɪtɚ]
名 編劇；作家 | 同 **scenarist** 電影劇作家 / **screenwriter** 編劇
關 **screenplay** 電影劇本 / **character** 角色；人物 / **director** 導演 / **narrator** 旁白 / **role play** 角色扮演 |

| 0553 | **sculptor**
[`skʌlptɚ]
名 雕刻家 | 同 **engraver** 雕刻師 / **carver** 雕刻者
關 **statuary** 雕塑的 / **virtuoso** 藝術愛好者
補 字根拆解：**sculpt** 雕刻 **+ or** 名詞（做…的人） |

| 0554 | **seamless**
[`simlɪs]
形 順利的；無縫的 | 同 **smooth** 順利的；平滑的 / **coherent** 連貫的
搭 **a seamless transition** 順利的轉變
補 字根拆解：**seam** 接縫 **+ less** 沒有…的 |

| 0555 | **search engine**
片 搜尋引擎 | 關 **browser** 瀏覽器 / **doxing** 肉搜
搭 **search engine optimization (SEO)** 搜尋引擎最佳化
補 **social network services** 社群網路服務 |

| 0556 | **self-explanatory**
[͵sɛlfɪk`splænə͵torɪ]
形 不言自明的 | 同 **obvious** 明顯的 / **manifest** 顯然的
反 **impenetrable** 不能理解的 / **unclear** 不清楚的
補 **be crystal clear** 清晰明瞭的 |

| 0557 | **self-service**
[`sɛlf ͵sɝvɪs]
形 自助的
名 自助服務 | 關 **drive-through** 得來速 / **all-you-can-eat** 吃到飽的
搭 **self-service kiosk** 自助服務機台
補 **Please help yourself.** 請用餐吧。 |

0558

參加研討會是學習某領域新知的絕佳機會。

▶ Attending a s_____r is a great chance to learn about the latest development in the field.

0559

你今天帶雨傘出門是明智的。

▶ It is s_____e to bring an umbrella with you today.

0560

在今天的協商過程中，他遇到了一些小挫折。

▶ He had a slight s_____k during the negotiations today.

0561

美國已宣布中斷對非洲國家的援助。

▶ The United States announced the se_____e of aid to African countries.

0562

經理們本身就是公司的股東。

▶ The managers themselves are sh_____ of the company.

0563

一批食物補給的裝運將於今日下午抵達。

▶ A s_____t of food supplies is about to arrive this afternoon.

0564

研究顯示，有些人會因為刺激感而對行竊上癮。

▶ Studies show that some people can be addicted to s_____g just for the thrill.

》提示《 這裡強調的是「在商店順手牽羊」的偷竊。

0565

針對這個職位空缺，經理收到一份最終面試的候選名單。

▶ The manager received a s_____t for the final interview for the vacancy.

》提示《 剔除了不適任者之後的入選名單通常都比較「短」。

seminar / sensible / setback / severance / shareholders / shipment / shoplifting / shortlist

0558

seminar
[`sɛmə,nɑr]
名 研討會；專題討論會

同 **symposium** 座談會 / **forum** 討論會 / **workshop** 工作坊
關 **curriculum** 課程 / **exposition** 闡述；解說
搭 **conduct a seminar** 舉行研討會 / **seminar room** 會議室

0559

sensible
[`sɛnsəbl]
形 明智的；察覺到的

同 **judicious** 明智且審慎的 / **wise** 明智的
片 **be sensible of** 察覺到…；意識到…
搭 **a sensible person** 理智的人
補 字根拆解：**sens** 察覺；理解 + **ible** 形容詞（能夠）

0560

setback
[`sɛt,bæk]
名 挫折；倒退

同 **defeat** 失敗；挫折 / **regression** 退回
搭 **experience a setback** 遭遇挫折
補 字根拆解：**set** 使處於…狀態 + **back** 向後

0561

severance
[`sɛvərəns]
名（關係等的）中斷；
資遣費

關 **break off diplomatic relations** 斷交
片 **the severance of sth.** 中斷某事
搭 **severance (pay)** 遣散費；資遣費
補 字根拆解：**sever** 分開 + **ance** 名詞

0562

shareholder
[`ʃɛr,holdə]
名【英】股東

同 **stockholder**【美】股東
關 **invest** 投資 / **stock** 股票 / **dividend** 股息
補 字根拆解：**share** 股份 + **holder** 持有者

0563

shipment
[`ʃɪpmənt]
名 裝運；運輸的貨物

關 **container** 貨櫃 / **air transport** 空運
搭 **a stockpile of sth.** 某物的儲備物資
補 **customs clearance** 通關；報關

0564

shoplift
[`ʃɑp,lɪft]
動 入店行竊

同 **steal** 偷竊 / **pilfer** 當小偷；偷竊
關 **surveillance camera** 監視錄影機
補 字根拆解：**shop** 商店 + **lift** 偷竊

0565

shortlist
[`ʃɔrt,lɪst]
名 最終候選名單

關 **award** 獎；獎項 / **applicant** 申請人 / **select** 挑選
片 **put sb. on a shortlist** 把…加入決選名單 / **draw up a shortlist for** 擬了一份…的最終名單

0566

他從小就對蝦過敏。

▶ He has been allergic to s_____ p since childhood.

0567

工廠突然關閉，他因此失去了工作。

▶ The factory was suddenly s_____ d_____, so he lost his job.

0568

感覺昏昏欲睡是這種藥物的副作用之一。

▶ Feeling sleepy is one of the drug's s_____ e_____.

0569

對那些河流遍布的國家來說，水力發電廠扮演了重要的角色。

▶ Hydropower plants play a s_____ t role in countries with a sufficient number of rivers.

0570

她向朋友眨了眨眼，表示同意。

▶ She s_____ d her agreement to her friend with a simple wink.

0571

在瀏覽了全部的筆記內容後，她便繼續準備會議報告。

▶ She s_____ over all her notes and then continued preparing her report for the meeting.

0572

你昨天的報告還順利嗎？

▶ Did everything go s_____ in your presentation yesterday?

》提示《 順利的程度就像面前沒有任何阻礙，一路平滑。

0573

她在海關被抓到走私兩公斤的海洛因。

▶ She was caught sm_____ g two kilos of heroin at the customs.

Answer key shrimp / shut down / side effects / significant / signified / skimmed / smoothly / smuggling

0566 shrimp
[ʃrɪmp]
名 蝦子

關 **prawn** 對蝦；蝦 / **lobster** 龍蝦 / **crab** 螃蟹
搭 **minced shrimp** 蝦鬆 / **frozen shrimp** 冷凍蝦
補 嚴格來說，**shrimp** 與 **prawn** 是不同的，但差別細微（**prawn** 體型稍大一點），所以容易混用。

0567 shut down
片 關閉；停止運作

同 **close down** 停業 / **cease** 停止
反 **open up** 開啟 / **start up** 啟動
關 **operation** 經營 / **closure** 關閉；打烊
片 **pull the plug on sth.** 中止某事；停止資助

0568 side effect
片 （藥物的）副作用

同 **aftereffect** （藥的）副作用；後果
關 **reaction** 反應 / **symptom** 症狀
搭 **a side effect of sth.** 某物的副作用

0569 significant
[sɪg`nɪfəkənt]
形 重要的；有意義的

同 **critical** 重要的 / **momentous** 重要的
反 **meaningless** 無意義的 / **minor** 次要的
補 字根拆解：**sign** 記號 + **ific** 製造 + **ant** 形容詞

0570 signify
[`sɪgnə,faɪ]
動 表示；意味著

同 **denote** 表示 / **indicate** 表明；指出
片 **nod one's head** 某人點頭
補 字根拆解：**sign** 符號 + **ify** 動詞（使成…化）

0571 skim
[skɪm]
動 瀏覽；撇去

同 **browse** 瀏覽 / **glance over** 簡略閱讀
關 **speed reading** 速讀 / **flip** 快速翻動（書頁等）
片 **skim off A from B** 撇去 B 表層的 A

0572 smoothly
[smuðlɪ]
副 順利地；滑順地

同 **evenly** 平滑地 / **fluently** 流暢地
片 **sth. go smoothly** 事情很順利
補 **go (off) without a hitch** 順利進行

0573 smuggle
[`smʌgl̩]
動 走私；非法私運

關 **illegal** 非法的 / **sneak** 偷偷地走；溜
片 **smuggle sth. into** 走私某物到…
搭 **smuggling ring** 走私集團

0574

外面有一臺拍快照的機器，請去那裡拍照。

▶ There is a s_____ machine outside. Please take a photo there.

0575

酒後別開車，就算你覺得自己很清醒也不行。

▶ Don't drive after drinking, even if you think you are s_____r enough.

0576

對我而言，酒有時候是一種慰藉。

▶ Wine is sometimes a so_____e to me.

0577

要被認為是具償付能力的公司，就必須能支付所有帳單。

▶ For a company to be considered so_____t, it should be able to pay its bills.

0578

透過這個軟體，你就能用聲波來辨識人。

▶ Using this software, you can identify people by the s_____ w_____ of their voices.

0579

她替電子信箱設定了過濾條件，以減少收到的垃圾郵件。

▶ She had set some filters to diminish the amount of s_____m she received in her mailbox.

0580

在人工智慧這塊領域，他是研發說話型機器人的專家。

▶ In the AI industry, he is known as a s_____t in developing talking robots.

0581

我們僱用了一群專精於各組件製造的工程人員。

▶ We hired engineers s_____g in different modules of the manufacture.

snapshot / sober / solace / solvent / sound wave / spam / specialist / specializing

0574 snapshot
[`snæp‚ʃɑt]
名 快照；簡要情況

關 **headshot** 大頭照 / **instant** 立即的
搭 **street snapshot** 街拍（隨興地拍攝）
補 字根拆解：**snap** 快速的行為 + **shot** 拍攝

0575 sober
[`sobɚ]
形 清醒的；冷靜的
動 使清醒；使醒酒

同 **sedate** 沉著的；平靜的 / **solemn** 莊重的
反 **drunken** 酒醉的 / **agitated** 激動的
片 **sober (sb.) up** 使（某人）清醒、醒酒

0576 solace
[`sɑlɪs]
名 慰藉；安慰
動 安慰；緩和

同 **comfort** 安慰 / **consolation** 慰藉 / **alleviate** 緩和
反 **agony** 苦惱；極度的痛苦 / **aggravate** 使惡化；加劇
片 **take solace in sth.** 以某事、物為慰藉

0577 solvent
[`sɑlvənt]
形 有償付能力的
名 溶劑；解決辦法

關 **creditworthy** 信譽卓著的 / **financial** 財政的；金融的
片 **in the black** 有盈餘；帳戶上有錢
補 字根拆解：**solv** 履行 + **ent** 形容詞（聯想：能履行債務 = 有償還能力）

0578 sound wave
片 聲波；音波

同 **acoustic wave** 聲波
關 **acoustic** 聽覺的 / **frequency** 頻率 / **ultrasound** 超音波 / **resonance** 共鳴；反響

0579 spam
[spæm]
名 垃圾郵件

同 **junk email** 垃圾郵件
關 **draft email** 草稿郵件 / **attachment** 附件
搭 **spam folder** 垃圾郵件匣

0580 specialist
[`spɛʃəlɪst]
名 專家；專科醫師
形 專業的；專門的

同 **authority** 權威人士 / **professional** 專家
搭 **a specialist in...** 某領域的專家
補 字根拆解：**special** 特別的 + **ist** 名詞（人）

0581 specialize
[`spɛʃəl‚aɪz]
動 專攻；專門從事

反 **generalize** 概括；普及 / **broaden** 擴大
關 **concentrate** 集中 / **specific** 特定的
片 **specialize in sth.** 專攻、專精於某事

163

0582

每當到國外旅遊，她都很樂意嘗試一些奇怪的特產。

▶ She is always willing to try peculiar s p_____s whenever she travels to a foreign country.

0583

詳細的產品規格明天就會寄給你。

▶ Detailed s p_____s of the product will be sent to you by tomorrow.

0584

總統府發言人必須回答記者們各種刁鑽的問題。

▶ The presidential s_____n has to answer difficult questions from journalists.

》提示《 這裡請用不含性別差異的單字。

0585

當球隊在主場踢進致勝的一球時，上千名觀眾隨之歡呼。

▶ Thousands of s_____ cheered when the home team scored the winning goal.

0586

這個慶典是政府贊助的，為的是推廣客家文化。

▶ This festival is government-s_____ and designed to promote Hakka culture.

0587

身為演員，他很享受鎂光燈與人們的關注。

▶ As an actor, he enjoys the s_____ and attention from people.

0588

歡迎攜配偶與孩子參加員工旅遊。

▶ You are welcomed to bring your s_____e and kids on the incentive trip.

0589

他將所有數字與細節都打在電腦的試算表上面。

▶ He typed in all the numbers and details on a s_____t.

》提示《 完整的試算表能把資料「展開在紙上」。

Answer key: specialties / specifications / spokesperson / spectators / sponsored / spotlight / spouse / spreadsheet

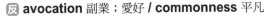

0582
specialty
[`spɛʃəltɪ]
名 特產；專業

反 **avocation** 副業；愛好 / **commonness** 平凡
關 **pathologist** 病理學家 / **linguist** 語言學家
搭 **specialty care** 專業護理 / **specialty store** 專門店

0583
specification
[ˌspɛsɪfɪ`keʃən]
名 規格；詳細說明

關 **description** 敘述 / **parameter** 參數 / **patent** 專利；專利權 / **invention** 發明 / **manufacturing** 製造業的
補 字根拆解：**spec** 種類 + **ific** 製作 + **ation** 名詞

0584
spokesperson
[`spoksˌpɝsn]
名 發言人

同 **representative** 代理人 / **spokesman** 代言人
關 **ambassador** 大使 / **governmental** 政府的 / **envoy** 使者；外交使節 / **intermediary** 中間的
搭 **presidential (office) spokesperson** 總統府發言人

0585
spectator
[spɛk`tetə]
名 觀眾；旁觀者

同 **onlooker** 觀眾；旁觀者 / **viewer** 觀看者
考 **spectator** 特別指看體育表演或比賽的觀眾。
補 字根拆解：**spect** 觀看 + **at(e)** 動詞 + **or** 做某事的人

0586
sponsor
[`spɑnsə]
動 贊助；主辦
名 贊助者

同 **patronize** 贊助 / **subsidize** 資助
搭 **a sponsored post** 業配文；贊助文章
補 字根拆解：**spons** 保證 + **or** 名詞（人）

0587
spotlight
[`spɑtˌlaɪt]
名 聚光燈

關 **illuminate** 照亮 / **public attention** 公眾的關注
片 **be in the spotlight** 在聚光燈下；成為焦點
搭 **a spotlight stealer** 搶風頭的人
補 字根拆解：**spot** 斑點 + **light** 燈光

0588
spouse
[spaʊz]
名 配偶

關 **lawful** 法定的 / **newlyweds** 新婚夫婦
補 **significant other** 親密關係中的另一半 / **better half** 另一半 / **get married** 結婚

0589
spreadsheet
[`sprɛdˌʃit]
名 【電腦】試算表

關 **program** 程式 / **table** 表格 / **command** 【電腦】指令 / **field name** 欄位名 / **format** 【電腦】格式化
補 字根拆解：**spread** 展開 + **sheet** 布料

0590

針對這個議題，該名官員不願談及自己的立場。

▶ The government official was unwilling to talk about his st_____e on the issue.

0591

你需要一個備案，以防原始的計畫失敗。

▶ You need a st_____y plan if the original plan doesn't work out.

》提示《 備案就像在一旁「待命」的備用人員，隨時可以換上。

0592

新創立的公司一開始通常都需要資金來支撐運作。

▶ S_____-u_____ are often in need of capital funds to support the initial business.

0593

那個把自己小孩餓死的母親被判終身監禁。

▶ The woman who s_____ her child to death was sentenced to life in prison.

0594

有關當局很快就會對火災的起因發布正式說明。

▶ The authorities will soon make a s_____t about the cause of the fire.

0595

在換掉破掉的管子之後，冷卻水位就維持不動了。

▶ The cooling water level has remained s_____c since the broken pipe was replaced.

》提示《 既然維持不動，那水位就會是「靜止的」。

0596

我的祖母以前都用這個蒸籠蒸魚。

▶ My grandmother used this s_____ to steam fish.

0597

她在狹窄的巷道中駕駛那輛車。

▶ She st_____d the car along the narrow lane.

》提示《 駕駛人就相當於「掌舵」者，要控制方向。

Answer key　stance / standby / Start-ups / starved / statement / static / steamer / steered

stance
0590
[stæns]
名 立場；站姿

- **同** attitude 態度 / viewpoint 觀點 / posture 姿勢
- **搭** a stance on sth. 在某事上的立場
- **補** 字根拆解：st(a) 站立 + ance 名詞

---

standby
0591
[`stænd,baɪ]
形 備用的；待命的
名 備用物；替代品

- **關** supplementary 補充物 / await 等候
- **片** on standby 在一旁準備好的；待命的
- **補** keep sb. wating 讓某人等候

---

start-up
0592
[`stɑrt,ʌp]
名 剛起步的小企業

- **關** initiation 創始 / establishment 建立
- **片** put (sth.) into service 開始啟用某物
- **考** 若寫成 start up，則為動詞片語，表示「成立、創辦」。

---

starve
0593
[stɑrv]
動 餓死；挨餓

- **關** famine 飢荒 / raven 狼吞虎嚥地吃
- **片** be starved for sth. 渴望得到某物 / starve sb. out 讓某人挨餓 / starve sb. to death 餓死某人
- **補** 字根拆解：starv 僵硬的 + e 字尾

---

statement
0594
[`stetmənt]
名 正式聲明；陳述

- **片** make a statement 發表聲明
- **搭** statement of purpose 動機信（申請國外研究所時需要準備的文件）
- **補** 字根拆解：state 陳述 + ment 名詞（結果）

---

static
0595
[`stætɪk]
形 靜止的；靜態的

- **同** immobile 靜止的 / stationary 不動的
- **反** active 在活動中的 / unsteady 不穩定的
- **搭** static electricity 【物】靜電

---

steamer
0596
[`stimɚ]
名 蒸籠；汽船

- **關** steamboat 汽船 / vapor 蒸氣；霧氣
- **搭** garment steamer 掛燙機
- **補** 字根拆解：steam 蒸；煮 + er 名詞（物）

---

steer
0597
[stɪr]
動 駕駛；掌舵；帶領

- **同** lead 引導 / conduct 帶領 / navigate 駕駛
- **關** captain 船長；機長 / head up sth. 領導；帶頭
- **搭** a steering wheel 汽車的方向盤

0598

她被診斷出有自體免疫性疾病後，便開始服用類固醇。

▶ She started taking s_____s after being diagnosed with an immune disease.

0599

這間公司的股東每半年能領一次紅利。

▶ St_____ in this company receive bonuses every half a year.

0600

為了提高市占率，我們採取了不同的策略。

▶ A different s_____ was adopted in order to improve our share of the market.

0601

他中風了，這對他一部分的腦部造成永久性的傷害。

▶ He had a s_____, causing permanent injury to certain parts of his brain.

0602

在同一個問題裡奮力掙扎三年後，他終於找到解決方法。

▶ S_____g with the same issue for three years, he finally figured out a solution.

0603

動作片以高超的特技與特效來吸引觀眾。

▶ Action movies attract audiences with their awesome s_____ts and special effects.

0604

那名艦長對他的部屬非常親切。

▶ The captain treated his s_____ very kindly.

》提示《 既然是艦長，部屬當然不只一個人。

0605

訂閱這份期刊的費用為每個月一百元新臺幣。

▶ The s_____ to this journal costs about a hundred NT dollars per month.

Answer key

steroids / Stockholders / strategy / stroke / Struggling / stunts / subordinates / subscription

steroid
[`stɪrɔɪd]
名 類固醇

0598

關 **sterol** 固醇 / **compound** 化合物；混合物 / **potency**
效力 / **hormone** 荷爾蒙 / **inflammation** 發炎
補 字根拆解：**ster/sterol** 固醇 **+ oid** 類似

stockholder
[`stɑk.holdɚ]
名【美】股東

0599

關 **sole proprietorship** 獨資企業 / **partnership** 合夥 /
initial public offering (IPO) 首次公開募股
補 字根拆解：**stock** 股票 **+ holder** 擁有者

strategy
[`strætədʒɪ]
名 策略；謀略

0600

同 **tactic** 戰術 / **policy** 政策；策略
搭 **exit strategy**【商】退場策略
補 字根拆解：**strat** 擴張 **+ egy** 領導

stroke
[strok]
名 中風；打
動 擊（球）；刪掉

0601

關 **physical** 身體的 / **vascular** 脈管的；血管的
搭 **backstroke** 仰泳 / **breaststroke** 蛙式泳 / **heat stroke**
中暑 / **heart stroke** 心臟病發作

struggle
[`strʌgl]
動 奮鬥；掙扎
名 鬥爭；掙扎

0602

同 **endeavor** 努力 / **strive** 奮鬥；抗爭
片 **struggle along** 勉強地生存下去
搭 **class struggle**（政治上的）階級鬥爭

stunt
[stʌnt]
名 特技；噱頭

0603

片 **pull a stunt** 逞能；做愚蠢冒險的事
搭 **a stunt man** 特技替身演員 / **a publicity stunt** 宣傳噱頭
補 **stunt man** 指涉及危險場面而用的替身；**stand-in** 則是
在正式拍攝前，替演員測試光線等的替身。

subordinate
[sə`bɔrdɪnət]
名 部屬；部下
形 隸屬的；下級的

0604

反 **superordinate** 上級 / **chief** 領袖
片 **be subordinate to** 隸屬於…；比…次要
搭 **a subordinate clause** 從屬子句
補 字根拆解：**sub** 下面 **+ ordin** 秩序 **+ ate** 名詞

subscription
[səb`skrɪpʃən]
名 訂閱；訂閱費

0605

關 **renew** 續訂 / **a period of time** 一段時間
搭 **one's subscription to sth.** 某人訂閱某物
補 字根拆解：**subscrip** 簽名 **+ tion** 名詞（動作）

0606

他高超的技術帶領球隊贏得許多場勝利，因此被選為最優秀球員。

▶ He was selected as the MVP due to his s_____b skills, which led his team to victories.

0607

自從開始上班之後，她養成在晚上九點吃宵夜的習慣。

▶ She has gotten into the habit of having s_____r at 9 p.m. since she started working.

提示 這個單字表示「傍晚簡單的晚餐」，也指睡前吃的「宵夜」。

0608

為了健康著想，我定期服用維他命補品。

▶ I take vitamin s_____ on a regular basis in order to maintain my health.

0609

她的額外收入來自於假日在餐廳的工作。

▶ Her su_____y income came from working in restaurants on holidays.

0610

要縮短運送時間的話，可額外多付三十元選擇快件服務。

▶ To shorten the delivery, an additional expedited service can be added with a s_____e of $30.

0611

急遽上漲的油價促使許多人購買環保節能機車。

▶ The s_____e in oil prices encouraged a lot of people to buy eco-friendly scooters.

0612

政府去年有一兆盈餘。

▶ The government had a trillion dollar s_____s last year.

0613

他有信任障礙，總是在懷疑別人。

▶ He has trust issues and is always s_____s of others.

Answer key superb / supper / supplements / supplementary / surcharge / surge / surplus / suspicious

0606

superb
[su`pɝb]
形 高超的；一流的

同 **superlative** 最好的 / **marvelous** 非凡的
片 **be beyond compare** 無可比擬的
補 字根拆解：**super** 超越 **+ b** 成為

0607

supper
[`sʌpɚ]
名 宵夜；晚餐

搭 **a box supper** 募款餐會；慈善餐會
考 **supper** 吃得比較簡單；**dinner** 較偏向於大餐或饗宴。
補 字根拆解：**supp** 進餐 **+ er** 名詞（物）

0608

supplement
[`sʌpləmənt]
名 補給品；補充

同 **additive** 添加物 / **add-on** 附加項目
搭 **dietary supplement** 營養補充品（常複數）
考 本單字當動詞時念作 [`sʌplə,mɛnt]，表「補充」。

0609

supplementary
[,sʌplə`mɛntərɪ]
形 額外的；追加的

同 **additional** 額外的 / **extra** 額外的
搭 **supplementary benefit** 生活補助金
補 字根拆解：**supple** 填滿 **+ ment** 工具 **+ ary** 形容詞

0610

surcharge
[`sɝ,tʃɑrdʒ]
名 額外費用
動 收取額外費用

關 **excessive** 過度的 / **insurance** 保險費
搭 **a fuel surcharge** 燃料附加費
補 字根拆解：**sur** 超越 **+ charge** 負擔

0611

surge
[sɝdʒ]
名 激增；洶湧
動 急遽上升；湧現

同 **rise** 上升 / **upsurge** 高漲 / **wave** 波浪
片 **a surge in sth.** 某物急升
搭 **a surge of excitement** 一陣興奮

0612

surplus
[`sɝpləs]
名 盈餘；剩餘物
形 剩餘的；過剩的

關 **public treasury** 國庫
片 **be in surplus** 有剩餘；有盈餘
搭 **budget surplus** （政府的）預算盈餘 / **trade surplus** 貿易順差 / **surplus store** 販賣二手物資的商店

0613

suspicious
[sə`spɪʃəs]
形 猜疑的；可疑的

同 **distrustful** 不信任的 / **skeptical** 多疑的
片 **be suspicious of/about** 對…起疑
搭 **have a suspicious nature** 生性多疑
補 字根拆解：**suspic** 抬頭看 **+ ious** 形容詞

0614

一名電工正在修理配電盤。

▶ An electrician is repairing the **sw**_____**d**.

0615

我將弔唁信寄給因車禍而失去一個孩子的那家人。

▶ I sent my **sy**_____**s** to the family who lost a child in a car accident.

提示 弔唁信是用來表達「同情、慰問」之情的工具。

0616

他們正在舉辦一場關於保存古代建築的座談會。

▶ They are holding a **s**_____**m** on the preservation of ancient architecture.

0617

AIDS 是「後天免疫不全症候群」的縮寫。

▶ AIDS is an abbreviation for "acquired immune deficiency **s**_____".

0618

這是系統性的問題，難怪我找不出有任何零件壞掉。

▶ It's a **s**_____ error; no wonder I couldn't find any broken parts.

UNIT 17 T 字頭填空題

Test Yourself!

請參考中文翻譯，再填寫空格內的英文單字。

0619

你需要用細心與耐心來處理這個問題。

▶ You have to **t**_____**e** this problem with thoroughness and patience.

Answer key switchboard / sympathies / symposium / syndrome / systematic / tackle

switchboard
[`swɪtʃˌbord]
名 配電盤

0614

關 (the circuit breaker) trip 跳電
搭 main switchboard 主配電盤
補 circuit board 電路板；線路板

---

sympathy
[`sɪmpəθɪ]
名 弔唁信；慰問

0615

片 (do sth.) out of sympathy 出於同情（做某事）
搭 sympathy card 慰問卡 / sympathy vote 同情票
考 當弔唁信時用複數形；當慰問（抽象）則為不可數名詞。
補 字根拆解：sym 一起 + path 感覺 + y 名詞

---

symposium
[sɪm`pozɪəm]
名 座談會

0616

片 a symposium on sth. 關於某事的座談會
搭 hold a symposium 舉辦座談會
補 字根拆解：sym 一起 + posi 飲 + (i)um 字尾

---

syndrome
[`sɪnˌdrom]
名 症候群；併發症

0617

關 disorder 失調；不適 / symptom 症狀
搭 Down's syndrome 唐氏症
補 字根拆解：syn 一起 + drome 跑道

---

systematic
[ˌsɪstə`mætɪk]
形 有系統的；系統性的

0618

同 organized 有系統的 / well-ordered 井然有序的
反 chaotic 混亂的 / disorderly 無秩序的
補 字根拆解：system 系統 + atic 形容詞

答案 & 單字解說
Get The Answer !

MP3 17

---

tackle
[`tækl]
動 處理；著手對付
名 用具；滑車組

0619

同 deal with 處理 / undertake 著手做
反 dodge 躲避 / abstain 避開；避免
關 challenge 挑戰 / disadvantage 不利條件
搭 fishing tackle 釣具

0620

這位將軍的戰略讓軍隊連連打勝仗。

▶ The general's t_____ led the troop into victory after victory.

0621

有關我們公司被收購的消息預計將於下週一公布。

▶ The announcement of the t_____r of our company is set to take place next Monday.

》提示《 被收購表示公司將被其他人「接管」。

0622

受僱的員工就會被視為納稅義務人。

▶ People who are employed are regarded as t_____.

0623

政府宣布明年起將調漲稅率。

▶ The government announced that the t_____n will be increased starting next year.

0624

在地震摧毀了他的房子之後，他就住進臨時庇護所裡。

▶ He lived in a t_____ shelter after the earthquake destroyed his house.

0625

針對這棟公寓的租期，她簽了為期一年的合約。

▶ She signed a contract on a one-year t_____y of the apartment.

0626

他們因為超過百萬的淨損失而終止合約。

▶ They t_____d the contract due to a net loss of over a million.

0627

明天的會議上會出現一些科學的專業術語。

▶ There will be some scientific t_____y in tomorrow's meeting.

tactics / takeover / taxpayers / taxation / temporary / tenancy / terminated / terminology

tactic
[`tæktɪk]
名 戰略；手法

- 搭 **guerrilla warfare** 游擊戰
- 考 用來表示「戰略」時，常用複數形 **tactics**。
- 補 **tactics** 通常指短期策略；**strategy** 則為長期策略。

---

takeover
[`tek͵ovɚ]
名 收購；接管

- 關 **merger and acquisition (M&A)** 合併與收購
- 片 **get control of sth.** 控制、管控某事或某物
- 搭 **hostile takeover** 惡意收購（指逕行收購對方公司的股權，成為大股東。）

---

taxpayer
[`tæks͵peɚ]
名 納稅人

- 關 **exemption** 免稅額 / **tax dodger** 逃漏稅的人
- 搭 **individual taxpayer** 個人納稅人

---

taxation
[tæk`seʃən]
名 課稅；稅收制度

- 關 **income tax** 所得稅 / **license tax** 牌照稅
- 片 **be immune from taxation** 免稅的
- 搭 **taxation bureau** 稅務局

---

temporary
[`tɛmpə͵rɛrɪ]
形 臨時的；暫時的

- 同 **short-term** 短期 / **provisional** 臨時的
- 反 **permanent** 永久的 / **immortal** 長久的
- 補 字根拆解：**tempor** 時間 **+ ary** 形容詞

---

tenancy
[`tɛnənsɪ]
名 租期；租賃

- 同 **occupancy** 占有期 / **tenure** 占有權
- 片 **belong to** （所有權方面）屬於…
- 補 字根拆解：**ten** 握住 **+ ancy** 名詞

---

terminate
[`tɜmə͵net]
動 終止；結束

- 同 **abolish** 廢止 / **discontinue** 停止；中斷
- 反 **commence** 開始 / **inaugurate** 開始
- 補 字根拆解：**termin** 限制 **+ ate** 動詞

---

terminology
[͵tɜmə`nɑlədʒɪ]
名 專業術語；專有名詞

- 同 **technical terms** 專業術語
- 關 **lexicon** 語彙 / **unification** 統一
- 搭 **the terminology of sth.** 某主題的專業術語
- 補 字根拆解：**termin** 詞彙 **+ ology** 學術

0628

總站位於市中心，對旅客來說很方便。

The t_____us is located in the center of the city, which is convenient for visitors.

0629

開在這種崎嶇蜿蜒的山路地形，讓我很想吐。

Driving through the zigzags of the rugged mountain t_____n made me feel like vomiting.

0630

主題轉回生物醫學的內容上，也是她熟悉的領域。

The topic came back to biomedical materials, which is familiar t_____y to her.

0631

該起搶劫案的證人們將出席作證。

Witnesses of the robbery will show up to t_____y at the trial.

0632

他出庭為那場謀殺案提供證詞。

He attended the trial and gave his t_____y on the murder case.

0633

未經允許便拿走他人物品可視為偷竊。

Taking others' property without permission can be viewed as a t_____.

0634

當兩家公司起草合約時，必須要有第三方見證。

A t_____ p_____ is necessary when two companies are drafting an agreement.

0635

警方徹底調查了犯罪現場。

The police conducted a t_____ inspection of the crime scene.

Answer key: terminus / terrain / territory / testify / testimony / theft / third party / thorough

0628
terminus
[`tɜmənəs]
名【英】總站；終點

同 **terminal** 終點站 / **destination** 終點；目標
關 **station** 車站 / **railroad** 鐵路；鐵路公司
搭 **a bus terminus** 公車總站
補 字根拆解：**termin/term** 端點 + **us** 字尾

0629
terrain
[tə`ren]
名 地形；地勢

關 **landscape** 風景 / **geographic** 地理的
搭 **rough terrain** 崎嶇或地形條件惡劣的地區
補 字根拆解：**terra** 土地 + **in** 字尾

0630
territory
[`tɛrə͵torɪ]
名 領域；領土

同 **domain** 領土；領地 / **realm** 領土；國土
片 **sth. come with the territory** 某事是必然的、難免的
搭 **a territory manager** 區域銷售經理
補 字根拆解：**terr** 土地 + **it** 延及 + **ory** 名詞

0631
testify
[`tɛstə͵faɪ]
動 作證；證實

關 **evidence** 證據 / **objection** 反對；異議
片 **prove oneself** 證明自己的實力
補 字根拆解：**testi** 目擊 + **fy** 製作

0632
testimony
[`tɛstə͵monɪ]
名 證詞；證明

關 **declaration** 聲明；證言 / **orally** 口述地
搭 **give testimony** 提供證詞 / **give false testimony** 作偽證
補 字根拆解：**testi** 目擊 + **mony** 名詞（情況）

0633
theft
[θɛft]
名 偷竊；盜竊

同 **stealing** 偷竊 / **shoplifting** 入店行竊
關 **larceny**【律】竊盜罪 / **pickpocket** 扒手
搭 **anti-theft system** 防盜系統

0634
third party
片 第三方

關 **liability** 責任 / **multilateral** 多邊的；多方的
搭 **third-party insurance** 第三者責任險 / **third party intervention** 第三方干預；第三方介入

0635
thorough
[`θɝo]
形 徹底的；完全的

同 **complete** 完整的 / **exhaustive** 徹底的
搭 **a thorough explanation of sth.** 徹底解釋某事
考 這個單字和 **through**（經由）很像，不要搞混了。

0636

他們已經徹底找過整個辦公室，但就是找不到那份報告。

▶ They searched the office t_____ but just couldn't find the report.

0637

就算面對威脅，她也從沒顯示出一絲害怕之情。

▶ Even when facing threats, she had never shown a t_____t of fear.

》提示《 有人害怕時會臉色發青，臉部「色調」會改變。

0638

他們的產品不僅在國內是頂尖的，在國際上也很出名。

▶ Their products are t_____-n_____h not only in the country but also in the world.

0639

我很驚訝竟然是那一隊贏得錦標賽。

▶ I was surprised that the team won the t_____.

0640

病毒經由他的氣管侵入，進而影響到肺部。

▶ The virus infected first his tr_____a and then his lungs.

0641

我們已經註冊了商標，所以這只限於我們使用。

▶ We registered our t_____k so it was limited to our use only.

0642

這產品目前的系列在性能表現上優於前一代。

▶ The performance of the current series of products t_____ds that of last generation.

》提示《 表示性能「超越」以前的產品。

0643

考古學家最近發現了可追溯至好幾世紀前的抄本。

▶ The archaeologists recently discovered t_____ts dating back centuries.

Answer key: thoroughly / tint / top-notch / tournament / trachea / trademark / transcends / transcripts

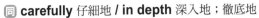

0636

thoroughly
[`θɝolɪ]
副 徹底地；仔細地

同 **carefully** 仔細地 / **in depth** 深入地；徹底地
關 **extent** 程度；範圍 / **watchful** 戒備的
片 **go through sth.** 仔細檢查；仔細審查

0637

tint
[tɪnt]
名 色調；痕跡
動 給…著色

關 **complexion** 氣色；膚色 / **dye** 染色 / **pigment** 顏料
片 **wear rose-tinted glasses** 樂觀正面地看待事情
搭 **a tint of sth.** 一抹…之色（**sth.** 可以指顏色或抽象事物）

0638

top-notch
[ˌtɑp`nɑtʃ]
形 頂尖的；最好的

同 **first-rate** 一流的；最佳的
關 **champion** 冠軍 / **peerless** 無與倫比的
片 **of high quality** 高質量的；優質的

0639

tournament
[`tɝnəmənt]
名 錦標賽；聯賽

同 **contest** 比賽 / **tourney** 比賽；錦標賽
關 **athletic** 運動的 / **martial art** 武術
搭 **single-elimination tournament** 單淘汰賽
補 字根拆解：**tourna** 轉 + **ment** 名詞

0640

trachea
[`trekɪə]
名 氣管

關 **bronchus** 支氣管 / **throat** 喉嚨 / **respiration** 呼吸
補 包含 **trache(o)** 這個字根的單字都與「氣管」有關。

0641

trademark
[`tredˌmɑrk]
名 商標；標記

同 **label** 標記 / **hallmark** 標誌 / **logotype** 商標
搭 **a registered trademark** 已註冊的商標
補 字根拆解：**trade** 商業 + **mark** 標記

0642

transcend
[træn`sɛnd]
動 超越；優於

同 **surpass** 優於 / **excel** 勝過 / **exceed** 超過
片 **be superior to** 優於…；（職位、地位）比…高
補 字根拆解：**trans** 超越 + **(s)cend** 攀登

0643

transcript
[`trænˌskrɪpt]
名 抄本；副本

同 **duplicate** 副本 / **carbon copy** 副本
搭 **a transcript of records** 成績單
補 字根拆解：**trans** 跨越 + **script** 寫下

0644

心臟病、癌症和高血壓都不是**具傳染性的**疾病。

▶ Heart disease, cancer, and hypertension are not **tr**_____**e** diseases.

》提示《 傳染表示疾病「能夠從 A 傳送到 B 身上」。

0645

他的器官**移植**產生排斥反應,因而被送到急診室。

▶ He was sent to the emergency room because of a rejection of his **t**_____.

0646

針對他的頭痛症狀,他終於同意接受**治療**。

▶ He finally agreed to receive medical **t**_____ for his headache.

0647

他在一個毫不重要的小細節上面花了**非常多的**時間。

▶ He spent a **tr**_____**s** amount of time on a trivial detail.

0648

莉莉是個深受年輕人喜愛的歌手,穿著很**時髦**。

▶ Lily is a popular singer among youngsters, and she wears **t**_____ clothes.

0649

海鮮(尤其是不新鮮的海鮮)會**引**發過敏反應。

▶ Seafood, especially that which has lost its freshness, will **t**_____ allergic reactions.

0650

跟他比賽**拔河**根本就是在浪費時間。

▶ Competing in a **t**_____-of-war with him is just a waste of time.

0651

她的腦部發現有惡性**腫瘤**。

▶ A malignant **t**_____ was found in her brain.

Answer key: transmittable / transplant / treatment / tremendous / trendy / trigger / tug / tumor

transmittable
[trænz`mɪtəbḷ]
形 有傳染性的；
可傳播的
0644

同 **contagious** 傳染性的 / **communicable** 可傳達的
搭 **transmittable diseases** 傳染性疾病
補 字根拆解：**trans** 跨越 + **mitt** 發送 + **able** 能夠

transplant
[`træns,plænt]
名【醫】移植
0645

關 **implant** 移植；埋置 / **surgery** 手術
搭 **transplant rejection** 移植排斥反應
補 字根拆解：**trans** 跨越 + **plant** 種植

treatment
[`tritmənt]
名 治療；待遇
0646

同 **therapy** 治療；療法 / **remedy** 治療法
搭 **medical treatment** 藥物治療
補 字根拆解：**treat** 拉 + **ment** 名詞

tremendous
[trɪ`mɛndəs]
形 極大的；極度的
0647

關 **pressure** 壓力 / **impressive** 令人印象深刻的
搭 **a tremendous effort** 九牛二虎之力
補 字根拆解：**tremend** 發抖；震顫 + **ous** 形容詞

trendy
[`trɛndɪ]
形 時髦的；流行的
0648

同 **fashionable** 時髦的 / **stylish** 時髦的
反 **old-fashioned** 過時的 / **unpopular** 不受歡迎的
搭 **trendy clothes** 時髦的服裝

trigger
[`trɪgɚ]
動 觸發；引起
名 扳機；啟動裝置
0649

同 **activate** 使活動起來 / **provoke** 導致
反 **prevent** 避免 / **suppress** 壓制
補 字根拆解：**trigg** 拉 + **er** 名詞（物）

tug
[tʌg]
名 猛拉；拖曳
動 用力拉；拖曳
0650

同 **pluck** 拉；拽 / **drag** 拖；拖曳
關 **exertion** 費力 / **utmost** 最大的；極度的
搭 **tugboat** 拖船 / **tug-of-war** 拔河比賽；拉鋸戰

tumor
[`tjumɚ]
名 腫瘤；腫塊
0651

關 **cancer** 癌症 / **morbid** 疾病的；病理的
搭 **benign tumor** 良性腫瘤 / **brain tumor** 腦瘤
補 字根拆解：**tum** 腫脹 + **or** 名詞（物）

0652

儘管飲料業很競爭，大多數手搖飲店的營業額還是很高。

▶ Although the beverage business is competitive, most bubble tea shops still have high **t**_____.

提示 就算一開始虧損，經營者還是會努力「翻轉」營業額。

UNIT 18 U 字頭填空題

Test Yourself !

請參考中文翻譯，再填寫空格內的英文單字。

0653

他因為急性胃潰瘍而請了幾天假。

▶ He had a few days off because of his acute stomach **u**_____.

0654

我們最終的目標是以這項科技為創業基礎。

▶ Our **u**_____ **e** goal was to set up a company based on this new technology.

0655

他最終得為自己的謊言付出極高的代價。

▶ **U**_____**y**, he had to pay a hefty price for all his lies.

0656

最近有一款超薄筆電上市了。

▶ An **u**_____-**t**_____ laptop was launched recently.

0657

特定波長的紫外線被用來引發這個反應。

▶ **U**_____**t** light at certain wavelengths is used to trigger the reaction.

Answer key　turnovers / ulcer / ultimate / Ultimately / ultra-thin / Ultraviolet

0652

turnover
[`tɜn͵ovə]
名 營業額；翻轉

片 **a turnover of (+** 金額) …的營業額
搭 **asset turnover** 資產週轉率 / **employee turnover** 員工流動率
考 若寫成 **turn over**，則為動詞片語，表「翻轉」。

答案 & 單字解說
Get The Answer !

MP3 18

0653

ulcer
[`ʌlsə]
名 潰瘍；腐敗物

關 **ulcerate** 潰爛 / **inflammation** 發炎
搭 **duodenal ulcer** 十二指腸潰瘍 / **gastric ulcer** 胃潰瘍
補 字根拆解：**ulc** 痛處 + **er** 名詞（物）

0654

ultimate
[`ʌltəmɪt]
形 最終的；最後的
名 結局；極限

同 **eventual** 最後的 / **terminal** 終點的
反 **initial** 開始的；最初的 / **tentative** 試驗性的
搭 **the ultimate in sth.** …中最好的例子；…的極致（例如：**the ultimate in service** 最好的服務）

0655

ultimately
[`ʌltəmɪtlɪ]
副 最終；最後

同 **eventually** 最後 / **finally** 最終；終於
片 **end up + Ving** 以…終結；結果成為…
補 字根拆解：**ultim** 最終的 + **ate** 形容詞 + **ly** 副詞

0656

ultra-thin
[`ʌltrə`θɪn]
形 超薄的

同 **extremely thin** 極度薄的
關 **translucent** 半透明的 / **transparent** 透明的
補 字根拆解：**ultra** 極端的 + **thin** 薄的

0657

ultraviolet
[͵ʌltrə`vaɪəlɪt]
形 紫外線的
名 紫外線

關 **radiation** 輻射 / **wavelength** 波長 / **infrared** 紅外線的 / **electromagnetic** 電磁的 / **skin cancer** 皮膚癌
補 字根拆解：**ultra** 極端的 + **violet** 藍紫色

0658

手冊的新設計獲得了一致的認同。

▶ The new design of the brochure has gained u n_____s support.

0659

外界得不到所有與這場戰爭有關的資訊。

▶ Any information related to the war was u_____v_____ to the public.

0660

她不確定是否要接受他的求婚。

▶ She was u_____n about whether to accept his proposal.

0661

艾瑞克被送到醫院時，已呈現不省人事的狀態。

▶ Eric was u_____ when he was sent to the hospital.

0662

他害怕狹窄的空間，所以不願意接受核磁共振檢查。

▶ He refused to u_____o a MRI exam due to a fear of narrow space.

》提示《 這裡的接受就表示要去「經歷」檢查過程。

0663

他們最大的錯誤就是低估了網路的力量。

▶ Their biggest mistake was to u_____ue the power of the internet.

》提示《 低估也就是「看輕價值」的意思。

0664

他無疑是全臺灣最具權威性的心臟病專科醫師。

▶ He is u_____y the most authoritative cardiologist in Taiwan.

0665

為了存錢，他試著減少所有不必要的開銷。

▶ To save money, he tried to reduce every u_____ expenditure.

Answer key　unanimous / unavailable / uncertain / unconscious / undergo / undervalue/ undoubtedly / unnecessary

unanimous
[ju`nænəməs]
形 全體一致的

反 split 分裂的 / controversial 爭論的
片 with one accord 一致地；一致同意地
補 字根拆解：un(i) 單一 **+** anim 心 **+** ous 形容詞

unavailable
[ˌʌnə`veləbl]
形 得不到的；
無法利用的

片 sb. be unavailable for sth. 某人因為某事而不在
搭 service unavailable 暫停服務
補 字根拆解：un 否定 **+** a 前往 **+** vail 有用於 **+** able 能夠

uncertain
[ʌn`sɝtn̩]
形 不確定的；含糊的

同 unsure 無把握的 / hesitant 遲疑的
片 be uncertain about sth. 對某事感到不確定
補 字根拆解：un 否定 **+** cert 確定的 **+** ain 形容詞

unconscious
[ʌn`kɑnʃəs]
形 無意識的；無知覺的

關 subconscious 潛意識 / pass out 昏倒；失去知覺
片 be unconscious of sth. 沒有意識到某事
補 字根拆解：un 否定 **+** con 完全地 **+** sci 知道 **+** ous 形
容詞

undergo
[ˌʌndɚ`go]
動 接受（治療等）；
經歷；忍受

同 experience 體驗 / endure 忍受
考 三態為 undergo、underwent、undergone
補 字根拆解：under 在…裡面 **+** go 行走

undervalue
[ˌʌndɚ`vælju]
動 低估；看輕

同 underestimate 低估 / underrate 低估；輕視
反 overestimate 高估 / overvalue 高估；過分重視
補 字根拆解：under 在…之下 **+** value 價值

undoubtedly
[ʌn`dautɪdlɪ]
副 無疑地；肯定地

考 undoubtedly 用來表示說話者對某件事的確信度。會出
現在主要動詞前，但若遇到 be 動詞時，則放在其後。
補 字根拆解：un 相反 **+** doubted 懷疑的 **+** ly 副詞

unnecessary
[ʌn`nɛsəˌsɛrɪ]
形 不必要的；多餘的

同 needless 不需要的 / pointless 無意義的
反 obligatory 必須的 / requisite 不可少的
補 字根拆解：un 否定 **+** necess 必需的 **+** ary 有關的

185

0666

因為接連著出差,所以他沒有時間開行李收拾衣物。

▶ He had to go on another business trip right after the previous one, leaving no time for him to u_____k his clothes.

0667

我的阿姨在醫院當志工,就算沒有支薪,她還是自願幫助他人。

▶ My aunt volunteered in a hospital, helping others out even though the work was u_____d.

0668

未售出的名牌服飾會被燒掉,以防被人拿去以低價賣出。

▶ U_____d branded clothes will be burnt to prevent them from being sold at a discounted price.

0669

他們今天才剛公開了應用程式的最新版本。

▶ They have just u_____d a new version of their app today.

》提示《 產品原本隱藏在布幕裡,「揭幕」就等於公開新產品。

0670

小孩子們開心地又叫又跳,拆開他們的耶誕禮物。

▶ The kids were u____w_____ their Christmas gifts, screaming and jumping with joy.

》提示《 為了拆開禮物,就會「把外面的包裝紙撕開」。

0671

受害者們敦促安全流程必須被定義出來,並付諸實行。

▶ Victims u_____d that safety procedures should be defined and practiced.

0672

有些人喜歡 MacBook 是因為它人性化的介面。

▶ Some people love MacBooks because they have a u_____-f_____ interface.

》提示《 電腦很人性化,表示它的操作對使用者很友善。

0673

我們被引領往預約好的位子。

▶ We were us_____ to the table reserved for us.

Answer key   unpack / unpaid / Unsold / unveiled / unwrapping / urged / user-friendly / ushered

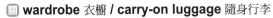

0666 **unpack**
[ʌnˋpæk]
動 打開行李取出東西

關 wardrobe 衣櫥 / carry-on luggage 隨身行李
片 pack up 打包行李；整理行裝
補 字根拆解：un 相反 + pack 打包

0667 **unpaid**
[ʌnˋped]
形 無報酬的；未付的

同 due 欠款的 / gratuitous 無報酬的
關 paid internship 帶薪實習 / contribution 捐獻
搭 unpaid leave 無薪假 / unpaid dividend 未發放股息

0668 **unsold**
[ʌnˋsold]
形 未售出的；賣剩的

關 distributor 批發商 / auction 拍賣
片 be sold out 售罄
補 hit the shelves （商品）開始販售；上架

0669 **unveil**
[ʌnˋvel]
動 揭幕；揭露

關 statue 雕像 / ceremonial 儀式的
片 sth. be made public 某事被公諸於世
搭 unveil a mystery 揭開謎團

0670 **unwrap**
[ʌnˋræp]
動 解開；打開包裝

關 wrapper 包裝紙 / present 禮物
片 wrap sth. up 包裹、裹住某物
搭 unwrap a package 拆開包裹

0671 **urge**
[ɝdʒ]
動 敦促；極力主張
名 衝動；迫切的要求

同 impel 推動；驅使 / advocate 主張
片 urge sb. to V 鼓勵某人做某事
補 字根拆解：urg 用力壓；催促 + e 字尾

0672 **user-friendly**
[ˋjuzɚˋfrɛndlɪ]
形 人性化的；易懂的

同 convenient 便利的 / straightforward 易懂的
反 inconvenient 不便的 / complicated 複雜的
關 user-oriented 以使用者方便為導向的

0673 **usher**
[ˋʌʃɚ]
動 引領；陪同
名 引座員；接待員

同 guide 引導 / conduct 引導 / escort 陪同
片 usher sb./sth. in 引進；開創
補 字根拆解：ush 門口；入口 + er 名詞（人）

0674

道路修繕的工作會交由公營事業的公司處理。

▶ Repairing the roads is down by a public **u**_____**y** company.

》提示《 最常見的公營事業就是提供「水、電等公共資源」的公司。

0675

為了贏，剩下的比賽時間，我們必須做最佳利用。

▶ In order to win, we should **u**_____**e** the time left in the game to the fullest.

UNIT 19 V 字頭填空題

Test Yourself!

請參考中文翻譯，再填寫空格內的英文單字。

0676

這間公司釋出了一個駐廠工程師的職缺。

▶ There is a job **v**_____ for a field service engineer in this company.

0677

她在咖啡廳挑了一個空位坐下，開始讀小說。

▶ She sat at a **v**_____ table in the coffee shop and then started reading a novel.

0678

經理已經決定空出一個行銷業務的職位。

▶ The manager has decided to **v**_____ a job in marketing and sales promotion.

0679

民眾害怕新的流感病毒，都希望接種疫苗。

▶ The public was afraid of the new flu strain, and they all wanted to receive the **v**_____**n**.

utility / utilize / vacancy / vacant / vacate / vaccination

utility
[ju`tɪlətɪ]
名 實用；效用
形 實用的

搭 **utility bill** 水電費帳單 / **utility pole** 電線杆 / **utility company** 負責公營事業（如水、電、自來水）的公司
補 字根拆解：**util** 可用的 + **ity** 名詞（情況）

utilize
[`jutḷ.aɪz]
動 利用（資源等）

同 **make use of sth.** 使用某物 / **employ** 使用
考 **utilize** 強調「有益處的使用、利用」，負面概念（如：利用他人）就不能用這個單字。
補 字根拆解：**util** 可用的 + **ize** 動詞（使…化）

答案 & 單字解說
Get The Answer !

MP3 19

vacancy
[`vekənsɪ]
名 職缺；空位

片 **a vacancy for (+** 職稱 **)** 某工作的職缺
搭 **fill a vacancy** 填補空缺 / **vacancy rate** 空房率
補 除了職缺之外，**vacancy** 還能表示旅館空房、選課名額、或醫生有空的時段。

vacant
[`vekənt]
形 空的；未被占用的

反 **occupied** 已占用的 / **full** 滿的；充滿的
搭 **a vacant land** 閒置地 / **a vacant look** 一臉茫然
補 字根拆解：**vac** 空的 + **ant** 形容詞

vacate
[`veket]
動 空出；搬出

同 **empty** 空出 / **evacuate** 撤空
關 **absent** 缺少的 / **depart** 離開
搭 **vacate the premises** 騰出住所

vaccination
[ˌvæksṇ`eʃən]
名 疫苗接種

同 **vaccine** 疫苗 / **injection** 注射 / **precaution** 預防
搭 **a vaccine against/for** 對抗…的疫苗
補 字根拆解：**vaccin** 與牛相關的 + **ation** 名詞（起源：為了預防天花而開始接種的牛痘疫苗）

0680

他已經讓這個容器呈真空狀態,以進行電子實驗。

▶ He had created a v_____ in this container for an electronic experiment.

0681

很抱歉,但我對童年時期的記憶很模糊。

▶ I'm sorry but I only have a v_____ memory of my childhood.

0682

你必須確定在出國前六個月,你的護照都是有效的。

▶ You should make sure that your passport is v_____ for more than six months before going abroad.

0683

這間工廠生產海鮮的安全性已被官方機構認可。

▶ The safety of processing seafood in this factory has been v_____l_____ by authorities.

0684

申請信用卡的時候,你可能需要提供收入證明。

▶ When applying for a credit card, you might need a v_____r_____ of your income.

0685

你有去網站上查實機票價格了嗎?實在太便宜了。

▶ Did you v_____y the price of the flight shown on the website? It was surprisingly low.

0686

這是機器的垂直切面。

▶ This is the v_____ section of the machine.

0687

立體環繞音響的聲波讓水面微微震動。

▶ The water surface v_____s slightly due to surrounding stereo sound.

Answer key
vacuum / vague / valid / validated / verification / verify / vertical / vibrates

0680 vacuum
[`vækjum]
名 真空；吸塵器

片 **in a vacuum** 完全孤立地；與世隔絕地
搭 **vacuum flask** 保溫瓶 / **vacuum-packed** 真空包裝的
補 字根拆解：**vacu** 空的 **+ um** 名詞（拉丁字尾，表中性）

0681 vague
[veg]
形 模糊不清的

同 **ambiguous** 含糊不清的 / **fuzzy** 模糊的
反 **clear-cut** 明確的 / **accurate** 精確的
搭 **a vague memory** 模糊的記憶

0682 valid
[`vælɪd]
形 依法有效的

反 **invalid** 無效的 / **illegitimate** 不合法的
片 **have legal force** 有法律效力
補 字根拆解：**val** 有價值的 **+ id** 形容詞

0683 validate
[`vælə,det]
動 使生效；批准

同 **ratify** 正式批准 / **approve** 認可 / **confirm** 批准
反 **invalidate** 使無效 / **nullify** 使無效；取消
關 **license** 執照 / **arbitration** 仲裁

0684 verification
[,vɛrɪfɪ`keʃən]
名 證明；核對；核實

關 **document** 文件 / **evidence** 證據 / **authenticity** 真實性
搭 **verification code** 驗證碼
補 字根拆解：**ver** 真實 **+ ific** 製作 **+ ation** 名詞

0685 verify
[`vɛrə,faɪ]
動 證實；核對；查實

同 **prove** 證實 / **certify** 證明 / **substantiate** 證實
關 **account** 帳戶 / **entry** 登記 / **petition** 請願書
片 **verify sth. with sb.** 向某人確認某事

0686 vertical
[`vɜtɪkəl]
形 垂直的；縱的

同 **upright** 筆直的；垂直的 / **perpendicular** 垂直的
關 **steep** 陡峭的 / **parallel** 平行的 / **horizontal** 水平的
補 字根拆解：**vert** 轉移 **+ ical** 形容詞

0687 vibrate
[`vaɪbret]
動 顫動；震動

同 **quiver** 使顫動 / **tremble** 震顫；發抖
關 **oscillation** 擺動 / **unsteady** 不平穩的
補 字根拆解：**vibr** 震動 **+ ate** 動詞

0688

我們每週會和國外的客戶開一次視訊會議。

▶ We hold a v_____ c_____ with our clients overseas on a weekly basis.

0689

大多數人民都對這項政策持懷疑的觀點。

▶ The majority of citizens hold a skeptical v_____t on the policy.

0690

每個故事裡面，必定會有一個反派角色與英雄（或女英雄）。

▶ There is always a v_____n and a hero or heroine in every story.

0691

酒駕等違法行為有可能會害你被罰款，甚至是坐牢。

▶ V_____g the law, such as drinking and driving, can result in fines or jail time.

0692

他沉迷於線上遊戲與虛擬世界。

▶ He is absorbed in online games and the v_____ world.

0693

經過實驗後，研究團隊依然找不出那個黏稠液體的成分為何。

▶ The research team still couldn't identify what the v_____s fluid contained after the experiment.

0694

定期進行健康檢查至關重要。

▶ It is of v_____l importance to do health inspections regularly.

0695

那晚一同享用晚餐的情景，她仍記憶猶新。

▶ She still had v_____d memories of the night they had dinner together.

》提示《 記憶猶新表示那晚的記憶還很「鮮明、生動」。

Answer key　video conference / viewpoint / villain / Violating / virtual / viscous / vital / vivid

video conference
片 視訊會議

關 **remote** 相隔很遠的 / **telecommute** 遠距離辦公
搭 **web conference** 網路會議 / **conference call (con-call)** 電話會議

viewpoint
[`vju͵pɔɪnt]
名 觀點；見解

同 **point of view** 觀點 / **standpoint** 觀點
關 **proponent** 擁護者 / **fundamental** 根本的
片 **express oneself** 表達自己的想法、觀點

villain
[`vɪlən]
名 反派角色；惡棍

同 **criminal** 罪犯 / **scoundrel** 壞蛋；惡棍
關 **malicious** 惡意的；懷恨的 / **traitor** 叛徒
片 **sb. be busted** 某人被抓包、被逮到

violate
[`vaɪə͵let]
動 違反；違背

同 **contravene** 違反 / **disobey** 違反
反 **comply with** 遵守 / **obey** 服從；遵守
補 字根拆解：**viol** 暴行 + **ate** 動詞

virtual
[`vɝtʃʊəl]
形 【電腦】虛擬的

關 **artificial** 人工的 / **invisible** 看不見的；無形的
搭 **virtual reality** 虛擬實境 / **virtual assistant** 虛擬助理
補 字根拆解：**virt** 效用 + **ual** 形容詞（關於…的）

viscous
[`vɪskəs]
形 黏的；黏稠的

同 **glutinous** 黏稠的 / **gooey** 膠黏的 / **sticky** 黏的
關 **dense** 稠密的 / **friction** 摩擦力 / **obstinate** 頑強的
補 字根拆解：**visc** 黏性物質 + **ous** 形容詞

vital
[`vaɪtḷ]
形 極重要的；生命的

同 **critical** 重要的 / **crucial** 重要的
片 **play a vital role in** 在…扮演至關重要的角色
搭 **vital signs** 生命跡象 / **vital capacity** 肺活量
補 字根拆解：**vit/viv** 生存 + **al** 形容詞

vivid
[`vɪvɪd]
形 鮮明的；生動的

同 **animated** 栩栩如生的 / **graphic** 生動的
關 **portrait** 肖像 / **description** 敘述
片 **make sth. come alive** 讓某物顯得逼真
補 字根拆解：**viv** 生存 + **id** 形容詞

0696

在我看來，這份報告缺乏有意義的評論。

▶ In my opinion, the report was v_____d of significant comment.

》提示《 評論缺乏意義表示內容很「空洞、空虛」。

0697

河中若出現漩渦，表示河流可能很深。

▶ V_____es in rivers may indicate that the rivers are deep.

0698

現金券在明年的四月三十日前都有效。

▶ The v_____r is valid until April 30 next year.

0699

這是他當船員以來的第一次國際航行。

▶ It's his first time as a sailor on an international v_____e.

UNIT 20 W to Z 字頭填空題 (Test Yourself !)

請參考中文翻譯，再填寫空格內的英文單字。

0700

進出倉庫的商品一定要如實登記。

▶ Goods that are moved in and out of the w_____e must be recorded correctly.

0701

警方必須持有搜查令，才能進某個人的家裡。

▶ Police need to have a search w_____t before entering someone's house.

Answer key   void / Vortexes / voucher / voyage / warehouse / warrant

void
[vɔɪd]
形 空無一物的
名 空洞;空虛感

關 **existence** 存在 / **outer space** 外太空
片 **be void of sth.** 缺少某物
搭 **null and void** 無法律效力的

---

vortex
[`vɔrtɛks]
名 漩渦;渦流

同 **whirlpool** 漩渦 / **whirlwind** 旋流
關 **spiral** 螺旋 / **current** 水流;氣流
補 字根拆解:**vort/vert** 轉 + **ex** 字尾

0698

voucher
[`vaʊtʃɚ]
名 現金券;收據

關 **credential** 憑據 / **irredeemable** 不能兌換的
搭 **gift voucher** 禮券
補 字根拆解:**vouch** 聲明 + **er** 名詞(物)

---

voyage
[`vɔɪɪdʒ]
名 航海;航行
動 航行;旅行

片 **Bon voyage!** 【法】一路順風!
考 當名詞多指以船為交通工具的長途旅行。
補 字根拆解:**voy** 道路 + **age** 名詞

答案 & 單字解說
Get The Answer !

MP3 20

0700

warehouse
[`wɛr,haʊs]
名 倉庫;貨棧

同 **depot** 倉庫 / **storehouse** 倉庫 / **stockroom** 倉庫
關 **deposit** 放置;寄存 / **in stock** 有現貨;有存貨
補 字根拆解:**ware** 物品 + **house** 房屋

0701

warrant
[`wɔrənt]
名 搜查令;授權令
動 授權給;批准

關 **court order** 法院命令 / **ordinance** 法令 / **probation** 緩刑 / **conviction** 定罪 / **felony** 重罪
搭 **arrest warrant** 逮捕狀 / **search warrant** 搜查令

0702

新車通常有一年不限里程的保固。

▶ A new car usually has a one-year w_____y.

0703

很多公司都在尋找以廢紙做出產品的方法。

▶ Many companies are looking for ways to manufacture products using w_____r.

0704

他們研發了一種能完全防水的纖維。

▶ They have invented a new type of fiber which is a hundred percent w_____f.

0705

美元在世界貨幣市場上走軟。

▶ The dollar has w_____d in international currency markets.

》提示《 走軟指美元的價值「減弱」。

0706

他們正在招募網站管理員來維持網站運作，以及發展線上廣告。

▶ They are recruiting several w_____rs to manage the site and develop online advertisements.

0707

若家境貧窮，可以申請福利補助。

▶ People may apply for w_____ if they don't have much money.

0708

人們對白領階級最典型的印象，就是坐在辦公室用電腦。

▶ The typical image of a w_____-c_____ worker is that of a person sitting in the office using a computer.

0709

這個新的手機應用程式在年輕女性間廣受歡迎。

▶ The new app has gained w_____d popularity among young ladies.

196

warranty / wastepaper / waterproof / weakened / webmasters / welfare / white-collar / widespread

0702 warranty
[`wɔrəntɪ]
名 保證書；擔保

關 collateral 附屬的 / expire 屆期
片 be under warranty 在保固期內的
搭 warranty card 保固卡

0703 wastepaper
[`west͵pepɚ]
名 廢紙

關 recycle 回收 / uneconomical 浪費的
搭 wastepaper basket 廢紙簍
補 recycled parper 回收紙 / paper shredder 碎紙機

0704 waterproof
[`wɔtɚ͵pruf]
形 防水的

關 water-resistant 抗水的（不完全防水） / water-repellent 防潑水的（防水程度比 water-resistant 高一點）
搭 waterproof overcoat 防水外套
補 字根拆解：water 水 + proof 防…的

0705 weaken
[`wikən]
動 削弱；減弱

同 debilitate 使衰弱 / wane 變暗淡；減小
反 fortify 加強；增強 / strengthen 加強
片 grow weaker 變弱 / fall off 降低；（數量）減少

0706 webmaster
[`wɛbmæstɚ]
名 網站管理員

關 administrator【電腦】有最高權限的管理人
考 這個單字指那些把管理網站當工作的網站管理員。
補 字根拆解：web 網路 + master 控制者

0707 welfare
[`wɛl͵fɛr]
名 福利；社會救濟
形 福利的

片 live on welfare 靠領社會救濟金維生
搭 social welfare 社會福利 / child welfare 兒童福利
補 字根拆解：wel/well 好的 + fare 去

0708 white-collar
[hwaɪt`kɑlɚ]
形 白領階級的

關 a salaried employee 受薪僱員 / clerical 辦公室工作的；文書工作的 / annual salary 年薪
搭 a white-collar worker 白領工作者
補 an office worker 上班族；在辦公室工作者

0709 widespread
[`waɪd͵sprɛd]
形 廣泛的；普遍的

同 comprehensive 廣泛的 / prevalent 普遍的
關 speculation 推測 / oppression 壓迫
片 on a large scale 大規模地

0710

他從住家附近的提款機提了一大筆錢。

▶ He made a large w_____l from an ATM near his house.

0711

你必須先熟悉工作流程，之後再試著提升技術。

▶ You have to get familiar with the w_____w first, and then try to improve your skills.

0712

工廠紛紛尋找可以將人力用自動化機器取代的方法。

▶ Factories are seeking ways to replace much of their w_____es with automated machines.

0713

本週六，他們將舉辦一場關於機器學習的工作坊。

▶ They are holding a w_____p on machine learning this Saturday.

0714

除非他認為值得，否則傑森不會投資任何一項專案。

▶ Jason would not invest in any of the projects unless he thinks they are financially w_____e.

0715

該名董事長投資印度的決定遭到媒體曲解。

▶ The chairman's decision in investing in India was w_____d by the press.

0716

他是那種會用熱情來完成所有任務的人。

▶ He is the kind of person who tackles every task with z_____t.

Answer key: withdrawal / workflow / workforces / workshop / worthwhile / wrenched / zest

withdrawal
[wɪðˋdrɔəl]
名 提款；撤回

關 banknote counter 點鈔機 / passbook 存摺
片 make a withdrawal 提款
搭 drug withdrawal 藥物戒斷 / troop withdrawal 撤軍

---

 workflow
[ˋwɜkflo]
名 工作流程

關 flow chart 流程圖 / sequence 順序；先後
搭 sequential workflow 順序流程（一個做完才能進行下一個）/ parallel workflow 並行的流程（步驟可同時進行）
補 from initiation to completion 從開始到結束

---

 workforce
[ˋwɜkfɔrs]
名 勞動力

同 labor force 勞動力
關 migratory 遷移的 / retrain 再訓練
補 字根拆解：**work** 工作 + **force** 力量

---

 workshop
[ˋwɜk.ʃɑp]
名 工作坊；講習

關 handcraft 手工藝 / demonstration 實地示範 / tutorial 指導的 / experiment 實驗 / interactive 互動的
補 字根拆解：**work** 工作 + **shop**（工作用的）小屋

---

 worthwhile
[ˋwɜθˋhwaɪl]
形 值得做的

同 valuable 有價值的 / worth the effort 值得的
反 unhelpful 無益的 / useless 無價值的
考 it is worthwhile + Ving 表示「花時間做某事是值得的」（Ving 為動名詞形態）

---

 wrench
[rɛntʃ]
動 曲解；猛扭
名 扳手

同 distort 扭曲 / sprain 扭 / wrest 用力擰
關 spanner 螺絲扳手 / screwdriver 螺絲起子
片 throw a wrench into 破壞；阻礙（某事的發展）

---

 zest
[zɛst]
名 熱情；狂熱

同 enthusiasm 熱情 / passion 熱情
反 boredom 無聊；厭倦 / pessimism 悲觀
關 motivation 積極性 / resolution 決心

Part **2**

英語達人900分必備

下面的關鍵字，讓你想到什麼英文呢？

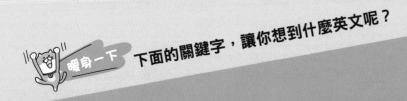
暖身一下

- 患有懼高症的人不會喜歡搭乘透明電梯的。→ P.203
- 大多數疾病只要在初期診斷出來，治癒機率都很高。→ P.239
- 同質性高的人因為想法接近，相處起來比較輕鬆。→ P.265
- 沒有意外的話，這棟建築應該會發給外包商做。→ P.331
- 許多餐廳都有代客泊車的服務，訂位前可先詢問。→ P.347

想不到也別怕，因為本章通通學得到！

跨越高階單字群的挑戰
成功考取金色證書！

熟記造成分數差距的單字，就能前進高分群。
加油！再一步就能敲開金色證書的大門了。

愈是少見的高階字，就愈能左右最後的分數，
如果你以前都只能仰望 900 分的神人，
現在就給自己一個機會，與他們並駕齊驅。

若在本章遇到以前沒背過的單字，別擔心，
只要邊跟著題目練習、邊看解析強化印象，
就能迅速收割金色證書的核心單字喔！

學習神人們都在背的單字，向高峰邁進，
從基礎到卓越，900 分一點都不難！

UNIT 01 A 字頭填空題

Test Yourself !

請參考中文翻譯，再填寫空格內的英文單字。

0717

他決定要為了孩子的健康而戒菸。

▶ He decided to a＿＿＿＿＿n from smoking for his kids' health.

0718

飛機全速前進，準備起飛。

▶ The plane a＿＿＿＿＿d at full speed for the takeoff.

》提示《 飛機準備起飛時，一定會「加速」。

0719

他的言行是完全一致的。

▶ His action is completely in a＿＿＿＿＿d with his words.

0720

透過這次的人力縮編，公司能夠增加不少利潤。

▶ Much benefit will ac＿＿＿＿＿e to the company from this downsizing.

0721

執行長發表聲明，表示擴充新廠是造成債務累積的原因。

▶ The CEO declared that the debt had been ac＿＿＿l＿＿＿ due to the construction of new factories.

0722

你知道聲波轉換成電子訊號的原理嗎？

▶ Do you know the theory of coverting ac＿＿＿＿＿c waves to electrical signals?

0723

自從有次差點從吊橋摔下來之後，他就得了懼高症。

▶ He began to have ac＿＿＿＿＿a after he almost fell off a suspension bridge.

Answer key | abstain / accelerated / accord / accrue / accumulated / acoustic / acrophobia

答案 & 單字解說
Get The Answer !

MP3 21

0717
abstain
[əb`sten]
動 戒除；避免

- 同 **refrain** 戒除；抑制 / **withhold** 抑制
- 片 **abstain from + N/Ving** 戒除某物、某事
- 補 字根拆解：**abs** 脫離 + **tain** 握住

0718
accelerate
[æk`sɛlə͵ret]
動 加速；促進

- 同 **speed up** 加速 / **quicken** 加快 / **promote** 促進
- 反 **slow down** 減速 / **decelerate** 使減速
- 關 **accelerator**（汽車的）油門 / **brake**（汽車的）煞車
- 補 字根拆解：**ac** 前往 + **celer** 快速的 + **ate** 動詞

0719
accord
[ə`kɔrd]
名 一致；符合；協議
動 與…一致；調解

- 反 **conflict** 衝突；牴觸 / **clash** 牴觸；發生衝突
- 片 **(do sth.) of one's own accord** 自己決定去做某事
- 考 **be in accord with**（名）= **accord with**（動）符合
- 補 字根拆解：**ac** 前往 + **cord** 心臟

0720
accrue
[ə`kru]
動 增加；產生

- 同 **gather** 積聚 / **amass** 累積；堆積
- 反 **dwindle** 漸漸減少 / **dissipate** 使消失
- 補 字根拆解：**ac** 前往 + **crue** 生長

0721
accumulate
[ə`kjumjə͵let]
動 累積；聚積

- 同 **pile up** 積累；增多 / **collect** 堆積；聚集
- 關 **backlog** 積壓的工作 / **replenish** 補充
- 片 **the sum of sth.** 全部…；所有…
- 補 字根拆解：**ac** 前往 + **cumulate** 堆積

0722
acoustic
[ə`kustɪk]
形 聽覺的；音響的

- 關 **harmonic** 和聲的；悅耳的 / **auditorium** 禮堂
- 搭 **acoustic guitar** 木吉他 / **acoustic version**【音】原音版本
- 補 字根拆解：**acoust** 可聽見 + **ic** 形容詞

0723
acrophobia
[͵ækrə`fobɪə]
名 懼高症

- 片 **keep one's eyes shut** 閉上某人的眼睛
- 考 **-phobia** 字尾表「恐懼…的」，例如：**claustrophobia**（幽閉恐懼症）、**arachnophobia**（蜘蛛恐懼症）等。

0724

家教時，需要根據學生的需求來調整教學策略。

▶ Tutoring involves the ad_____n of teaching strategies to meet each student's needs.

》提示《 也就是「適應」學生的不同處，做出調整。

0725

他們正在研發可完美附著於銅上的新材料。

▶ They are developing new material with good ad_____e to copper.

0726

年度行銷會議休會至下週五。

▶ The annual marketing conference was ad_____ until next Friday.

0727

律師要求暫停審判。

▶ The attorney requested an a_____nt during the trial.

0728

山姆應徵他部門裡面的行政助理一職。

▶ Sam is applying for the position of a_____e assistant in his department.

0729

有時候，通往幸福的道路鋪滿了逆境的考驗。

▶ Sometimes, the road to happiness is paved with adv_____s.

0730

我們公司與那間仲介處緊密合作，進行員工的招募事宜。

▶ Our company is af_____ with the agency for recruitment business.

0731

那名教師將世界地圖固定在牆上。

▶ The teacher af_____d a world map to the wall.

Answer key adaptation / adherence / adjourned / adjournment / administrative / adversities / affiliated / affixed

adaptation
[ˌædæpˋteʃən]
名 適應；適合；改編

同 adjustment 調整 / alteration 改變；變更
關 natural selection 物競天擇
搭 film adaptation 電影改編
補 字根拆解：ad 前往 + apt 適合的 + ation 名詞

adherence
[ədˋhɪrəns]
名 附著；嚴守；堅持

同 attachment 附著 / adhesion 黏著；固守
片 adherence to sth. 嚴守某事（規則、信念等）
補 字根拆解：ad 前往 + her(e) 黏住 + ence 名詞

adjourn
[əˋdʒɜn]
動 中止活動；休會

同 suspend 暫緩 / defer 推遲 / postpone 延遲
反 convene 集會 / expedite 迅速執行 / begin 開始
片 adjourn until + (date/time) 延期至某時間

adjournment
[əˋdʒɜnmənt]
名 暫停；延期

關 take a recess 休會 / put off 延遲；拖延
片 sb. be brought to trial 某人被送至法院審判
補 字根拆解：ad 前往 + journ 一日 + ment 名詞

administrative
[ədˋmɪnəˌstretɪv]
形 行政的；管理的

關 judicial 司法的 / legislative 立法的
搭 administrative work 行政工作
補 字根拆解：ad 前往 + ministr 服務 + ative 形容詞

adversity
[ədˋvɜsətɪ]
名 逆境；不幸；災禍

同 hardship 困難 / misfortune 不幸 / predicament 困境
片 in adversity 在逆境中；身處逆境中 / stand against adversity 面對困境
搭 adversity quotient 逆境商數（一個人處理挫折的能力）

affiliate
[əˋfɪlɪˌet]
動 緊密聯繫；隸屬於

片 be affiliated to 隸屬於 / affiliate with 與…有密切聯繫
考 當名詞時念作 [əˋfɪlɪɪt]，表示「分支、分會」。
補 字根拆解：af 前往 + fili 兒子 + ate 動詞

affix
[əˋfɪks]
動 使固定；貼上

同 attach 貼上 / stick 貼；依附 / append 附加
反 detach 分開 / unfasten 解開 / withdraw 抽回
片 affix sth. to 將某物固定在…上
考 名詞念作 [ˋæfɪks]，表示「附加物、字綴」。

0732

今天的軍事演習主要為空降部隊的操演。

▶ Today's military drill was mainly performed by a_____e troops.

0733

關於那名經理洩漏機密的指控，現在正進行調查。

▶ The al_____n that the manager revealed confidential information is now under investigation.

0734

他被指控犯下謀殺案，因而被拘留。

▶ He was al_____d to have committed the murder and was taken into custody.

0735

這個藥能減緩化療之後的不適感。

▶ The medicine is able to al_____e the usual discomfort after chemotherapy.

0736

醫院撥出百分之十的獲利來進行癌症研究。

▶ The hospital al_____es ten percent of its revenue to cancer research.

》提示《 撥出就是將資源重新分配，放到適合的「位置」。

0737

這個協會是由好幾個區域性組織合併而成。

▶ The association was formed by the ama_____n of several regional organizations.

0738

那間餐廳的價格很貴，但氣氛很浪漫、令人放鬆。

▶ The expensive restaurant has a romantic and relaxing amb_____.

0739

我想謝謝我的妻子，她在這個章節的修改上給了我許多建議。

▶ I'd like to thank my wife for the advice she gave on the am_____ts to this chapter.

Answer key airborne / allegation / alleged / alleviate / allocates / amalgamation / ambiance / amendments

airborne
[`ɛr,born]
形【軍】空降的

關 **parachute** 降落傘 / **airdrop** 空投 / **helicopter** 直升機 / **infantry** 步兵團 / **inflight** 飛行中的
考 **-borne** 表示運載的、輸送的，例如：**seaborne** 海運的。

---

allegation
[,ælə`geʃən]
名 指控；斷言；主張

關 **plea**【律】抗辯 / **brutality** 暴虐行為 / **proof** 物證
片 **make an allegation of sth. against sb.** 指控某人做了某事
補 字根拆解：**al** 前往 + **leg** 發送 + **ation** 名詞

alleged
[ə`lɛdʒd]
形 被控的；聲稱的

同 **supposed** 假定的 / **so-called** 號稱的
搭 **alleged criminal** 被指控為罪犯的人（尚無確切證據）
補 **alleged** 尤其指「（證據不足下）被指控」。

---

alleviate
[ə`livɪ,et]
動 減輕；舒緩

同 **mitigate** 減輕 / **assuage** 緩和 / **ease** 減輕
反 **intensify** 增強 / **worsen** 惡化 / **agitate** 使激動
關 **a load off one's mind** 某人如釋重負

---

allocate
[`ælə,ket]
動 撥給；分派

同 **allot** 分配 / **assign** 分派 / **apportion** 分配
片 **allocate sth. to sb.** 將某物分配給某人
補 字根拆解：**al** 前往 + **loc** 地方 + **ate** 動詞

---

amalgamation
[ə,mælgə`meʃən]
名 機構合併；聯合

同 **combination** 結合 / **merger** 合併
關 **formation** 構成 / **league** 同盟 / **unitary** 單一的
補 字根拆解：**a** 字首 + **malgam** 軟物質 + **ation** 名詞

---

ambiance
[`æmbɪəns]
名 氣氛；氛圍

同 **atmosphere** 氣氛 / **aura** 氣氛
關 **environmental** 環境的 / **mood** 情緒
補 字根拆解：**amb** 周圍 + **i** 去 + **ance** 名詞

---

amendment
[ə`mɛndmənt]
名 修正；修改

同 **correction** 修正 / **modification** 修改
片 **make an amendment** 修訂；做修改
補 字根拆解：**a** 排除 + **mend** 錯誤 + **ment** 名詞

0740

這個國家缺乏基礎建設，這樣很容易爆發傳染病。
▶ The lack of basic **am**_____**s** in the country presents a risk of an outbreak of infectious diseases.

0741

你的論文有一些含糊不清的內容，應該要闡述清楚。
▶ There are some **am**_____ in your thesis; you should clarify them.

0742

他曾對為了更好的工作而離開家鄉這件事感到猶豫。
▶ He once felt **amb**_____**e** about leaving home for a more prominent job.

》提示《 對事情猶豫不決會讓人產生「心理矛盾」。

0743

我申請將房貸分期二十年償還。
▶ I have applied to **amo**_____**e** my house loan over twenty years.

0744

透過這個迴路，訊號就能增強。
▶ The signal was **am**_____ through this circuit.

0745

在實際動手術的過程中，麻醉的施加量是至關重要的。
▶ The administration of **an**_____**a** is crucial during the actual surgical procedure.

0746

他們為了鑿穿厚玻璃而買了一臺新儀器。
▶ To drill through thick glass, they bought a new **ap**_____**s**.

0747

我對面試感到相當焦慮，所以沒睡好。
▶ I was rather **ap**_____**e** about the interview, so I didn't sleep well.

amenities / ambiguities / ambivalence / amortize / amplified / anesthesia / apparatus / apprehensive

amenity
[ə`mɪnətɪ]
名 福利設施；娛樂設施

0740

同 **facility** 設施 / **service** 公共設施
搭 **public amenities** 公共設施 / **basic amenities** 基本生活設施（例如道路、供水管線等）
考 當「設施」解釋時，基本上都用複數形。

ambiguity
[ˌæmbɪ`gjuətɪ]
名 含糊；模稜兩可

0741

同 **equivocation** 含糊其辭 / **vagueness** 含糊
關 **guesswork** 推測；猜想 / **confusion** 困惑
補 字根拆解：**amb** 兩者 + **igu** 趨近 + **ity** 名詞

ambivalence
[æm`bɪvələns]
名 猶豫；矛盾心理

0742

同 **hesitation** 猶豫 / **indecision** 遲疑不決
關 **paradox** 矛盾的人事物 / **perplexity** 茫然
片 **feel ambivalent about** 對⋯感到矛盾
補 字根拆解：**ambi** 兩者 + **val** 強大的 + **ence** 名詞

amortize
[`æmɔrtaɪz]
動 分期償還

0743

關 **mortgage** 抵押 / **debt** 債務 / **gradually** 逐步地
搭 **amortize the debt over (+time)** 分（多久）償還債務
補 字根拆解：**a** 前往 + **mort** 死亡 + **ize** 動詞

amplify
[`æmplə͵faɪ]
動 增強；放大；擴大

0744

同 **intensify** 增強 / **magnify** 放大
反 **abate** 減弱 / **subside** 平靜下來；平息
補 字根拆解：**ampl** 大；寬大 + **ify** 動詞

anesthesia
[ˌænəs`θiʒə]
名【醫】麻醉

0745

關 **sedative** 鎮靜劑 / **unconsciousness** 無意識
搭 **general anesthesia** 全身麻醉 / **local anesthesia** 局部麻醉
補 字根拆解：**an** 沒有⋯的 + **esthes** 感覺 + **ia** 字尾

apparatus
[͵æpə`rætəs]
名 設備；儀器

0746

考 通常指特定行業或職業的裝置，尤其是整套的設備，如 **cooling apparatus**（冷卻裝置）。
補 字根拆解：**ap** 前往 + **parat** 準備好 + **us** 字尾

apprehensive
[͵æprɪ`hɛnsɪv]
形 憂慮的；擔心的

0747

同 **anxious** 焦慮的 / **fearful** 擔心的
反 **calm** 沉著的 / **composed** 鎮靜的
補 字根拆解：**ap** 前往 + **prehens** 抓住 + **ive** 形容詞

0748

我們會訪問每一位已接受治療的患者，以對醫生有完整的評估。

▶ A thorough ap_____l of doctors is conducted by interviewing each patient after medical treatment.

0749

套利，是指從兩個不同市場的價格差異中賺取利潤。

▶ Ar_____e is the practice of taking advantage of price difference in two different markets.

0750

在歐洲，貴族曾是權力最大的階級。

▶ The ar_____y used to be the most powerful group of people in Europe.

0751

每個人的染色體都會分類，配成二十三對。

▶ Each person's chromosomes are as_____ into twenty-three pairs.

0752

她既機智又善於言辭，所以畢業後被招募去做業務。

▶ She is witty and a_____e; as a result, she was recruited to be a salesperson after graduation.

0753

總統聘請了許多保鑣來保護他免遭暗殺等危險。

▶ The president hired many bodyguards to protect him from dangers like a_____n attempts.

0754

為了達成年度目標，每個人都得做好自己的工作。

▶ To at_____n our yearly goals, everyone has to concentrate on their work.

》提示《 達成目標也就是「取得」那個最終成績。

0755

蘇總是會留意客戶的需求，因而贏得他們的信任。

▶ Sue wins the trust of her customers by always being at_____e to their requests.

Answer key appraisal / arbitrage / aristocracy / assorted / articulate / assassination / attain / attentive

appraisal
[ə`prezl̩]
名 評估；估價

同 **assessment** 估價 / **evaluation** 評估
搭 **a performance appraisal** 績效考核
補 字根拆解：**ap** 前往 **+ prais** 價格 **+ al** 名詞（行為）

arbitrage
[`ɑrbətrɪdʒ]
名 套利；仲裁

關 **profitable** 有盈利的 / **opportunity** 良機
搭 **risk arbitrage** 風險套利（涉及風險的套利行為）
補 字根拆解：**arbitr** 仲裁 **+ age** 名詞

aristocracy
[ˌærəs`tɑkrəsɪ]
名 貴族；特權階級

同 **nobility** 貴族（階級） / **upper class** 上層階級
關 **privilege** 特權 / **plebeian** 平民 / **slave** 奴隸
補 字根拆解：**aristo** 最高貴的 **+ cracy** 權力；統治

assort
[ə`sɔrt]
動 把⋯分類；相配

同 **classify** 分類 / **categorize** 將⋯分類
搭 **assorted items** 各種物品（**assorted** 各式各樣的）
補 字根拆解：**as** 前往 **+ sort** 種類

articulate
[ɑr`tɪkjəlɪt]
形 善於表達的；發音清晰的

同 **eloquent** 雄辯的 / **expressive** 善表達的 / **fluent** 流暢的
反 **inarticulate** 口齒不清的 / **dumb** 沉默寡言的
補 字根拆解：**articul** 部分；接點 **+ ate** 動詞；形容詞

assassination
[əˌsæsə`neʃən]
名 暗殺；行刺

關 **homicide** 殺人 / **execution** 處死刑 / **revenge** 報仇
搭 **a character assassination** 毀謗名譽；人身攻擊 / **an assassination attempt** 暗殺的企圖
補 字根拆解：**assassin** 刺客 **+ at(e)** 動詞 **+ ion** 名詞

attain
[ə`ten]
動 達成；獲得；實現

同 **achieve** 達成 / **accomplish** 達成 / **obtain** 獲得
反 **forfeit** 失去；喪失 / **give up** 放棄 / **fail** 失敗
補 字根拆解：**at/ad** 前往 **+ tain** 接觸

attentive
[ə`tɛntɪv]
形 注意的；留意的

同 **mindful** 留心的；警覺的 / **observant** （觀察）仔細的
反 **careless** 粗心的 / **inattentive** 不注意的
片 **be attentive to (sth. or sb.)** 專心於某事；留意某人

0756 他們設計了一連串複雜的實驗來驗證他們所提出的理論。

▶ They designed intricate experiments to au_____te the theory they proposed.

》提示《 也就是要「證明」他們的理論「為真」。

0757 美國政府已授權對敘利亞進行轟炸。

▶ The U.S. government had au_____ the bombing in Syria.

0758 我試著讓談判往有利的方向發展,卻徒勞無功。

▶ I tried to improve the situation in this negotiation, but to no av_____l.

》提示《 徒勞無功就是努力毫無「效用」的意思。

UNIT 02 B 字頭填空題

Test Yourself !

請參考中文翻譯,再填寫空格內的英文單字。

0759 他從法學院畢業之後就當上了律師。

▶ He became a ba_____ after graduating from law school.

0760 今天的湯好淡,湯姆可能忘記加鹽了。

▶ The soup today was b_____d. Maybe Tom forgot to put salt in it.

0761 在學校抽菸是違反校規的。

▶ Smoking in school is considered a b_____h of the school policy.

authenticate / authorized / avail / barrister / bland / breach

0756 authenticate
[ɔ`θɛntɪˌket]
動 證實;鑑定

同 **verify** 證實 / **validate** 證實 / **confirm** 證實
反 **disprove** 證明⋯是假的 / **tell a lie** 說謊
補 字根拆解:**aut/auto** 自己 + **hent** 製造者 + **ic** 形容詞 + **ate** 動詞(聯想:確實製造出來的東西就是真的)

0757 authorize
[`ɔθəˌraɪz]
動 授權給;批准

同 **empower** 授權 / **license** 准許;許可
搭 **authorized signature** 授權人簽名
補 字根拆解:**auth** 增加 + **or** 名詞 + **ize** 動詞

0758 avail
[ə`vel]
名 效用;利益;幫助
動 有益於;有助於

同 **usefulness** 有用;有益 / **benefit** 利益;好處
片 **to no avail** 毫無成果 / **of little avail** 沒什麼幫助
補 字根拆解:**a** 前往 + **vail** 有用於

答案 & 單字解說
Get The Answer !

MP3 22

0759 barrister
[`bærɪstə]
名 【英】出庭律師

考 **barrister** 指那些有資格出庭,替人辯護的律師;**solicitor** 則通常指在法庭外提供建議的訴狀或事務律師。
補 字根拆解:**barri/bar** 法律 + **ster** 名詞(人)

0760 bland
[blænd]
形 淡而無味的;溫和的

同 **tasteless** 無味的 / **insipid** 清淡的 / **mild** 溫和的
反 **tasty** 美味的 / **severe** 嚴厲的 / **sharp** 苛刻的
關 **flavorful** 濃郁的 / **have a stong taste** 味道很強烈
補 字根拆解:**bla** 柔和的 + **nd** 字尾

0761 breach
[britʃ]
名 破壞;違反
動 違反;侵害

同 **infringement** 違反 / **contravention** 違反
片 **be in breach of sth.** 違反(法律或規章)
搭 **breach of confidence** 違反保密原則;洩漏商業機密 / **breach of contract** 違約

0762

冬天剛來臨時，湖面上只結了一層薄冰。

▶ There was just a **b**_____**e** layer of ice over the lake in the early winter.

》提示《 薄冰也就是「易碎的」一層冰。

0763

他發生了車禍，從支氣管到肺部都嚴重受損。

▶ He got into a car accident and was seriously injured from his **br**_____**s** to his lung.

0764

為了因應當前情況，他們修改了規章制度裡的幾個細節。

▶ To adapt to the current situation, they changed a few details in the **b**_____**w**.

UNIT 03 C 字頭填空題

(Test Yourself !)

請參考中文翻譯，再填寫空格內的英文單字。

0765

毛細現象是由表面張力所造成的。

▶ The **ca**_____**y** action is due to surface tension.

0766

麵包烤焦就最好不要吃，因為那裡面有很多致癌物質。

▶ You had better not eat the over-baked bread. It's full of **ca**_____**ens**.

0767

貨運成本上漲太多，使我們不得不提高產品價格。

▶ The cost of **c**____**t**____**e** had risen so much that we had to increase our product price to cover it.

》提示《 也就是指用「貨車運輸商品」的方式。

brittle / bronchus / bylaw / capillary / carcinogens / cartage

0762
brittle
[`brɪtḷ]
形 易碎的；脆的

同 **fragile** 易碎的 / **breakable** 脆的
反 **unbreakable** 不易碎的 / **durable** 耐用的
搭 **brittle fracture** （物質的）脆性斷裂

0763
bronchus
[`brɑŋkəs]
名 支氣管

關 **trachea** 氣管 / **larynx** 喉頭
搭 **bronchial artery** 支氣管動脈
考 **bronch-** 為表示「氣管」的字首。

0764
bylaw
[`baɪˌlɔ]
名 規章制度；地方法

同 **regulation** 規章；規則 / **decree** 法令
關 **govern** 統治；管理 / **subsidiary** 隸屬的
補 字根拆解：**by** 存在；居住 + **law** 法律

答案 & 單字解說
Get The Answer !

MP3 23

0765
capillary
[kəˋpɪlərɪ]
形 毛細的；微血管的
名 毛細管；微血管

關 **artery** 動脈 / **vein** 靜脈 / **blood vessel** 血管
搭 **capillary telangiectasia** 毛細管擴張
補 字根拆解：**capill** 毛髮 + **ary** 形容詞

0766
carcinogen
[kɑrˋsɪnədʒən]
名 致癌物質

同 **carcinogenic substance** 致癌物質
關 **cancer-causing** 致癌的 / **poison** 有害之物
補 字根拆解：**carcino** 癌症 + **gen** 誕生

0767
cartage
[`kɑrtɪdʒ]
名 貨車運送

搭 **cartage charge** 運輸費用
考 本單字指使用陸路的運送，通常為短程運輸。
補 字根拆解：**cart** 貨車 + **age** 名詞

0768

大眾運輸的票價調降，計程車司機會是首當其衝的受害人。

Taxi drivers would be the first ca_____y of the reduction in public transportation ticket fares.

0769

這個催化劑是用來引發這項化學反應的。

The ca_____t is used to induce the activation of the chemical reaction.

0770

研究顯示晚睡及不良的飲食習慣是引發癌症的因素。

Research showed that late nights and bad eating habits are ca_____e factors of cancer.

0771

離心機可以分離血球細胞。

The cen_____e is capable of separating blood cells.

0772

為了蜜月假期，他們僱用了一位私人司機載他們四處遊覽。

They hired a ch_____r to drive them around during their honeymoon.

0773

糖尿病是一種無法治癒的慢性病。

Diabetes is a ch_____c disease that is impossible to be cured.

0774

她主修舞蹈編排與舞臺設計。

She majored in cho_____phy and stage design.

0775

他們設計了能根據溫度自動調控的冷卻水迴路。

They designed a cooling water c_____t that is self-regulatory based on the temperature.

casualty / catalyst / causative / centrifuge / chauffeur / chronic / choreography / circuit

0768
casualty
[`kæʒuəltɪ]
名 受害人;死者;傷者

同 **victim** 受害者 / **fatality** 死者;災禍
搭 **casualty insurance** 意外險
考 當「傷亡人員」解釋時,常以複數形出現。
補 字根拆解:**casual** 偶然 **+ ty** 名詞(情況)

0769
catalyst
[`kætəlɪst]
名 催化劑

同 **accelerator** 催化劑 / **stimulant** 刺激物
關 **chemical** 化學的 / **facilitation** 促進
補 字根拆解:**cata** 下降 **+ lyst** 鬆弛

0770
causative
[`kɔzətɪv]
形 起因的;誘因的

關 **motive** 動機;目的 / **resulting** 結果的
搭 **causative factor** 誘因 / **causative verb** 使役動詞
補 字根拆解:**caus** 原因 **+ ative** 形容詞

0771
centrifuge
[`sɛntrəˌfjudʒ]
名 離心機

關 **extractor** 提取器 / **spinning** 旋轉的
搭 **centrifugal force** 離心力
補 字根拆解:**centri** 中心 **+ fug** 逃離 **+ e** 字尾

0772
chauffeur
[`ʃofə]
名 私人司機

關 **limousine** 豪華轎車 / **automobile** 汽車 / **personal** 私人的 / **airport shuttle** 機場接駁車
補 字根拆解:**chauff** 加熱;變暖 **+ eur** 人(聯想:暖車的人)

0773
chronic
[`krɑnɪk]
形 慢性的;長期的

反 **temporary** 暫時的 / **acute** 【醫】急性的
搭 **chronic disease** 慢性病
補 字根拆解:**chron** 時間 **+ ic** 形容詞

0774
choreography
[ˌkorɪ`ɑgrəfɪ]
名 舞蹈編排

關 **ballet** 芭蕾舞 / **tango** 探戈 / **ballroom dancing** 國標舞 / **posture** 姿勢 / **movement** 動作 / **graceful** 優美的
補 字根拆解:**choreo** 舞蹈 **+ graphy** 編寫

0775
circuit
[`sɜkɪt]
名 迴路;電路

關 **course** 路線 / **loop** 環線 / **orbit** 運行軌道
搭 **circuit board** 電路板 / **circuit breaker**(電流)斷路器
補 字根拆解:**circu** 環繞 **+ it** 行走

0776

他們坐在陽臺上的圓桌旁享用茶點。

▶ They are having some snacks at a **ci**_____**r** table on the balcony.

0777

合約上沒有任何條款點明違反規定時該負的責任。

▶ There is no **c**_____**e** in the contract specifying the responsibilities for not obeying the rules.

0778

會議的結果能鞏固這兩家公司的聯盟關係。

▶ The conclusion of the meeting can strengthen the **co**_____**n** between these two companies.

0779

她哄誘父親買那件貴到不行的洋裝給她。

▶ She **c**_____**d** her father into buying her that ridiculously expensive dress.

0780

防震係數也是住屋是否安全的重要考量因素。

▶ The earthquake-resistance **coe**_____**t** of a building is also a key factor of a safer residence.

0781

湯姆帶領的團隊很有凝聚力，成員們會彼此幫助。

▶ Tom leads a **c**_____**e** group, one in which members help each other.

》提示《 成員們彼此「黏性十足」，互相幫忙。

0782

這場爆炸連帶造成民眾與建築物的損傷。

▶ The bombing has caused **co**_____**l** damage on people and buildings.

》提示《 表示爆炸造成「附屬的」傷害。

0783

那只是場非正式的演講，聽眾只有二十幾個人。

▶ It was just a **co**_____**l** speech given to about twenty people.

》提示《 因為是很「口語的」演講，所以沒那麼正式。

circular / clause / coalition / coaxed / coefficient / cohesive / collateral / colloquial

circular
[`sɜkjələ]
形 圓的；循環的

同 **round** 圓的 / **ring-shaped** 環狀的
搭 **a circular stair** 螺旋梯
補 字根拆解：**circul/circ** 環 + **ar** 形容詞

 clause
[klɔz]
名 （文件的）條款；子句

同 **article** 條款 / **provision** 條款
搭 **subordinate clause** 從屬子句
補 字根拆解：**claus** 關閉 + **e** 字尾

 coalition
[ˌkoəˋlɪʃən]
名 聯盟；結合

同 **alliance** 聯盟；同盟 / **affiliation** 聯合
搭 **coalition government** 聯合政府；聯合內閣
補 字根拆解：**coalit** 夥伴關係 + **ion** 名詞

 coax
[koks]
動 哄誘；勸誘；哄騙

同 **wheedle** 用甜言蜜語哄騙 / **blandish** 勸誘
片 **coax sb. into sth.** 哄騙某人去做某事
搭 **a coaxing voice** 哄誘的口氣

 coefficient
[ˌkoɪˋfɪʃɪnt]
名 係數
形 共同作用的

關 **temperature** 溫度 / **volume** 量；額
搭 **coefficient of friction** 摩擦係數 / **drag coefficient** 阻力係數 / **coefficient of variation** 變異係數
補 字根拆解：**co** 共同 + **effici** 解決 + **ent** 改變詞性

 cohesive
[koˋhisɪv]
形 凝聚的；有黏力的

同 **united** 團結的 / **adhesive** 黏著的；有黏性的
反 **detached** 分開的 / **divided** 分離的
補 字根拆解：**co** 共同 + **hes** 黏附 + **ive** 形容詞

 collateral
[kəˋlætərəl]
形 附屬的；並行的
名 抵押品；擔保品

同 **secondary** 次要的 / **security** 擔保品
反 **primary** 主要的；首要的 / **lineal** 直系的
補 字根拆解：**col** 共同 + **lateral** 在旁邊的

 colloquial
[kəˋlokwɪəl]
形 口語的；非正式的

反 **literary** 文學的 / **formal** 正式的
搭 **colloquial speech** 口語
補 字根拆解：**col** 共同 + **loqu** 說 + **ial** 形容詞

0784 她表現得很好鬥，尤其是在談判價格時。
▶ She becomes c＿＿＿ b＿＿＿＿＿＿＿ especially when negotiating prices.

0785 我們這個月開始著手整理新家。
▶ We com＿＿＿＿＿ed to decorate our new house this month.

0786 觀眾以熱烈的掌聲迎接表演的開始。
▶ The co＿＿＿＿＿＿t of the performance was greeted with loud applause.

0787 他每賣出一臺機器，就能獲得百分之十的佣金。
▶ He will receive a ten-percent c＿＿＿＿＿＿n on every machine he sells.

0788 在芝加哥念書時，我和四位室友共用廚房。
▶ I shared a com＿＿＿＿＿l kitchen with my four roommates when studying in Chicago.
》提示《 既然是共用，那廚房就是「公共的」區域。

0789 大家認為她是最有能力勝任這份工作的人。
▶ She was considered the right person with great com＿＿＿＿＿y for the job.

0790 今天開會要談關於林小姐升遷的事。
▶ The meeting today is c＿＿＿＿＿＿g the promotion of Ms. Lin.

0791 這套百科全書的彙編耗費了大量的心力與時間。
▶ The co＿＿＿＿＿＿n of this encyclopedia took a lot of effort and a long time.

220 Answer key | combative / commenced / commencement / commission / communal / competency / concerning / compilation

combative
[kəm`bætɪv]
形 好戰的；好鬥的

- 同 **aggressive** 好鬥的 / **belligerent** 好戰的
- 反 **peaceful** 和平的 / **peace-loving** 愛好和平的
- 補 字根拆解：**com** 互相 + **bat** 打 + **ive** 形容詞

commence
[kə`mɛns]
動 開始；著手

- 同 **initiate** 開始實施 / **inaugurate** 開始
- 片 **commence with sth.** 以某物開始
- 補 **get sth. started** 開始執行某事

commencement
[kə`mɛnsmənt]
名 開始；發端

- 片 **the commencement of sth.** 某事的開始
- 搭 **commencement date** 【律】生效日期
- 補 字根拆解：**commence** 開始 + **ment** 名詞

commission
[kə`mɪʃən]
名 佣金；委託

- 片 **in commission** （機器等）在服役中的；在使用中的 / **out of commission**（機器等）損壞的；不再使用的
- 搭 **get commission on** 從…得到佣金
- 補 字根拆解：**com** 共同 + **miss** 傳送 + **ion** 名詞

communal
[`kɑmjʊnḷ]
形 公用的；公共的

- 反 **individual** 個別的 / **personal** 個人的 / **private** 私人的
- 搭 **communal property** 公有財產 / **communal facilities** 公共設施
- 補 字根拆解：**commun** 公眾的 + **al** 形容詞

competency
[`kɑmpətənsɪ]
名 能力；本事

- 同 **capability** 能力；才能 / **competence** 能力
- 搭 **managerial competency** 管理能力
- 補 字根拆解：**cpmpeten** 一致 + **cy** 名詞

concerning
[kən`sɜnɪŋ]
介 關於

- 同 **about** 關於 / **regarding** 關於 / **relating to** 與…相關
- 關 **when it comes to...** 當涉及…時 / **relation** 關聯
- 補 字根拆解：**con** 共同 + **cern** 區別 + **ing** 字尾

compilation
[ˏkɑmpə`leʃən]
名 彙編；匯集

- 關 **anthology** 選集；文選 / **digest** 文摘
- 搭 **a compilation of** …的彙編
- 補 字根拆解：**com** 共同 + **pil** 壓縮 + **ation** 名詞

221

0792 飯店的門房很熱心地為我們處理購票的事情。
▶ The co_____e at the hotel was very kind to help arrange the tickets for us.
》提示《 這個單字是從法文來的。

0793 合約草稿的內容要簡明。
▶ Always be c_____e in making drafts of contracts.

0794 這個是機密資訊,別告訴不相關的人。
▶ The information is c_____l. Do not tell anyone who doesn't need to know.

0795 工廠裡配置的都是高度專業的工具。
▶ The c_____f_____n of tools in the factory is highly specialized.

0796 他覺得自己的辦公室小得像一個監禁空間。
▶ He felt that his small office was like a total c_____t.

0797 那群孩子們被教導要順應部落的傳統。
▶ The children were taught to c_____m to the traditions of the tribe.
》提示《 順應表示所作所為要「符合」傳統。

0798 盡管受了重傷,她在整個手術過程中都保持清醒。
▶ Though badly injured, she stayed c_____s throughout the surgery.

0799 冷氣機已經連續運轉十二個小時了。
▶ The air conditioner has run for 12 c_____e hours.

concierge
[ˌkɑnsɪ`ɛrʒ]
名 門房；櫃檯人員

同 **doorkeeper** 門房 / **desk clerk** 櫃檯接待人員
關 **entrance** 入口；門口 / **front desk** 櫃檯
補 字根拆解：**con** 共同 + **cierge** 服務

---

concise
[kən`saɪs]
形 簡明的；簡要的

同 **laconic** 簡明的 / **brief** 簡短的 / **succinct** 簡潔的
反 **lengthy** 冗長的 / **wordy** 嘮叨的 / **redundant** 累贅的
補 字根拆解：**con** 強調 + **cise** 切割

---

confidential
[ˌkɑnfə`dɛnʃəl]
形 機密的；祕密的

反 **public** 公眾的 / **well-known** 眾所周知的
搭 **be strictly confidential** 絕對機密的
補 字根拆解：**con** 強調 + **fid** 信任 + **ential** 形容詞

---

configuration
[kənˌfɪgjə`reʃən]
名 配置；結構

同 **structure** 結構 / **composition** 構成
搭 **electron configuration** 電子組態
補 字根拆解：**con** 共同 + **figura** 形狀 + **tion** 名詞

---

confinement
[kən`faɪnmənt]
名 監禁；限制

同 **custody** 監禁 / **detention** 拘留
搭 **solitary confinement** 單獨監禁
補 字根拆解：**confine** 關閉 + **ment** 名詞

---

conform
[kən`fɔrm]
動 遵照；符合

同 **comply (+with)** 遵從；順從 / **fit in** 使適應
片 **conform to sth.** 符合某物
補 字根拆解：**con** 共同 + **form** 形式

---

conscious
[`kɑnʃəs]
形 清醒的；有意識的

同 **aware** 意識到的 / **awake** 清醒的；醒著的
反 **unconscious** 失去知覺的 / **unaware** 未察覺的
片 **be conscious of** 有意識到…的
補 字根拆解：**con** 完全地 + **sci** 知道 + **ous** 形容詞

---

consecutive
[kən`sɛkjʊtɪv]
形 連續的；連貫的

同 **successive** 連續的 / **sequential** 連續的；相繼的
搭 **consecutive interpreting** 逐步口譯（說話者會停頓，此時翻譯進行口譯）
補 字根拆解：**con** 共同 + **secu** 跟隨 + **tive** 形容詞

0800

針對公司未來的目標，他們終於達成共識。

▶ They finally reached a c_____us on the future goals of the company.

0801

我們一週前就把樣品發送出去給客戶了。

▶ We c_____s_____ the sample to the customer a week ago.

》提示《 把樣品發送給客戶也有「交付、委託」給對方的意思。

0802

樣品必須由收件者本人接收。

▶ The sample must be delivered to the co_____e in person.

0803

運送乳製品時需維持一個低溫的環境。

▶ The co_____t of dairy products requires a low temperature environment.

0804

整首曲目中，演奏者的和弦一直都是錯的。

▶ The performer c_____si_____ played an incorrect chord throughout the tune.

0805

這種疾病可能具感染性，所以他暫時被隔離。

▶ He is temporarily isolated because the disease may be c_____us.

0806

你需要的所有資訊都包含在這本手冊裡。

▶ This brochure c_____ all the information you need.

》提示《 這句話所說的是一個常態性的事實。

0807

在半導體的製作過程中，防止汙染是很重要的。

▶ It is important to prevent con_____n in the manufacture of semiconductors.

Answer key: consensus / consigned / consignee / consignment / consistently / contagious / contains / contamination

consensus
[kənˋsɛnsəs]
名 共識；一致

0800

同 **unanimity** 一致同意 / **harmony** 一致；和諧
片 **reach a consensus** 達成共識
搭 **general consensus** 普遍的共識
補 字根拆解：**con** 共同 + **sens** 感覺 + **us** 字尾

consign
[kənˋsaɪn]
動 運送；託運；委託

0801

同 **hand over** 交給 / **entrust** 委託
關 **irrevocably** 不能撤回地 / **relegate** 降職
補 字根拆解：**con** 共同 + **sign** 簽名

consignee
[ˏkɑnsaɪˋni]
名 收件人；受託者

0802

同 **receiver** 收件人 / **addressee** 收信人；收件人
反 **consigner** 發貨者；寄件人 / **sender** 寄件人
補 字根拆解：**con** 共同 + **sign** 簽名 + **ee** 受…的人

consignment
[kənˋsaɪnmənt]
名 運送；委託

0803

同 **delivery** 傳送；交貨 / **conveyance** 運送
關 **commodity** 商品 / **batch** 一批生產量
片 **on consignment** 以寄售方式（委託人代售商品）

consistently
[kənˋsɪstəntlɪ]
副 持續地；一貫地

0804

同 **constantly** 不斷地 / **continuously** 接連不斷地
關 **habit** 習慣 / **routine** 例行的；日常的 / **frequency** 頻率
補 字根拆解：**con** 共同 + **sist** 站立 + **ent** 形容詞 + **ly** 副詞

contagious
[kənˋtedʒəs]
形 傳染的；感染性的

0805

同 **infectious** 傳染性的 / **communicable** 會傳染的
搭 **highly contagious** 高傳染性的
補 字根拆解：**con** 共同 + **tagi** 接觸 + **ous** 形容詞

contain
[kənˋten]
動 包含；容納

0806

同 **include** 包含 / **involve** 包含 / **comprise** 包括
關 **ingredient** 成分 / **inside** 裡面的 / **section** 部分
補 字根拆解：**con** 共同 + **tain** 保持

contamination
[kənˏtæməˋneʃən]
名 汙染；弄髒

0807

同 **pollution** 汙染 / **contagion** 感染 / **corruption** 腐壞
反 **purification** 淨化 / **sterilization** 殺菌；消毒
搭 **cross-contamination** 交叉感染
補 字根拆解：**con** 共同 + **tamin** 接觸 + **ation** 名詞

0808

他正在思索轉換職涯跑道的事情。

▶ He was c_____t_____ changing his career.

《提示》這個單字偏向慎重的「沉思、仔細考慮」。

0809

西班牙與葡萄牙相互毗鄰，語言也很相近。

▶ Spain and Portugal are c_____t_____s to each other, and their languages are also similar.

0810

該團隊負責擬定工廠發生緊急情況時的應變計畫。

▶ The group was to design co_____y plans for emergencies in the factory.

《提示》應變計畫必須考量到各種「偶發事件」或「可能性」。

0811

政客們謀劃要從民眾身上拿到選票。

▶ Politicians co_____ve to gain votes from the public.

0812

經理召集下屬，對新政策做了快速的討論。

▶ The manager c_____ned all his subordinates to have a quick discussion over the new policy.

0813

該部落保留了他們的傳統服裝與耕作方式。

▶ The tribe has preserved its co_____l clothes and farming methods.

0814

今年夏天，我們開著別緻的敞篷車，在美國展開公路旅行。

▶ We had a road trip in the United States this summer in a fancy c_____e.

0815

在古羅馬時代，飲用水與糧食都是透過這座石橋運送的。

▶ In ancient Rome, this stone bridge was used as a con_____e for water and food.

《提示》石橋作為「運輸」工具，將物品從這頭搬運到那頭。

Answer key

contemplating / contiguous / contingency / contrive / convened / conventional / convertible / conveyance

0808 contemplate
[`kɑntɛm,plet]
動 沉思；思索

同 **chew over** 考慮 / **deliberate** 沉思 / **ponder** 仔細考慮
片 **take sth. into account** 把某事考慮進去
補 字根拆解：**con** 強調 **+ templ** 占卜地點 **+ ate** 動詞

0809 contiguous
[kən`tɪgjuəs]
形 毗鄰的；鄰近的

同 **adjoining** 鄰接的 / **neighboring** 鄰近的
片 **be contiguous with** 與…毗鄰
搭 **contiguous zone** 鄰接區（海洋法的概念）
補 字根拆解：**contigu** 接近；接觸 **+ ous** 形容詞

0810 contingency
[kən`tɪndʒənsɪ]
名 偶然事件；可能性

片 **be contingent on/upon sth.** 視…而定；因…而變
搭 **contingency fund** 應急基金
補 字根拆解：**contingen** 發生；降臨 **+ cy** 名詞

0811 contrive
[kən`traɪv]
動 圖謀；策劃；設計

同 **concoct** 策劃；圖謀 / **devise** 策劃；設計
關 **carry out a plan** 實行計畫 / **target** 目標
補 字根拆解：**con** 共同 **+ trive** 比喻

0812 convene
[kən`vin]
動 召集；聚集；集會

同 **summon** 集合 / **assemble** 聚集；召集
片 **hold a meeting** 舉行會議
補 字根拆解：**con** 一起 **+ vene** 來

0813 conventional
[kən`vɛnʃṇl]
形 傳統的；習慣的

同 **traditional** 傳統的 / **orthodox** 傳統的；習俗的
反 **unconventional** 不符合習俗的 / **abnormal** 反常的
補 字根拆解：**con** 共同 **+ ven** 來 **+ tion** 名詞 **+ al** 形容詞

0814 convertible
[kən`vɜtəbḷ]
名 敞篷車
形 可轉換的

同 **roadster** 雙座敞篷車 / **changeable** 可改變的
關 **sedan** 轎車 / **streamline** 流線型
補 字根拆解：**con** 共同 **+ vert** 轉 **+ ible** 形容詞

0815 conveyance
[kən`veəns]
名 運送；運輸；表達

片 **the conveyance of sth.** 運送某物
搭 **public conveyance** 公共交通工具
補 字根拆解：**con** 共同 **+ vey** 道路 **+ ance** 名詞

0816

這名記者在記者會時做了大量的筆記。

▶ The journalist made co_____s notes during the press conference.

》提示《 筆記量就像大量「列印」那樣多。

0817

她的父親以前在監獄擔任獄警的工作。

▶ Her father used to be a cor_____l officer in a prison.

》提示《 必要時，獄警必須「修正」犯人不當的行為。

0818

她出國留學那幾年，都還是跟我們保持書信連絡。

▶ She maintained her cor_____e with us all the years when studying abroad.

0819

以前，政治腐敗的情況在他國家很嚴重，但現在已逐漸好轉。

▶ Political c_____n was a serious problem in his country, but now things are getting better.

0820

臺北逐漸成為一座世界性的都市。

▶ Taipei has gradually become a c_____m_____n city over the years.

0821

她滿心焦急地等待快遞員。

▶ She was waiting anxiously for the co_____r.

0822

這家公司傾向於僱用高學歷的人。

▶ This company tends to hire people with excellent academic cr_____.

》提示《 學歷就是學業程度的「憑據、證明」。

0823

她是我認識的人當中最可信的一個，我不曾懷疑她。

▶ She is the most cr_____e person I've ever known; I never doubt her.

copious / correctional / correspondence / corruption / cosmopolitan / courier / credentials / credible

0816
copious
[`kopɪəs]
形 大量的；豐富的

同 **abundant** 充足的 / **plentiful** 豐富的 / **ample** 大量的
反 **meager** 不足的；貧乏的 / **scarce** 缺乏的 / **rare** 稀有的
關 **amount** 數量 / **opulence** 財富；豐富

0817
correctional
[kə`rɛkʃən̩]
形 修正的；懲治的

關 **enforcement** 強制 / **penal** 刑法上的；受刑罰的
搭 **a juvenile correctional center** 少年觀護所
補 字根拆解：**cor** 強調 + **rect** 直走 + **ion** 名詞 + **al** 形容詞

0818
correspondence
[ˌkɔrə`spandəns]
名 通信；符合；一致

關 **mutual** 相互的 / **reciprocal** 互惠的；對等的
搭 **correspondence course** 函授課程
補 字根拆解：**cor/com** 共同 + **re** 返回 + **spond** 保證 + **ence** 名詞

0819
corruption
[kə`rʌpʃən]
名 腐敗；貪汙；損毀

關 **bribery** 行賄 / **extortion** 勒索 / **nepotism** 裙帶關係
搭 **data corruption** 數據損毀
補 字根拆解：**cor** 強調 + **rupt** 破壞 + **ion** 名詞

0820
cosmopolitan
[ˌkazmə`palətn̩]
形 世界性的；國際性的

同 **universal** 全世界的 / **worldwide** 遍及全球的
搭 **a cosmopolitan city** 國際化的城市
補 字根拆解：**cosmo** 世界 + **poli** 城市 + **tan** 形容詞

0821
courier
[`kurɪɚ]
名 快遞員

同 **messenger** 送信人 / **mailman** 郵差
搭 **courier fee** 快遞費用
補 字根拆解：**cour** 跑 + **ier** 名詞（人）

0822
credential
[krɪ`dɛnʃəl]
名 資格證書；資歷

搭 **give credence to** 相信…
考 這個單字通常以複數形出現。
補 字根拆解：**credent** 信任 + **ial** 名詞

0823
credible
[`krɛdəbl̩]
形 可信的；可靠的

同 **believable** 可信的 / **trustworthy** 可信的
反 **deceptive** 欺騙的 / **unreliable** 不可靠的
補 字根拆解：**cred** 相信 + **ible** 形容詞（能夠）

0824

他早已成為公司的債權人。

▶ He had already become a c_____r of the company.

0825

若要理解她的意思，交叉參考她以前的文章是必要的。

▶ A c_____-r_____e to her previous articles was essential in understanding what she meant.

0826

含糖量高的飲料被認為是造成肥胖的罪魁禍首。

▶ Beverages that contain a lot of sugar are considered the cu_____t of obesity.

》提示《 罪魁禍首就像是被告，被視為「有罪的人」。

0827

來面試時，請攜帶您的履歷。

▶ Please bring a copy of your cu_____ m v_____ to the interview.

》提示《 這個單字也就是求職時常見的縮寫 CV。

0828

這場演出的所有演員走上舞臺謝幕。

▶ All the actors in this performance came onto the stage for the c_____ c_____.

》提示《 謝「幕」時觀眾都會給予表演者熱烈的掌聲與「歡呼」。

0829

據說那間公司準備裁減 50% 的員工。

▶ It is said that the company will have a c_____k of up to 50% of its employees.

0830

在世界行動通訊大會上，你能看到最尖端的手機設計。

▶ You can see all the c_____-e_____ designs in cell phones at the Mobile World Congress.

0831

她是個對電腦科技上癮的網路用戶。

▶ She is a cy_____t who is addicted to computer technology.

Answer key · creditor / cross-reference / culprit / curriculum vitae / curtain call / cutback / cutting-edge / cybernaut

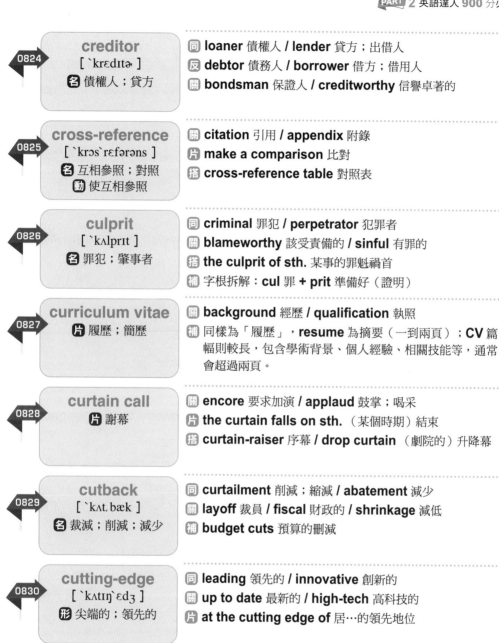

creditor
[`krɛdɪtə]
名 債權人；貸方

0824

同 **loaner** 債權人 / **lender** 貸方；出借人
反 **debtor** 債務人 / **borrower** 借方；借用人
關 **bondsman** 保證人 / **creditworthy** 信譽卓著的

cross-reference
[`krɔs`rɛfərəns]
名 互相參照；對照
動 使互相參照

0825

關 **citation** 引用 / **appendix** 附錄
片 **make a comparison** 比對
搭 **cross-reference table** 對照表

culprit
[`kʌlprɪt]
名 罪犯；肇事者

0826

同 **criminal** 罪犯 / **perpetrator** 犯罪者
關 **blameworthy** 該受責備的 / **sinful** 有罪的
搭 **the culprit of sth.** 某事的罪魁禍首
補 字根拆解：**cul** 罪 **+ prit** 準備好（證明）

curriculum vitae
片 履歷；簡歷

0827

關 **background** 經歷 / **qualification** 執照
補 同樣為「履歷」，**resume** 為摘要（一到兩頁）；**CV** 篇
幅則較長，包含學術背景、個人經驗、相關技能等，通常
會超過兩頁。

curtain call
片 謝幕

0828

關 **encore** 要求加演 / **applaud** 鼓掌；喝采
片 **the curtain falls on sth.** （某個時期）結束
搭 **curtain-raiser** 序幕 / **drop curtain** （劇院的）升降幕

cutback
[`kʌt͵bæk]
名 裁減；削減；減少

0829

同 **curtailment** 削減；縮減 / **abatement** 減少
關 **layoff** 裁員 / **fiscal** 財政的 / **shrinkage** 減低
補 **budget cuts** 預算的刪減

cutting-edge
[`kʌtɪŋ`ɛdʒ]
形 尖端的；領先的

0830

同 **leading** 領先的 / **innovative** 創新的
關 **up to date** 最新的 / **high-tech** 高科技的
片 **at the cutting edge of** 居…的領先地位

cybernaut
[`saɪbənɔt]
名 網路用戶

0831

關 **e-business** 電子商務 / **net surfer** 常上網搜尋者
搭 **cyber warfare** 網路資訊戰 / **cyber café** 網咖
補 字根拆解：**cyber** 電腦的 **+ naut** 名詞

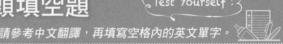

UNIT 04 D 字頭填空題

Test Yourself !

請參考中文翻譯，再填寫空格內的英文單字。

0832

這疊文件看起來也太嚇人了，我需要幫忙。

▶ This pile of documents looks d_____g. I really need a hand.

0833

他們希望南北韓之間的僵局能結束。

▶ They hope the d_____k between North and South Korea could come to an end.

》提示《 僵持的局面就像「死結」般難解。

0834

今天我請客！今天這餐先記到我的帳上吧。

▶ It's my treat! The bill for today's meal will be de_____d to my account.

》提示《 也就是將帳記入我的「借方款項」中。

0835

準時繳還本金和利息是債務人的義務。

▶ It's the d_____'s obligation to pay the principal and interest on time.

0836

新竹科學工業園區的工程師大多數的工資相當優渥。

▶ Engineers working in the Hsinchu Science Park are mostly paid a d_____t wage.

0837

那位政治家被控誹謗他的競爭對手。

▶ The politician was accused of def_____n of his rival.

》提示《 誹謗也就是「損害」對方的「聲譽」。

0838

在慶典結束時，氣球也全都洩氣了。

▶ The balloons were all d_____ at the end of the festival.

Answer key

daunting / deadlock / debited / debtor's / decent / defamation / deflated

答案 & 單字解說
Get The Answer !

MP3 24

---

daunting
[`dɔntɪŋ]
形 令人卻步的

同 **intimidating** 嚇人的 / **terrifying** 可怕的
反 **dauntless** 無畏的 / **fearless** 無畏的
搭 **a daunting task** 艱鉅的任務

---

deadlock
[`dɛd,lak]
名 僵局；僵持

同 **gridlock** 僵局 / **standstill** 停滯不前
關 **a blind alley** 死胡同 / **find a way out** 找到出路
片 **break the deadlock** 打破僵局 / **reach a deadlock** 陷入僵局；相持不下

---

debit
[`dɛbɪt]
動 記入借方；扣款
名 借方；借項

搭 **debit card** 簽帳金融卡（刷卡時會直接從帳戶扣錢）/ **direct debit** 自動扣款
補 字根拆解：**de** 分離 + **bit** 擁有（聯想：把東西借出去）

---

debtor
[`dɛtə]
名 債務人

關 **indebted** 負債的 / **bankrupt** 破產的
搭 **zombie debtor** 每個月只還得起利息的人
補 字根拆解：**debt** 債務 + **or** 名詞（人）

---

decent
[`disṇt]
形 像樣的；體面的

同 **satisfactory** 令人滿意的 / **acceptable** 可接受的
搭 **a decent job** 體面的工作 / **a decent family** 正派人家（有禮貌、名聲好的一家人）
補 字根拆解：**dec** 使合適 + **ent** 形容詞

---

defamation
[,dɪfə`meʃən]
名 誹謗；損害名譽

關 **scandal** 醜聞 / **malign** 惡意的 / **sue** 控告
搭 **crime of defamation** 誹謗罪
補 字根拆解：**de** 毀壞 + **fam** 謠傳 + **ation** 名詞

---

deflate
[dɪ`flet]
動 使洩氣；緊縮

關 **balloon** 氣球 / **tire** 輪胎
片 **let the air out of sth.** 使某物洩氣
考 **de-** 為表示「往下」的字首。

233

0839

經濟上的通貨緊縮導致臺灣失業率上升。

▶ The d_____n of economy brought about the rise of unemployment rate in Taiwan.

0840

他以詐領保險金的名義被定罪。

▶ He was convicted of def_____g the insurance company.

0841

這款新球鞋可以被生物分解。

▶ This new version of sneakers bears the ability to undergo biological deg_____n.

》提示《 表示物品能不斷「往下降級」，最終分解消失。

0842

她故意將那封信放在他桌上，讓他能一眼就看到。

▶ She de_____y put the letter on his desk so he could see it right away.

0843

犯罪率以及違法行為的比例逐漸升高。

▶ There has been an increase in the rate of crimes and d_____y.

0844

他們住在豪華飯店，享受了一段快樂的時光。

▶ They stayed in a d_____e hotel and had a lot of fun together.

0845

就舉止而言，我看不出她有任何的焦慮。

▶ I cannot see any anxiety in her de_____r.

0846

很多老房子在都市更新時被拆除了。

▶ Many old houses were dem_____ during the urban renewal.

deflation / defrauding / degradation / deliberately / delinquency / deluxe / demeanor / demolished

deflation

0839

[dɪˋfleʃən]

名 通貨緊縮；抽出空氣

關 economic activity 經濟活動 / output 產量；出產 / employment 受僱 / investment 投資額 / trade 貿易

搭 a feeling of deflation 失落感

補 字根拆解：de 向下 + flat 吹 + ion 名詞

defraud

0840

[dɪˋfrɔd]

動 詐取；詐騙

同 swindle 詐騙 / fleece 欺詐 / dupe 詐騙

關 pretend 假裝 / phony【口】贗品；騙子

片 bluff sb. into + Ving 騙某人做某事

degradation

0841

[ˏdɛɡrəˋdeʃən]

名 下降；降低；降級

搭 environmental degradation 生態環境的惡化 / moral degradation 道德敗壞

補 字根拆解：de 往下 + grad 走 + ation 名詞

deliberately

0842

[dɪˋlɪbərɪtlɪ]

副 故意地；慎重地

同 purposely 故意地 / intentionally 蓄意地

片 of one's free will 出於某人的意志；自發的

補 字根拆解：de 完全的 + liberate 釋放 + ly 副詞

delinquency

0843

[dɪˋlɪŋkwənsɪ]

名 違法行為

同 wrongdoing 不法的事 / criminality 犯罪

搭 juvenile delinquency 青少年犯罪

補 字根拆解：de 完全地 + linqu 離開 + ency 名詞

deluxe

0844

[dɪˋlʌks]

形 豪華的；高級的

同 luxurious 豪華的 / sumptuous 奢侈的

搭 a deluxe edition (of sth.) 豪華版；精裝版

補 字根拆解：de 強調 + luxe 豐富

demeanor

0845

[dɪˋminə]

名 舉止；行為；風度

同 behavior 行為；舉止 / conduct 行為；品行

關 temper 脾氣；情緒 / facial expression 表情

搭 a calm demeanor 冷靜的舉止

補 字根拆解：de 完全地 + mean 指引 + or 名詞

demolish

0846

[dɪˋmɑlɪʃ]

動 拆除；毀壞；推翻

同 dismantle 拆除 / tear apart 拆毀 / wreck 破壞

反 construct 建造 / build 建造 / create 創設

補 字根拆解：de 往下 + mol 建造 + ish 動詞

0847

他不能接受調職，因為那對他而言如同降職。

▶ He couldn't accept the relocation because it seemed like a dem_____n to him.

》提示《 降職就像工作崗位「往下移動」。

0848

由於船舶延誤，他們支付了相當數量的滯留費。

▶ They paid quite an amount of de_____age due to the delay of the ship.

0849

定期做牙齒清潔能有效預防牙菌斑。

▶ Regular tooth cleaning will be able to remove d_____l pl_____e.

0850

人類正在消耗地球的自然資源。

▶ Humans are dep_____ the earth's natural resources.

0851

你知道誰會被調派到柏林的新分行嗎？

▶ Do you know who will be dep_____ to the new branch in Berlin?

》提示《 調派就是公司在各分行「部署」人力。

0852

貨幣貶值對進出口的影響很大。

▶ Currency dep_____ affects imports and exports a lot.

0853

今天早上，一輛火車出軌，造成許多乘客受傷。

▶ A train was de_____ this morning and many passengers were injured.

》提示《 出軌就是火車「離開了軌道」。

0854

在出院後，她的病情突然急速惡化。

▶ Her condition suddenly det_____d after she was discharged from the hospital.

Answer key
demotion / demurrage / dental plaque / depleting / deployed / depreciation / derailed / deteriorated

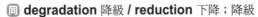

0847 **demotion**
[dɪ`moʃən]
名 降職;降級

同 **degradation** 降級 / **reduction** 下降;降級
反 **promotion** 升職 / **advance** 擢升;晉升
片 **demote sb. to** 將某人降職到…

0848 **demurrage**
[dɪ`mɝɪdʒ]
名 逾期使用費

同 **delay penalty** 逾期的罰款
關 **procurement** 採購 / **holdup** 停滯
補 字根拆解:**de** 分開 + **murr** 延誤 + **age** 名詞

0849 **dental plaque**
片 牙菌斑

同 **plaque** 牙菌斑 / **tartar** 牙垢;齒垢
關 **bacterial** 細菌的 / **oral cancer** 口腔癌 / **tooth wear** 牙齒磨損 / **tooth decay** 蛀牙

0850 **deplete**
[dɪ`plit]
動 消耗;耗盡

同 **consume** 消耗 / **use up** 用完 / **run out** 耗盡
片 **deplete A of B** 耗盡 A 中的 B 資源(例如:**deplete a forest of trees** 耗盡樹林的林木資源)
補 字根拆解:**de** 分離 + **plete** 裝滿

0851 **deploy**
[dɪ`plɔɪ]
動 調動;部署

關 **troops** 軍隊 / **weapon** 兵器 / **redistribute** 再分配
搭 **deploy talent** 將人才部署在適當的位置發揮
補 字根拆解:**de** 分開 + **ploy** 摺疊

0852 **depreciation**
[dɪ,priʃɪ`eʃən]
名 貶值;貶低

關 **value** 價值;價格 / **investor** 投資者
搭 **self-depreciating** 自我貶低的;自嘲的
補 字根拆解:**de** 往下 + **preci** 價格 + **ation** 名詞

0853 **derail**
[dɪ`rel]
動 出軌;阻礙

關 **divert** 轉向;改道 / **off the track** 離題
片 **go off the rails** 行為不軌;舉止怪異
補 字根拆解:**de** 離開 + **rail** 軌道

0854 **deteriorate**
[dɪ`tɪrɪə,ret]
動 惡化;品質下降

同 **degenerate** 衰退 / **worsen** 使惡化
反 **ameliorate** 改善;改良 / **improve** 改善;增進
補 字根拆解:**deterior** 更差的 + **ate** 動詞(造成)

0855

水質惡化是這座島嶼沒落的原因。

▶ The d_____n of the water quality led to the downfall of the island.

0856

我討厭在週末上班，所以拒絕了那份工作邀請。

▶ I refused the offer because I de_____t working on weekends.

0857

美元貶值影響了其他國家對臺灣的出口貿易。

▶ The dev_____n of the U.S. dollar impacts on exports to Taiwan.

0858

與標準值差百分之十的誤差是不可容忍的。

▶ A ten-percent dev_____n from the standard is intolerable.

0859

若在癌症初期就診斷出來，治癒的機率就大得多。

▶ The possibility to be cured is a lot higher if a d_____s is made in the early stages of cancer.

0860

老闆對祕書口述信件的內容。

▶ The boss dic_____d a letter to his secretary.

0861

我們正面臨如何走出金融危機的兩難困境。

▶ We are facing a di_____ over how to get through the financial crisis.

0862

表演一開始，燈光就變暗了。

▶ The lights d_____ed as the show began.

Answer key: deterioration / detest / devaluation / deviation / diagnosis / dictated / dilemma / dimmed

deterioration
[dɪˌtɪrɪəˋreʃən]
名 惡化；退化；墮落

同 **decline** 衰落 / **decay** 衰敗 / **collapse** 衰退
反 **amelioration** 改善；改良 / **betterment** 改善
關 **imbalance** 不安定 / **stability** 穩定性

---

detest
[dɪˋtɛst]
動 憎惡；嫌惡

同 **loathe** 憎恨 / **disgust** 厭惡 / **abhor** 厭惡
關 **antipathy** 反感 / **contemptible** 卑劣的
補 字根拆解：**de** 往下；從 + **test** 目擊

---

devaluation
[ˌdivæljuˋeʃən]
名 貶值

關 **legal tender** 法定貨幣 / **foreign exchange** 外匯
片 **devalue oneself** 某人貶低自己
補 字根拆解：**de** 往下 + **valu** 價值 + **ation** 名詞（動作）

---

deviation
[ˌdivɪˋeʃən]
名 誤差；偏向

同 **divergence** 分歧 / **diversion** 轉移
搭 **a deviation from sth.** 從某事物偏離
補 字根拆解：**de** 離開 + **vi** 道路 + **ation** 名詞

---

diagnosis
[ˌdaɪəgˋnosɪs]
名 診斷；調查分析

片 **be diagnosed as** 被診斷為⋯
搭 **certificate of diagnosis** 診斷證明書
補 字根拆解：**dia** 穿越 + **gno** 知曉 + **sis** 名詞（希臘字尾）

---

dictate
[ˋdɪktet]
動 口述；命令

關 **read sth. aloud** 大聲朗讀某物 / **write down** 寫下
片 **dictate to sb.** 命令、指使某人
補 字根拆解：**dict** 說 + **ate** 動詞

---

dilemma
[dəˋlɛmə]
名 困境；進退兩難

關 **decision** 決定 / **a hot potato** 棘手的事情
片 **be in a dilemma** 陷入兩難
補 字根拆解：**di** 二 + **lemma** 假設

---

dim
[dɪm]
動 使變暗；使模糊
形 昏暗的；模糊的

反 **lighten** 變亮 / **brighten** 變明亮；使閃亮
片 **dim (sth.) down** 將（某物）調暗
搭 **a dim memory of sth.** 對某事記憶模糊

0863

車輛一經購買，價值便會大幅降低。

▶ The value of a car **di**_____**hes** greatly upon one's purchase.

0864

在說服他人聽從自己的意見這方面，她很有交際手腕。

▶ She was full of **d**_____**y** in persuading others of her opinions.

0865

這筆為癌症研究撥出的專款是經過總統同意的。

▶ The **disb**_____**t** for cancer research was approved by the president.

0866

她拒絕承認所有關於她兒子的不良行為。

▶ She **disc**_____**d** any knowledge of her son's rude behavior.

0867

這兩個實驗的結果有差異是很奇怪的。

▶ It's weird to have a **disc**_____**y** in the results of the two experiments.

0868

這件事情必須謹慎處理，不容許發生任何錯誤。

▶ This matter should be handled with **di**_____**n**. Not a single mistake is allowed.

0869

約翰突然被免職了，事前沒有任何跡象。

▶ John's **di**_____**l** was totally unexpected.

0870

每個產業都應該妥善處理化學廢料。

▶ Each industry should **di**_____**e** the chemical waste properly.

 Answer key

diminishes / diplomacy / disbursement / disclaimed / discrepancy / discretion / dismissal / dispose

diminish
[də`mɪnɪʃ]
動 減少；變小；降低

片 diminish the importance of sth. 降低某事的重要性
搭 diminished responsibility 減輕的刑事責任
補 字根拆解：di/de 完全 + min 小的 + ish 動詞

diplomacy
[dɪ`ploməsɪ]
名 外交；交際手段

關 politics 政治 / foreign affairs 外交事務
片 cut diplomatic ties with 與…斷交
補 字根拆解：di 兩個 + plo 摺疊；編結 + macy 名詞

disbursement
[dɪs`bɜsmənt]
名 專款；支付款

同 expenditure 支出 / outlay 花費；費用
關 pay top dollar 花大錢；所費不貲
補 字根拆解：dis 分開 + burse 錢包 + ment 名詞

disclaim
[dɪs`sklem]
動 拒絕承認；否認

反 acknowledge 承認 / claim 聲稱；主張
關 rejective 拒絕的 / reiterate 重申
補 字根拆解：dis 否定 + claim 聲稱

discrepancy
[dɪ`skrɛpənsɪ]
名 差異；不一致

同 inconsistency 不一致 / divergence 分歧；相異
搭 a discrepancy between... 兩者間的差異
補 字根拆解：dis 分開 + crep 劈啪作響 + ancy 名詞

discretion
[dɪ`skrɛʃən]
名 謹慎；考慮周到

關 perceptive 知覺的；敏銳的 / volition 決斷力
片 at one's discretion 由某人視情況自行決定
補 字根拆解：discre 辨別 + tion 名詞

dismissal
[dɪs`mɪsḷ]
名 免職；解散

同 expulsion 開除 / discharge 解僱
搭 an unfair dismissal 不公平的解僱
補 字根拆解：dis 分開 + miss 釋放 + al 名詞

dispose
[dɪ`spoz]
動 處理；處置

同 discard 捨棄 / arrange 處理
片 be well disposed to sb. 對某人友好
補 字根拆解：dis 分開 + pose 放置

0871

她沒有向老闆撒謊的傾向。

▶ She didn't have the **dis**_____**n** to lie to her boss.

》提示《 也就是她「性格」上沒有這樣的傾向。

0872

顯而易見，糖在熱水中溶解得比較快。

▶ It's easy to observe that sugar **di**_____**es** faster in hot water.

0873

我已盡全力勸阻她吸菸，但她完全不聽我的話。

▶ I did my best to **d**_____**e** her from smoking, but she wouldn't listen to me.

0874

在高溫的環境下，塑膠瓶整個變形了。

▶ The plastic bottle had a serious **dis**_____**n** under high temperature.

》提示《 瓶子變形後會產生各種「扭曲」。

0875

在馬拉松的最後一段路上，那名跑者露出了痛苦的神情。

▶ The runner showed signs of **di**_____**ss** at the end of the marathon.

0876

他們每一季度都能根據公司賺的利潤獲得分紅。

▶ They receive **d**_____**ds** every quarter according to the profits the company earns.

0877

他終於存夠錢，能支付新房的頭期款。

▶ He finally saved enough money for the **d**_____**n** **p**_____**t** on his new house.

0878

這個產品因為有顏料汙染，級別因此被往下降。

▶ The product was **do**_____**d** due to color contamination.

》提示《 「級別往下」就是「被降級」的意思。

Answer key disposition / dissolves / dissuade / distortion / distress / dividends / down payment / downgraded

disposition
[ˌdɪspəˈzɪʃən]
名 傾向；性格

同 temperament 性情 / inclination 傾向；意向
關 modest 謙虛的 / humorous 幽默的
搭 a disposition to deceive 欺騙的傾向

dissolve
[dɪˈzɑlv]
動 溶解；融化；分解

反 solidify 凝固 / materialize 成形 / appear 出現
關 dilute 稀釋 / coagulate 使凝結 / evaporate 蒸發
補 字根拆解：dis 分開 + solve/solv 鬆開

dissuade
[dɪˈswed]
動 勸阻

同 discourage 勸阻 / deter 威懾；使斷念
反 encourage 促進 / persuade 說服；勸服
片 dissuade sb. from + Ving 勸某人不要做某事
補 字根拆解：dis 相反 + suade 激勵

distortion
[dɪsˈtorʃən]
名 變形；扭曲；失真

同 deformation 變形 / falsification 曲解
關 interpretation 解釋；詮釋 / delusion 錯覺
搭 cognitive distortion 認知扭曲
補 字根拆解：dis 完全地 + tort 扭轉 + ion 名詞

distress
[dɪˈstrɛs]
名 悲痛；苦惱；憂傷
動 使悲痛；使憂傷

同 pain 痛苦 / misery 痛苦 / anguish 苦惱
反 comfort 舒適 / ease 悠閒 / pleasure 愉快
補 字根拆解：di/dis 分離 + stress 拉緊

dividend
[ˈdɪvəˌdɛnd]
名 紅利；股息

同 share 股份 / bonus 紅利；分紅
關 welfare 福利 / dispensation 分配
片 pay dividends （將來）有好處；產生效益

down payment
片 頭期款

同 initial payment 頭期款
關 installment 分期付款 / prepayment 預先支付
片 make a down payment on sth. 支付買某物的頭期款

downgrade
[ˈdaʊnˌgred]
動 降級；降職；貶低
名 下坡；向下路段

同 degrade 降級 / demote 降級
反 upgrade 升級 / promote 升級
片 on the downgrade = in decline 下降中的

0879
該王朝垮臺的原因在於國家內部的腐敗。

▶ The d_____l of the dynasty resulted from internal corruption.

》提示《 垮臺也就是整個國家「往下跌落」。

0880
意外造成的金融損失迫使這間公司裁員。

▶ The financial loss resulting from the accident forced the firm to d_____s_____.

》提示《 裁員也就是公司必須「縮小規模」的意思。

0881
警方詢問他昨晚行蹤時，他沒有受到任何脅迫就全盤托出。

▶ He made a confession without du_____s when the police asked him where he was last night.

》提示《 這個單字指以非法拘禁或身體傷害來脅迫對方屈服。

UNIT 05 E 字頭填空題

Test Yourself!

請參考中文翻譯，再填寫空格內的英文單字。

0882
他古怪的服裝引起許多路人的側目。

▶ The ec_____c clothes he wore attracted attention from passersby.

0883
電子業近年來蓬勃發展。

▶ The e_____cs industry has been thriving recently.

0884
與他共進晚餐的目的，是想引出更多生意上的資訊。

▶ The dinner with him was aimed at el_____g more business information.

Answer key   downfall / downsize / duress / eccentric / electronics / eliciting

downfall
0879
[`daʊn.fɔl]
名 垮臺；墜落

同 **undoing** 垮臺 / **breakdown** 垮臺；崩潰
關 **regime** 政權 / **dictatorship** 獨裁政府 / **democracy** 民主政體 / **revolutionary** 革命的 / **overthrow** 推翻

---

downsize
0880
[`daʊn.saɪz]
動 裁員；縮小規模

同 **cut down** 削減 / **scale down** 縮小
反 **expand** 拓展；擴張 / **recruit** 招募
關 **performance** 績效 / **quit** 自發性的離職

---

duress
0881
[dju`rɛs]
名 脅迫；威脅

同 **threat** 威脅 / **coercion** 強迫 / **compulsion** 強迫
片 **(do sth.) under duress** 在脅迫之下做某事
補 字根拆解：**dur** 堅硬 + **ess** 字尾（字尾從古法文演變）

 ## 答案 & 單字解說
Get The Answer !

MP3 25

---

eccentric
0882
[ɪk`sɛntrɪk]
形 古怪的；反常的

同 **odd** 奇怪的 / **queer** 古怪的 / **bizarre** 奇異的
搭 **eccentric behavior** 古怪的行為
補 字根拆解：**ec/ex** 向外 + **centr** 中心 + **ic** 形容詞

---

electronics
0883
[ɪ.lɛk`trɑnɪks]
名 電子工程學

關 **radio wave** 無線電波 / **voltage** 電壓
搭 **electronics industry** 電子工業
補 字根拆解：**electron** 電子 + **ics** 學

---

elicit
0884
[ɪ`lɪsɪt]
動 引出；引起

同 **evoke** 引起 / **bring about** 引起
片 **elicit sth. from sb.** 從某人那裡誘出某物
補 字根拆解：**e** 向外 + **lic** 誘惑 + **it** 字尾

0885

他因為不良行為而被除名，不在本季的受獎名單上。

He was e_____d from the reward list for this season because of misconduct.

》提示《 若把受獎當作一場比賽，他就是被「淘汰」了。

0886

達爾文的進化論相信基因會因為自然淘汰而進化。

Darwinism believes that the gene development occurs by natural e_____n.

0887

針對新產品的開發，她提出了有說服力的論點。

She made an el_____t argument on the development of the new product.

》提示《 有說服力表示她具備「雄辯的」口才，讓大眾信服。

0888

我們晚上在赫爾辛基登船，隔天早上抵達斯德哥爾摩。

We em_____ from Helsinki at night and arrived at Stockholm the next morning.

0889

該名執行長被控盜用公司的巨額資金。

The CEO was charged with emb_____ a huge amount of money from the company.

0890

沒有人被准許去侵犯他人的隱私。

Nobody is emp_____ with the right to invade the privacy of others.

》提示《 被准許表示「被賦予這種權力」。

0891

那間小公司現在正憑其高純度的產品盡力趕上對手。

The small company now e____l____s the rivals with high chemical purity in its products.

0892

法令規定不能在室內吸菸。

The ena_____t states that one cannot smoke indoors.

Answer key　eliminated / elimination / eloquent / embarked / embezzling / empowered / emulates / enactment

0885

eliminate
[ɪ`lɪmə͵net]
動 排除；淘汰

同 exclude 排除在外 / wipe out 除去某事物
片 eliminate from 從…中排除
補 字根拆解：e 排除 + limin 門檻 + ate 動詞

0886

elimination
[ɪ͵lɪmə`neʃən]
名 淘汰；排除；除去

同 removal 排除；除去 / eradication 消滅
片 by a process of elimination 使用排除法
補 phase out 使逐步淘汰 / root out 根除

0887

eloquent
[`ɛləkwənt]
形 有說服力的；雄辯的

反 ineloquent 不擅言辭的 / dull 乏味的
搭 make an eloquent appeal 發表有說服力的訴求
補 字根拆解：e 向外 + loqu 說 + ent 形容詞

0888

embark
[ɪm`bɑrk]
動 登船；著手；從事

片 embark on/upon sth. 開始著手做某事
考 除了船之外，embark 也可以用於飛機等交通工具上。
補 字根拆解：em 使 + bark 船

0889

embezzle
[ɪm`bɛzl̩]
動 盜用；侵占（公款等）

同 misappropriate 侵占；盜用 / misuse 濫用
片 embezzle sth. from 從…挪用、盜用某物
補 字根拆解：em 進入 + bezzle 挖；鑿

0890

empower
[ɪm`paʊɚ]
動 授權；准許

同 authorize 授權；批准 / entitle 給…權力
片 empower sb. to + V 授權某人做某事
補 字根拆解：em 進入 + power 力量

0891

emulate
[`ɛmjə͵let]
動 盡力趕上；競爭

關 fall behind 落後 / equalize 使相等 / excel 勝出
片 on a par with (sb. or sth.) 與…不分上下；比得上
補 字根拆解：emul 對手 + ate 動詞

0892

enactment
[ɪn`æktmənt]
名 法令；法規

同 legislation 制定法律；法規 / ordinance 法令
片 come into effect （法律、規則等）生效；實施
補 字根拆解：enact 制定法令 + ment 結果

0893

他每天在上班途中購買早餐。

▶ He buys breakfast en r_____ to work every day.

》**提示**《 也就是買早餐的地點，會在他的上班「路線」上。

0894

去修車有時意味著要花一大筆錢。

▶ Repairing a car sometimes ent_____ spending a lot of money.

》**提示**《 也就是車主「必須承擔」大筆錢財的花費。

0895

他們在野外露營時，意外遇到蛇出沒。

▶ They had an accidental enc_____r with snakes when camping.

0896

要執行新稅制，確實很困難。

▶ Enf_____ a new tax policy has proven to be difficult.

0897

顧客們將在放鬆的氛圍中被誘導消費。

▶ Customers will be en_____ to buy more things in a relaxing atmosphere.

0898

她的主餐點了魚，她先生則點了豬肉。

▶ She ordered fish, while her husband had pork as an en_____e.

》**提示**《 表示主餐的這個單字，是從法文演變來的。

0899

他是一位白手起家的企業家。

▶ He was an e_____ur who made his money from scratch.

0900

政府警告人們要小心這場大規模的傳染病。

▶ The government warned people of a massive flu ep_____.

Answer key route / entails / encounter / Enforcing / enticed / entree / entrepreneur / epidemic

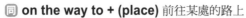

0893

en route
[ˌɑn`rut]
副 在途中；在路上

同 **on the way to + (place)** 前往某處的路上
關 **roadside** 路邊 / **intersection** 十字路口

0894

entail
[ɪn`tel]
動 必須；使承擔

考 **entail** 後面若接動詞（如題目句），後面的動詞必須改為動名詞（因為兩個動詞不能直接放在一起）。
補 字根拆解：**en** 使 + **tail** 分配；指派

0895

encounter
[ɪn`kaʊntɚ]
名 遭遇；偶然碰見
動 遇到；偶遇

同 **confront** 遭遇 / **bump into** 巧遇 / **come across** 碰見
反 **escape** 逃避 / **evade** 逃避 / **retreat** 躲避；撤退
補 字根拆解：**en** 使 + **counter/contra** 逆向

0896

enforce
[ɪn`fors]
動 執行；強制

同 **implement** 實施 / **execute** 實行 / **compel** 強迫
關 **supervise** 監督 / **operation** 作用；效力
搭 **enforce a law** （強制）執行某個法律
補 字根拆解：**en** 使 + **force/fort** 強壯的

0897

entice
[ɪn`taɪs]
動 誘使；慫恿

同 **allure** 誘惑 / **seduce** 引誘 / **tempt** 引誘
反 **repulse** 拒絕；擊退 / **disenchant** 使醒悟
片 **entice sb. into sth. = entice sb. to +V** 引誘人做某事
補 字根拆解：**en** 在裡面 + **tice** 火把

0898

entree
[`ɑntre]
名 主菜；主餐

同 **main course** 主菜 / **main dish** 主餐
關 **appetizer** 開胃菜 / **side dish** 小菜 / **dessert** 甜點
補 在國外，可用 **combo** 表示「幾號餐」，如 **combo 2** 表示二號餐。

0899

entrepreneur
[ˌɑntrəprə`nɜ]
名 企業家；創業者

同 **businessman** 商人 / **enterpriser** 企業家
關 **management** 管理；經營 / **triumphant** 成功的
補 字根拆解：**entrepren** 從事；試圖 + **eur** 人

0900

epidemic
[ˌɛpɪ`dɛmɪk]
名 瘟疫；傳染病
形 傳染的；流行的

同 **contagion** 傳染病 / **plague** 瘟疫 / **pandemic** 流行的
關 **vaccine** 疫苗 / **immune** 免疫的 / **carrier** 帶原者
補 字根拆解：**epi** 在…之中 + **dem** 人民 + **ic** 名詞

0901 隨著供需的交互作用，市場也跟著達到平衡。
The market eq_____b_____s according to demand from customers and the supply of products.

0902 公民要求一個更公平、公正的金融支援體系。
Citizens are asking for a more e_____le financial support system.

0903 他們致力於實現社會的公平與正義。
They are devoted to achieving e_____ty and justice in society.

0904 他的成就贏得了我們執行長的敬重。
His achievement won the e_____m from our CEO.

0905 握手是一種全球通行的禮儀。
Shaking hands is a worldwide e_____e.

0906 有些人會故意增重以逃避兵役。
Some people e_____e military obligation by gaining weight.

0907 他因為沒有準時繳交房租而被趕出了公寓。
He was ev_____ from his apartment for not paying the rent on time.

0908 由於母親的提醒，她對隔天考試的焦慮感更加重了。
Her mother's reminders exa_____d her anxiety regarding the exam the next day.

equilibrates / equitable / equity / esteem / etiquette / evade / evicted / exacerbated

equilibrate
[ˌikwəˈlaɪˌbret]
動 使平衡

同 **balance** 使平衡 / **equalize** 使相等
搭 **reach equilibration** 達到平衡
補 字根拆解：**euqi** 相等的 + **libr** 平衡 + **ate** 動詞

equitable
[ˈɛkwɪtəbḷ]
形 公平的；公正的

同 **fair** 公平的 / **just** 公正的 / **impartial** 公正的
反 **biased** 存有偏見的 / **unsuitable** 不適宜的
補 字根拆解：**equ** 相等的 + **it(y)** 名詞 + **able** 形容詞

equity
[ˈɛkwətɪ]
名 公平；公正；股票

反 **inequity** 不公平 / **unfairness** 不公正
搭 **debt-to-equity ratio** 負債比
考 本單字作「股票」解釋時，通常用複數形。
補 字根拆解：**equ** 相等的 + **ity** 名詞

esteem
[ɪsˈtim]
名 尊重；尊敬
動 尊重；尊敬

反 **disesteem** 厭惡；輕視 / **despise** 鄙視；看不起
片 **be held in high esteem** （某人）倍受尊重
搭 **self-esteem** 自尊 / **a man of great esteem** 德高望重的人

etiquette
[ˈɛtɪkɛt]
名 禮節；禮儀；規範

同 **manners** 禮貌 / **protocol** （尤指外交）禮節
反 **discourtesy** 粗魯的言行 / **rudeness** 無禮；粗野
搭 **social etiquette** 社交禮儀 / **diplomatic etiquette** 外交禮節

evade
[ɪˈved]
動 逃避；迴避；躲避

同 **escape** 逃避 / **elude** 躲避 / **eschew** 避開
搭 **evade the question** 迴避問題
補 字根拆解：**e** 離開 + **vade** 行走

evict
[ɪˈvɪkt]
動 逐出；收回

同 **expel** 驅逐 / **eject** 逐出 / **oust** 驅逐
考 這個單字講的是「逐出房客、收回財產」等。
補 字根拆解：**e** 向外 + **vict** 攻克；征服

exacerbate
[ɪgˈzæsəˌbet]
動 加劇；惡化

同 **aggravate** 加重；使惡化 / **worsen** 惡化
反 **relieve** 減輕 / **alleviate** 減輕 / **soothe** 緩和
補 字根拆解：**ex** 徹底地 + **acerb** 惡劣的 + **ate** 動詞

0909

明十三陵是在北京的西北部開鑿的。

▶ The Ming Tombs were exc_____d in the northwest part of Beijing.

0910

就一位五十幾歲的人而言,那名演員實在長得非常帥。

▶ The actor is exc_____gly handsome, especially for someone in his fifties.

》提示《 表示演員的顏值「超過」一般人。

0911

比爾在議價與協商這方面有過人的才能。

▶ Bill is a man of ex_____l ability in the field of bargaining and negotiating.

》提示《 表示他這方面像是「特例」般地優秀。

0912

走下臺階時,她的膝蓋突然感到極度疼痛。

▶ She suddenly felt an excr_____g pain in her knees when walking down the stairs.

0913

低收入戶的子女可免繳初等教育的學費。

▶ Low-income households are ex_____ted from primary education fees for their children.

》提示《 本句表示低收入戶能「免除在外」。

0914

他因為體重過重,而能免除兵役。

▶ He received an ex_____n from military obligation due to being overweight.

0915

若想建立完善的保險制度,政府就必須迅速執行。

▶ The government needs to exp_____e its actions to develop a sound insurance system.

0916

他進口精美的玻璃容器,再轉賣給有錢人。

▶ He imported exq_____e glass containers and sold them to the rich.

Answer key: excavated / exceedingly / exceptional / excruciating / exempted / exemption / expedite / exquisite

0909

excavate
[`ɛkskə‚vet]
動 挖掘；開鑿

同 **dig** 挖 / **shovel** 用鏟工作 / **unearth** 發掘
關 **tunnel** 隧道；地道 / **hollow** 中空的
補 字根拆解：**ex** 向外 + **cav** 洞穴 + **ate** 動詞

0910

exceedingly
[ɪk`sidɪŋlɪ]
副 非常地；極度地

同 **extremely** 非常地 / **exceptionally** 異常地
關 **degree** 程度；等級 / **intensity** 強度
片 **to some extent** 在某種程度上

0911

exceptional
[ɪk`sɛpʃnᶅ]
形 優秀的；例外的

同 **notable** 顯著的 / **unprecedented** 空前的
反 **ordinary** 普通的 / **typical** 典型的
補 字根拆解：**except** 把…除外 + **ion** 名詞 + **al** 形容詞

0912

excruciating
[ɪk`skruʃɪ‚etɪŋ]
形 極痛苦的；極度的

同 **torturous** 充滿痛苦的 / **painful** 痛苦的
關 **unbearably** 不能忍受地 / **agonize** 感到極度痛苦
補 字根拆解：**ex** 徹底地 + **cruci** 折磨 + **ating** 形容詞

0913

exempt
[ɪg`zɛmpt]
動 免除；豁免

同 **absolve** 使免除；寬恕 / **exonerate** 使免罪
關 **duty-free** 免稅的 / **amnesty** 大赦；特赦
補 字根拆解：**ex** 在…之外 + **empt** 拿取

0914

exemption
[ɪg`zɛmpʃən]
名 免除；免（稅）

同 **immunity** 免除；豁免 / **exception** 例外；除去
關 **liability** 責任；義務 / **privilege** 特權
搭 **a tax exemption** 免稅 / **exemption clause** 免責條款

0915

expedite
[`ɛkspɪ‚daɪt]
動 迅速執行；促進

同 **accelerate** 加速 / **hurry** 趕緊 / **hasten** 加速
搭 **expedited handling fee** 速件處理費
補 字根拆解：**ex** 向外 + **ped** 腳 + **it** 走

0916

exquisite
[`ɛkskwɪzɪt]
形 精美的；精緻的

同 **delicate** 精細的 / **refined** 精緻的
反 **coarse** 粗糙的 / **repulsive** 令人厭惡的
補 字根拆解：**ex** 向外 + **quis** 尋找 + **ite** 形容詞

UNIT 06 F 字頭填空題

Test Yourself !

請參考中文翻譯，再填寫空格內的英文單字。

0917

要製造高收益的晶片，必須具備大量的經驗與知識。

▶ **Fab**＿＿＿＿＿ a high-yield chip requires a huge amount of experience and knowledge.

0918

有些人以華氏為溫度標準，有些則用攝氏來看溫度。

▶ Some people measure temperature in degrees **F**＿＿＿＿＿**t,** while some in degrees Celsius.

0919

他遲到的原因相當牽強。

▶ The reason for his being late was relatively **f**＿＿＿＿＿ **-fe**＿＿＿＿＿**d.**

》提示《 就像特意「跑很遠去取物」，讓人感覺很不自然。

0920

展覽會上展示了古代皇帝的信件摹本。

▶ The exhibition displays **fac**＿＿＿＿＿**es** of the ancient emperor's letters.

0921

冰島在自然景觀上有許多魅力，例如火山與溫泉。

▶ There are so many natural **fa**＿＿＿＿＿**ns** in Iceland, such as volcanoes and hot springs.

0922

煞車的聲音讓她懷疑自己的車有缺陷。

▶ The sound of the brakes of her car made her wonder that something was **fa**＿＿＿＿＿**y.**

0923

這位財務專員對他的客戶有信託責任。

▶ The financial advisor holds **fid**＿＿＿＿＿**y** responsibilities to his clients.

Answer key

Fabricating / Fahrenheit / far-fetched / facsimiles / fascinations / faulty / fiduciary

答案 & 單字解說
Get The Answer !

MP3 26

---

fabricate
[`fæbrɪˌket]
動 製造；組裝；杜撰

- 圓 **manufacture** 製造 / **make up** 編造 / **forge** 偽造
- 關 **craftsman** 工匠 / **custom-made** 量身訂做的
- 搭 **fabricated evidence** 假證據；捏造的證據

Fahrenheit
[`færənhaɪt]
名 華氏溫標
形 華氏溫度計的

- 關 **Celsius** 攝氏溫標；攝氏的 / **boiling point** 沸點 / **freezing point** 冰點；凝固點
- 補 要表達「氣溫幾度」，就在 **degrees Fahrenheit/Celsius** 前面加上溫度數字即可。

---

far-fetched
[`fɑr`fɛtʃt]
形 牽強的；難以置信的

- 圓 **improbable** 不太可能的 / **dubious** 可疑的
- 反 **natural** 自然的 / **plausible** 貌似真實的
- 片 **make excuses (for sth./sb.)** 找藉口；編理由

---

facsimile
[fæk`sɪməlɪ]
名 摹本；傳真

- 圓 **replica** 複製品；複寫 / **duplicate** 複製品
- 搭 **a facsimile machine = a fax machine** 傳真機
- 補 字根拆解：**fac** 製作 + **simile** 類似

---

fascination
[ˌfæsṇ`eʃən]
名 魅力；迷戀

- 圓 **attraction** 吸引物 / **enchantment** 魅力；迷人之處
- 關 **hypnotize** 使著迷；使恍惚 / **relish** 風味；愛好
- 片 **have a fascination with** 對…很入迷；著迷於…

---

faulty
[`fɔltɪ]
形 有缺陷的；不完美的

- 圓 **deficient** 有缺陷的 / **defective** 不完美的
- 反 **faultless** 完美無缺的 / **flawless** 完美的
- 搭 **faulty brakes** 煞車故障 / **faulty wiring** 電線線路故障

---

fiduciary
[fɪ`djuʃɪˌɛrɪ]
形 信託的；信用的
名 受託人；受信託者

- 圓 **trustee** 受託管理人 / **depositary** 受託人
- 搭 **a breach of fiduciary duty** 違反信託責任
- 補 字根拆解：**fiduci/fid** 信任 + **ary** 形容詞

0924

觀眾們期待在該系列的最後一集中，能有個盛大的結局。

▶ The audience was expecting a grand f_____le in the last episode of the series.

》提示《 從義大利文演變的單字，請從「最終」的概念去聯想。

0925

只有金融家與政府才能開設銀行。

▶ Only f_____ers and the government are allowed to set up a bank.

0926

該國採行保守的財政政策，因而錯失了機會。

▶ The country adopted conservative f_____l policies, and thus lost the opportunity.

》提示《 這個單字通常指國家級的財政政策。

0927

她每天都會帶一瓶熱咖啡上班。

▶ She brings a f_____k of hot coffee to work every day.

》提示《 與 bottle 不同，這個單字特別指保溫瓶類的瓶子。

0928

股價一直都在上下波動。

▶ Stock prices are always fl_____.

0929

股價的波動顯示出市場對那間公司的期望值。

▶ F_____ in the stock price reveal what the market expects from the company.

0930

由於違反規定，該名球員必須繳納罰金。

▶ The player had to pay a fo_____t for breaking the rule.

0931

海關抓到他身上帶著偽造的護照。

▶ He brought a fo_____d passport with him and got caught at customs.

Answer key: finale / financiers / fiscal / flask / fluctuating / Fluctuations / forfeit / forged

finale
0924
[fɪˋnɑlɪ]
名 大結局

反 **opening** 開始 / **prelude** 序幕 / **overture** 序曲
關 **dramatic** 戲劇性的 / **concluding** 結束的；最後的
補 **finale** 尤其指音樂或劇場表演的終曲、結尾。

financier
0925
[ˏfaɪˋnænsɪɚ]
名 金融家；財政家

同 **capitalist** 資本家 / **entrepreneur** 企業家
關 **transaction** 交易 / **mortgage** 抵押
補 字根拆解：**fin** 結清 **+ anc(e)** 名詞 **+ ier** 人

fiscal
0926
[ˋfɪsk̩]
形 財政的；會計的

關 **expansionary** 擴張性的 / **tight** 緊縮性的
搭 **expansionary fiscal policy** 擴張性財政政策（由政府操作，例如增加公共支出、減稅等）

flask
0927
[flæsk]
名 保溫瓶；長頸燒瓶

關 **beaker** 燒杯 / **container** 容器 / **vessel** 器皿
搭 **vacuum flask** 保溫瓶 / **hip flask** （可放在衣服或褲子口袋裡的）扁平小酒瓶
補 **flask** 可指實驗用的燒瓶（口較窄）或日常攜帶的水瓶。

fluctuate
0928
[ˋflʌktʃʊˏet]
動 波動；變動

同 **oscillate** 使動搖 / **vacillate** 波動；搖擺
片 **fluctuate with** 隨…波動 / **fluctuate between...and...** 在兩者之間起伏
搭 **fluctuate widely** 大幅度波動

fluctuation
0929
[ˏflʌktʃʊˋeʃən]
名 波動；起伏

關 **unsteady** 不平穩的 / **magnitude** 巨大
片 **fluctuation in/of sth.** 某物的波動
補 字根拆解：**fluctu** 波濤 **+ at(e)** 動詞 **+ ion** 名詞

forfeit
0930
[ˋfɔrˏfɪt]
名 罰金；沒收物
動 喪失（權利等）

同 **fine** 罰款 / **penalty** 懲罰 / **confiscate** 沒收
片 **be deprived of sth.** 被剝奪了某物
補 字根拆解：**for** 在…之外 **+ feit** 做（聯想：做得太超過 → 罰款）

forge
0931
[fɔrdʒ]
動 偽造；鍛造
名 鍊冶場；鐵工廠

同 **falsify** 偽造 / **counterfeit** 偽造
搭 **a forged signature** 偽造的簽名
補 字根演變：**for** 鍊冶場 → **forge**

0932 對她這樣的新人而言，獨自一人去協商是很令人害怕的。
▶ Going to the negotiation alone was a **for**_____**le** task to a newbie like her.

0933 要在中國經營事業，第一步就是申請特許經銷權。
▶ The first step in starting a business in China is to apply for a **fr**_____**e**.

0934 這篇報告似乎是假的，因為數字根本就對不上。
▶ The report seems to be **fr**_____**d**_____ because the numbers don't add up.
》提示《 造假是為了「欺騙、欺詐」的目的。

0935 以海運寄送包裹會比較便宜，但要等比較久。
▶ Sending packages by sea **f**_____**t** is cheaper although it takes more time to deliver.
》提示《 海運寄送的會是「貨物」。

0936 我今天早上只做了一些不重要的小事。
▶ I was just doing something **fri**_____**s** this morning.

UNIT 07 G 字頭填空題 〔Test Yourself!〕
請參考中文翻譯，再填寫空格內的英文單字。

0937 在端上桌之前，有替西班牙菜飯撒上一些香草作為裝飾。
▶ The paella was **ga**_____**d** with herbs before serving.

formidable / franchise / fraudulent / freight / frivolous / garnished

0932

formidable
[`fɔrmɪdəbļ]
形 可怕的；令人畏懼的

同 **redoubtable** 可怕的 / **arduous** 艱鉅的
搭 **a formidable adversary** 可畏的對手
補 字根拆解：**formid** 害怕 + **able** 形容詞（能夠）

 0933

franchise
[`fræn,tʃaɪz]
名 特許經銷權
動 給予特權、經銷權

關 **dealership** 代理權 / **prerogative** 獨有的特權
搭 **the franchise** 公民權；投票權（須搭配定冠詞）
補 字根拆解：**franch** 自由 + **ise/ize** 動詞

 0934

fraudulent
[`frɔdʒələnt]
形 欺騙的；欺詐的

同 **crafty** 狡猾的 / **dishonest** 騙人的
片 **add up** 【口】前後一致；合理
補 字根拆解：**fraudul/frau** 欺騙 + **ent** 形容詞

0935

freight
[fret]
名 貨運；貨物

同 **goods** 貨物 / **cargo** 貨物 / **shipment** 運送
關 **freight train** 貨物列車 / **commuter train** 通勤列車
搭 **sea freight** 海運 / **air freight** 空運

 0936

frivolous
[`frɪvələs]
形 瑣碎的；無聊的

同 **petty** 小的；瑣碎的 / **pointless** 無意義的
反 **prominent** 重要的 / **solemn** 隆重的
關 **of no importance** 無足輕重的；毫不重要的
補 字根拆解：**frivol** 損壞的 + **ous** 形容詞

答案 & 單字解說
Get The Answer !

MP3-27

 0937

garnish
[`gɑrnɪʃ]
動 為食物加裝飾
名 裝飾物；配菜

同 **embellish** 美化 / **decorate** 裝飾 / **adorn** 使生色
關 **basil** 羅勒 / **parsley** 荷蘭芹 / **cilantro** 香菜
補 字根拆解：**garn** 強化 + **ish** 動詞

0938

這件儀器被用來測量化學反應中的溫度變化。

▶ The device was applied to g_____e the temperature variation during the chemical reaction.

0939

這間工廠主要生產感冒以及腹痛用的非專利藥品。

▶ The factory mainly produces ge_____c drugs for the flu and abdominal pain.

》提示《 非專利藥為「一般、通用」藥品，所有藥廠都可以製造。

0940

免費的化妝品試用包其實是為了刺激買氣的行銷花招。

▶ The free cosmetic sample is actually a marketing g_____k to stimulate shopping.

0941

他的新手機有一些小故障。

▶ His new cell phone had a few gl_____hes.

0942

導遊的主要收入來自旅客給的小費。

▶ The main income of tour guides comes from the gra_____ies from the tourists.

0943

每個員工都有權投訴其僱主。

▶ Every employee has the right to file a g_____e against their employers.

》提示《 投訴就是把「不滿與牢騷」表達出來。

---

gauge / generic / gimmick / glitches / gratuities / grievance

gauge
[gedʒ]
動 測量；估計
名 測量儀器

同 **measure** 測量 / **estimate** 估計 / **appraise** 估量
關 **thermometer** 溫度計 / **dimensions**（長寬高的）尺寸
搭 **tire pressure gauge** 胎壓計

generic
[dʒɪˋnɛrɪk]
形 一般的；
沒有商標名的

關 **branded drugs** 專利藥（配方屬於單一藥廠）
考 非專利藥的配方會公開，所有藥廠都能製造。
補 字根拆解：**gener/gen** 種類 + **ic** 形容詞

gimmick
[ˋgɪmɪk]
名 花招；噱頭

關 **promote** 推銷（商品等） / **acumen** 精明
片 **sth. is more than just a gimmick.** …不只是個噱頭。
搭 **a publicity gimmick** 廣告宣傳花招

glitch
[glɪtʃ]
名 小故障；失靈

同 **bug** 程式錯誤 / **defect** 缺陷 / **flaw** 瑕疵
搭 **technical glitch** 技術性故障 / **minor glitch** 輕微故障
補 字根演變：**glit** 滑動 → **glitch**

gratuity
[grəˋtjuətɪ]
名 小費

關 **service charge** 服務費 / **recompense** 酬謝
考 雖都指小費，但 **tip** 用於口語，書面或正式場合才用
gratuity（例如帳單的 **10% gratuity included**）。
補 字根拆解：**gratu** 令人愉快的 + **ity** 名詞

grievance
[ˋgrivəns]
名 不滿；抱怨；牢騷

關 **injustice** 不公平 / **objection** 反對 / **hardship** 困苦
片 **air one's grievances** 抱怨；申訴 / **nurse a grievance against sb.** 對某人心懷不滿
補 字根拆解：**griev** 加負擔於 + **ance** 名詞

UNIT 08 H 字頭填空題

Test Yourself !

請參考中文翻譯，再填寫空格內的英文單字。

0944

這兩家公司花了一個月的時間討價還價，才談妥商品價格。

▶ The two companies spent one month ha_____ over the price of the product.

0945

因為強酸濃度超過百分之三十，所以立刻停止了加工程序。

▶ The process h_____ted immediately as the concentration of the acid went over 30 percent.

0946

若花粉症太過嚴重，是會威脅到生命的。

▶ Serious h_____ f_____r may threaten one's life.

》提示《 以前，花粉症剛好發生在乾草收穫的季節。

0947

他去年領了一筆豐厚的年終獎金。

▶ He received a h_____ty year-end bonus last year.

》提示《 因為獎金豐厚，拿起來自然很有重量。

0948

血紅素下降會導致黑眼圈的形成。

▶ Hemo_____n degradation causes the appearance of dark circles under the eyes.

0949

根據她的觀察，可以將結果區分為兩個不同的種類。

▶ According to her observation, the results can be categorized into two he_____s divisions.

》提示《 既然不同，兩者在結果上顯然有「異質性」。

0950

拜託不要在那張極度可怕的照片裡標記我。

▶ Do not tag me in that hi_____s photo, please.

Answer key

haggling / halted / hay fever / hefty / Hemoglobin / heterogeneous / hideous

答案 & 單字解說
Get The Answer !

MP3 28

0944 **haggle**
[`hægl]
動 討價還價；爭論

關 **negotiate** 談判；協商 / **disagreement** 意見不合
片 **haggle about/over sth.** 在某事方面討價還價
補 字根演變：**hagg** 劈；砍 → **haggle**

0945 **halt**
[hɔlt]
動 停止；終止
名 暫停；終止

同 **suspend** 使中止 / **put an end to sth.** 結束；廢止
關 **standstill** 停頓；停滯不前 / **deactivate** 撤銷
片 **come to a halt** 停下來；中止 / **call a halt to sth.** 結束、停止某個活動或行為

0946 **hay fever**
[`he,fivə]
名 花粉症

關 **pollen** 花粉 / **allergy** 過敏 / **sniffle** 吸鼻涕 / **sneeze** 噴嚏 / **runny nose** 流鼻水 / **watery eyes** 流眼淚
搭 **sb. get bad hay fever** 某人得了嚴重的花粉症

0947 **hefty**
[`hɛftɪ]
形 可觀的；沉重的

同 **massive** 大量的 / **weighty** 沉重的 / **bulky** 笨重的
反 **light** 輕的 / **miniature** 小型的 / **slight** 少量的
關 **wealth** 財產；資源 / **toilsome** 費力的

0948 **hemoglobin**
[,himə`globɪn]
名 血紅素

考 **hemo-**【美】= **haemo-**【英】為「血」的字首，例如：**hemolytic**（溶血的）、**hemophilia**（血友病）、**hemorrhagic**（出血性的）等。
補 字根拆解：**hemo** 血 + **globin** 一種蛋白質

0949 **heterogeneous**
[,hɛtərə`dʒiniəs]
形 異質性的；異種的

同 **dissimilar** 相異的 / **disparate** 迥然不同的
反 **homogeneous** 同質的；同種的 / **identical** 相同的
補 字根拆解：**hetero** 不同的 + **gene** 種類 + **ous** 形容詞

0950 **hideous**
[`hɪdɪəs]
形 可怕的；駭人聽聞的

同 **appalling** 駭人的 / **dreadful** 可怕的
反 **attractive** 吸引人的 / **lovable** 受喜愛的
補 字根拆解：**hide** 恐怖 + **ous** 形容詞

0951

演講者以一則極好笑的笑話為演講開場。

▶ The speaker began her speech with a **hi**_____**s** joke.

0952

從裝潢風格就看得出來，這間店想吸引的是那些趕時髦的人。

▶ This shop aims to attract **hi**_____; this can be observed from its decorative style.

0953

那位科學家證明了自己的理論適用於同類人群。

▶ The scientist proved that his theory applies to **ho**_____ groups of people.

》提示《 同類人的性格都具備「同質性」。

0954

她覺得馬匹跨越重重柵欄的一幕很刺激，所以喜歡看賽馬。

▶ She loves watching horses jumping over the **hu**_____ in a race because it is really exciting.

0955

那臺水力發電機無法運作，所以技術人員來做檢查。

▶ The **hy**_____**cs** was not functioning, so a technician came to check it.

0956

按下滑鼠右鍵，就能打出網址，並設超連結。

▶ By clicking the right button on the mouse, you can type out the website address and create a **h**_____.

Answer key

hilarious / hipsters / homogeneous / hurdles / hydraulics / hyperlink

0951

hilarious
[hɪˋlɛrɪəs]
形 極好笑的；歡鬧的

同 **comical** 滑稽的 / **uproarious** 令人捧腹大笑的
關 **merriment** 歡笑；歡樂 / **boisterous** 喧鬧的
補 字根拆解：**hilari** 快樂 + **ous** 形容詞

0952

hipster
[ˋhɪpstɚ]
名 趕時髦的人

關 **hipster** 承自嬉皮與雅痞文化，指追求小眾時髦，但有時只是盲目追隨「非主流」的人。
補 字根拆解：**hip** 臀部 + **ster** …的人（起源：低腰褲 → 趕時髦）

0953

homogeneous
[ˏhoməˋdʒɪnɪəs]
形 同種的；同質的

同 **consistent** 與……一致的 / **identical** 完全相同的
考 **homo-** 為表示「相同」的字首，例如：**homologous**（同源的；相似的）、**homonym**（同形異義字）等。
補 字根拆解：**homo** 相同的 + **gene** 種類 + **ous** 形容詞

0954

hurdle
[ˋhɜdl̩]
名 跨欄；障礙

同 **obstacle** 障礙物 / **barrier** 柵欄 / **hindrance** 障礙
關 **hop** 跳過；躍過 / **fence off** 用籬笆把…隔開
片 **fall at the first hurdle** 出師不利
搭 **overcome a hurdle** 解決困難

0955

hydraulics
[haɪˋdrɔlɪks]
名 水力發電機；水力發電系統

關 **hydropower** 水力發電 / **water resources** 水資源
考 **hydr-** 為表示「水；液體」的字首，例如：**hydrant**（消防栓）、**hydrate**（補充水分）等。
補 **hydraulic** 為形容詞，指「水力的；水壓的」。

0956

hyperlink
[ˋhaɪpɚˏlɪŋk]
名 【電腦】超連結

關 **connection** 連接 / **relink** 重新連結
搭 **click a hyperlink** 點選超連結
補 字根拆解：**hyper** 在…之上；超越 + **link** 連結

UNIT 09 I 字頭填空題

Test Yourself!

請參考中文翻譯，再填寫空格內的英文單字。

0957

交新朋友時，他常會開自己身材的玩笑來破冰。

▶ He often makes fun of his figure as an i_____er when meeting new friends.

》提示《 表示他的玩笑話被當作「打破人際冰層的工具」。

0958

你手臂上的紅點是身體的一種免疫反應。

▶ Those red spots on your arm are an im_____ response from the body.

0959

正因為關心你，真正的朋友會給你公正的建議。

▶ True friends care about you, and thus will give im_____l advice.

0960

我們相信國內司法制度的公正性，不會有所偏頗。

▶ We believe in the fairness and im_____y of our justice system.

》提示《 既然不偏頗，自然就會「公正、不偏不倚」。

0961

市長因收受賄賂而被彈劾下臺。

▶ The mayor stepped down after being im_____ for taking bribes.

0962

約翰對酒的品味無可挑剔，你大可信賴他。

▶ You can rely on John because his taste in wine is i_____e.

0963

電漿被點燃時，會伴隨阻抗匹配的過程，達到穩定。

▶ When plasma is ignited, a process of imp_____e matching occurs to reach a steady condition.

Answer key
icebreaker / immune / impartial / impartiality / impeached / impeccable / impedance

答案 & 單字解說
Get The Answer !

 MP3 29

0957

icebreaker
[`aɪsˌbrekə]
名 活躍氣氛的東西；
破冰船

同 **conversation starters** 聊天開場白
關 **iceberg** 冰山 / **ice pick** 碎冰錐
片 **break the ice** 打破冷場；打破僵局
搭 **icebreaker game** 破冰遊戲

0958

immune
[ɪ`mjun]
形 免疫的；免除的

片 **be immune from** 豁免；免除 / **be immune to** 不受⋯
影響的
補 字根拆解：**im** 否定 + **mune/mun** 服務

0959

impartial
[ɪm`parʃəl]
形 無偏見的；公正的

同 **unprejudiced** 公平的 / **equitable** 公平合理的
反 **biased** 存有偏見的 / **prejudiced** 有成見的
補 字根拆解：**im** 否定 + **part** 部分 + **ial** 形容詞

0960

impartiality
[ˌɪmparʃɪ`ælətɪ]
名 不偏不倚；公正

同 **equality** 平等 / **fairness** 公正 / **neutrality** 中立
關 **objective** 客觀的 / **open-minded** 無先入為主的
搭 **scientific impartiality** 科學的公正性

0961

impeach
[ɪm`pitʃ]
動 彈劾；檢舉；控告

同 **denounce** 指控；彈劾 / **accuse** 指控 / **arraign** 控告
關 **step down** 下臺 / **controvert** 反駁 / **credibility** 可信度
片 **impeach sb. for sth.** 指控某人做某事；因某事彈劾某人
補 字根拆解：**im** 進入 + **peach** 手銬

0962

impeccable
[ɪm`pɛkəbļ]
形 無可挑剔的

同 **flawless** 無缺點的 / **unblemished** 無瑕疵的
關 **be above/beyond reproach** 無可挑剔的
補 字根拆解：**im** 否定 + **pecc** 犯罪 + **able** 形容詞

0963

impedance
[ɪm`pidņs]
名 【電】阻抗

關 **current** 電流 / **resistance** 電阻 / **conductance** 傳導
性 / **electric** 發電的；用電的
搭 **low impedance** 低阻抗 / **high impedance** 高阻抗
補 字根拆解：**im** 在裡面 + **ped** 腳 + **ance** 名詞

0964

現在是改變政治氣象的急迫時刻。

▶ It's im_____ve to change the political environment now.

0965

她的丈夫脾氣暴躁，很容易就生氣。

▶ Her husband is an imp_____s person who gets upset easily.

0966

調查結果顯示蘇珊有涉案。

▶ After an investigation, Susan was im_____c_____ in the crime.

>> 提示《 調查的跡象「暗指、意味著」蘇珊涉案。

0967

你必須能聽懂，才能理解他隱晦的言外之意。

▶ You have to read between the lines to unravel the im_____t meaning of his sentences.

0968

她討厭被百貨工司裡的化妝品推銷員糾纏住。

▶ She hated being imp_____t_____ by the cosmetic salesperson in the department store.

0969

她報告中的數據都是粗略的預估值，所以並不精確。

▶ The figures in her report were im_____e because they were based on rough estimations.

0970

就正式的派對場合來說，他的發言與行為並不適當。

▶ His words and behavior were ina_____e for a formal party.

0971

對許多員工而言，獎金與紅利確實是最重要的誘因。

▶ Bonuses proved to be the most important inc_____e to many employees.

 Answer key

imperative / impetuous / implicated / implicit / importuned / imprecise / inappropriate / incentive

imperative
[ɪm`pɛrətɪv]
形 緊急的；迫切的
名 必要的事；命令

同 **exigent** 急迫的 / **pressing** 迫切的 / **urgent** 緊急的
搭 **imperative mood** 祈使語氣
補 字根拆解：**im** 進入 + **per** 生產 + **ative** 形容詞

---

impetuous
[ɪm`pɛtʃʊəs]
形 魯莽的；衝動的

同 **impulsive** 衝動的 / **rash** 急躁的
反 **calm** 沉著的 / **circumspect** 慎重的
補 字根拆解：**impetu** 攻擊 + **ous** 形容詞

---

implicate
[`ɪmplɪˌket]
動 牽連；意味著

同 **imply** 暗示 / **involve** 連累 / **embroil** 使牽連
反 **exclude** 排除 / **exculpate** 開脫；使無罪
片 **implicate sb. (in sth.)** 暗示某人牽涉某事
補 字根拆解：**im** 在裡面 + **plic** 摺疊 + **ate** 動詞

---

implicit
[ɪm`plɪsɪt]
形 含蓄的；不言明的

反 **explicit** 清楚的 / **direct** 直接的
關 **utter** 表達；講 / **elusive** 難以理解的
搭 **an implicit criticism** 含蓄的批評
補 字根拆解：**im** 在裡面 + **plic** 摺疊 + **it** 字尾

---

importune
[ˌɪmpɚ`tjun]
動 糾纏；強求

同 **pester** 煩擾；糾纏 / **hound** （不斷地）煩擾
關 **harass** 不斷騷擾 / **insistent** 堅持的 / **coercion** 強迫
補 字根拆解：**im** 相反 + **port** 港口 + **une** 字尾

---

imprecise
[ˌɪmprɪ`saɪz]
形 不精確的；含糊的

反 **precise** 精確的 / **accurate** 準確的 / **exact** 精確的
關 **definition** 定義 / **broad** 寬的 / **opaque** 不透明的
搭 **imprecise data** 不精確的數據
補 字根拆解：**im** 否定 + **pre** 之前 + **cise** 切割

---

inappropriate
[ˌɪnə`proprɪɪt]
形 不適當的

同 **unsuitable** 不合適的 / **unseemly** 不適宜的
搭 **inappropriate behavior** 不適當的行為
補 字根拆解：**in** 否定 + **ap** 前往 + **propri** 適當的 + **ate** 形容詞

---

incentive
[ɪn`sɛntɪv]
名 刺激；動機

同 **inducement** 誘因；動機 / **impetus** 推動力
關 **enchant** 使喜悅；使入迷 / **additional** 額外的
補 字根拆解：**in** 在裡面 + **cent** 唱歌 + **ive** 形容詞

0972

在處理其他附帶問題之前，我們得先解決最緊急的議題。

▶ We should solve the most urgent issue before taking care of the **inc**_____**al** problems.

0973

聽完該團隊的提案後，他露出了懷疑的表情。

▶ He gave the team an **inc**_____**us** look after hearing the proposal.

0974

我們的薪水將會調漲百分之二至八不等。

▶ We will receive an **inc**_____**t** of two to eight percent in salary.

》提示《 調漲的幅度就是薪水的「增加量」。

0975

矽谷以創意聞名，每天都有不同的新點子孵化。

▶ Silicon Valley is known as a place of creativity, where many ideas are **inc**_____ every day.

0976

那位名人毫無同情心的發言引起了公憤。

▶ The celebrity's unsympathetic words have **i**_____**rred** public anger.

》提示《 公憤是不當發言「招致」的結果。

0977

她擔任立法委員的就職典禮將於五月舉辦。

▶ Her **ind**_____**n** ceremony as a legislative committee member will be held in May.

0978

她很善於從表情來推論人們內心的想法。

▶ She was good at **in**_____ people's thoughts from their expressions.

0979

國家銀行負責控制通貨膨脹率。

▶ The National Bank is responsible for controlling the rate of **i**_____**n**.

270 Answer key incidental / incredulous / increment / incubated / incurred / induction / inferring / inflation

incidental
[ˌɪnsəˈdɛntl̩]
形 附帶的；次要的

- 同 **secondary** 次要的 / **peripheral** 周邊的；次要的
- 搭 **incidental expenses** 雜費 / **incidental music** 配樂
- 補 字根拆解：**incident** 插曲 + **al** 形容詞（關於）

---

incredulous
[ɪnˈkrɛdʒələs]
形 懷疑的；不相信的

- 同 **doubtful** 懷疑的 / **disbelieving** 懷疑的
- 反 **credulous** 輕信的 / **gullible** 容易上當的
- 補 字根拆解：**in** 否定 + **credul** 相信 + **ous** 形容詞

---

increment
[ˈɪnkrəmənt]
名 增加量；增加

- 同 **accretion** 增加物 / **augmentation** 增加；擴大
- 反 **decrement** 減少量 / **diminution** 減少；降低
- 關 **multiply** 增加；相乘 / **parameter** 變數
- 補 字根拆解：**in** 在裡面 + **cre** 成長 + **ment** 名詞

---

incubate
[ˈɪnkjuˌbet]
動 孵化；培養；醞釀

- 同 **breed** 使繁殖 / **brood** 孵蛋 / **nurture** 培育
- 搭 **incubation period** （疾病的）潛伏期
- 補 字根拆解：**in** 在裡面 + **cub** 躺；臥 + **ate** 動詞

---

incur
[ɪnˈkɝ]
動 招致；帶來

- 同 **provoke** 激起 / **bring on** 引起 / **arouse** 喚起
- 片 **incur the risk of sth.** 招致某種風險
- 補 字根拆解：**in** 在…之上 + **cur** 跑

---

induction
[ɪnˈdʌkʃən]
名 就職；誘導

- 同 **inauguration** 就職 / **installation** 就任
- 搭 **electromagnetic induction** 電磁感應
- 補 字根拆解：**induc** 引導 + **tion** 名詞

---

infer
[ɪnˈfɝ]
動 推斷；推論

- 同 **deduce** 推論 / **derive** 衍生出 / **surmise** 推測
- 片 **infer A from B** 從 **B** 推理出 **A** 這個結論
- 補 字根拆解：**in** 在裡面 + **fer** 承載

---

inflation
[ɪnˈfleʃən]
名 通貨膨脹；充氣

- 反 **deflation** 通貨緊縮 / **shrinkage** 收縮；減低
- 關 **monetary policy** （國家的）貨幣政策 / **Consumer Price Index (CPI)** 消費者物價指數
- 補 字根拆解：**in** 進入 + **fla** 吹 + **tion** 名詞（動作）

0980

每當放長假時，都會有大批遊客湧入。

▶ There is an i_____x of tourists during long holidays.

0981

該公司因新產品的結構而被起訴違反專利。

▶ The company was sued for patent inf_____t concerning the structure of their new product.

0982

這款暢銷商品的點子既具備獨創性，又很巧妙。

▶ The idea behind the best-selling product was original and quite ing_____.

》提示《 如同「天才般的」好點子會讓人感到特別巧妙。

0983

因為前夫的話已構成威脅，所以那名女性申請了禁制令。

▶ The woman applied for an inj_____n since her ex-husband's words constituted a threat.

0984

睡眠不足對我們的健康有害。

▶ Insufficient sleep is inj_____s to our health.

0985

她以十二個月的分期付款買了一臺新的 iPhone。

▶ She paid in a 12-month ins_____ for her new iPhone.

0986

一看到那位小姐有難，他馬上伸出援手。

▶ The moment he saw the lady in trouble, he lent a hand in_____.

0987

相信你的直覺吧，想太多只會讓事情變得更複雜。

▶ Trust your in_____ts. Thinking too much will just make things more complicated.

Answer key

influx / infringement / ingenious / injunction / injurious / installment / instantly / instincts

influx
[`ɪnflʌks]
名 湧進；匯集

關 **torrent** 奔流；洪流 / **migration** 移民；遷徙
考 **flu** 為表示「流動」的字根，其他常見單字如 **fluctuate**（波動）、**fluid**（液體；流質）等。
補 字根拆解：**in** 進入 + **flux/flu** 流動

infringement
[ɪn`frɪndʒmənt]
名 違反；侵犯

同 **breach** 違反；破壞 / **infraction** 違背 / **violation** 違反
搭 **copyright infringement** 侵犯版權
補 字根拆解：**in** 在裡面 + **fringe** 打破 + **ment** 名詞

ingenious
[ɪn`dʒiniəs]
形 巧妙的；製作精巧的；（人）聰明的

同 **creative** 有創意的 / **clever** 機敏的 / **inventive** 創造的
反 **uncreative** 缺乏創造性的 / **untalented** 缺乏才能的
補 字根拆解：**in** 在裡面 + **geni/gen** 產生 + **ous** 形容詞

injunction
[ɪn`dʒʌŋkʃən]
名 （法院的）禁止令；強制令

同 **ban** 禁令 / **prohibition** 禁令 / **mandate** 命令
搭 **an injunction to + V** 關於⋯的禁令
補 字根拆解：**in** 在上方 + **junc** 結合 + **tion** 名詞

injurious
[ɪn`dʒʊriəs]
形 有害的；中傷的

同 **harmful** 有害的 / **hurtful** 有害的 / **detrimental** 有害的
反 **advantageous** 有利的；有好處的 / **beneficial** 有益的
補 字根拆解：**in** 否定 + **juri/jur** 規則 + **ous** 形容詞

installment
[ɪn`stɔlmənt]
名 分期付款

片 **at regular intervals** 定期地
搭 **pay in installment** 分期付款
補 字根拆解：**install** 安裝 + **ment** 動作

instantly
[`ɪnstəntlɪ]
副 立即；馬上

同 **immediately** 立刻 / **straightaway** 馬上
關 **haste** 急忙；迅速 / **decisive** 果斷的 / **timely** 及時的
補 字根拆解：**in** 在裡面 + **st** 站立 + **ant** 形容詞 + **ly** 副詞

instinct
[`ɪnstɪŋkt]
名 本能；直覺

同 **hunch** 直覺；預感 / **intuition** 直覺
搭 **have an instinct for** 有⋯的本能（**= be naturally good at**）
補 字根拆解：**in** 在裡面 + **stinct** 刺

0988

這間公司因為赤字太多而導致無力償付。
▶ The company had gone into i_____t liquidation due to substantial deficiency.

0989

他使用保麗龍來替樣品隔熱。
▶ He ins_____d the sample from heat with styrofoam.
》提示《 表示將熱度「隔絕、隔離」在外。

0990

塑膠被廣泛使用於各種與電絕緣的情況。
▶ Plastics are widely used for all kinds of electrical ins_____n.

0991

不管什麼時候，只要有問題，都可以聯絡你的保險公司。
▶ You can contact your in_____r anytime you have questions.

0992

我們的知識和經驗是兩種無形的資產。
▶ Our knowledge and experience are two kinds of int_____e assets.
》提示《 無形的資產也就是「無法觸摸的」東西。

0993

針對那個問題，我們想出一個暫時性的解決方法。
▶ We have come up with an int_____m solution to the problem.
》提示《 既然是暫時的，那就只是「過渡時期」使用的方法。

0994

為了避免職場霸凌，要拒絕同事的恐嚇。
▶ Say no to int_____n from colleagues so that you don't get bullied in the workplace.

0995

平等就是民主的本質。
▶ Equality is an i_____c element of democracy.
》提示《 單字的詞性必須從英文句去判斷。

Answer key insolvent / insulated / insulation / insurer / intangible / interim / intimidation / intrinsic

insolvent
[ɪn`sɑlvənt]
形 無力償還的

- 同 **indebted** 負債的 / **bankrupt** 破產的
- 片 **go out of business** 結束營業
- 補 字根拆解：**in** 否定 **+ solvent** 償付

insulate
[`ɪnsə‚let]
動 使絕緣；使隔熱；隔離；孤立

- 同 **isolate** 隔離 / **seclude** 使隔離 / **sequester** 使隔離
- 片 **insulate from/against sth.** 隔絕某事、某物
- 搭 **insulating tape = electrical tape** 絕緣膠帶

insulation
[‚ɪnsə`leʃən]
名 絕緣；隔離；孤立

- 關 **insulator** 絕緣體 / **conductor** 導體
- 搭 **thermal insulation** 保溫 / **heat insulation** 隔絕熱度
- 補 字根拆解：**insul** 島嶼 **+ ation** 名詞

insurer
[ɪn`ʃurə]
名 保險公司；保險業者

- 關 **policyholder** 投保人 / **beneficiary** 受益人 / **policy** 保單 / **coverage** 保險額（保險公司支付金額）/ **premium** 保費（投保人繳付）
- 補 字根拆解：**in** 使 **+ sur** 安全 **+ er** 名詞（人）

intangible
[ɪn`tændʒəbḷ]
形 無形的；無實體的

- 同 **immaterial** 無形的 / **nonphysical** 非實體的
- 關 **exist** 存在 / **abstract** 抽象的 / **substantial** 實在的
- 補 字根拆解：**in** 否定 **+ tang** 觸摸 **+ ible** 形容詞

interim
[`ɪntərɪm]
形 暫時的；臨時的
名 過渡時期

- 同 **temporary** 暫時的 / **provisional** 臨時的
- 片 **in the interim** 在過渡期
- 搭 **an interim government** 臨時政府
- 補 字根拆解：**inter** 在…之間 **+ im** 字尾

intimidation
[ɪntɪmə`deʃən]
名 恐嚇；恫嚇

- 同 **threat** 威脅 / **menace** 恐嚇 / **coercion** 強迫
- 關 **hostility** 敵意 / **nuisance** 討厭的人事物
- 補 字根拆解：**in** 在裡面 **+ timid** 害怕的 **+ ation** 名詞

intrinsic
[ɪn`trɪnsɪk]
形 本質的；固有的

- 同 **inherent** 固有的 / **innate** 固有的 / **inborn** 天生的
- 關 **intuition** 直覺 / **learned** 透過學習等獲得的
- 補 字根拆解：**intrin/intra** 在…裡面 **+ sic** 沿著；順著

0996 即便敗光了所有積蓄，他根深蒂固的賭徒性格還是沒變。
▶ He remains an **inv**_____**e** gambler even after losing all his money.

0997 她列舉了幾項在年度報表裡找到的問題。
▶ She **i**_____**d** some of the problems she found in this annual report.

》提示《 既然要列舉，就會把每一項「細目」都寫出來。

UNIT 10 J to K 字頭填空題 (Test Yourself!)

請參考中文翻譯，再填寫空格內的英文單字。

0998 亂穿越馬路會被罰款，所以最好還是遵守交通規則。
▶ You will be fined for **ja**_____**g**, so make sure you follow all the traffic rules.

0999 超速會危及生命安全。
▶ Exceeding the speed limit **j**_____ one's life.

1000 不要將你自己置於危險之中，只要感覺不對勁，就要馬上採取行動。
▶ Do not ever leave yourself in **je**_____. Act fast the moment you feel something is wrong.

1001 每個人都匆匆記下教授說的話，深怕會遺漏任何重點。
▶ Everyone was **j**_____ **d**_____ what the professor said, afraid of missing any important point.

Answer key: inveterate / itemized / jaywalking / jeopardizes / jeopardy / jotting down

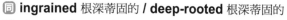

0996 inveterate
[ɪnˋvɛtərɪt]
形 根深蒂固的;積習已深的

同 **ingrained** 根深蒂固的 / **deep-rooted** 根深蒂固的
關 **abstain from sth.** 戒除某物 / **long-term** 長期的
補 字根拆解:**in** 進入 **+ veter/vet** 老舊的 **+ ate** 形容詞

0997 itemize
[ˋaɪtəmˌaɪz]
動 詳細列舉;分條列述

同 **enumerate** 列舉 / **list** 列舉 / **specify** 明確說明
關 **run through** 瀏覽 / **individually** 逐個地
片 **item by item** 逐項地;逐條地 / **a list of** 一份…的清單

答案 & 單字解說
Get The Answer !

MP3-30

0998 jaywalk
[ˋdʒeˌwɔk]
動 (不遵守交通規則)亂穿越馬路

同 **cross the road** 穿越馬路(不一定有違反交通規則)
關 **pedestrian** 行人 / **traffic light** 紅綠燈
搭 **jaywalker** 任意穿越馬路的行人

0999 jeopardize
[ˋdʒɛpədˌaɪz]
動 危及;危害

同 **endanger** 使遭遇危險 / **imperil** 危及
搭 **jeopardize one's future** 影響某人的未來(負面)
補 字根拆解:**jeo** 遊戲 **+ pard** 分開 **+ ize** 動詞

1000 jeopardy
[ˋdʒɛpədi]
名 危險;風險;危難

同 **danger** 危險 / **peril** 危險 / **hazard** 危險
關 **be likely to** 有…的可能 / **troublemaker** 惹麻煩的人
考 **jeopardy** 為不可數名詞。
片 **put sb. in jeopardy** 將某人置於危險之中

1001 jot down
片 匆匆記下;草草寫下

同 **put down** 寫下 / **write down** 寫下來
關 **scribble** 潦草地書寫 / **handwriting** 手寫;筆跡
搭 **jotter** 筆記本;便條簿 / **jottings** 匆匆記下的筆記

1002

影響到約二十億美元進口值的關稅將於週五生效。

▶ The tariffs affecting about two billion in imports will k_____ i___ on Friday.

》提示《 某物起作用就像把球踢進球門，瞬間就產生改變。

1003

每月的電費將以度為單位來計算。

▶ Monthly electricity fees will be charged in k_____ -hours.

》提示《 電的計算單位為「千瓦」。

1004

只要是長途旅行，他都會訂附廚房用具的套房來住。

▶ He specifically requires a suite with k_____e every time he goes on a long trip.

1005

這份工作需要扎實的技術知識與對新環境的適應力。

▶ This job requires strong technical k_____-h_____ and quick adaptation to new environments.

》提示《 技術知識也就是「知道怎麼做」的知識。

UNIT 11 L 字頭填空題

Test Yourself!

請參考中文翻譯，再填寫空格內的英文單字。

1006

一踏進那間奢華的餐廳，鮑伯就拿出戒指向南西求婚。

▶ As soon as they entered the l_____h restaurant, Bob proposed to Nancy with a ring.

1007

總帳詳細記錄了所有商業活動的支出與收入款項。

▶ A le_____r records in detail the money received and paid with all those business activities.

kick in / kilowatt / kitchenware / know-how / lavish / ledger

Answer key

kick in
片 起作用；生效

- 同 **take effect** 生效 / **come into effect** 生效
- 片 **kick up a fuss** 引起騷動；鬧事
- 搭 **a kick in the teeth** 惡劣待遇；嚴重打擊

kilowatt-hour
[`kɪləwɑt`aʊr]
名 一度（電）

- 關 **renewable energy** 可再生能源 / **hydropower** 水力發電 / **wind power** 風力發電 / **solar energy** 太陽能
- 補 字根拆解：**kilo** 千 **+ watt** 瓦特 **+ hour** 小時

kitchenware
[`kɪtʃən,wɛr]
名 廚房用具

- 關 **cleaver** 中式菜刀 / **grater** 刨絲器 / **chopping board** 砧板 / **turner** 鍋鏟 / **ladle** 湯勺
- 考 **kitchenware** 是總稱，不管單複數，拼法都一樣。

know-how
[`no,haʊ]
名 專業知識；技能

- 同 **expertise** 專門技術 / **knowledge** 知識 / **skill** 技術
- 關 **workmanship** 手藝；做工 / **dexterity** 靈巧；熟練 / **technology** 科技 / **practical** 實際的 / **analyst** 分析者

 答案 & 單字解說
Get The Answer !

MP3 31

lavish
[`lævɪʃ]
形 奢華的；極慷慨的

- 同 **luxurious** 奢華的 / **profuse** 十分慷慨的
- 反 **economical** 節儉的 / **stingy** 吝嗇的 / **thrifty** 節儉的
- 補 字根拆解：**lav** 沖刷 **+ ish** 形容詞（聯想：水流 → 錢流）

ledger
[`lɛdʒɚ]
名 總帳；分類帳

- 關 **accounting** 會計；會計學 / **commercial** 商務的
- 搭 **general ledger** 總分類帳
- 補 字根拆解：**ledg** 放置 **+ er** 名詞（物）

1008

我妹妹的字跡難以辨識。

▶ My sister's handwriting is hardly **leg**_____.

1009

由於他的自白，法官對他施以寬容的判決。

▶ The judge imposed a **le**_____**t** sentence on him for his confession.

1010

作為手段，他利用瑞克的弱點，藉此獲取了好處。

▶ He used Rick's weakness as **l**_____**e** and got a bargain for himself.

》提示《 就像「槓桿原理」般，施加手段來取得收穫。

1011

有些父母會將孩子視為責任，有些則視若珍寶。

▶ Some parents consider children **li**_____, while some see them as treasures.

1012

父母對小孩的義務教育有責任。

▶ Parents are **li**_____**e** for their children's compulsory education.

1013

部門間的聯繫不良我們現在遇到的主要問題。

▶ The lack of **li**_____**n** between each department is the major problem we are encountering now.

1014

總統坐上防彈禮車，被隨身護衛保護著。

▶ The president was escorted with several bodyguards in a bulletproof **li**_____**ne**.

1015

贏了樂透之後，他立刻清償了所有的貸款。

▶ After winning a lottery, he immediately **liq**_____**d** all his loans.

legible / lenient / leverage / liabilities / liable / liaison / limousine / liquidated

1008 legible
[`lɛdʒəbḷ]
形 （字跡）清楚的；
易讀的；易辨認的

同 **readable** 易讀的 / **comprehensible** 可理解的
反 **illegible** 難認的 / **indecipherable** 難辨認的
補 字根拆解：**leg** 讀 **+ ible** 形容詞

1009 lenient
[`linjənt]
形 寬大的；仁慈的

同 **permissive** 寬容的 / **tolerant** 寬容的
反 **merciless** 無情的 / **rigorous** 苛刻的
補 字根拆解：**leni** 緩和 **+ ent** 形容詞

1010 leverage
[`lɛvərɪdʒ]
名 槓桿作用；手段
動 發揮重要功效

搭 **leveraged** 舉債的 / **leveraged buyout** 融資併購
考 與原意「槓桿」不同，**leverage** 在國外更常用來表示「利用某些事以獲得更好的結果」。
補 字根拆解：**lever** 槓桿 **+ age** 名詞

1011 liability
[ˌlaɪə`bɪlətɪ]
名 責任；義務；傾向

同 **responsibility** 責任 / **debt** 負債 / **burden** 負擔
搭 **liability insurance** 責任險
補 字根拆解：**li** 綁 **+ abil/able** 能夠 **+ ity** 名詞

1012 liable
[`laɪəbḷ]
形 有義務的；很可能發生的

同 **accountable** 應負責任的 / **likely** 很可能的
片 **be liable for** 應對…負責的（如 **be liable for the costs** 須承擔費用） / **be liable to** 很容易…；很可能…

1013 liaison
[ˌlie`zɑn]
名 聯絡；聯繫

同 **contact** 聯絡 / **communication** 溝通
搭 **liaison with sb.** 與某人的聯繫
考 **liaison** 為借用法文而來的單字。

1014 limousine
[ˌlɪmə`zin]
名 加長禮車；豪華轎車

關 **compact** 小型轎車 / **van** 箱型車 / **sedan** 轎車
搭 **limousine service** 豪華轎車服務
補 口語上常把這個單字簡稱為 **limo**。

1015 liquidate
[`lɪkwɪˌdet]
動 償付；清算

同 **pay off** 償清債務 / **reimburse** 償還；歸還
搭 **liquidated damages** 違約金
補 字根拆解：**liquid** 潮溼 **+ ate** 動詞（聯想：把霧氣一掃而空）

1016 這間公司明天將會被強制清算。
▶ The company is going to undergo compulsory l_____n tomorrow.

1017 藍迪對放高利貸者提告，但最後輸了官司。
▶ Randy tried to sue the l_____n s_____k, but he lost the lawsuit in the end.

1018 他們決定要對商品瑕疵提出客訴。
▶ They decided to l_____e a complaint because of the defect in the product.

》提示《 這個單字做名詞時指「山林小屋」。

1019 該公司的長期目標為設立海外分公司。
▶ The company's l_____-r_____ goal is to establish overseas branches.

1020 約翰提出意見，他認為合併能讓兩間公司都獲利。
▶ John proposed that the merger will be lu_____e for both companies.

UNIT 12 M 字頭填空題 (Test Yourself!)
請參考中文翻譯，再填寫空格內的英文單字。

1021 客戶不滿機器的故障，所以要求全額退款。
▶ Our clients were unhappy about the machine ma_____ and asked for a full refund.

liquidation / loan shark / lodge / long-range / lucrative / malfunction

liquidation
[ˌlɪkwɪˋdeʃən]
名 清算

同 **settlement** 清算；結帳 / **termination** 終止；結束
片 **go into liquidation** （公司）倒閉；關閉；停業 / **put sth. into liquidation** 清算

loan shark
片 放高利貸的人

同 **moneylender** 放債的人
關 **interest rate** 利率 / **microcredit** 低息小額貸款 / **predatory** 掠奪性的 / **mortgage** 抵押

lodge
[lɑdʒ]
動 提出索賠、申訴等
名 山林小屋

關 **official** 正式的；法定的 / **appeal** 上訴
搭 **lodge a claim** 提出索賠的要求 / **lodge a protest against sth.** 針對某事提出抗議 / **hunting lodge** 狩獵用小屋

long-range
[ˋlɔŋˏrendʒ]
形 長期的；遠程的

同 **long-term** 長期的
反 **short-term** 短期的
關 **duration** （時間的）持續；持久 / **remote** 遙遠的 / **far-reaching** 影響深遠的 / **eternal** 永恆的

lucrative
[ˋlukrətɪv]
形 賺錢的；盈利的

同 **profitable** 可盈利的 / **remunerative** 有利可圖的
反 **unprofitable** 賺不到錢的 / **unrewarding** 無報酬的
關 **make profit** 獲利；賺錢 / **filthy lucre**【貶】不義之財
補 字根拆解：**lucr** 獲利 **+ at(e)** 動詞 **+ ive** 形容詞

 答案 & 單字解說
Get The Answer !

MP3 32

malfunction
[mælˋfʌŋkʃən]
名 故障；機能不全
動 發生故障；機能失常

同 **breakdown** 故障 / **fault** 故障 / **glitch** 小故障
關 **power outage** 停電 / **overload** 使超載
補 字根拆解：**mal** 壞 **+ funct** 執行 **+ ion** 名詞

1022

她對峽谷的壯麗景色感到驚艷。

▶ She was stunned by the **mag**_____ view of the valley.

1023

銅和金都是極具延展性的金屬。

▶ Copper and gold are of the most **ma**_____**e** metals.

1024

若公司前景看好，最終都會表現在升高的股價上。

▶ Companies with a bright future will eventually **m**_____**t** that fact with rising stock prices.

1025

他很慶幸自己在車禍之前就保了醫療保險。

▶ He was glad that he had bought **m**_____ **i**_____ before getting into the car accident.

1026

病人的病歷顯示他對盤尼西林過敏。

▶ The patient's **m**_____ **r**_____ shows that he is allergic to penicillin.

》提示《 病歷就是過往的就醫紀錄。

1027

部門準備了備忘錄，以提出添購設備的需求。

▶ The division had prepared a **me**_____**m** to propose the need for additional equipment.

1028

就算當了好幾年的法官，她仍然無法理解謀殺犯的心理。

▶ Even after being a judge for years, she still couldn't understand the **m**_____**y** of murderers.

1029

我老闆對我們講話總是語帶威脅。

▶ My boss always speaks with **m**_____**e** to us.

Answer key: magnificent / malleable / manifest / medical insurance / medical record / memorandum / mentality / menace

magnificent
[mægˋnɪfəsənt]
形 壯麗的；宏偉的

關 **magnifying glass** 放大鏡
搭 **a magnificent piece of writing** 文筆出眾的傑作
補 字根拆解：**magn** 大的 **+ ific** 製作 **+ ent** 形容詞

---

malleable
[ˋmælɪəbḷ]
形 具延展性的；可塑的

同 **pliable** （物質）易彎的 / **ductile** 易延展的
反 **inflexible** 剛硬的 / **refractory** 執拗的；倔強的
補 字根拆解：**malle** 用鐵鎚打 **+ able** 形容詞

---

manifest
[ˋmænə͵fɛst]
動 顯示；表露；表明
形 顯而易見的

同 **exhibit** 顯出 / **illustrate** 說明 / **apparent** 明顯的
關 **evidence** 證據 / **manifesto** （政黨的）宣言
補 字根拆解：**mani** 手 **+ fest** 打擊

---

medical insurance
片 醫療保險

關 **health care** 保健 / **treatment** 治療
補 **out-of-pocket maximum** 自付額上限 / **pre-existing condition** 在投保前就已經存有的疾病

---

medical record
片 病歷；醫療紀錄

同 **health record** 病歷 / **medical history** 病史
關 **diabetes** 糖尿病 / **asthma** 氣喘 / **shortness of breath = dyspnea** 呼吸困難 / **anemia** 貧血 / **high blood pressure** 高血壓 / **glaucoma** 青光眼

---

memorandum
[͵mɛməˋrændəm]
名 備忘錄；紀錄

關 **protocol** 國際條約 / **compendious** 摘要的
考 口語上常簡寫為 **memo**；複數形為 **memoranda**。
補 **memor-** 表示「記住的」，同字根的單字還有 **memory**（記憶）。

---

mentality
[mɛnˋtælətɪ]
名 心理狀態

關 **psychology** 心理學 / **reasoning** 推論
搭 **mentally defective** 有心理缺陷的
補 字根拆解：**mental** 精神的 **+ ity** 名詞（狀態）

---

menace
[ˋmɛnɪs]
名 威脅；危險的事物
動 威脅；恐嚇

關 **paranoia** 偏執狂 / **utterance** 話語
搭 **a menace to sb.** 對某人來說是威脅
補 字根拆解：**men** 發射 **+ ace** 字尾（聯想：針對他人發射的威脅）

1030

每逢佳節，酒商們都可以感覺到銷售額暴增。

▶ Wine m_____ts experience a sales boost prior to festivals.

1031

他已經花了一年以上的時間在找適合的合併夥伴。

▶ He has been searching for the proper m_____r partner for over a year.

1032

投資這項專案的好處就是能拿到額外的紅利金。

▶ The m_____t of investing in this project is that you can get an extra bonus.

1033

她今天在跳蚤市場買到各式各樣的家庭用品。

▶ She bought mi_____s household items at the flea market today.

1034

當她住院時，她兒子非常細心地照顧著她。

▶ Her son was so met_____s in taking care of her when she was in the hospital.

1035

他仔細檢查這些畫作，分辨哪些是真跡，哪些是贗品。

▶ He examined the paintings m_____y to see if they are authentic or fake.

》提示《 仔細檢查，連「一分鐘」的恍神都沒有。

1036

她的兒子經常因為在校行為不端而惹上麻煩。

▶ Her son gets in trouble quite a lot for mi_____ing at school.

》提示《 行為不端也就是有「不良」的「舉止」。

1037

幾位醫師與護士被認定失職，必須為此醫療疏失負責。

▶ Several doctors and nurses were found responsible for the medical mis_____t.

》提示《 醫療疏失是因為醫護人員的「不當行為」造成的。

Answer key merchants / merger / merit / miscellaneous / meticulous / minutely / misbehaving / misconduct

merchant
[`mɜtʃənt]
名 商人；業者

1030

同 **merchandiser** 商人 / **retailer** 零售商
關 **run a store** 經營商店 / **mercantile** 貿易的
補 字根拆解：**merch/merc** 貿易 + **ant** 名詞（人）

merger
[`mɜdʒə]
名 合併；併吞

1031

同 **consolidation** 合併 / **combination** 結合
關 **takeover** 接收 / **integrate** 使結合；使合併
補 字根拆解：**merg** 投入；跳入 + **er** 名詞（物）

merit
[`mɛrɪt]
名 優點；長處；價值

1032

同 **benefit** 利益 / **worth** 價值 / **excellence** 長處
搭 **the merits of sth.** 某物、某事的優點或好處
補 字根拆解：**mer** 獲得 + **it** 字尾

miscellaneous
[ˌmɪsɪ`lenjəs]
形 各式各樣的；混雜的

1033

同 **various** 各式各樣的 / **diversified** 各種的
關 **composite** 合成物 / **heterogeneous** 異種的
補 字根拆解：**miscell** 混合的 + **ane** 與化學有關 + **ous** 形容詞

meticulous
[mə`tɪkjələs]
形 嚴謹的；一絲不苟的

1034

同 **conscientious** 謹慎的 / **scrupulous** 一絲不苟的
反 **careless** 粗心的 / **inadvertent** 不注意的；怠慢的
補 字根拆解：**meti** 憂慮 + **cul** 小的 + **ous** 形容詞

minutely
[maɪ`njutlɪ]
副 仔細地；縝密地

1035

同 **closely** 仔細地 / **scrupulously** 小心翼翼地
搭 **the minute (that)** 一⋯就⋯
補 這個單字若念作 [`mɪnɪtlɪ]，表示「持續地；經常地」。

misbehave
[ˌmɪsbɪ`hev]
動 行為不端

1036

同 **behave badly** 做出不良舉動 / **act up** 調皮
關 **be at fault** 有責任；有錯 / **overindulge** 溺愛；放縱
補 字根拆解：**mis** 錯誤地 + **be** 強調 + **have** 舉動

misconduct
[mɪs`kɑndʌkt]
名 不端行為；錯誤處置
動 做錯事；管理不善

1037

同 **wrongdoing** 做壞事 / **malpractice** 治療不當
搭 **financial misconduct** 財務管理不善
補 字根拆解：**mis** 錯誤的 + **con** 共同 + **duct** 引導

1038

她算錯了來賓人數，導致我們午餐便當訂得不夠。

▶ She m_____ ca_____ the number of guests so we didn't have enough lunchboxes for them.

1039

作為對最後通牒的回應，他們動員了軍隊。

▶ They mo_____ their armed forces in response to the ultimatum.

1040

電腦是以數據機和電話線來傳輸資訊的。

▶ Computers send information through m_____ and phone lines to one another.

1041

她坐在朋友旁邊，試圖讓他的情緒緩和下來。

▶ She sat by her friend, trying to m_____y him.

1042

那對夫妻很猶豫，因為他們必須貸款才能買房。

▶ The couple hesitated because they need to take out a mo_____ to buy the house.

1043

那位工程師嘗試自行研發新的多媒體應用軟體。

▶ The engineer tried to develop some brand-new mu_____a software all by himself.

1044

野餐時，珍津津有味地咀嚼了十顆蘋果，朋友們稱她「蘋果愛好者」。

▶ In the picnic, Jane mu_____d on ten apples, so her friends call her "the apple lover".

miscalculated / mobilized / modems / mollify / mortgage / multimedia / munched

miscalculate
[`mɪs`kælkjə,let]
動 算錯;誤認

同 **misestimate** 錯估 / **miscount** 算錯
關 **compute** 計算 / **predict** 預測 / **count on** 依賴;信賴
補 字根拆解:**mis** 錯誤地 + **calcul** 計算 + **ate** 動詞

mobilize
[`mobḷ,aɪz]
動 動員;調動

同 **summon** 召集 / **organize** 組織 / **assemble** 集合
關 **military service** 兵役 / **military coup** 軍事政變
片 **a call to arms** 武裝動員
補 字根拆解:**mobil** 可移動的 + **ize** 動詞(使…化)

modem
[`modəm]
名 數據機

關 **cable** 纜線 / **dial-up** 撥接上網的 / **cellular data** 行動數據 / **Wi-Fi hotspot** 無線網路熱點
補 本單字為 **modulator-demodulator** 的英文縮寫

mollify
[`mɑlə,faɪ]
動 緩和;使平靜

同 **appease** 緩和 / **placate** 撫慰 / **pacify** 使平靜
反 **exasperate** 使惱怒;激怒 / **aggravate** 加重;增劇
補 字根拆解:**moll** 柔軟的 + **ify** 動詞(製作)

mortgage
[`mɔrgɪdʒ]
名 抵押;抵押貸款
動 抵押;以…作擔保

關 **property** 財產;房產 / **a subprime loan** 次級貸款
片 **be mortgaged up to the hilt** 抵押至能取得的最高貸款
補 字根拆解:**mort** 死亡的 + **gage** 誓言

multimedia
[mʌltɪ`midɪə]
形 多媒體的
名 多媒體

關 **audio-visual** 視聽的 / **program** 節目;演出
搭 **mass media** 大眾傳播媒體 / **news media** 新聞媒體
補 字根拆解:**multi** 許多的 + **media** 媒體

munch
[mʌntʃ]
動 津津有味地嚼

同 **chomp** 大聲咀嚼 / **masticate** 咀嚼 / **chew** 咀嚼
關 **nibble** 小口小口地咬 / **crunch** 嘎吱作響地嚼
片 **munch on sth.** 嘎吱作響地咀嚼(當不及物動詞時)

UNIT 13 N to O 字頭填空題 (Test Yourself!)

請參考中文翻譯，再填寫空格內的英文單字。

1045

他們尚未找到能夠完全重建腦內神經網路的方法。

▶ They haven't found the perfect way to reconstruct n_____l networks in human brains.

1046

每一位神經學專家都對希爾博士的研究印象深刻。

▶ Every expert in n_____ was impressed by Dr. Hill's research.

1047

為了戒菸，他在身上貼尼古丁貼片。

▶ He is on n_____ patches, trying to stop smoking.

1048

他的髒衣服堆得公寓裡到處都是，真令人討厭。

▶ It is such a nu_____e that he piles his dirty clothes everywhere in the apartment.

1049

肥胖的起因可能來自於營養過剩或吃垃圾食物。

▶ Obesity can result from taking in too much n_____n or eating junk food.

1050

一位士兵必須絕對服從他的上級。

▶ A soldier must be absolutely o_____t to his superior.

1051

所有十八至三十歲的健康男性都有服兵役的義務。

▶ Military service is ob_____y for all healthy males aged between 18 and 30.

Answer key neural / neurology / nicotine / nuisance / nutrition / obedient / obligatory

答案 & 單字解說
Get The Answer !

 MP3 33

 1045
neural
[`njʊrəl]
形 神經中樞的

關 **neuroscience** 神經科學 / **sensational** 知覺的
搭 **neural pathway** 神經傳導路徑
補 字根拆解：**neur/neuro** 神經 **+ al** 形容詞

 1046
neurology
[njʊ`rɑlədʒɪ]
名 神經學；神經內科

關 **the central nervous system** 中樞神經系統 / **laboratory** 實驗室 / **neurosis** 精神官能症 / **clinical** 臨床的 / **psychiatry** 精神病學
補 字根拆解：**neuro** 神經；神經系統 **+ logy** 研究

1047
nicotine
[`nɪkə,tin]
名 尼古丁

關 **tobacco** 菸草 / **addiction** 上癮 / **toxin** 毒素
搭 **nicotine patch** 尼古丁貼片（幫助戒菸用）/ **nicotine poisoning** 尼古丁中毒

1048
nuisance
[`njusṇs]
名 討厭的人或事物

同 **annoyance** 討厭的人或物 / **irritant** 令人煩惱之物
搭 **nuisance call** 騷擾電話（無聲電話、推銷電話等）
補 字根拆解：**nuis** 傷害 **+ ance** 名詞

1049
nutrition
[nju`trɪʃən]
名 營養；營養物

關 **intake** 攝取；吸收 / **a balanced diet** 均衡的飲食
搭 **malnutrition** 營養失調 / **a nutrition expert** 營養學專家
補 字根拆解：**nutri** 滋養 **+ tion** 名詞（動作）

 1050
obedient
[ə`bidjənt]
形 服從的；順從的

同 **submissive** 服從的 / **compliant** 順從的
反 **rebellious** 難以控制的 / **defiant** 違抗的
補 字根拆解：**ob** 前往 **+ edi/aud** 聽 **+ ent** 形容詞

 1051
obligatory
[ə`blɪgə,torɪ]
形 義務的；必須的

同 **compulsory** 強制的 / **mandatory** 義務的
搭 **oblige sb. with sth.** 提供…以幫助（某人）
補 字根拆解：**ob** 朝向 **+ lig** 綁 **+ ate** 動詞 **+ ory** 形容詞

1052

她專注在手機上，沒注意周遭情況。

▶ She focused on her cell phone, obl_____s of her surroundings.

1053

天空顏色的變化是看得出來的。

▶ The change in the color of the sky was obs_____.

》提示《 看得出來表示「觀察得到」。

1054

廢棄的發電廠現在計劃要重新啟用。

▶ The ob_____e power plant is now scheduled to restart.

1055

她祈求萬能的上帝治癒她母親的疾病。

▶ She prayed for the om_____t God to cure her mother's disease.

1056

他轉機繼續飛行，所以他的行李也跟著轉移。

▶ He went on an on_____d flight, so his baggage was transferred automatically.

》提示《 他「向前」繼續預定的行程，沒有因轉機而延誤。

1057

在娶了有錢的老婆之後，他過著奢華又鋪張的生活。

▶ He lives a lavish and ost_____s lifestyle after marrying a rich woman.

1058

對於健康飲食，她所知的都是過時的概念。

▶ Her ideas about what a healthy diet should contain were quite out_____d.

1059

那間人力仲介公司的目標為：在網路上提供再就業的服務。

▶ That HR company aimed to provide outp_____t services on the internet.

》提示《 再就業服務就是重新「安置」這些待業中的人。

Answer key

oblivious / observable / obsolete / omnipotent / onward / ostentatious / outdated / outplacement

1052 oblivious
[ə`blɪvɪəs]
形 （尤指對周遭環境）毫不在意的

同 **unaware** 沒意識到的 / **unconscious** 未發覺的
反 **attentive** 注意的 / **heedful** 深切注意的
片 **be oblivious of/to sth.** 未察覺某事；不以為意
補 字根拆解：**oblivi** 健忘；疏忽 + **ous** 形容詞

1053 observable
[əb`sɝvəbl]
形 看得見的；顯著的

同 **perceptible** 可察覺的 / **evident** 明顯的
反 **invisible** 看不見的 / **unrecognizable** 無法認出的
補 字根拆解：**ob** 在…前面 + **serv** 看 + **able** 形容詞

1054 obsolete
[ˏɑbsə`lit]
形 廢棄的；過時的

同 **antiquated** 被廢棄的 / **outmoded** 過時的
反 **current** 當前的 / **up-to-date** 最新的；最近的
片 **behind the times** 落伍的 / **go out of use** 不再使用
補 字根拆解：**ob** 離開 + **solete** 習慣的

1055 omnipotent
[ɑm`nɪpətənt]
形 全能的；萬能的

同 **almighty** 全能的 / **all-powerful** 全能的
反 **impotent** 無能的 / **powerless** 無能力的
補 字根拆解：**omni** 全部 + **potent** 強而有力的

1056 onward
[`ɑnwɚd]
形 前進的；向前的
副 在前面；向前

反 **backward** 向後的；反向的 / **rearward** 向後面的
關 **advance** 向前移動 / **progressively** 前進地；逐漸地
搭 **onwards and upwards** 步步高升；愈來愈成功

1057 ostentatious
[ˏɑstɛn`teʃəs]
形 鋪張的；炫耀的

同 **extravagant** 奢侈的 / **showy** 炫耀的
關 **peacock** 孔雀；愛炫耀的人 / **be puffed up** 驕傲
補 字根拆解：**os** 在…前面 + **tentat** 伸長 + **ious** 形容詞（聯想：在人面前盡全力被看見）

1058 outdated
[ˏaut`detɪd]
形 過時的；陳舊的

關 **antique** 骨董；古物 / **technique** 技術 / **locomotive** 火車頭 / **inefficient** 無效率的 / **expiration** 期滿
搭 **outdated ideas** 過時的觀點

1059 outplacement
[`aut͵plesmənt]
名 再就業；轉職輔導

關 **vocation** 職業 / **retraining** （為了找工作的）再訓練 / **rehabilitation** 修復；復職 / **employment** 僱用；工作
搭 **an outplacement firm** 輔導轉職就業的機構

1060

這份文件不該放進發文盒，這可是機密文件呢！

▶ This document shouldn't be in the o_____ t_____;
it's confidential.

》提示《 國外辦公室的「發文盒」是用來放置已處理文件的。

1061

突如其來的斷電把小朋友們嚇壞了。

▶ A sudden o_____e of electricity terrified the kids.

1062

他們總是在超越對手，難怪如此成功。

▶ They are always ou_____ their rivals; no wonder they
are so successful.

》提示《 超越表示「腳步走得比別人快」。

1063

那位門診病人在候診期間突然昏倒。

▶ The o_____t passed out suddenly while waiting for the
doctor.

1064

那位倖存的戰爭英雄受到軍隊熱烈歡呼。

▶ The war hero survived and received an ov_____n from
the troops.

1065

他很自負，所以根本沒想到會被那間公司拒絕。

▶ He was o_____t in himself and didn't expect a refusal
from the company.

》提示《 也就是在講人「過分自信的」模樣。

1066

為了不被銀行罰錢，麗莎明天必須繳清她的透支額。

▶ Lisa needs to pay off the ov_____ft tomorrow to avoid
being fined by the bank.

1067

他的帳戶透支了，所以無法領錢。

▶ The account was ov_____n, so he couldn't withdraw
any money from it.

Answer key: out tray / outage / outpacing / outpatient / ovation / overconfident /
overdraft / overdrawn

out tray
[`aut, tre]
名 發文盒

反 **in tray** 收文盒（專門存放尚待處理的文件）
補 **in tray** 與 **out tray** 是辦公室用來存放文件的淺盒。**in tray** 放的是尚待處理的工作；文件完成後就會放入 **out tray**，傳給下一個處理單位。

outage
[`autɪdʒ]
名 （水電等）中斷供應；
（機器）運行中斷

同 **blackout** 停電 / **electrical failure** 停電
關 **energy supply** 能源供應 / **flashlight** 手電筒
搭 **a network outage** 網路中斷 / **a power outage** 停電

outpace
[,aut`pes]
動 超過；比…更快

同 **surpass** 超越 / **outpull** 優於；勝過
反 **linger** 拖延 / **put the brakes on** 控制；制止
片 **be one step ahead** 領先一步

outpatient
[`aut, peʃənt]
名 門診病人

關 **inpatient** 住院病人 / **emergency room** （醫院的）急診室 / **dispensary** 藥劑部 / **therapy** 治療；療法
搭 **an outpatient clinic** 門診部 / **outpatient surgery** 門診手術（不需要住院的手術）/ **outpatient care** 門診

ovation
[o`veʃən]
名 歡呼；熱烈鼓掌

同 **applause** 掌聲 / **cheers** 歡呼 / **acclaim** 歡呼；喝采
片 **give sb. a thunderous ovation** 為某人熱烈鼓掌
搭 **a standing ovation** 起立鼓掌

overconfident
[`ovə`kɑnfɪdənt]
形 自負的

同 **cocky** 驕傲的；太過自信的 / **conceited** 自負的
補 **self-confident** 形容人「有自信的」（正面）；本單字則因為使用了 **over**（超過），變成帶有貶義的單字。

overdraft
[`ovə, dræft]
名 透支；透支額

關 **nonpayment** 尚未支付 / **arrear** 拖欠金額
片 **run up an overdraft** 透支 / **pay off an overdraft** 付清透支額
補 **a bounced check** 空頭支票

overdraw
[`ovə`drɔ]
動 透支；誇張

關 **go bankrupt** 破產 / **misspend** 浪費
片 **be overdrawn by (+money)** 透支…元
補 字根拆解：**over** 超過 **+ draw** 拉（聯想：超過能從帳戶拉出來的錢）

1068 你借的書已經過期了，所以還書時你得繳納罰款。

▶ The book is o_____e; you must pay a fine when you return it.

UNIT 14 P 字頭填空題 (Test Yourself !)

請參考中文翻譯，再填寫空格內的英文單字。

1069 在星空下享用美酒是多麼享受的一件事。

▶ What an enjoyment to drink such pal_____e wine under the starry sky.

》提示《 這個字與口腔的「上顎」有關。

1070 從餐廳可以看到阿爾卑斯山的全景。

▶ From the restaurant, you can see the pan_____a of the Alps.

1071 我們將溫度設定為製程中的主要參數。

▶ We defined temperature as our main pa_____r of the process.

1072 我認為你的理論當中有些地方自相矛盾。

▶ I think there are some pa_____es in your theory.

1073 已經一個多月沒有下雨，所以這裡的農田都乾涸了。

▶ It hadn't rained for over a month here, so the farmlands were all pa_____.

》提示《 表示雨水不夠，天氣又太熱，烈日將農田烘乾了。

Answer key

overdue / palatable / panorama / parameter / paradoxes / parched

1068

overdue
[`ovə`dju]
形 過期的；逾期未付的

反 **punctual** 準時的 / **on time** 準時
關 **expire** 屆期 / **pending** 未定的；迫近的
補 字根拆解：**over** 超過 + **due** 到期的

答案 & 單字解說
Get The Answer !

MP3 34

1069

palatable
[`pælətəbḷ]
形 美味的；愉快的

同 **toothsome** 美味的 / **appetizing** 開胃的
反 **distasteful** 不美味的 / **nauseous** 令人作嘔的
補 字根拆解：**palat** 上顎 + **able** 形容詞

1070

panorama
[ˌpænə`ræmə]
名 全景；概述

同 **landscape** 風景 / **overview** 概述
關 **diorama** 透視畫；立體模型 / **three-dimensional** 立體的 / **extended** 延伸的 / **mural** 牆壁的
補 字根拆解：**pan** 全部 + **orama** 景色

1071

parameter
[pə`ræmətə]
名 參數；變數

反 **constant**【物 / 數】常數；不變的事物
關 **indicator** 指示物 / **yardstick** 衡量標準
補 字根拆解：**para** 在旁邊 + **meter/metr** 測量

1072

paradox
[`pærəˌdɑks]
名 自相矛盾的言論

同 **contradiction** 矛盾 / **incongruity** 不一致
關 **ironic** 諷刺的 / **coherence** 連貫性
補 字根拆解：**para** 相反的 + **dox** 意見

1073

parch
[pɑrtʃ]
動 變乾枯；乾透

同 **scorch** 把…烤焦；使枯萎 / **sear** 燒烤；乾枯
反 **moisten** 弄溼；使溼潤 / **dampen** 弄濕
關 **dehydrate** 使乾燥 / **thirsty** 渴的 / **wither** 枯萎；凋謝

1074

他們一直在計劃申請專利。

▶ They had long been planning to file for a p_____.

1075

這間老咖啡店在一九六〇年代可是有很多名人光顧的。

▶ This old-fashioned coffee shop was pa_____d by many celebrities in the 1960s.

》提示《 這裡用的單字，有「經常光顧」的意思。

1076

成果不如他們預期中的好。

▶ The p_____f wasn't as satisfying as what they had expected.

》提示《 在一連串的付出之後，才能得到成果。

1077

我的面試迫在眉睫，但我尚未完全準備好。

▶ My interview is pe_____g, yet I am still not fully prepared.

1078

我們用嗅覺、觸覺、味覺、聽覺及視覺來感知這個世界。

▶ The senses of smell, touch, taste, hearing and sight are what we utilize to per_____ our world.

1079

因為政治迫害，上千難民紛紛逃離那個國家。

▶ Thousands of refugees escaped from the country because of political pe_____c_____n.

1080

大半夜獨自走在巷弄裡會有危險。

▶ You will put yourself in great p_____l if you walk alone in an alley in the middle of the night.

1081

受牙周病所苦的他決定好好照顧牙齒健康。

▶ After suffering from p_____od_____l disease, he decided to take care of his teeth more carefully.

》提示《 請從「牙齒」與「周圍」的意思去聯想。

patent / patronized / payoff / pending / perceive / persecution / peril / periodontal

1074 patent
[`pætṇt]
名 專利；專利權
動 取得…的專利

關 **invention** 發明 / **monopoly** 專賣；壟斷
片 **take out a patent on** 取得…的專利權
搭 **patent medicine** 成藥；專利藥品
補 字根拆解：**pat** 攤開 + **ent** 名詞（物）

1075 patronize
[`petrən‚aɪz]
動 光顧；資助

關 **condescending** 帶有優越感的 / **sponsor** 贊助者
補 字根拆解：**patr/pater** 父親 + **on** 名詞 + **ize** 動詞（聯想：父親為家庭的保護者 → 光顧以支持商店）

1076 payoff
[`pe‚ɔf]
名 成果；結果

同 **consequence** 結果 / **aftermath** 後果
關 **windfall** 意外之財 / **gratifying** 令人滿意的
片 **in return for** 作為回報

1077 pending
[`pɛndɪŋ]
形 迫近的；未決定的

同 **imminent** 即將發生的 / **undecided** 未決定的
搭 **a pending file** 待處理文件 / **a pending case** 未決案件
補 字根拆解：**pend** 懸掛；吊著 + **ing** 形容詞

1078 perceive
[pɚ`siv]
動 感知；察覺

反 **overlook** 忽視 / **misconstrue** 誤解
搭 **perceive a note of anger in one's voice** 從某人聲音中察覺到一絲憤怒
補 字根拆解：**per** 完全地 + **ceive** 拿

1079 persecution
[‚pɝsɪ`kjuʃən]
名 迫害；困擾

同 **expulsion** 驅逐 / **maltreatment** 粗暴對待
搭 **religious persecution** 宗教迫害
補 字根拆解：**per** 通過 + **secu** 跟隨 + **tion** 名詞

1080 peril
[`pɛrəl]
名 （嚴重的）危險

同 **danger** 危險 / **jeopardy** 危險 / **hazard** 危險
片 **do sth. at one's peril** 冒險做某事
補 字義演變：**peri** 試驗 → **peril** 風險

1081 periodontal
[‚pɛrɪo`dɑntḷ]
形 牙周的

考 **peri-** 為表示「周圍」的字首，其他常見單字還有 **perimeter**（邊緣）、**pericarp**（果皮）等。
補 字根拆解：**peri** 周圍 + **odon** 牙齒 + **tal** 形容詞

1082

電腦的周邊設備包括印表機、鍵盤與滑鼠。

▶ Printers, keyboards and mice are pe_____ls of a computer.

1083

應將容易壞掉的食物存放於冰箱。

▶ P_____e food should be stored in the refrigerator.

1084

他很享受公司提供的好處，像是手機、公司車等。

▶ He enjoys the p_____ks provided by the company, such as cell phones and a company car.

》提示《 指因工作而享有的補貼或待遇，為口語用法。

1085

愛迪生和他偉大的發明將會永垂不朽。

▶ Edison and his inventions are so great that they will perp_____.

1086

實驗室裡到處瀰漫著有機化學物的氣味，很難去除。

▶ In the laboratory, p_____ve smells of organic chemicals are hard to be removed.

1087

同意喬伊的人都簽了這份請願書。

▶ Everyone who agreed with Joy signed the pet_____.

1088

他生於富裕家庭，家裡擁有石油管線。

▶ He was born in a rich family that owns a pe_____um pipeline.

1089

那間公司是製藥業裡最成功的幾家公司之一。

▶ That company is one of the most successful companies in the ph_____al industry.

peripherals / Perishable / perks / perpetuate / pervasive / petition / petroleum / pharmaceutical

peripheral
[pə`rɪfərəl]
名 （電腦）周邊設備
形 周圍的；圓周的

1082

同 **marginal** 邊緣的 / **outer** 在外的 / **ambient** 周遭的
反 **central** 中心的 / **crucial** 決定性的 / **focal** 焦點的
補 字根拆解：**peri** 周圍 + **pher** 攜帶 + **al** 形容詞

---

perishable
[`pɛrɪʃəbl̩]
形 （食物）易腐爛的

1083

關 **decay** 腐爛 / **storage** 貯藏 / **dispose** 處置；處理
搭 **perishable food** 易腐壞的食物
補 字根拆解：**per** 完全地 + **ish** 走 + **able** 形容詞

---

perk
[pɜk]
名 （工作上的）好處、額外待遇

1084

同 **perquisite** 額外補貼 / **advantage** 好處
片 **perk sb. up** 使某人活潑起來
補 **fringe benefit** 也有額外福利的意思，但專指非金錢類的好處。

---

perpetuate
[pə`pɛtʃʊ,et]
動 使不朽；使延續

1085

同 **immortalize** 使永恆；使不朽 / **conserve** 保存
反 **discontinue** 停止；中斷 / **give up** 放棄
補 字根拆解：**per** 通過 + **petu** 尋找 + **ate** 動詞（聯想：通過之後也不停止，就能不斷尋找、延續下去。）

---

pervasive
[pə`vesɪv]
形 瀰漫的；遍布的

1086

同 **ubiquitous** 無所不在的 / **widespread** 分布廣的
搭 **a pervasive smell of sth.** 到處瀰漫的⋯味
補 字根拆解：**per** 通過 + **vas** 走 + **ive** 形容詞

---

petition
[pə`tɪʃən]
名 請願書；請願
動 向⋯請願

1087

關 **appeal** 呼籲；懇求 / **plea** 請求 / **application** 申請書
搭 **run a petition campaign** 組織請願活動
補 字根拆解：**peti/pet** 請求；攻擊 + **tion** 名詞

---

petroleum
[pə`trolɪəm]
名 石油

1088

關 **mineral** 礦物 / **gasoline**【美】= **petrol**【英】 汽油 / **fossil fuel** 化石燃料（如煤、天然氣等）/ **oil well** 油井
補 字根拆解：**petrol** 汽油 + **eum/ium** 金屬

---

pharmaceutical
[ˌfɑrmə`sjutɪkl̩]
形 製藥的；藥品的

1089

關 **therapeutic** 治療的 / **sedative** 鎮靜劑
搭 **the pharmaceutical industry** 製藥產業
補 字根拆解：**pharmaceu** 製藥者 + **tical** 形容詞

1090

德蕾莎修女的博愛無私讓我非常敬佩她。

▶ I admire Mother Teresa very much for her **ph**_____**py**.

1091

植物可用作天然染料，很適合替食物染色。

▶ Plants can be used as natural **pi**_____, and they are perfect for dying food.

1092

他突然收到解僱通知單，感到很震驚。

▶ He was shocked to receive his **p**_____ **s**_____ out of the blue.

》提示《 以前的解僱通知單是一張「粉紅色的紙條」。

1093

法官傳喚原告上庭，以便了解更多案情。

▶ The judge summoned the **pl**_____**f** to court to learn more about the case.

1094

血清和血漿有何不同呢？

▶ What is the variation between serum and **pl**_____?

1095

這幾面牆壁是用石膏板做成的，所以很容易就能打破。

▶ The walls are made of **pl**_____**d**, so it's quite easy to break them.

》提示《 也就是用「石膏」製成的「板子」。

1096

如果血小板含量過低，流血時就需要很長的時間才能止血。

▶ If the **pl**_____**t** level is too low, it will take a lot of time to end the bleeding.

1097

他的計畫看起來似乎可行，但實際上根本難以執行。

▶ His plan seemed **pl**_____**e**, but it was actually incredibly difficult to carry out.

Answer key: philanthropy / pigments / pink slip / plaintiff / plasma / plasterboard / platelet / plausible

philanthropy
1090
[fɪ`lænθrəpɪ]
名 博愛；仁慈；慈善

同 **charity** 仁愛；博愛 / **benevolence** 仁慈
關 **humanity** 人性；人道 / **goodwill** 善意
補 字根拆解：**phil** 愛的 + **anthrop** 人類 + **y** 名詞

pigment
1091
[`pɪgmənt]
名 顏料
動 著色；染

同 **coloring** 顏料 / **stain** 著色劑 / **dye** 染料
關 **paint** 油漆 / **tint** 色彩；色調 / **palette** 調色盤
搭 **highly pigmented eyeshadow** 顏色鮮豔的眼影

pink slip
1092
片 解僱通知單

同 **marching orders**【英】= **walking papers**【美】解僱通知
補 源自美國的俚語。當時若要開除員工，就會在薪資的信封裡放進一張粉紅色紙條，表示解僱，因而產生這個俚語。

plaintiff
1093
[`plentɪf]
名 原告；起訴人

反 **defendant** 被告 / **accused** 被告
關 **litigation** 訴訟 / **a civil lawsuit** 民事訴訟
補 字根拆解：**plaint** 哀痛 + **iff** 法律用語

plasma
1094
[`plæzəmə]
名 血漿；【物】電漿

關 **viscous** 黏稠的 / **cardiovascular** 心血管的
搭 **plasma television** 電漿電視
補 字根拆解：**plas** 延展 + **ma** 字尾

plasterboard
1095
[`plæstə͵bord]
名 石膏板

關 **cement board** 水泥板 / **plaster** 石膏 / **ceiling** 天花板
搭 **plaster cast** 石膏模型 / **plaster of Paris** 熟石膏
補 **plasterboard** 是用兩張硬紙夾著一層石膏的建材，是在塗上外牆前，區隔出牆壁、屋頂等的夾板，所以並不堅固。

platelet
1096
[`pletlɪt]
名 血小板

同 **thrombocyte** 血小板
關 **leucocyte** 白血球 / **erythrocyte** 紅血球
補 字根拆解：**plate** 盤子 + **let** 小的

plausible
1097
[`plɔzəbḷ]
形 貌似真實、可信的

搭 **a plausible explanation** 貌似有理的解釋或說明 / **a plausible salesman** 花言巧語的推銷員
補 字根拆解：**plaus** 贊成 + **ible** 形容詞

1098

我發過誓要保守祕密，所以不能告訴你任何相關內容。

▶ I have pl_____ to keep the secret, so I can't tell you anything about that.

1099

飯店正在整修老舊的管線和大廳。

▶ The hotel is renovating its old pl_____g and the lobby.

1100

這款鞋子的鞋底是有充氣的，可以保護腳踝。

▶ The shoes are equipped with a pn_____ic sole to cushion the ankles.

提示 這個單字開頭的 p 是不發音的。

1101

他曾夢想成為指揮家；現在則已實現夢想，站上了指揮臺。

▶ He once dreamed of being a conductor, and now he is on a po_____m, realizing his dream.

1102

亞曼達仔細考慮「是否該不告而別」這件事。

▶ Amanda p_____d whether she should leave without a notice.

1103

在阿拉斯加，人們用雪橇犬來搬運，以免發生意外。

▶ In Alaska, people use sled dogs for the po_____e to avoid any accident.

1104

她給了那名搬運工人小費，以感謝他幫她搬行李。

▶ She tipped the po_____r to thank him for helping with her luggage.

1105

她不吃任何肉類食品，比如家禽和海鮮，她都不吃。

▶ She doesn't eat food that contains any kind of meat, including p_____y and seafood.

 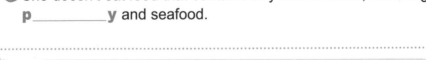
pledged / plumbing / pneumatic / podium / pondered / portage / porter / poultry

pledge

1098

[plɛdʒ]

動 發誓；保證
名 保證；誓言

同 **promise** 做出保證 / **vow** 發誓；誓言
關 **solemn** 鄭重的 / **earnest** 誠摯的
片 **pledge allegiance to** 宣誓向…效忠
搭 **make a pledge** 做保證

plumbing

1099

[`plʌmɪŋ]

名 管路系統

關 **plumber** 水管工人 / **water pipe** 水管
搭 **out of plumb** 傾斜的；不垂直的
補 字根拆解：**plumb** 鉛；導線 + **ing** 名詞

pneumatic

1100

[njuˋmætɪk]

形 充氣的；空氣的

反 **airless** 無空氣的 / **solid** 固體的；實心的
關 **inflatable** 可充氣的 / **compressed** 壓縮的
補 字根拆解：**pneumat** 風 + **ic** 形容詞

podium

1101

[`podɪəm]

名 指揮臺；講臺

關 **baton** 樂隊指揮棒 / **footlight** （舞臺上的）腳燈
考 **podium** 的複數形為 **podia**，類似單字還有 **medium/media**。
補 字根拆解：**pod** 腳 + **ium** 名詞（聯想：腳站的地方）

ponder

1102

[`pɑndɚ]

動 仔細考慮；衡量

同 **give thought to** 對…加以考慮 / **consider** 考慮
片 **ponder on/upon sth.** 沉思、考慮某事
補 字根拆解：**pond/pend** 衡量 + **er** 反覆動作

portage

1103

[`pɔrtɪdʒ]

名 搬運；運費

同 **carriage** 運輸；運費 / **transit** 運送
搭 **a portage route** 搬運路線；運送路線
補 字根拆解：**port** 運送 + **age** 名詞

porter

1104

[`pɔrtɚ]

名 搬運工人

關 **bellhop** 旅館的侍者 / **railway station** 火車站
考 除了搬運工人之外，**porter** 還能指飯店等的門房。
補 字根拆解：**port** 運送 + **er** 名詞（人）

poultry

1105

[`poltrɪ]

名 家禽；家禽肉

同 **domestic fowl** 家禽
關 **chicken** 雞肉 / **duck** 鴨肉 / **livestock** 家畜
搭 **a poultry farm** 飼養家禽並販售的飼養場

1106

持續升高的失業率促使他們採取行動。

▶ The rising unemployment rate prec_____t_____s them into action.

》提示《 這個單字的促使，帶有「突如其來」的意思。

1107

經過設想與推敲之後，排除了這題方程式的部分解法。

▶ Some solutions to this equation were p_____c_____d by the assumptions.

1108

放棄核武的意願是能讓這兩國開啟談話的先決條件。

▶ Willingness to give up nuclear weapons was the prec_____n to the talks between the two nations.

1109

她很尊敬職場的前輩，試著向他們學習。

▶ She paid respect to her pred_____ors at work and tried to learn from them.

1110

會議上，反對建造新發電廠的人占大多數。

▶ People who were against building a new power plant pre_____d in this meeting.

》提示《 既然占大多數，那就是由他們「占主導地位」。

1111

你能想像人們穴居山洞的史前時期嗎？

▶ Can you imagine the pr_____c period when people lived in the caves?

1112

心存偏見無法幫助你了解他人，只會造成更多誤會而已。

▶ Holding p_____j_____ won't help you understand a person but cause more misunderstanding.

1113

首映會開始之前，影星們向觀眾打招呼，謝謝他們來捧場。

▶ Before the p_____e, the movie stars greeted the audience and thanked for their coming.

Answer key: precipitates / precluded / precondition / predecessors / predominated / prehistoric / prejudice / premiere

1106 precipitate
[prɪ`sɪpə͵tet]
動 促使；使突然發生

- 同 accelerate 促進 / expedite 促進 / hasten 加速
- 片 precipitate sb. into action 促使某人立即行動
- 補 字根拆解：pre 在前面 + cipit 頭 + ate 動詞

1107 preclude
[prɪ`klud]
動 排除；防止；妨礙

- 同 obviate 排除；消除 / exclude 把…排除在外
- 片 rule out 把…排除在外；劃線去掉
- 補 字根拆解：pre 在前面 + clude 關上

1108 precondition
[͵prikən`dɪʃən]
名 先決條件；前提

- 同 prerequisite 前提 / requirement 必要條件
- 搭 be a precondition for 是…的前提
- 補 字根拆解：pre 之前 + condition 情況

1109 predecessor
[`prɛdɪ͵sɛsɚ]
名 前輩；前任

- 反 successor 繼任者 / descendant 子孫；後裔
- 關 originate 來自；發源 / senior 年長的；較資深的
- 補 字根拆解：pre 之前 + de 離開 + cess 行走 + or 名詞

1110 predominate
[prɪ`damə͵net]
動 （數量上）占優勢；占主導地位；支配

- 關 override 權力高於 / major 主要的；較多的
- 搭 a predominance of sth. 在某事上有數量的優勢
- 補 字根拆解：pre 在前面 + domin 統治者 + ate 動詞

1111 prehistoric
[͵prihɪs`tɔrɪk]
形 史前的

- 同 primeval 太古的；原始的 / primordial 原始的；最初的
- 關 civilization 文明 / fossil 化石 / humanoid 猿人
- 補 字根拆解：pre 之前 + histor 歷史 + ic 形容詞

1112 prejudice
[`prɛdʒədɪs]
名 偏見；歧視

- 同 bias 偏見 / preconception 偏見
- 關 unreasonable 非理智的 / racism 種族歧視
- 補 字根拆解：pre 之前 + jud 判斷 + ice 名詞

1113 premiere
[prɪ`mjɛr]
名 首映；首演
形 初次的；首位的

- 同 debut 初次登臺 / opening 首映；開幕式
- 關 release 發行；發表 / presentation 演出
- 搭 film premiere 電影首映 / world premiere 世界首演

1114

成為高級會員花了他很大一筆錢。

▶ Buying pr_____m memberships cost him a fortune.

1115

就算已經是八年前的 APP，在年輕人當中仍然很受歡迎。

▶ This app still pr_____v_____s among youngsters even eight years after its release.

1116

她今年很有可能獲得升遷。

▶ It is highly pr_____e that she will get a promotion this year.

1117

那名員工還在試用期，所以很努力，以獲得主管賞識。

▶ The employee is still on p_____b_____n, so she works hard to be recognized by her supervisor.

1118

他在八歲時，便宣告登基，成為清朝的皇帝。

▶ He was p_____c_____ emperor of the Qing dynasty at the age of eight.

1119

我有一些同事做事很拖延，不會馬上解決問題。

▶ Some of my colleagues were just pro_____ instead of solving problems immediately.

1120

手機遊戲的數量在最近這兩、三年間激增了不少。

▶ Mobile games have prol_____d over the past two to three years.

1121

這個人受到貪婪的驅使，之後得到了報應。

▶ The man was p_____p_____ by greed and got punished afterwards.

》提示《 表示這個人的行為都是由貪婪「推動」的。

Answer key　premium / prevails / probable / probation / proclaimed / procrastinating / proliferated / propelled

1114 premium
[`primɪəm]
形 高級的；優質的
名 獎金；加價

片 sell sth. at a premium 以高價賣出某物
搭 premium economy class 豪華經濟艙
補 字根拆解：pr/pre 在前面 + em 購買 + ium 名詞

1115 prevail
[prɪ`vel]
動 流行；普遍

同 predominate 占主導地位 / preponderate 占優勢
搭 prevailing attitude 普遍的觀點
補 字根拆解：pre 在前面 + vail 強壯（聯想：能見物中最強壯的）

1116 probable
[`prɑbəbl]
形 很可能發生的

反 improbable 不太可能的 / impossible 不可能的
片 incline to/towards 有…的傾向；傾向於
補 字根拆解：prob 檢測 + able 形容詞

1117 probation
[pro`beʃən]
名 試用期；【律】緩刑

關 intern 實習生；實習醫生 / parolee 假釋犯人
片 on probation 在試用期的；緩刑中的
補 字根拆解：prob 檢測 + at(e) 動詞 + ion 名詞

1118 proclaim
[prə`klem]
動 宣告；公布；聲明

同 declare 宣告 / announce 宣布 / herald 宣布
搭 self-proclaimed 自稱的；自命的
補 字根拆解：pro 向前 + claim 喊叫

1119 procrastinate
[pro`kræstə,net]
動 拖延；延遲

同 put off 拖延 / dawdle 閒混；浪費（時間等）
反 expedite 迅速執行 / complete 完成 / carry out 執行
補 字根拆解：pro 向前 + crastin 明天的 + ate 動詞

1120 proliferate
[prə`lɪfə,ret]
動 使激增

同 mushroom 迅速增長 / multiply 增加；繁殖
考 prol- 為表示「後代」的字首，常見單字還有 prolific（多產的）。
補 字根拆解：proli 後代 + fer 產生 + ate 動詞

1121 propel
[prə`pɛl]
動 驅使；推進

同 drive 驅動 / impel 推進 / motivate 刺激
關 impetus 推動力 / go forward 取得進展
補 字根拆解：pro 向前 + pel 推；驅動

1122

他擁有這間公寓的所有權，所以只有他能做決定。

▶ He has the **pro_____ry** right of this apartment, so only he could make the decision.

1123

他因偷拿公司經費而被起訴。

▶ He was **p_____d** for stealing money from the company.

1124

他們完成了招股計畫書，並在畢業後一起創業。

▶ They came up with a **pr_____us** and started a business together after they graduated.

》提示《 計畫書閱讀起來很有前景，彷彿在叫人「向前看」。

1125

實施這項協議前，應先擬定風險管理計畫。

▶ A risk management plan should be established before implementation of the **p_____ol**.

1126

無論與誰互動，適度的親近是很重要的。

▶ Appropriate **prox_____y** is important when socializing with anyone.

UNIT **15** Q to R 字頭填空題　Test Yourself!

請參考中文翻譯，再填寫空格內的英文單字。

1127

造訪鄉村期間，她找到一座古樸別緻的城堡，因而感到很興奮。

▶ She was quite excited to find a **q_____t** castle during her trip to the countryside.

proprietary / prosecuted / prospectus / protocol / proximity / quaint

proprietary
[prə`praɪə,tɛrɪ]
形 所有人的；業主的
名 所有權；財產

1122

關 **tenure** （財產、職位等的）占有 / **estate** 地產
搭 **a proprietary right** 所有權；財產權利
補 字根拆解：**propriet** 物主身分 + **ary** 形容詞

---

prosecute
[`prɑsɪ,kjut]
動 起訴；告發

1123

同 **arraign** 控告 / **indict** 控告；起訴 / **sue** 對⋯提起訴訟
關 **bring sb. to justice** 把某人送交法院受審
補 字根拆解：**pro** 向前 + **secu** 跟隨 + **(a)te** 動詞

---

prospectus
[prə`spɛktəs]
名 招股計畫書；（學校
或企業的）簡介

1124

關 **scheme** 計畫；方案 / **outline** 提綱；要點 / **informative**
提供資訊的 / **enterprise** 事業
補 字根拆解：**pro** 向前 + **spect** 看 + **us** 字尾

---

protocol
[`protə,kɔl]
名 協議；草案

1125

關 **diplomacy** 外交 / **proceedings** 會議紀錄 / **all-out**
diplomacy 全民外交 / **sovereign state** 主權國家
補 字根拆解：**proto** 最初的 + **col** 黏著

---

proximity
[prɑk`sɪmətɪ]
名 親近；接近；鄰近

1126

同 **closeness** 接近；親密 / **vicinity** 鄰近；接近
片 **the proximity to** 靠近；接近（後可接地點）
補 字根拆解：**proxim** 旁邊的 + **ity** 名詞

答案 & 單字解說
Get The Answer !

MP3-35

---

quaint
[kwent]
形 古雅的；別緻的

1127

關 **ingenuity** 獨創性 / **antique** 古風的
搭 **a quaint old cottage** 古樸別緻的鄉村別墅
補 用 **quaint** 形容的，是具吸引力，卻不常見的風格（甚至
有些古怪或過時）。

1128

定量與質量分析都是實驗接下來需要的步驟。

▶ Qu_____e analysis and qualitative analysis are both required for the next phase of the experiment.

1129

他們為了哪間餐廳才是最好的而爭吵。

▶ They had a q_____l over which restaurant is the best.

1130

在面試之前,求職者被要求填寫一份冗長的問卷。

▶ Applicants are asked to fill in a lengthy q_____e before the interview.

1131

這份報價單不只列出了價格,還包含了需要花費的時間。

▶ This q_____n includes not only price but also the time it will take to finish the job.

1132

貪婪的商人持續剝削勞工並從中獲利。

▶ The rav_____s merchants have exploited the laborers and profited a lot.

1133

玻璃的製作過程很不可思議,會將沙等原料轉成透明的黏稠液體。

▶ The production of glass is incredible, converting r_____ m_____ like sand into a transparent sticky solution.

1134

雖然他再三保證不會再犯同樣的錯誤,我還是不相信。

▶ Although he r_____red me that the same mistake won't happen again, I still don't trust him.

1135

退還的稅金將會以支票形式寄送給你。

▶ The re_____e of the tax will be sent back to you by check.

Quantitative / quarrel / questionnaire / quotation / ravenous / raw materials / reassured / rebate

quantitative
[`kwɑntə,tetɪv]
形 定量的；量的

關 **quantifiable** 可量化的；可以計量的 / **quantum** 量子；定量 / **molecular** 分子的 / **precision** 精確性；明確性
補 字根拆解：**quantit/quant** 多少量 **+ ative** 形容詞

---

quarrel
[`kwɔrəl]
名 爭吵；不和
動 爭吵；爭論

同 **dispute** 爭執 / **altercation** 爭論 / **brawl** 爭吵
反 **concord** 和睦 / **harmony** 和諧 / **agreement** 同意
片 **patch up one's quarrel** 言歸於好 / **quarrel with sb. over sth.** 與某人爭論某事

---

questionnaire
[,kwɛstʃə`nɛr]
名 問卷；調查表

關 **opinion poll** 民意調查 / **census** 統計數
搭 **fill in a questionnaire** 填寫問卷
補 字根拆解：**quest** 尋找 **+ ion** 名詞 **+ naire** 名詞（物）

---

quotation
[kwo`teʃən]
名 報價單；引用

同 **estimate** 估價；估價單 / **excerpt** 摘錄；引用
關 **offer price** 報價；售價 / **bid price** 買價
搭 **quotation marks** （一對）引號
補 字根拆解：**quot** 編號區別 **+ ation** 名詞（動作）

---

ravenous
[`rævɪnəs]
形 貪婪的；餓極了的

同 **greedy** 貪婪的 / **voracious** 狼吞虎嚥的；貪婪的
反 **satisfied** 滿足的 / **abstemious** （對美食等）有節制的
片 **have a ravenous appetite** 食慾旺盛
補 字根拆解：**raven** 掠奪 **+ ous** 形容詞

---

raw material
片 原料

同 **feedstock** 原料 / **resources** 資源
關 **timber** 木材 / **pig iron** 生鐵 / **unprocessed** 未加工的
搭 **the cost of raw materials** 原物料價格

---

reassure
[riə`ʃur]
動 再保證；使放心

片 **reassure (sb.) about sth.** 使某人安心；安慰某人（也可以用 **reassure sb. + that** 子句）
著 **assure sb. of sth.** 指「保證事情會發生」，切勿混淆。
補 字根拆解：**re** 再一次 **+ as** 前往 **+ sure/sur** 安全的

---

rebate
[`ribet]
名 （尤指政府退還的）部分退款

同 **abatement** 減少額；折扣 / **kickback** 回扣
搭 **a tax rebate** 退稅
補 字根拆解：**re** 重複 **+ bate** 壓低；殺價

1136 他們正計劃要重新啟用廢棄的發電廠，以提供更多電力。
▶ They are planning to r_____t the abandoned power plant to provide more electricity.
》提示《 就好像電腦「重開機」一樣，發電廠也重新運作了。

1137 學生們因成績太差而被老師訓斥了一番。
▶ The students were r_____b_____ by the teacher for their poor grades.

1138 即使面對死亡，他也從未公開放棄自己的信念。
▶ He never r_____c_____d his views even when facing death.
》提示《 這個單字指「公開宣布放棄」以前的想法或觀點。

1139 一言以概括，我們今年的目標就是增加市占率。
▶ To re_____p, our goal this year is to increase our market share.

1140 意見不合多年後，這對兄弟終於與對方和解。
▶ The two brothers finally rec_____d with each other after years of disagreement.

1141 她信中的錯誤都改正好以後，才寄出去。
▶ Every single mistake in her letter was r_____d before it was sent out.

1142 她母親經歷了一場大手術，因此待在鄉下休養。
▶ Her mother stayed in the countryside rec_____r_____ from a major operation.

1143 問題一再發生，顯示幫浦可能壞了。
▶ The rec_____t problem indicated that the pump might be damaged.

Answer key: reboot / rebuked / recanted / recap / reconciled / rectified / recuperating / recurrent

1136 **reboot** [ˌriˋbut] 動 再啟動；再開動	同 **restart** 重新啟動 / **reactivate** 使恢復活動 搭 **reboot the system** 重啟系統 補 字根拆解：**re** 再一次 **+ boot** 猛踢；開機
1137 **rebuke** [rɪˋbjuk] 動 斥責；訓斥	同 **reprimand** 斥責 / **reproach** 責備 / **scold** 責罵 片 **rebuke sb. for sth.** 因某事訓斥某人 補 字根拆解：**re** 返回 **+ buke** 打；擊
1138 **recant** [rɪˋkænt] 動 公開宣布放棄；撤回；反悔	反 **affirm** 斷言；堅稱 / **reiterate** 重申 關 **formally** 正式地 / **publicly** 公開地；公然地 補 字根拆解：**re** 返回 **+ cant** 唱；吟唱
1139 **recap** [riˋkæp] 動 概括；重述要點	同 **sum up** 總結 / **recapitulate** 扼要重述 關 **condensation** 縮短；濃縮 / **core** 核心 補 字根拆解：**re** 再一次 **+ cap** 斗篷
1140 **reconcile** [ˋrɛkənsaɪl] 動 使和解；調停	同 **conciliate** 調解；使和好 / **reunite** 使重聚 片 **reconcile oneself to sth.** 與…達成妥協 補 字根拆解：**re** 再一次 **+ concile** 協商
1141 **rectify** [ˋrɛktəˌfaɪ] 動 改正；矯正	同 **amend** 修改；訂正 / **improve** 改進 搭 **rectify the situation** 整頓局面 考 字根拆解：**rect** 直的；正確的 **+ ify** 做
1142 **recuperate** [rɪˋkjupəˌret] 動 休養；康復	關 **come around** 恢復健康 / **get well** 康復 片 **recuperate from** 從…恢復（通常指病痛） 補 字根拆解：**recuper/recover** 恢復 **+ ate** 動詞
1143 **recurrent** [rɪˋkɝənt] 形 復發的；週期性的	關 **a recurrence of sth.** 某事或某物反覆出現 搭 **a recurrent theme** 反覆出現的主題 補 字根拆解：**re** 再一次 **+ curr/cur** 跑 **+ ent** 形容詞

1144

大家批評他的演講裡有太多冗言贅詞。

▶ He was criticized for using too many re_____t words in his speech.

1145

主持人在開場時提及華森小姐。

▶ The host made ref_____l of Ms. Watson in his opening.

1146

改革我們現在的教育體制是必要之舉。

▶ A r_____m of our education system is necessary.

》提示《 改革就是要「重新塑造」體系。

1147

房屋被翻新整修，以求在市場能賣到更好的價格。

▶ The house was ref_____b_____ so it could get a better price in the market.

1148

針對那些房屋因爆炸而受損的住戶，煤氣公司給予了賠償。

▶ The gas company rei_____d those people for the damage done to their houses from the explosion.

1149

我能理解他為何不太願意分享他的研究詳情。

▶ I understand his r_____e to share more detail on his research.

1150

她深信她的病可以用傳統中醫療法治好。

▶ She believed traditional herbal r_____ would help her illness.

》提示《 中醫療法有很多種類，請注意單字變化。

1151

為了感謝她的貢獻，公司給了她豐厚的報酬。

▶ She received high rem_____n for her dedication to the company.

Answer key

redundant / referral / reform / refurbished / reimbursed / reluctance / remedies / remuneration

1144

redundant
[rɪ`dʌndənt]
形 累贅的；多餘的

同 unnecessary 不必要的 / superfluous 過剩的
反 essential 必要的 / indispensable 必不可少的
補 字根拆解：re 再一次 + dund/und 波動 + ant 形容詞

1145

referral
[rɪ`fɜəl]
名 提及；參考

同 mention 提及 / reference 提及；參考
搭 referral marketing 推薦行銷
補 字根拆解：re 返回 + ferr/fer 攜帶 + al 名詞

1146

reform
[ˌrɪ`fɔrm]
名 改革；改良
動 改革；革新

關 social system 社會體系 / moral 道德上的 / ethical 倫理的 / malpractice 瀆職；營私舞弊 / corrupt 腐敗的
搭 reform school 少年感化院 / a reform of …的改革

1147

refurbish
[ri`fɝbɪʃ]
動 翻新；整修

同 revamp 修補；改造 / overhaul 徹底檢修
關 furnish 配置傢俱 / polish 磨光 / decorate 裝飾
搭 a refurbished building 翻新的建築物
補 字根拆解：re 再一次 + furb 外表 + ish 動詞

1148

reimburse
[ˌriɪm`bɝs]
動 補償；償還

同 compensate 補償 / recompense 補償
片 reimburse sb. for sth. 為了某事補償錢給某人
補 字根拆解：re 返回 + im 在裡面 + burse 錢包

1149

reluctance
[rɪ`lʌktəns]
名 不情願；勉強

同 unwillingness 不情願 / disinclination 不情願
片 be reluctant to 不情願做某事
補 字根拆解：re 再一次 + luct 掙扎 + ance 名詞

1150

remedy
[`rɛmədɪ]
名 療法；補救法

同 cure 治療 / therapy 療法 / treatment 治療
搭 herbal remedies 中醫療法
補 字根拆解：re 再一次 + med 治療 + y 名詞

1151

remuneration
[rɪˌmjunə`reʃən]
名 酬勞；報酬

關 payment 支付 / honorarium 報酬；謝禮
片 in return for sth. 作為對某事的回報
補 字根拆解：re 返回 + muner 給予 + ation 名詞

1152

這對夫妻決定將房間翻新，作為將來孩子的遊戲室。

▶ The couple decided to **ren**＿＿＿＿＿ the room to make it a play room for their future baby.

1153

這間有名的麵店之後成為全國知名的連鎖店。

▶ The **ren**＿＿＿＿＿**d** noodle shop has become a franchise enterprise all over the country.

1154

他一喝完杯子裡的水，服務生便馬上幫他補充。

▶ His glass was **rep**＿＿＿＿＿ by the server once he drank it up.

1155

由於有位董事投了反對票，因此這項提案不予通過。

▶ The proposal was **rep**＿＿＿＿＿**ted** because one board member voted a no.

1156

那間餐廳的衛生沒有達到標準，所以名聲很差。

▶ That restaurant is of ill **re**＿＿＿＿＿**e** because the hygiene does not meet the basic criteria.

1157

因為客戶來訪，所以我們重新安排了每週例會的時間。

▶ We **res**＿＿＿＿＿**d** our weekly meeting due to a customer visit.

1158

讓大家驚訝的是，總統撤銷了那個法令。

▶ To everyone's surprise, the president **res**＿＿＿＿＿**d** the act.

1159

若有任何一方廢除和平協議，都會造成關係惡化。

▶ The **r**＿＿＿＿＿**ion** of the peace agreement by either of the parties will deteriorate the relationship.

renovate / renowned / replenished / repudiated / repute / rescheduled / rescinded / rescission

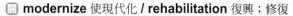

1152 renovate
[`rɛnə‚vet]
動 翻新；修復

- 關 **modernize** 使現代化 / **rehabilitation** 復興；修復
- 搭 **be newly renovated** 新裝修的
- 補 字根拆解：**re** 再一次 **+ nov** 新的 **+ ate** 動詞

1153 renowned
[rɪ`naʊnd]
形 有名的；聞名的

- 同 **famous** 有名的 / **eminent** 著名的
- 反 **anonymous** 無名的 / **infamous** 惡名昭彰的
- 補 字根拆解：**re** 重複 **+ nown** 說出名字 **+ ed** 形容詞

1154 replenish
[rɪ`plɛnɪʃ]
動 把…裝滿；補充

- 片 **replenish A with B** 用 B 補充 A
- 搭 **replenish the stock** 補貨
- 補 字根拆解：**re** 強調 **+ plen** 滿的 **+ ish** 動詞

1155 repudiate
[rɪ`pjudɪ‚et]
動 不接受；批駁

- 同 **deny** 拒絕要求 / **disallow** 駁回
- 關 **veto** 否決權 / **authority** 權力；職權
- 補 字根拆解：**re** 返回 **+ pudi/pud** 感到羞愧 **+ ate** 動詞

1156 repute
[rɪ`pjut]
名 名氣；聲望
動 把…稱為；認為

- 同 **renown** 名聲 / **fame** 聲譽；名望
- 搭 **a place of ill repute** 聲名狼藉的地方
- 補 字根拆解：**re** 重複 **+ pute/put** 判斷；認為

1157 reschedule
[ri`skɛdʒul]
動 重新安排…的時間；
將…改期

- 關 **postpone** 使延期 / **reconvene** 重新集合（開會）
- 搭 **reschedule a debt** 債務重新安排；重訂償債期限 /
  reschedule a meeting 重新安排會議時間
- 補 字根拆解：**re** 再一次 **+ schedule** 計畫表

1158 rescind
[rɪ`sɪnd]
動 撤銷；取消；廢除

- 同 **abolish** 廢除；廢止 / **abrogate** 取消；廢除
- 關 **contract** 合約 / **null and void** 無法律約束力的
- 補 字根拆解：**re** 返回 **+ scind** 切

1159 rescission
[rɪ`sɪʒən]
名 廢止；撤回；解約

- 同 **annulment** 廢除 / **revocation** 廢止；撤回
- 關 **no longer** 不再 / **retroactive** 有追溯效力的
- 補 字根拆解：**re** 返回 **+ scis/scind** 切 **+ sion** 名詞

1160

在音樂學院裡，學生將學習共鳴的作用與原理。

▶ At the music academy, students are taught the effects and principles of r_____e.

1161

我們在心肺復甦術的課堂上學到如何進行人工呼吸。

▶ We learned how to perform artificial r_____n in the CPR lesson.

1162

醫生幫我爺爺戴上人工呼吸器。

▶ The doctor put my grandfather on a re_____r.

1163

這位病人的呼吸系統因流行性感冒而受到感染。

▶ The patient's re_____y system was infected due to the flu.

1164

那間公司給因服用藥物而產生嚴重副作用的受害者賠償。

▶ The company made res_____n to those who suffered from severe side effects after using the drugs.

1165

他們兩個人都同意要為了孩子存錢，限制每月的花費。

▶ They both agreed on a monthly spending re_____t to save money for their baby.

1166

能帶上飛機與不能帶上機的物品都是有限制的。

▶ There are res_____ns on what you can and can't bring on a plane.

1167

新執行長增加客戶群的策略成功復興了這間公司。

▶ The new CEO's strategies on growing the customer base successfully rev_____zed the company.

resonance / respiration / respirator / respiratory / restitution / restraint / restrictions / revitalized

resonance
[`rɛzənəns]
名 共鳴；迴響；共振

- 關 **sonority** 響亮 / **vibration** 震動 / **echo** 回音；共鳴
- 搭 **nuclear magnetic resonance (NMR)** 核磁共振
- 補 字根拆解：**re** 返回 + **son** 發出聲音 + **ance** 名詞

1160

respiration
[ˌrɛspəˋreʃən]
名 呼吸

- 關 **inhalation** 吸氣 / **exhalation** 呼氣 / **asthmatic** 氣喘的
- 搭 **give artificial respiration** 實行人工呼吸
- 補 字根拆解：**re** 再一次 + **spir** 呼吸 + **ation** 名詞（動作）

1161

respirator
[ˋrɛspəˌretə]
名 人工呼吸器

- 關 **cannula** 插管 / **oxygen mask** 氧氣罩
- 片 **put sb. on sth.** 讓某人開始使用（某種藥物）
- 補 字根拆解：**re** 再一次 + **spir** 呼吸 + **ator** 名詞（物）

1162

respiratory
[ˋrɛspərəˌtɔri]
形 呼吸的

- 關 **ventilation** 通風；流通空氣 / **metabolic** 新陳代謝的 / **asthma** 氣喘（病）/ **pulmonary** 肺的；肺病的
- 搭 **respiratory system** 呼吸系統

1163

restitution
[ˌrɛstəˋtjuʃən]
名 賠償；歸還

- 片 **make restitution for sth.** 賠償某物
- 搭 **full restitution** 全額賠償
- 補 字根拆解：**re** 再一次 + **stitu** 擺放 + **tion** 名詞

1164

restraint
[rɪˋstrent]
名 限制；克制

- 片 **keep sb. under restraint** 限制某人的人身自由
- 搭 **restraint order** （法院發出的）禁止令；保護令
- 補 字根拆解：**re** 返回 + **straint/string** 拉緊

1165

restriction
[rɪˋstrɪkʃən]
名 限制；約束

- 片 **without restrictions** 無限制地；無約束地
- 搭 **import restrictions** 進口限制 / **export restrictions** 出口限制
- 補 字根拆解：**re** 返回 + **strict** 拉緊 + **ion** 名詞

1166

revitalize
[riˋvaɪtlˌaɪz]
動 復興；恢復生氣

- 同 **reinvigorate** 使恢復活力 / **regenerate** 恢復；再生
- 搭 **revitalize the economy** 振興經濟
- 補 字根拆解：**re** 返回 + **vital** 生命的 + **ize** 動詞

1167

1168

在洗了熱水澡後，我感覺煥然一新，可以再進行一小時的討論。

▶ I was r_____ved after a hot bath and was ready for another hour of discussions.

》提示《 感覺煥然一新就像是你這個人「復活」了一樣。

1169

因為財政赤字很嚴重，所以補助被取消了。

▶ The subsidy was **rev**_____**ed** due to the serious fiscal deficit.

1170

為了降低成本，我們必須減少加工的時間及避免重做。

▶ For cost reduction, we need to decrease the cycle time and avoid to r_____k.

1171

在健身房訓練了兩個月，現在的他看起來很強壯。

▶ After two month's training in the gym, he looks r_____t now.

1172

這份概要裡面包含我們競爭對手所採取的商業策略。

▶ Here's a r_____d_____n of the business strategies of our competitors.

1173

這兩位亞軍不僅來自同一個國家，還是同一個小鎮出身的。

▶ The two r_____-u_____ came from the same country and even the same town.

revived / revoked / rework / robust / rundown / runners-up

1168

revive
[rɪ`vaɪv]
動 甦醒；復活

關 active 活躍的 / faint 昏厥；昏倒 / vitality 活力
片 to revive one's hopes 使某人重新燃起希望
搭 the revived memories 復甦的記憶
補 字根拆解：**re** 再一次 **+ vive/viv** 生存

1169

revoke
[rɪ`vok]
動 撤銷；廢除；取消

反 authorize 授權給；批准 / enact 頒布（法案）
搭 revoke a certificate 吊銷憑證
補 字根拆解：**re** 返回 **+ voke/vok** 叫喚

1170

rework
[ri`wɜk]
動 重做；修改

同 reshape 重新塑造 / modify 更改；修改
考 **re-** 為表示「重新、再一次」的字首。
補 **cycle time** 為生產效率的指標，指的是產品放入機器到加工完成的時間。

1171

robust
[rə`bʌst]
形 強健的；堅固的

同 sturdy 健壯的；堅固的 / vigorous 強而有力的
關 athletic 運動的 / in good shape 健康；狀況良好
補 字義演變：**rob** 硬木；力氣 → **robust** 堅固的

1172

rundown
[`rʌn,daʊn]
名 概要；縮減

同 summary 摘要 / synopsis 概要 / overview 概要
關 concise 簡明的；簡潔的 / sum up 總結
搭 market rundown 市況概要報告

1173

runner-up
[`rʌnə`ʌp]
名 亞軍；第二名

關 champion 冠軍 / in the second place 第二名
補 本單字也可以泛指冠軍以外的選手，此時將第二名稱為 **the first runner-up**，第三名為 **the second runner-up**。

UNIT 16 S 字頭填空題

Test Yourself!

請參考中文翻譯，再填寫空格內的英文單字。

1174

推銷術能夠讓他人買下自己其實不怎麼需要的物品。

▶ S_____p has the power to encourage people to buy things they don't really need.

1175

會議的重點之一就是公布年終獎金有多少。

▶ One sa_____t point of the meeting was the announcement of the amount of the annual bonus.

》提示《 既然是重點，那就是很「顯著的」事項。

1176

北韓因持有核子武器而被經濟制裁。

▶ Economic sa_____ns were imposed on North Korea for its possession of nuclear weapons.

1177

我們發射了國內製造的衛星。

▶ We had launched a s_____e made by our country.

1178

車上充滿她的香水味。

▶ The fragrance of her perfume sa_____ted her car.

》提示《 香水味彷彿「滲透」車內的每一處。

1179

她剛轉換跑道，工作上的專業能力還不足。

▶ She has just changed her career and hasn't gained much professional s_____y yet.

1180

政府將於下個月實施新的健康保險方案。

▶ The government will be enforcing a new sc_____e for health insurance next month.

Answer key **Salesmanship / salient / sanctions / satellite / saturated / savvy / scheme**

答案 & 單字解說
Get The Answer !

MP3-36

1174
salesmanship
[`selsmən‚ʃɪp]
名 推銷術；銷售

同 **selling skills** 銷售技巧
關 **technique** 技巧；技術 / **persuasion** 說服（力）
補 字根拆解：**sales** 銷售 + **man** 人 + **ship** 名詞（狀態）

1175
salient
[`selɪənt]
形 顯著的；突出的

同 **noticeable** 顯著的 / **conspicuous** 明顯的
反 **unimportant** 不重要的 / **minor** 次要的
補 字根拆解：**sali** 跳躍 + **ent** 形容詞

1176
sanction
[`sæŋkʃən]
名 國際制裁；批准

片 **impose sanctions on** 對…實施制裁 / **lift sanctions on** 取消對…的制裁
考 當作「國際制裁」解釋時，單字以複數形表示。
補 字根拆解：**sanct** 神聖的 + **ion** 名詞

1177
satellite
[`sætḷ‚aɪt]
名 衛星；人造衛星

關 **spacecraft** 太空船 / **orbit**（天體等的）運行軌道
搭 **weather satellite** 氣象衛星 / **satellite television** 衛星電視
補 字根拆解：**sate** 充滿的 + **llite** 走

1178
saturate
[`sætʃə‚ret]
動 滲透；使充滿

關 **vapor** 水氣；蒸氣 / **chemical compound** 化合物
搭 **saturated fat** 飽和脂肪 / **saturated solution** 飽和溶液
補 字根拆解：**satur** 充滿的 + **ate** 動詞

1179
savvy
[`sævɪ]
名 實際能力；常識
形 精明的

關 **practical** 實用的 / **cognitive** 認知的
搭 **business savvy** 商業知識
補 字根拆解：**sav/sap** 智慧的；知道的 + **vy** 字尾

1180
scheme
[skim]
名 方案；計畫
動 設計；策劃

關 **stratagem** 策略；計謀 / **contrive** 巧妙安排
搭 **under the new scheme** 按照新計畫
補 字義演變：**schem** 形狀 → **scheme** 方案

1181

這件半成品不符合規格，因此被報廢了。

The semi-finished product was sc_____ped because the measurement was out of spec.

》提示《 被報廢之後，這件半成品就會被拆解成「碎片」。

1182

他詳細檢查了犯罪現場，試圖找出更多線索。

He sc_____zed the crime scene, trying to find more clues.

1183

在警探的詳細檢查之下，終於找到能將謀殺犯定罪的關鍵證據。

Under the detective's sc_____y, critical evidence convicting the murderer was finally found.

1184

就在六十年前，美國還是個實施種族隔離的社會。

Just sixty years ago, the United States was still a seg_____ed society.

1185

所有相關機密與專利細節都被丟進碎紙機處理了。

All related confidentialities and the details of the patent were put through the document sh_____r.

1186

展覽中的銀製餐具據說是伊莉莎白女王一世用過的物品。

The s_____re in the exhibition was said to have been used by Queen Elizabeth I.

1187

我很想念我奶奶煮的燉肉。

I missed the s_____red meat made by my grandmother.

1188

在研討會上，將有同步翻譯。

Si_____s translation will be available in the seminar.

Answer key scrapped / scrutinized / scrutiny / segregated / shredder / silverware / simmered / Simultaneous

1181

scrap
[skræp]
動 廢棄；銷毀
名 碎片；少量

關 **unwanted** 不需要的 / **get rid of** 扔掉；擺脫
搭 **scrapyard** 廢料場 / **scrap paper**（背面可寫的）廢紙
補 字義演變：**scrap** 抓；抓破 → 丟棄

1182

scrutinize
[`skrutn͟ˌaɪz]
動 詳細檢查；端詳

同 **examine sth. in detail** 仔細檢查某物
關 **look into** 調查 / **discover** 發現；發覺
考 **-ize** 為表示「使成…狀態」的動詞字尾。

1183

scrutiny
[`skrutnɪ]
名 詳細的檢查；監督

同 **inspection** 檢查 / **survey** 檢視；察看
片 **be under scrutiny** 正被嚴密地檢視中
補 字根拆解：**scrut** 檢查 + **iny** 字尾

1184

segregate
[`sɛgrɪˌget]
動 隔離並差別對待；
分離；分開

片 **segregate sb./sth. from** 將某人、某物從…中分離出來
搭 **a segregated school** 實行種族隔離的學校
補 字根拆解：**se** 分離 + **greg** 群 + **ate** 動詞

1185

shredder
[`ʃrɛdɚ]
名 碎紙機；切菜器

關 **documentary** 文件的 / **slip** 紙條
片 **in shreds** 破碎的 / **tear sth. to shreds** 猛烈抨擊（事物、聲譽等）；嚴重損害（物品）
搭 **a vegetable shredder** 蔬菜切絲機

1186

silverware
[`sɪlvɚˌwɛr]
名 銀器；銀製品

關 **flatware caddy** 刀叉架 / **silversmith** 銀匠；銀器商
考 **-ware** 為表示「物品」的字尾，具備相同字尾的常見單字還有 **tableware**（餐具）、**dishware**（盆、碟子之類的器具）。

1187

simmer
[`sɪmɚ]
動 燉煮；煨

同 **stew** 煮；燉 / **boil** 烹煮；沸騰
關 **fry** 煎；炒 / **deep-fry** 油炸 / **blanch** 汆燙
片 **simmer down** 冷靜下來

1188

simultaneous
[ˌsaɪml̩`tenɪəs]
形 同步的；同時的

同 **coincident** 同時發生的 / **concurrent** 同時的
考 **-ous** 能將單字轉化為形容詞，表示「具備…特質」。
補 字根拆解：**simul** 同時 + **tane** 時間 + **ous** 形容詞

1189

與這類零件有關的股票價格在這三個月內飛漲。

▶ Stock prices for the components have sk_____ted over the past three months.

1190

她向衛生局申請了孩子的醫療帳單。

▶ She sol_____ the health department to obtain her child's medical bill.

》提示《 申請也就是向衛生局提出「請求」。

1191

她向律師尋求協助，問了他一個關於文件上的問題。

▶ She turned to her s_____r and asked him a question about the document.

1192

根據初步檢查，此議題相當複雜，需要多一點時間來處理。

▶ Based on the preliminary check, the issue is quite so_____d and more time is required.

1193

可以請你具體說明一下是如何組裝這個裝置的嗎？

▶ Would you please sp_____y how you managed to assemble the device?

1194

經理推測有員工在偷公司的錢。

▶ The manager sp_____d that one of the employees was stealing from the company.

1195

山頂上的風景十分壯觀。

▶ It was quite a sp_____e on top of the mountain.

》提示《 請注意不定冠詞 a，不要被中文影響對詞性的判斷。

1196

那對雙胞胎不約而同地給出相同的答案，彷彿早已知道對方所想。

▶ The twins gave the same answers sp_____y as if they already knew what the other was going to say.

Answer key skyrocketed / solicited / solicitor / sophisticated / specify / speculated / spectacle / spontaneously

skyrocket
[`skaɪˌrakɪt]
動 飛漲；暴漲

- **同** **rocket** 飛漲 / **soar** 高漲 / **zoom up** 直線上升
- **關** **projectile** 拋射的；投擲的 / **uprear** 升起
- **搭** **sb. skyrocket to fame by sth.** 某人因某事而竄紅

solicit
[sə`lɪsɪt]
動 請求；徵求

- **關** **urgently** 急迫地 / **donation** 捐款；捐贈物
- **搭** **solicit funds from** 從…那裡募款
- **補** 字根拆解：**soli** 整個 + **cit** 激起

solicitor
[sə`lɪsətə]
名 事務律師

- **搭** **a firm of solicitors** 律師事務所
- **補** 嚴格說起來，**solicitor** 指事務律師，一般為處理法律文件的律師（不負責出庭）；而 **barrister** 則表示出庭律師，是負責打訴訟的角色。

sophisticated
[sə`fɪstɪˌketɪd]
形 複雜的；有經驗的

- **同** **complex** 錯綜複雜的 / **elegant** 高雅的
- **反** **naive** 天真的 / **simple** 單純的 / **inexperienced** 不熟練的
- **補** 字根拆解：**soph** 智慧 + **ist** 名詞 + **ic** 形容詞 + **at(e)** 動詞 + **ed** 形容詞

specify
[`spɛsəˌfaɪ]
動 詳細說明；具體陳述

- **同** **clarify** 闡明 / **elaborate** 詳細說明
- **關** **concrete** 具體的 / **purpose** 目的；用途
- **補** 字根拆解：**speci** 種類；類別 + **fy** 動詞（使成…化）

speculate
[`spɛkjəˌlet]
動 推測；推斷；猜測

- **同** **conjecture** 推測 / **surmise** 推測；猜測
- **片** **speculate about** = **speculate on** 推測（某事）
- **補** 字根拆解：**spec** 看 + **ul/ule** 小尺寸 + **ate** 動詞

spectacle
[`spɛktəkl]
名 壯觀；景象；奇觀

- **同** **sight** 景色；景象 / **pageant** 壯麗的場面
- **關** **marvelous** 令人驚嘆的 / **vision** 看見；所見事物
- **片** **make a spectacle of oneself** 使出洋相
- **補** 字根拆解：**spect/spec** 看 + **acle** 名詞（小尺寸）

spontaneously
[span`teniəslɪ]
副 不由自主地；自發地

- **同** **instinctively** 本能地；直覺地 / **automatically** 自動地
- **反** **consciously** 有意識地 / **intentionally** 有意地；故意地
- **補** 字根拆解：**spontane/spont** 願意的 + **ous** 形容詞 + **ly** 副詞

1197

抱歉，我無意驚擾你。
▶ Sorry, I didn't mean to st_____e you.
》提示《 這是「驚嚇」到對方之後說的話。

1198

股票市場的價格起落不定。
▶ The values rise and fall on the s_____ m_____.

1199

他是一位有名的股票經紀人，提供財務建議給許多有錢人。
▶ He is a famous s_____r, giving financial advice to many rich people.

1200

我比較喜歡這輛車的流線造型。
▶ I prefer the st_____e shape of this motor vehicle.

1201

他們消極的態度嚴重阻礙了專案的進行。
▶ Their negative attitudes had greatly st_____ the progress of the project.
》提示《 專案就像人「窒息」般地無法順暢進行。

1202

在接受提議之前，他訂定了幾項條件。
▶ He sti____l____ certain conditions before accepting the offer.

1203

新大樓的室內設計外包給了另一間公司。
▶ The interior design of the new building was su_____ to another company.
》提示《 也就是簽了「合約」之後，再度「往下」發給別的廠商做。

1204

這家外包商主要負責市政府的建造工程。
▶ This su_____r is mainly responsible for the construction of the new city hall.

Answer key: startle / stock market / stockbroker / streamline / stifled / stipulated / subcontracted / subcontractor

1197	**startle** [`startl̩] **動** 驚嚇；使嚇一跳	**同** **astonish** 使吃驚；使驚訝 / **scare** 驚嚇 **片** **be startled at sth.** 對某事或某物感到吃驚 **補** 字根拆解：**start/stert** 跳起來 + **le** 反覆動作（聯想：嚇到跳起來）
1198	**stock market** **片** 股票市場	**關** **stock exchange** 股票（或證券）交易所 / **limit up** 漲停 / **limit down** 跌停 / **bid price** 買入價格 **片** **go up = rise** 上漲 / **go down = fall** 下跌
1199	**stockbroker** [`stɑk͵brokɚ] **名** 股票經紀人	**關** **futures** 期貨 / **credit rating** 信用等級；信用評比 **搭** **stockbroker belt** （在倫敦商業區工作的）富人區 **補** **bond fund** 債券型基金 / **equity fund** 股票型基金
1200	**streamline** [`strim͵laɪn] **形** 流線型的 **名** 流線型	**關** **optimization** 最佳化 / **speed up** 使加速 **搭** **stream of consciousness** 意識流文學 **補** 字根拆解：**stream** 溪流 + **line** 線條
1201	**stifle** [`staɪfl̩] **動** 抑止；窒息	**同** **smother** 使窒息 / **suppress** 壓制 / **squelch** 遏制 **搭** **stifling bureaucracy** 專制的官僚作風 **補** 字義演變：**stif** 堵住 → **stifle** 窒息
1202	**stipulate** [`stɪpjə͵let] **動** 規定；約定	**同** **postulate** 要求 / **lay down** 制定（規範等） **關** **legal force** 法律效力 / **threshold** 門檻 **補** 字根拆解：**stipul** 麥稈 + **ate** 動詞（起源：用麥稈完成支付 → 明文規定）
1203	**subcontract** [sʌb`kɑntrækt] **動** 外包；分包	**同** **outsource** 將…外包 / **farm sth. out** 把工作包給… **片** **contract sth. out to sb.** 訂約將某工作外包給某人 **補** 字根拆解：**sub** 往下 + **con** 共同 + **tract** 拉
1204	**subcontractor** [sʌb͵kən`træktɚ] **名** 外包商；轉包商	**關** **builder** 建築商 / **enterprise** 企業 / **supplier** 供應商 / **manufacturer** 製造商 / **cut costs** 降低成本 **補** **Original Equipment Manufacturer (OEM)** 純代工的製造商（不負責產品設計）

1205

有些人相信，是潛意識在決定我們的生活方式。

▶ Some believe it is the su_____s that controls our life.

1206

議會同意將該城市規劃成新的行政分支。

▶ The council agreed on the new administrative subd_____n of the city.

1207

轉租公寓是違反租屋合約的。

▶ S_____ing the apartment would be a violation of the rental contract.

1208

人資部想找的，並非只知服從的求職者。

▶ The HR department is not looking for a su_____ve job candidate.

1209

別再把注意力放在次要的事情上，做點真正有幫助的事吧！

▶ Stop focusing on the sub_____y matter and start doing something that really helps!

1210

在經濟改革之後，政府便提供補助津貼給當地農民。

▶ The government s_____zed local farmers after the economic reform.

1211

這些光學纖維的品質不合格，所以整批貨都被原廠回收了。

▶ The quality of the optical fiber was su_____d, so the whole shipment was recalled.

》提示《 不合格表示商品的品質在「標準以下」。

1212

對她的指控尚未被證實。

▶ The allegations against her have not yet been subs_____.

》提示《 尚未證實表示還沒有「具體化、實體化」。

Answer key
subconscious / subdivision / Subletting / submissive / subsidiary / subsidized / substandard / substantiated

1205 subconscious
[sʌb`kɑnʃəs]
名 潛意識；下意識
形 潛意識的；下意識的

同 **subliminal** 潛在意識的 / **instinctive** 出於本能的
搭 **subconscious thoughts** 下意識的想法
補 字根拆解：**sub** 下方 + **con** 完全地 + **sci** 知道 + **ous** 形容詞（聯想：意識之下為潛意識）

1206 subdivision
[sʌbdə`vɪʒən]
名 分支；細分

同 **section** 部分；部門 / **branch** 分支
片 **subdivide sth. into** 將某物細分成⋯
補 字根拆解：**sub** 下方 + **divis** 分割 + **ion** 名詞

1207 sublet
[sʌb`lɛt]
動 轉租

同 **sublease** 分租；轉租 / **underlet** 轉租
搭 **short-term sublet** 短期轉租
補 字根拆解：**sub** 下方 + **let** 允許

1208 submissive
[sʌb`mɪsɪv]
形 服從的；柔順的

同 **compliant** 順從的 / **docile** 馴服的
反 **rebellious** 造反的 / **defiant** 違抗的
補 字根拆解：**sub** 下方 + **miss** 放鬆 + **ive** 形容詞

1209 subsidiary
[səb`sɪdɪˌɛrɪ]
形 次要的；輔助的
名 子公司

同 **secondary** 次要的；輔助的 / **ancillary** 從屬的
反 **chief** 最重要的 / **primary** 主要的 / **main** 主要的
補 字根拆解：**sub** 下方 + **sidi/sid** 放置 + **ary** 形容詞

1210 subsidize
[`sʌbsəˌdaɪz]
動 給津貼；資助

同 **bankroll** 提供財務上的資助 / **sponsor** 資助
關 **subvention** 資助金 / **in the red** 虧損；負債
搭 **a subsidized loan** 有資助的貸款（如助學貸款）
補 字根拆解：**sub** 下方 + **sid** 放置 + **ize** 動詞

1211 substandard
[sʌb`stændəd]
形 不合規格的

搭 **substandard goods** 不合格的商品 / **substandard housing** 不符合標準的住宅條件
補 字根拆解：**sub** 下方 + **stand** 站 + **ard** 堅固的

1212 substantiate
[səb`stænʃɪˌet]
動 證實；使實體化

同 **prove** 證實 / **attest to** 證明 / **authenticate** 證明為真
補 字根拆解：**sub** 下方 + **sta** 站 + **anti/ance** 名詞 + **ate** 動詞（聯想：有實際的物體佇立在下方支持）

1213

連續三年在商場上取得的成功經驗增強了他的信心。

▶ Three s_____ve years of business success boosted his confidence.

1214

政府將提撥一筆很大的補助金給那些購買綠傢俱的民眾。

▶ The government will allocate a hefty s_____y to those who purchase eco-friendly furniture.

1215

他只和她相處了半天，便屈服於她的魅力之下。

▶ He suc_____ to her charm after being with her for only half a day.

1216

他以為這趟旅程帶五百元就足夠，結果證明那根本不夠。

▶ He thought that $500 would su_____ce for his trip, but it turned out that it was not enough.

1217

你必須確認原料的庫存量是足夠的。

▶ You need to be sure that there is su_____nt storage of the raw materials.

1218

這場火災的濃煙導致五人窒息而死。

▶ The fire caused five people to s_____te in the fumes.

1219

詹姆士從不向對手投降，反之，他會挺過重重關卡。

▶ James had never s_____r_____ to his rivals; instead, he always fought his way out of a challenge.

1220

嫌犯已被鎖定，並在警方的監控中。

▶ The suspect was targeted and is now under police s_____e.

Answer key

successive / subsidy / succumbed / suffice / sufficient / suffocate / surrendered / surveillance

successive
[sək`sɛsɪv]
形 連續的；依次的

同 **following** 接著的 / **consecutive** 連續不斷的
搭 **win the championship for the third successive year** 連續三年贏得冠軍
補 字根拆解：**suc/sub** 之後 + **cess** 走 + **ive** 形容詞

subsidy
[`sʌbsədɪ]
名 補助金；津貼

同 **grant** 助學金；獎學金 / **stipend** 津貼；獎學金
關 **patronage** 資助 / **charity** 慈善事業 / **aid** 幫助
搭 **government subsidy** 政府津貼

succumb
[sə`kʌm]
動 屈服；屈從

同 **yield** 屈服 / **surrender** 屈服 / **give in** 投降
片 **succumb to sth.** 屈服於⋯之下
補 字根拆解：**suc/sub** 下方 + **cumb** 躺下

suffice
[sə`faɪs]
動 足夠；使滿足

關 **furnish sb. with sth.** 提供某物給某人
片 **suffice (it) to say,** ⋯ 無需多說，⋯⋯
補 字根拆解：**suf/sub** 高達 + **fice** 製作

sufficient
[sə`fɪʃənt]
形 足夠的；充分的

同 **adequate** 足夠的 / **ample** 充裕的；足夠的
反 **meager** 不足的；貧乏的 / **deficient** 缺乏的
補 字根拆解：**suf/sub** 高達 + **fici** 製作 + **ent** 形容詞

suffocate
[`sʌfə.ket]
動 使窒息而死；悶死

關 **oxygen** 氧氣 / **carbon monoxide** 一氧化碳
搭 **suffocating smoke** 令人窒息的煙
補 字根拆解：**suf** 下面 + **foc** 食道 + **ate** 動詞

surrender
[sə`rɛndə]
動 投降；放棄

片 **surrender to (sb. or sth.)** 向某人、事、物投降
搭 **surrender value** 被保險人中途解約時的退保金額
補 字根拆解：**sur** 在⋯之上 + **render** 放棄

surveillance
[sə`veləns]
名 監視；監督

關 **watchful** 警惕的；戒備的 / **security** 安全；防護
片 **under one's surveillance** 在某人的監視中
補 字根拆解：**sur** 在⋯之上 + **veill** 看 + **ance** 名詞

1221

她很容易受他人影響。

▶ She was highly s_____ c_____le to the influence of others.

1222

當兩個人分處兩地時，很難維繫戀情。

▶ It's hard to sus_____n a romantic relationship when you are far away from each other.

》提示《 這裡指的是感情很難「持續、維持」下去。

1223

她的信用卡申請被拒絕，因為她的財務狀況太不穩定了。

▶ Her credit card application was rejected because of her lack of fiscal su_____y.

》提示《 表示她財務上的「持續性」是有問題的。

1224

羅馬式建築強調其對稱設計。

▶ Roman architecture emphasizes s_____c design.

1225

她最愛的交響樂團下個月要來臺灣。

▶ Her favorite s_____y orchestra is coming to Taiwan next month.

1226

他曾任職於研究機構，是合成聚合物方面的專家。

▶ He worked in a research facility and was an expert in the sy_____is of polymers.

1227

每次做注射時，診所都會使用新針筒，以免病人感染其他疾病。

▶ The clinic always uses new s_____ges so that patients don't get infected by other diseases.

Answer key susceptible / sustain / sustainability / symmetric / symphony / synthesis / syringes

1221 **susceptible**
[sə`sɛptəbḷ]
形 易受…影響的；易被
感動的

關 **vulnerable** 易受傷的 / **flattery** 阿諛之詞
補 字根拆解：**sus** 下方 + **cept** 抓住 + **ible** 形容詞（聯想：
抓住內心深層的感受，就是敏感、易感。）

1222 **sustain**
[sə`sten]
動 維持；支撐

同 **maintain** 維持；使繼續 / **keep up** 保持；繼續
關 **duration** （時間的）持續 / **existence** 存在
補 字根拆解：**sus/sub** 下方 + **tain** 保持

1223 **sustainability**
[sə͵stenə`bɪlɪtɪ]
名 持續性；永續性

關 **ecosystem** 生態系統 / **biodiversity** 生物多樣性
補 字首與字根請參考上一個單字 **sustain**；字尾的 **-ability**
則是「**able**（形容詞）+ **ity**（名詞）」的變化形。

1224 **symmetric**
[sɪ`mɛtrɪk]
形 對稱的；勻稱的

反 **asymmetric** 不對稱的 / **irregular** 不對稱的
關 **balance** 平衡；均衡 / **mirror image** 鏡像
補 字根拆解：**sym** 共同 + **metr** 測量 + **ic** 形容詞

1225 **symphony**
[`sɪmfənɪ]
名 交響樂；交響曲

關 **the strings** 弦樂器 / **the woodwinds** 木管樂器 / **the
brass** 銅管樂器 / **percussion instruments** 打擊樂器
補 字根拆解：**sym** 共同 + **phon** 聲音 + **y** 名詞

1226 **synthesis**
[`sɪnθəsɪs]
名 合成；綜合體

同 **combination** 綜合體 / **amalgam** 混合物
關 **a chemical compound** 化學合成物
補 字根拆解：**syn** 一起 + **the** 放置 + **sis** 字尾

1227 **syringe**
[sə`rɪndʒ]
名 注射器；針筒

關 **thermometer** 體溫計 / **stethoscope** 聽診器 / **gauze**
（醫用）紗布 / **inject** 注射 / **hypodermic** 皮下的
補 字義演變：**syrin** 管子 → **syringe** 注射器；針筒

UNIT 17 T 字頭填空題

Test Yourself !

請參考中文翻譯，再填寫空格內的英文單字。

1228

每一場會議珍都會遲到，這惹火了她的主管。

▶ Jane is always t_____y for every meeting, which irritates her supervisor.

1229

這間公司的員工每週至少有一天能用遠距模式工作。

▶ Staff of this company can te____c_____ at least one day per week.

1230

在將公寓出租之前，他都會小心篩選房客。

▶ He screens every t_____t carefully before renting anyone the apartment.

1231

針對這次的試驗性設計，我們的想法還很模糊。

▶ Our ten_____e idea on the design of the experiment was quite vague.

1232

醫生說，多做戶外活動對他而言會有療效。

▶ The doctor said that engagement in outdoor activities would be th_____c for him.

1233

她從小就過著節儉的生活。

▶ She has lived a t_____ty life since childhood.

1234

最近幾年，網路購物的事業越發繁榮。

▶ The business of online shopping has been th_____ over the years.

Answer key tardy / telecommute / tenant / tentative / therapeutic / thrifty / thriving

答案 & 單字解說
Get The Answer !

MP3-37

1228
tardy
[`tɑrdɪ]
形 遲到的;遲鈍的

反 **early** 提早的 / **on time** 準時的 / **prompt** 迅速的
片 **be running late** 要遲到了;來不及
補 字根拆解:**tard** 晚的;慢的 **+ y** 形容詞

1229
telecommute
[ˌtɛləkə`mjut]
動 遠距離辦公或工作

同 **telework** 遠端辦公 / **work remotely** 遠距工作
片 **work at home** 主要在家工作 / **work from home** 在家
遠距工作
補 字根拆解:**tele** 遙遠 **+ com** 強調 **+ mute** 移動

1230
tenant
[`tɛnənt]
名 房客;承租人

同 **lodger** 房客 / **occupant** 居住者 / **lessee** 承租人
反 **landlord** 房東 / **proprietary** 所有人;業主
補 字根拆解:**ten** 持有 **+ ant** 名詞(人)

1231
tentative
[`tɛntətɪv]
形 試驗性的;暫時的

同 **provisional** 暫時性的 / **uncertain** 不確定的
搭 **a tentative diagnosis** 初步診斷 / **a tentative plan** 暫
定計畫;預定計畫
補 字根拆解:**tent** 嘗試 **+ at(e)** 動詞 **+ ive** 形容詞

1232
therapeutic
[ˌθɛrə`pjutɪk]
形 治療的;有療效的

同 **remedial** 治療的 / **restorative** 恢復健康的
關 **medicament** 藥劑 / **lenitive** 緩和的;鎮痛的
補 字根拆解:**therapeut** 照顧;護理 **+ ic** 形容詞

1233
thrifty
[`θrɪftɪ]
形 節儉的;節約的

同 **frugal** 節儉的 / **economical** 節約的
反 **wasteful** 浪費的 / **extravagant** 奢侈的
補 字根拆解:**thrift** 節儉 **+ y** 形容詞(充滿)

1234
thrive
[θraɪv]
動 繁榮;興旺

同 **flourish** 繁榮 / **prosper** 繁榮 / **bloom** 生長茂盛
反 **fail** 失敗 / **wither** 衰弱;枯萎 / **languish** 凋萎
關 **sprout** 發芽 / **population** 人口 / **vigorously** 茁壯地

1235

他發現在鄉下等公車是一件非常耗時的事。

▶ He found it t_____-c_____ to wait for buses in the countryside.

1236

當我吃完中餐，卻發現車子被拖吊時，真的很吃驚。

▶ I was shocked to find my car being t_____ away after I finished my lunch.

1237

他過去紀錄良好，這在他找工作時有很大的幫助。

▶ He had a strong t_____ r_____, which helped a lot in finding a job.

》提示《 如果「追蹤」他過去的紀錄，會發現一切良好。

1238

這座島上的靜謐令她感到很放鬆。

▶ The t_____y of the island relaxed her.

1239

國際貿易也應該由一個公平的第三方監管。

▶ International t_____ns should also be monitored by a fair third party.

1240

這只玉鐲很清透，毫無瑕疵。

▶ This jade bracelet is tr____l_____t and spotless.

》提示《 玉鐲不可能完全透明，而是「半透明的」輕透感。

1241

這座小鎮的新景點是座完全透明的玻璃教堂。

▶ A tr____p_____t glass church is a new tourist site in the small town.

》提示《 和上一題不同，這裡形容「完全透明的」玻璃。

1242

我在面試前去修剪了頭髮。

▶ I got my hair t_____ before the interview.

》提示《 這個動詞描寫類似修髮尾或瀏海等的小幅度修剪。

Answer key : time-consuming / towed / track record / tranquility / transactions / translucent / transparent / trimmed

1235 time-consuming
[`taɪmkən͵sjumɪŋ]
形 耗時的；費時的

關 **laborious** 費力的 / **tedious** 冗長乏味的
片 **a waste of one's time** 浪費某人的時間
搭 **time-consuming process** 費時的過程

1236 tow
[to]
動 拖；拉；牽引

同 **drag** 拖 / **tug** 用力拖 / **haul** 拖；拉
關 **trailer** 拖車 / **parking space** 停車位
搭 **tow-away zone** 禁止停車區（拖吊區）

1237 track record
片 過去的紀錄

關 **previous** 先前的 / **history** 經歷；過去的事 / **background** 背景 / **archive** 檔案 / **disrepute** 壞名聲；失去信任
片 **track (sb. or sth.) down** 追蹤到；追查到

1238 tranquility
[traŋ`kwɪlətɪ]
名 平靜；安靜

同 **serenity** 平靜 / **repose** 安靜；靜止 / **placidity** 寧靜
搭 **live in peace and tranquility** 生活在平靜祥和之中
補 字根拆解：**tran** 跨越 + **quil** 安靜的 + **ity** 名詞

1239 transaction
[træn`zækʃən]
名 交易；業務；買賣

同 **business** 生意 / **trade** 貿易；交易 / **deal** 交易
搭 **international transaction** 國際貿易
補 字根拆解：**trans** 跨越 + **act** 行動 + **ion** 名詞

1240 translucent
[træns`lusn̩t]
形 清透的；半透明的

同 **diaphanous** （織料等）輕薄透明的
反 **opaque** 不透明的 / **blocked** 堵塞的
補 字根拆解：**trans** 跨越 + **luc** 發光 + **ent** 形容詞（聯想：光線能透過半透明的物體）

1241 transparent
[træns`pɛrənt]
形 透明的；顯而易見的

同 **see-through** 透明的 / **limpid** 清澈的；透明的
反 **impenetrable** 不能穿過的 / **arcane** 晦澀難解的
補 字根拆解：**trans** 跨越 + **parent** 顯現（聯想：因為透明，所以物品能清楚地顯現）

1242 trim
[trɪm]
動 修剪；修整

同 **shave** 修剪 / **pare** 剪；修掉 / **prune** 修剪
關 **clean-cut** 輪廓鮮明的 / **adorn** 裝飾
片 **trim off** 剪掉；切掉 / **trim down** 削減

1243

這項工作花了他很多的時間。
▶ The work took him a tr_____s amount of time.

》提示《 表示工作占據了「極大、巨大的」時間分配。

1244

他們為了撿棒球而擅自進入鄰居的花園。
▶ They t_____p_____ on their neighbor's garden to retrieve a baseball.

1245

他試圖把瑣碎事務的處理時間降到最低。
▶ He tries to spend as little time as possible on t_____l things.

1246

疑難排解仰賴的是細心的態度與經驗。
▶ Tr_____s_____g relies on carefulness and experience.

UNIT 18 U 字頭填空題 Test Yourself!

請參考中文翻譯，再填寫空格內的英文單字。

1247

棒球裁判在比賽中會穿戴護具。
▶ A baseball u_____e wears protective gear during the games.

1248

覺得自己沒準備好的心態損害了她的信心與最終表現。
▶ Feeling unprepared u_____m_____ her confidence and ultimate performance.

》提示《 信心就像地基被一點一點挖掉似地被削弱了。

Answer key
tremendous / trespassed / trivial / Troubleshooting / umpire / undermined

tremendous
[trɪˋmɛndəs]
形 極大的；巨大的

同 **enormous** 龐大的 / **colossal** 巨大的
反 **diminutive** 小的 / **tiny** 微小的 / **miniature** 小型的
補 字根拆解：**tremend/trem** 發抖；震顫 + **ous** 形容詞

trespass
[ˋtrɛspæs]
動 擅自進入；侵入
名【律】非法侵入

同 **intrude** 闖入；侵入 / **break in** 闖入
片 **trespass on** 擅自闖入（某地）；打擾
補 字根拆解：**tres** 跨越 + **pass** 通過

trivial
[ˋtrɪvɪəl]
形 瑣碎的；不重要的

同 **insignificant** 微不足道的 / **petty** 瑣碎的
補 字根拆解：**tri** 三 + **vi** 道路 + **al** 形容詞（起源：古羅馬菜市場經常設於道路的交叉口）

troubleshooting
[ˋtrʌblʃutɪŋ]
名 疑難排解；檢修

同 **problem-solving** 解決問題
刪 **debug** 排除故障；除去（系統的）錯誤
搭 **troubleshooting guide** 故障排除指南

 答案 & 單字解說
Get The Answer !

MP3-38

umpire
[ˋʌmpaɪr]
名 裁判；仲裁者
動 裁判；仲裁

同 **judge** 裁判 / **referee** 裁判 / **arbitrator** 仲裁人
搭 **base umpire**【棒】各壘的裁判（本壘裁判除外）
補 字根拆解：**um** 否定 + **pire/par** 相等的

undermine
[͵ʌndəˋmaɪn]
動 削弱；損害（信心等）

同 **sabotage** 破壞 / **diminish** 削弱；減少
反 **clandestine** 祕密的；暗中的 / **excavate** 挖掘
補 字根拆解：**under** 在…之下 + **mine** 開採

1249

收銀員算錯了，**少收**我新臺幣五百元。

▶ The cashier made a mistake and u_____**ged** me by 500 NT dollars.

》提示《 表示「索取的費用」在應收的數字「之下」。

1250

皇帝害怕那名將軍奪權，因此使計**削弱**將軍的權力。

▶ The emperor was afraid of the general taking away his throne, so he took measures to u_____**c**_____ his power.

1251

千萬不要**低估**你的對手。

▶ Don't ever u_____**e** your opponents.

1252

這家當地銀行是房貸的主要**擔保**機構。

▶ This local bank is the main u_____**er** for the house loan.

》提示《 承擔風險者必須白紙黑字地「寫下」名字。

1253

他最近收到許多**不合理的**批評。

▶ He has received many **unj**_____**d** criticisms recently.

》提示《 表示那些是「缺少正當理由的」批評。

1254

海平面已達到**史無前例的**高度。

▶ The sea level has reached an **unpr**_____**ted** level.

1255

科技的進步讓我們能更完全地**利用**天然資源。

▶ Current advances in technology enable a more complete **ut**_____**n** of natural resources.

Answer key: undercharged / undercut / underestimate / underwriter / unjustified / unprecedented / utilization

undercharge
[ˌʌndɚˋtʃɑrdʒ]
動 要價過低;充電不足
1249

反 overcharge 超收 / surcharge 對⋯收取附加費用
搭 undercharged battery 充電不足
補 字根拆解:**under** 在⋯之下 + **charge** 要價;充電

undercut
[ˋʌndɚˌkʌt]
動 削弱;削價競爭
1250

反 reinforce 加強 / build up 使強壯
關 price war 價格戰;削價競爭
片 make a profit 獲利;賺錢

underestimate
[ˋʌndɚˋɛstəˌmet]
動 低估;輕視
1251

同 undervalue 低估 / underrate 低估 / misjudge 輕視
反 overestimate 高估 / overvalue 過分重視
補 字根拆解:**under** 在⋯之下 + **estimate** 評估

underwriter
[ˋʌndɚˌraɪtɚ]
名 擔保人;保險商
1252

同 insurer 保證人 / guarantor 保證人 / assurer 保險業者
關 bond 債券 / borrower 借用人 / policyholder 投保人
補 字根拆解:**uner** 在⋯之下 + **writ(e)** 寫 + **er** 人(聯想:擔保人在底下簽名)

unjustified
[ʌnˋdʒʌstəˌfaɪd]
形 不合理的;不必要的
1253

同 unreasonable 不合理的 / gratuitous 無理由的
反 sensible 合情理的 / justified 有正當理由的
補 字根拆解:**un** 否定 + **just** 合理的 + **if(y)** 動詞(使成⋯化) + **ied** 形容詞

unprecedented
[ʌnˋprɛsəˌdɛntɪd]
形 史無前例的;空前的
1254

同 unparalleled 空前未有的 / unusual 不尋常的
搭 on an unprecedented scale 前所未有的規模
補 字根拆解:**un** 否定 + **pre** 在前面 + **cedent/ced** 走 + **ed** 形容詞(聯想:沒有走在前面的前例可循)

utilization
[ˌjutələˋzeʃən]
名 利用;使用
1255

同 usage 使用;處理 / exploitation 利用;開採
片 make use of 使用;利用 / take advantage of 善用
補 字根拆解:**util** 可使用的 + **iz(e)** 動詞 + **ation** 名詞

UNIT 19 V 字頭填空題

 請參考中文翻譯，再填寫空格內的英文單字。

1256

餐廳提供代客泊車的服務，因此您可以直接將車留在這裡。
▶ The restaurant provides v_____ p_____, so you can just leave your car here.

1257

陳教授要求她的學生盡快證實他的結論。
▶ Professor Chen asked her student to v_____e his results as soon as possible.

1258

實驗室應該維持良好的通風以及無菌環境。
▶ The laboratory should have good ve_____n and be a sterilized environment.

1259

他們證詞的真實性受到陪審團的質疑。
▶ The ve_____y of their statements was doubted by the jury.

1260

對這名連環殺人犯的判決在今天終於有結果了。
▶ The trial for the serial killer finally reached a v_____t today.

1261

他是一位多才多藝的演員，從劇情片到喜劇片都有參與。
▶ He was a v_____le actor who had been acting in everything from drama to comedy.

1262

因為反對黨的聲浪過大，所以這份提案無法施行。
▶ This proposal is not vi_____e because the objections from rival parties are too strong.

Answer key | valet parking / validate / ventilation / veracity / verdict / versatile / viable

答案 & 單字解說
Get The Answer !

MP3 39

1256 **valet parking**
片 代客泊車

關 **valet** 侍者；伺候客人停車者 / **transfer service** 機場與飯店間的交通安排 / **self-parking** 自助停車
搭 **valet service**（飯店為房客提供的）洗衣服務

1257 **validate**
[`vælə,det]
動 證實；使有效

同 **verify** 證實 / **authenticate** 證明…是真實的
反 **invalidate** 使無效 / **nullify** 使無效；取消
關 **period of validity** 有效期限
補 字根拆解：**val** 堅固 + **id** 字尾 + **ate** 動詞

1258 **ventilation**
[,vɛntḷ`eʃən]
名 通風；空氣流通

關 **be poorly ventilated** 通風不良的
搭 **ventilation fan** 排氣扇
補 字根拆解：**ventil** 微風 + **at(e)** 動詞 + **ion** 名詞

1259 **veracity**
[və`ræsətɪ]
名 真實性；誠實度

同 **authenticity** 真實性 / **probity** 誠實
反 **mendacity** 虛偽 / **deception** 欺騙
補 字根拆解：**verac/ver** 真實的 + **ity** 名詞

1260 **verdict**
[`vɝdɪkt]
名 判決；裁定

關 **edict** 勒令；官方命令 / **judicial** 司法的
片 **bring a verdict in** 做出裁決
補 字根拆解：**ver** 真實的 + **dict** 說

1261 **versatile**
[`vɝsətḷ]
形 多才多藝的

同 **all-around** 多才多藝的；全能的
關 **genius** 天賦；天資 / **gifted** 有天賦的
補 字根拆解：**vers** 轉移 + **at(e)** 動詞 + **ile** 形容詞（表能力）

1262 **viable**
[`vaɪəbḷ]
形 可實施的；可行的

同 **feasible** 可行的 / **practicable** 能實行的
關 **premature** 過早的；草率的 / **pertinence** 相關性
補 字根拆解：**vi** 生命 + **able** 形容詞（能夠）

1263

這附近有好幾間不錯的餐廳。
▶ There are several good restaurants in the vi_____y.

1264

酒精和丙酮都是易揮發的化合物。
▶ Alcohol and acetone are both vo_____le compounds.

UNIT 20 W 字頭填空題

Test Yourself!

請參考中文翻譯，再填寫空格內的英文單字。

1265

十八吋晶圓製造的投資計畫喊停。
▶ The investment in the manufacture of 18-inch w_____rs has been halted.

1266

如果您先在網路上預約，可免收行政手續費。
▶ The administrative charges are w_____ved if you order the service online beforehand.

1267

我們簽署了父親財產的放棄繼承書。
▶ We signed a w_____r to give up the right to inherit my father's property.

1268

為了體驗當地人的生活，她在街上閒逛。
▶ She was w_____d_____ around the streets to get a taste of local life.

Answer key　vicinity / volatile / wafers / waived / waiver / wandering

vicinity
[vəˋsɪnətɪ]
名 附近地區；鄰近

- 同 **neighborhood** 鄰近地區 / **proximity** 接近；鄰近
- 片 **in the vicinity of** 在（某地）附近；在（某數字）上下
- 補 字根拆解：**vicin/vic** 聚落 + **ity** 名詞

1263

volatile
[ˋvɑlətḷ]
形 易揮發的；易變的

- 關 **evaporate** 使蒸發；使揮發 / **prediction** 預測
- 搭 **volatile organic compound** 揮發性有機化合物
- 補 字根拆解：**volat** 飛 + **ile** 形容詞（易於…的）

1264

答案 & 單字解說
Get The Answer !

MP3 40

wafer
[ˋwefɚ]
名【電】晶圓；威化餅

- 關 **semiconductor** 半導體 / **transistor** 電晶體
- 搭 **wafer biscuit** 威化餅乾 / **silicon wafer** 矽晶片
- 補 字根拆解：**waf** 蜂巢狀之物 + **er** 名詞（物）

1265

waive
[wev]
動 不執行（規則）；放棄（權利）；撤回

- 同 **relinquish** 放棄；撤出 / **renounce** 放棄權利
- 關 **enforce** 執行；強制 / **privilege** 特權
- 片 **waive one's right to + V** 放棄某人…的權利

1266

waiver
[ˋwevɚ]
名 棄權證書；放棄

- 同 **renunciation** 宣告放棄 / **disclaimer** 放棄；拒絕
- 關 **disclaimer clause** 免責條款
- 搭 **waiver clause** 棄權條款 / **collision damage waiver** （租車的）汽車碰撞險

1267

wander
[ˋwɑndɚ]
動 閒逛；徘徊

- 同 **roam** 漫步 / **meander** 閒逛；徘徊
- 片 **wander about** 閒逛；到處遊蕩
- 關 **take a walk** 散步 / **pace** 步速；踱步

1268

1269

他們聚集在急診室外，等待手術醫師到來。

► They gathered outside the emergency w_____, waiting for the surgeon.

》提示《 這裡強調急診室這間「病房」。

1270

託運清單上寫的，是待運送貨品的描述。

► Shown on the w_____b_____ is the description of the goods to be delivered.

1271

他們創造了穿戴型顯示器，在流行時尚與醫療保健方面都有所應用。

► They have created w_____e displays for applications including fashion and healthcare.

1272

這群學生們開了網路直播節目，主要播放他們的日常生活。

► The students have made a w_____t by mainly streaming their daily life.

1273

那間外商公司替工程師加了極多的薪水。

► The foreign company gave a wh_____g raise in salary to its engineers.

ward
[wɔrd]
名 病房；病室
動 避開；避免

關 geriatric 老年人的 / infirmary 醫務室
片 ward (sb. or sth.) off 避開；擋住
搭 maternity ward 產房 / psychiatric ward 精神病房

waybill
[`we͵bɪl]
名 託運清單；乘客名單

關 point of origin 起運點；發貨點 / destination 目的地
片 swipe a barcode wand 用掃描器刷條碼
搭 a sea waybill 海運清單 / an air waybill 空運清單

wearable
[`wɛrəbl̩]
形 可穿戴的；耐穿的

關 clothing 衣物；衣著 / habiliment 裝備；服裝
搭 wearable device 可穿戴裝置 / wearable technology 穿戴式科技（例如 i-Watch）
補 字根拆解：wear 穿戴 + able 形容詞（能夠）

webcast
[`wɛb͵kæst]
名 網路直播；網路播放

關 live broadcast 直播節目
片 come on strong 來勢洶洶 / face a challenge 面臨挑戰
補 a video streaming website 影音串流網站

whopping
[`hwɑpɪŋ]
形 極大的；異常的

反 tiny 極小的 / undersized 小尺寸的 / pygmy 極小的
搭 a whopping price 天價 / a whopping mistake 天大的錯誤 / a whopping lie 彌天大謊

國家圖書館出版品預行編目資料

高勝率填空術：新多益900金證攻略／張翔 著. --
初版. -- 新北市：知識工場出版 采舍國際有限公司
發行, 2021.05　面；　公分. -- (Master；13)
ISBN 978-986-271-900-8（平裝）

1.多益測驗　2.詞彙

805.1895　　　　　　　　　　　110001064

知識工場・Master 13

高勝率填空術：
新多益900金證攻略

出 版 者／全球華文聯合出版平台・知識工場
作　　者／張翔
出版總監／王寶玲
總 編 輯／歐綾纖　　　　　　　印 行 者／知識工場
英文編輯／何牧蓉　　　　　　　美術設計／蔡瑪麗

台灣出版中心／新北市中和區中山路2段366巷10號10樓
電話／（02）2248-7896
傳真／（02）2248-7758
ISBN-13／978-986-271-900-8
出版日期／2021年5月初版

全球華文市場總代理／采舍國際
地址／新北市中和區中山路2段366巷10號3樓
電話／（02）8245-8786
傳真／（02）8245-8718

港澳地區總經銷／和平圖書
地址／香港柴灣嘉業街12號百樂門大廈17樓
電話／（852）2804-6687
傳真／（852）2804-6409

全系列書系特約展示
新絲路網路書店
地址／新北市中和區中山路2段366巷10號10樓
電話／（02）8245-9896
傳真／（02）8245-8819
網址／www.silkbook.com

本書爲名師張翔及出版社編輯小組精心編著覆核，如仍有疏漏，請各位先進不吝指正。來函請寄
mujung@mail.book4u.com.tw，若經查證無誤，我們將有精美小禮物贈送！

素人崛起，
從出書開始！

全國最強 4 天培訓班，
見證人人出書的奇蹟。

讓您借書揚名，建立個人品牌，
晉升專業人士，帶來源源不絕的財富。

擠身暢銷作者四部曲，
我們教你：

企劃怎麼寫／ 撰稿速成法／
出版眉角／ 暢銷書行銷術／

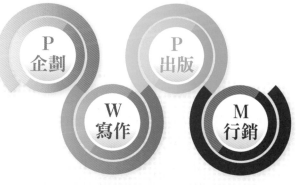

P 企劃
P 出版
W 寫作
M 行銷

保證
出書

Publish for You,
Making Your Dreams
Come True.

★ 如何讓別人在最短時間內對你另眼相看？
★ 要如何迅速晉升 A 咖、專家之列？
★ 我的產品與服務要去哪裡置入性行銷？
★ 快速成功的捷徑到底是什麼？
★ 生命的意義與價值要留存在哪裡？

答案就是出一本書！

當名片式微，出書取代名片才是王道！

人人適用的成名之路：出書

當大部分的人都不認識你，不知道你是誰，他們要如何快速找到你、了解你、與你產生連結呢？試想以下的兩種情況：

➲ **不用汲汲營營登門拜訪，就有客戶來敲門，你覺得如何？**
➲ **有兩個業務員拜訪你，一個有出書，另一個沒有，請問你更相信誰？**

無論行銷任何產品或服務，當你被人們視為「專家」，就不再是「你找他人」，而是「他人主動找你」，想達成這個目標，關鍵就在「出一本書」。

透過「出書」，能迅速提升影響力，建立「專家形象」。在競爭激烈的現代，「出書」是建立「專家形象」的最快捷徑。

想成為某領域的權威或名人？出書就是正解！

體驗「名利雙收」的12大好處

　　暢銷書的魔法，絕不僅止於銷售量。當名字成為品牌，你就成為自己的最佳代言人；而書就是聚集粉絲的媒介，進而達成更多目標。當你出了一本書，隨之而來的，將是12個令人驚奇的轉變：

01 增強自信心

　　對每個人來說，看著自己的想法逐步變成一本書，能帶來莫大的成就感，進而變得更自信。

02 提高知名度

　　雖然你不一定能上電視、錄廣播、被雜誌採訪，但卻絕對能出一本書。出書，是提升知名度最有效的方式，出書＋好行銷＝知名度飆漲。

03 擴大企業影響力

　　一本宣傳企業理念、記述企業如何成長的書，是一種長期廣告，讀者能藉由內文，更了解企業，同時產生更高的共鳴感，有時比花錢打一個整版報紙或雜誌廣告的效果要好得多，同時也更能讓公司形象深入人心。

04 滿足內心的榮譽感

　　書，向來被視為特別的存在。一個人出了書，便會覺得自己完成了一項成就，有了尊嚴、光榮和地位。擁有一本屬於自己的書，是一種特別的享受。

05 讓事業直線上衝

　　出一本書，等於讓自己的專業得到認證，因此能讓求職更容易、升遷更快捷、加薪有籌碼。很多人在出書後，彷彿打開了人生勝利組的開關，人生和事業的發展立即達到新階段。出書所帶來的光環和輻射效應，不可小覷。

06 結識更多新朋友

在人際交往愈顯重要的今天，單薄的名片並不能保證對方會對你有印象；贈送一本自己的書，才能讓人眼前一亮，比任何東西要能讓別人記住自己。

07 讓他人刮目相看

把自己的書，送給朋友，能讓朋友感受到你對他們的重視；送給客戶，能贏得客戶的信賴，增加成交率；送給主管，能讓對方看見你的上進心；送給部屬，能讓他們更尊敬你；送給情人，能讓情人對你的專業感到驚艷。這就是書的魅力，能讓所有人眼睛為之一亮，如同一顆糖，送到哪裡就甜到哪裡。

08 塑造個人形象

出書，是自我包裝效率最高的方式，若想成為社會的精英、眾人眼中的專家，就讓書替你鍍上一層名為「作家」的黃金，它將持久又有效替你做宣傳。

09 啟發他人，廣為流傳

把你的人生感悟寫出來，不但能夠啟發當代人們，還可以流傳給後世。不分地位、成就，只要你的觀點很獨到，思想有價值，就能被後人永遠記得。

10 闢謠並訴說心聲

是否曾經對陌生人的中傷、身邊人的誤解，感到百口莫辯呢？又或者，你身處於小眾文化圈，而始終不被理解，並對這一切束手無策？這些其實都可以透過出版一本書糾正與解釋，你可以在書中盡情袒露心聲，彰顯個性。

11 倍增業績的祕訣

談生意，尤其是陌生開發時，遞上個人著作 & 名片，能讓客戶立刻對你刮目相看，在第一時間取得客戶的信任，成交率遠高於其他競爭者。

12 給人生的美好禮物

歲月如河，當你的形貌漸趨衰老、權力讓位、甚至連名氣都漸趨平淡時，你的書卻能為你留住人生最美好的的黃金年代，讓你時時回味。

書的面子與裡子，全部教給你！

★出版社不說的暢銷作家方程式★

P 說服出版社的神企劃

W 加速寫作的方程式

P 增加優勢的出版眉角

M 衝上排行榜的行銷術

暢銷書都是這麼煉成的！

P PLANNING 企劃　好企劃是快速出書的捷徑！

　　投稿次數＝被退稿次數？對企劃毫無概念？別擔心，我們將在課堂上公開出版社的審稿重點。從零開始，教你神企劃的 NO.1 方程式，就算無腦套用，也能讓出版社眼睛為之一亮。

W WRITING 寫作　卡住只是因為還不知道怎麼寫！

　　動筆是完成一本書的必要條件，但寫作路上，總會遇到各種障礙，靈感失蹤、沒有時間、寫不出那麼多內容……在課堂上，我們教你主動創造靈感，幫助你把一個好主意寫成暢銷書。

P PUBLICATION 出版　　懂出版，溝通不再心好累！

　　為什麼某張照片不能用？為什麼這邊必須加字？我們教你出版眉角，讓你掌握出版社的想法，研擬最佳話術，讓出書一路無礙；還會介紹各種出版模式，剖析優缺點，選出最適合你的出版方式。

M MARKETING 行銷　　100% 暢銷保證，從行銷下手！

　　書的出版並非結束，而是打造個人品牌的開始！資源不足？知名度不夠？別擔心，我們教你素人行銷招式，搭配魔法講盟的行銷活動與資源，讓你從第一本書開始，創造素人崛起的暢銷書傳奇故事。

魔法講盟出版班：優勢不怕比

		魔法講盟 出書出版班		普通寫作出書班
①	課程完整度	完整囊括 PWPM	勝	只談一小部分
②	講師專業度	各大出版社社長	勝	不一定是業界人士
③	課堂互動	理論教學＋分組實作	勝	只講完理論就結束
④	課後成果	有實際的 SOP 與材料	勝	聽完之後還是無從下手
⑤	學員指導程度	多位社長分別輔導	勝	一位講師難以照顧學生
⑥	上完課是否能 直接出書	● 是出版社，直接談出書 ● 出版模式最多元，保證出書	勝	上課歸上課，要出書還是必 須自己找出版社

Planning 一鼓作氣寫企劃

大多數人都以為投稿是寄稿件給出版社的代名詞，NO！所謂投稿，是要投一份吸睛的「出書企劃」。只要這一點做對了，就能避開80%的冤枉路，超越其他人，成功簽下書籍作品的出版合約。

企劃，就像是出版的火車頭，必須由火車頭帶領，整輛火車才會行駛。那麼，什麼樣的火車頭，是最受青睞的呢？要提案給出版社，最重要的就是讓出版社看出你這本書的「市場價值」。除了書的主題&大綱目錄之外，也千萬別忘了作者的自我推銷，比如現在很多網紅出書，憑藉的就是作者本身的號召力。

光憑一份神企劃，有時就能說服出版社與你簽約。先用企劃確定簽約關係後，接下來只需要將你的所知所學訴諸文字，並與編輯合作，就能輕鬆出版你的書，取得夢想中的斜槓身分 ── 作家。

企劃這一步成功後，接下來就順水推舟，直到書出版的那一天。

關於 Planning，我們教你：

📝 提案的方法，讓出版社樂意與你簽約。

📝 具賣相的出書企劃包含哪些元素 & 如何寫出來。

📝 如何建構作者履歷，讓菜鳥寫手變身超新星作家。

📝 如何鎖定最夯議題 or 具市場性的寫作題材。

📝 吸睛、有爆點的文案，到底是如何寫出來的。

📝 如何設計一本書的架構，並擬出目錄。

📝 投稿時，如何選擇適合自己的出版社。

📝 被退稿或石沉大海的企劃，要如何修改。

Writing 菜鳥也上手的寫作

寫作沒有絕對的公式，平凡、踏實的口吻容易理解，進而達到「廣而佈之」的效果；匠氣的文筆則能讓讀者耳目一新，所以，寫書不需要資格，所有的名作家，都是從素人寫作起家的。

雖然寫作是大家最容易想像的環節，但很多人在創作時還是感到負擔，不管是心態上的過不去（自我懷疑、完美主義等），還是技術面的難以克服（文筆、靈感消失等），我們都將在課堂上一一破解，教你加速寫作的方程式，輕鬆達標出書門檻的八萬字或十萬字。

課堂上，我們將邀請專業講師＆暢銷書作家，分享他們從無到有的寫書方式。本著「絕對有結果」的精神，我們只教真正可行的寫作方法，如果你對動輒幾萬字的內文感到茫然，或者想要獲得出版社的專業建議，都強烈推薦大家來課堂上與我們討論。

學會寫作方式，就能無限複製，創造一本接著一本的暢銷書。

關於 Writing，我們教你：

- 了解自己是什麼類型的作家 ＆ 找出寫作優勢。
- 巧妙運用蒐集力或 ghost writer，借他人之力完成內文。
- 運用現代科技，讓寫作過程更輕鬆無礙。
- 經驗值為零的素人作家如何寫出第一本書。
- 有經驗的寫作者如何省時又省力地持續創作。
- 如何刺激靈感，文思泉湧地寫下去。
- 完成初稿之後，如何有效率地改稿，充實內文。

找靈感
產出內文
借助寫手
IDEA

Publication 懂出版的作家更有利

完成書的稿件，還只是開端，要將電腦或紙本的稿件變成書，需要同時藉助作者與編輯的力量，才有可看的內涵與吸睛的外貌，不管是封面設計、內文排版、用色學問，種種的一切都能影響暢銷與否；掌握這些眉角，就能斬除因不懂而產生的誤解，提升與出版社的溝通效率。

另一方面，現在的多元出版模式，更是作家們不可不知的內容。大多數人一談到出書，就只想到最傳統的紙本出版，如果被退稿，就沒有其他辦法可想；但隨著日新月異的科技，我們其實有更多出版模式可選。你可以選擇自資直達出書目標，也可以轉向電子書，提升作品傳播的速度。

條條道路皆可圓夢，想認識各個方案的優缺點嗎？歡迎大家來課堂上深入了解。你會發現，自資出版與電子書沒有想像中複雜，有時候，你與夢想的距離，只差在「懂不懂」而已。

出版模式沒有絕對的好壞，跟著我們一起學習，找出最適解。

關於 Publication，我們教你：

- 依據市場品味，找到兼具時尚與賣相的設計。
- 基礎編務概念，與編輯不再雞同鴨講。
- 身為作者必須了解的著作權注意事項。
- 電子書的出版型態、製作方式、上架方法。
- 自資出版的真實樣貌 & 各種優惠方案的諮詢。
- 取得出版補助的方法 & 眾籌出書，大幅減低負擔。

設計

自資

電子書

Marketing 行銷布局，打造暢銷書

　　一路堅持，終於出版了你自己的書，接下來，就到了讓它大放異彩的時刻了！如果你還以為所謂的書籍行銷，只是配合新書發表會露個臉，或舉辦簽書會、搭配書店促銷活動，就太跟不上二十一世紀的暢銷公式了。

　　要讓一本書有效曝光，讓它在發行後維持市場熱度、甚至加溫，刷新你的銷售紀錄，靠的其實是行銷布局。這分成「出書前的布局」與「出書後的行銷」。大眾對於銷售的印象，90% 都落在「出書後的行銷」（新書發表會、簽書會等），但許多暢銷書作家，往往都在「布局」這塊下足了功夫。

　　事前做好規劃，取得優勢，再加上出版社的推廣，就算是素人，也能秒殺各大排行榜，現在，你可不只是一本書的作者，而是人氣暢銷作家了！

　　好書不保證大賣，但有行銷布局的書一定會好賣！

關於 Marketing，我們教你：

布局

- 新書衝上排行榜的原因分析 & 實務操作的祕訣。
- 善用自媒體 & 其他資源，建立有效的曝光策略。

周邊

- 素人與有經驗的作家皆可行的出書布局。
- 成為自己的最佳業務員，延續書籍的熱賣度。

網路

- 如何善用書腰、贈品等周邊，行銷自己的書。
- 網路 & 實體行銷的互相搭配，創造不敗攻略。

活動

- 推廣品牌 & 服務，讓書成為陌生開發的利器。

掌握出版新趨勢，保證有結果！

在現今愈來愈多元的出版模式下，你只知道一種出書方式嗎？魔法講盟的出版班除了傳授傳統投稿的撇步，還會介紹出版新趨勢——自資出版與電子書。更重要的是，我們不僅上課，還提供最完整的出版服務 & 行銷資源，成果看得見！

市場趨勢　傳統投稿
行銷資源　出版模式與資源　自資出版
全球通路　電子書

一、傳統投稿出版： 理論 & 實作的 NO.1 選擇

魔法講盟出版班的講師，包括各大出版社的社長，因此，我們將以業界的專業角度 & 經驗，100% 解密被退稿或石沉大海的理由，教你真正能打動出版社的策略。

除了 PWPM 的理論之外，我們還會以小組方式，針對每個人的選題 & 內容，悉心個別指導，手把手教學，親自帶你將出書夢化為暢銷書的現實。

二、自資出版： 最完整的自資一條龍服務

不管你對自資出版有何疑惑，在課堂上都能得到解答！不僅如此，我們擁有全國最完整的自費出版服務，不僅能為您量身打造自助出版方案、替您執行編務流程，還能在書發行後，搭配行銷活動，將您的書廣發通路、累積知名度。

別讓你的創作熱情，被退稿澆熄，我們教你用自資管道，讓出版社後悔打槍你，創造一人獨享的暢銷方程式。

三、電子書： 從製作到上架的完整教學

隨著科技發展，每個世代的閱讀習慣也不斷更新。不要讓知識停留在紙本出版，但也別以為電子書是萬靈丹。在課堂上，我們會告訴你電子書的真正樣貌，什麼樣的人適合出電子書？電子書能解決 & 不能解決的面向為何？深度剖析，創造最大的出版效益。

此外，電子書的實際操作也是課程重點，我們會講解電子書的製作方式與上架流程，只要跟著步驟，就能輕鬆出版電子書，讓你的想法能與全世界溝通。

紙電皆備的出版選擇，圓夢最佳捷徑！

ESBIH課程

免費入場

真健康＋大財富＝真正的成功

你還在汲汲營營於累積財富嗎？
「空有財富，健康堪虞」的人生，
絕不能算是真正的成功！
如今，有一種新商機現世了！
它能助你在調節自身亞健康狀態的同時，
也替你創造被動收入，賺進大把鈔票。

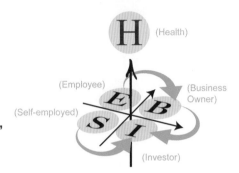

現在，給自己一個機會，積極了解這個「賺錢、自用兩相宜」的新商機，如何為你創造ESBIH三維「成功」卦限！

歡迎在每月的 { 第一個週五下午2：30～8：30
第二個週五晚上5：30～8：30 } 前來中和魔法教室！

魔法講盟特聘台大醫學院級別醫師會同Jacky Wang博士與David Chin醫師共同合作，開始一連串免費授課講座。

課中除了教授您神秘的回春大法，

還為您打造一台專屬的自動賺錢機器！

讓您在逆齡的同時也賺進大筆財富，

完美人生的成功之巔就等你來爬！

14

原來逆齡可以這麼簡單！

利人利己，共好雙贏

眾所周知，現今的「抗衰老」方法，只有「幹細胞」與「生長激素」兩大方向。

但，無論從事哪一種療法，都所費不貲，甚至還可能造成人體額外的負擔！

那麼，有沒有一種既省錢，又能免去副作用的回春大法？

有！風靡全歐洲的「順勢療法」讓您在後疫情時代活得更年輕、更健康！

現在，**魔法講盟** 特別開設一系列**免費**課程，為您解析抗衰老奧秘！

⭐ **參加這門課程，可以學到什麼？**

- ✓ 剖析逆齡回春的奧秘
- ✓ 掌握改善亞健康的方式
- ✓ 窺得延年益壽的天機
- ✓ 跟上富人的投資思維
- ✓ 打造自動賺錢金流
- ✓ 獲得真正的成功

時間	2020	9/4(五)14:30	9/11(五)17:30	11/6(五)14:30
		11/13(五)17:30	12/4(五)14:30	12/11(五)17:30
	2021	1/8(五)17:30	2/5(五)14:30	3/5(五)14:30
		3/12(五)17:30	4/9(五)17:30	5/7(五)14:30
		5/14(五)17:30	6/4(五)14:30	6/11(五)17:30
		7/2(五)14:30	7/9(五)17:30	…… ……

地點	中和魔法教室 新北市中和區中山路二段366巷10號3樓 （位於捷運環狀線中和站與橋和站間， **COSTCO** 對面郵局與 Ⓥ 福斯汽車間巷內）	

課中除了教你如何轉換平面的ESBI象限，

更為你打造完美的H（Health）卦限！

ESBIH構成的三維空間，才是真正的成功！

本世紀全球華人圈最偉大的高端演講
Knowledge Feast Lecture
真理指引の知識服務

真永是真

～王晴天與您講道理的人生大課

讀萬卷書，
不如行萬里路，
行萬里路，不如閱人無數，
閱人無數，不如名師指路，
名師指路，不如跟隨成功者的腳步，
跟隨成功者腳步，不如高人點悟！
經過歷史實踐和理論驗證的真知，
蘊藏著深奧的道理與大智慧。
晴天大師用三十年的體驗與感悟，
為你講道理、助你明智開悟！
為你的工作、生活、人生「導航」，
從而改變命運、實現夢想，
成就最好的自己！

台灣版《時間的朋友》～
「真永是真」知識饗宴

邀您一同追求真理 ·
分享智慧 · 慧聚財富！

時間 ▶ 2020場次11/7(六)13:30~21:0
　　 ▶ 2021場次11/6(六)13:30~21:0
地點 ▶ 新店台北矽谷國際會議中心

（新北市新店區北新路三段223號 🚇 捷運大坪林站

報名或了解更多、2022 年日程請掃碼查詢
或撥打真人客服專線 (02) 8245-8318

16　台灣最大培訓機構&學習型組織　魔法講盟

知識工場
Knowledge is everything！